파란
하늘과

도망
치다

파란
하늘과
도망
치다

츠지무라 미즈키 장편소설

이정민 옮김

블룸 6

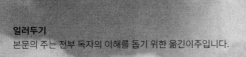

일러두기
본문의 주는 전부 독자의 이해를 돕기 위한 옮긴이주입니다.

제1장

여름방학의 천렵놀이

~~~~~~~~

1

파랗고 커다란 천을 쫙 펼쳐 놓고 그 한복판에 서 있는 것 같다.

혼조 지카라는 작은 배 위에서 문득 그렇게 생각했다. 시만토강 수면 위로 물비늘이 반짝인다. 이 강은 물결이나 물보라가 거의 일지 않아 수면이 잔잔하고 폭이 널찍하다.

지카라에게 강이란 훨씬 폭이 좁고 물살이 빠르다는 인상이 있었다. 그래서 처음 이 강을 봤을 때 크기와 잔잔함에 압도되었다.

파란 천을 연상한 것은 아마 전에 아버지 연극에서 큰 천을 본 적이 있어서일 것이다. 무대 끝에서 끝을 잇는 무대 장치인 새파란 천은 얼룩 하나 없이 눈이 아프도록 새파랬다. 그 당시 연출가가 특별히 고집해 유명한 염색가가 만든 천을 썼다는 이야기를 아버지를 통해 들었다. 지카라는 천을 염색하는 일을 전문 직업으로 삼는 사람이 있다는 사실을 알고 몹시 놀랐다.

"지카라, 이제 꺼낼 거야."

료의 말을 듣고 지카라는 파란 수면에서 고개를 들어 그를 쳐다 봤다.

료는 작은 배에서 몸을 내밀어 여름의 환한 물속에 두 팔을 집어넣고 이쪽을 보고 있다. 손에는 나뭇잎이 풍성한 작은 나뭇가지를 여러 개 쥐고 있다. 지카라는 그 밑에 큰 그물을 받치는 역할을 맡았다.

"알겠어."

료의 신호에 맞춰 지카라는 그물을 받치는 손에 힘을 주었다. 그러자 작은 배가 기우뚱 기울었다. 두근두근하면서 다음 지시를 기다렸다.

료가 "지금이야!" 하고 외친 순간 지카라는 나뭇가지를 그물째 배 난간으로 끌어올렸다.

"지카라, 잡혔어. 보여?"

지카라는 그물을 받친 채 몸을 쑥 내밀어 가지와 잎 사이를 봤다. 그 안에서 뭔가가 튀었다. 거무스름하고 투명한 몸이 파닥파닥 물을 튀긴다.

"보여!"

새우의 한 종류인 징거미새우다. 한 마리 확인되자 다른 가지와 잎 뒤로 긴 수염과 투명한 배가 언뜻언뜻 보였다.

"굉장해, 료 형, 진짜 있어!"

엉겁결에 소리를 지르자, 료가 "당연하지" 하고 미소 지었다. 그러고는 능숙한 손놀림으로 다발로 묶은 나뭇가지 틈에 손을 뻗었다. "단단히 받치고 있어야 해" 하고 지카라에게 당부한 뒤 밑에 펼친 그물에 새우를 던져 넣었다.

"징거미새우는 집게발 힘이 세니까 조심해. 뛰어오르는 힘도 만만치 않아."

"알겠어."

이 새우잡이를 '나뭇가지 다발잡이'라 한다. 지카라는 시만토강의 어부들이 이용하는 이 방법으로 난생처음 고기잡이에 나선 것이었다. 도쿄에서 이곳 고치현에 도착한 날, 튀김옷 없는 새우튀김을 먹은 지카라와 엄마 사나에는 징거미새우의 환상적인 맛에 깜짝 놀랐다.

"세상에! 너무 맛있다!" 하고 엄마가 입에 손을 대고 감탄하자 식당 아주머니들이 "소금으로만 간을 했어요" 하고 알려 주었지만, 그 소금 맛도 도쿄와는 완전히 다른 것처럼 느껴졌다.

징거미새우 같은 민물 새우는 당연히 강을 비롯한 민물에 서식한다.

튀김옷 없는 새우튀김을 먹은 날 오후, 엄마와 함께 시만토강을 안내하는 관광선을 탔다. 관광 도중에 어부들이 강에서 그물을 펼치고 물고기와 새우를 잡는 모습도 구경했다.

지카라에게 고기잡이란 바다로 큰 배를 타고 나가는 이미지밖에 없었다. 그런데 강의 고기잡이를 막상 눈앞에서 보니 물과 사람의 거리가 가까워 신선하게 느껴졌다. 할머니, 할아버지 연세의 노부부가 작은 배 위에서 단둘이 작업하기도 하고, 이제 막 성인이 되었다는 젊은 어부가 아버지와 함께 그물을 펼치기도 했다.

관광선이 지나갈 때에 맞춰 그 시간에 고기잡이를 선보이기로 약속한 어부도 있는 듯했다. 료도 그중 한 사람이었다. 지카라 모자를 태운 관광선이 료가 탄 나무배로 바싹 다가가 멈췄다.

여성 가이드가 "여러분, 이 강의 최고 꽃미남 어부인 료 군입니다. 어떤가요? 잡힐 것 같나요?" 하고 묻자, 료가 "뭐, 그럭저럭" 하고 여유롭게 대답하며 미소 지었다. 그런 다음 새우를 잡는 모습을 보여 주었다.

가이드가 고기잡이에 대해 설명한다.

"자, 이것이 시만토강에서 주로 이용되는 새우잡이의 일종인 나뭇가지 다발잡이라고 합니다. 방법은 우선 할아버지가 산에 나무하러 가서…… 가 아니라, 꽃다운 나이 스물인 료 군에게 할아버지라니, 제가 실례를 했네요."

여성 가이드의 말에 선내에서 웃음이 일었다.

나뭇가지 다발잡이는 산에서 베어 온 가느다란 나뭇가지를 스무 개쯤 다발로 묶어 강물 속에 가라앉혀 두는 고기잡이 방법이다. 며칠 가라앉혀 두면 새우가 나뭇가지 속에 자리를 잡고 사는데, 그런 새우들을 끌어올리는 방법이다.

료가 방금 끌어올린 새우는 그날 관광선에서 봤을 때보다 훨씬 많아 보였다. 눈앞에서 새우가 팔딱팔딱 뛰는 모습을 보니 생동감과 박력이 전혀 달랐다.

지카라는 나흘 전에 나뭇가지를 베어서 묶은 다음 강물 속에 가라앉히는 작업부터 함께했다. 끈으로 나뭇가지를 묶을 때 헐렁하다는 지적을 받아 얼굴과 손바닥이 새빨개지도록 꽁꽁 묶었다. 그 나뭇가지를 강물 밖으로 끌어올리는 날이 오기를 기대하는 마음으로 기다렸다.

"굉장해! 이 녀석들, 몸보다 집게발이 더 기네."

징거미새우의 몸길이는 보통 5센티미터쯤인데 집게발이 약 8센티미터에 달한다. 지카라의 말에 료가 "다리가 거미처럼 길어서 징거미잖아" 하고 웃었다. 지카라는 료의 말이 진담인지 농담인지 잘 구분이 가지 않았다.

"잘 봐, 이 조그만 건 줄새우, 이건 생이새우."

지카라는 조심스럽게 그물 속을 들여다봤다. 새우가 팔딱거릴 때마다 흠칫 놀라 몸을 뒤로 빼는 지카라에게 료가 작은 새우의 배를 한 손으로 쥐고 보여 주었다.

지카라가 얼굴을 가까이 한 순간, 료의 손가락 사이에서 마치 용수철이 튕기는 것처럼 새우가 탁 튀어나와 "으악!" 하고 몸을 뒤로 젖혔다.

"지카라, 무슨 겁이 이렇게 많아?"

료가 재미있어 하며 웃었다. 구릿빛으로 탄 뺨가죽이 조금 벗겨져 있다.

8월의 배 위는 햇볕이 강하게 내리쬐지만 강의 수면을 어루만지는 바람이 불어 상쾌했다.

"너희 어머니가 일하시는 식당에서 튀겨 달라고 해서 먹을까?"

"응."

지카라는 시만토강 부근에 와서 처음 알게 된 것이 많다.

검정망둑이라 불리는 작은 물고기를 엄마가 계시는 식당에서 처음 먹었다. 참갈파래 된장국도 처음 먹었다.

감성돔이라는 생선 이름을 처음 들었다. 료 부자와 동료들이 '감성돔은 파래의 계절에는 파래를 먹기 때문에 감성돔에서 파래 향기가 나고 맛도 파래 맛이 난다'라고 말해서 놀랐다. 생선 맛은 그냥 생선 맛인 줄로만 알았다. 생선도 뭔가를 먹고 그것이 몸을 이루기 때문에 생선이 뭘 먹느냐에 따라 맛이 달라지는 건 당연할지도 모른다. 지카라는 자신이 생물을 먹고 있다는 사실을 처음 깨달았다.

"지카라, 몇 살이라고 했지?"

배를 타고 하류로 내려가면서 료가 물었다.

"초등학교 5학년."

"그럼 몇 살이야?"

학년은 곧바로 나오지만 나이는 평소 대답할 일이 거의 없어 순간 말문이 막혔다. 잠깐 생각한 뒤 "열 살*" 하고 대답했다. 료가 해를 향해 "덥다" 하고 눈을 가늘게 뜨며 말하더니 이어서 가르쳐 주었다.

"내가 네 나이 때는 강에 실뱀장어를 잡으러 가곤 했어. 잡으면 소소한 용돈벌이가 돼서 친구랑 자주 갔었는데. 옛날 생각난다."

하늘을 올려다보면 시만토강 못지않게 오늘의 하늘도 온통 파랬다. 마치 크레용으로 빈틈없이 칠한 것처럼 시야 전체가 똑같은 색으로 물들어 있다.

하류로 내려가는 도중에 이상한 것을 봤다.

수면에서 10미터 높이쯤 되는 강가의 나뭇가지에 진흙이나 쓰레기 같은 것이 많이 걸려 있었다. 지카라가 저 높은 곳에 어떻게, 하고 궁금해하고 있는데 그 시선을 알아차렸는지 료가 가르쳐 주었다.

---

* 일본은 나이를 만으로 계산한다. 같은 초등학교 5학년이라도 생일이 지난 아이는 11살, 지나지 않은 아이는 10살이다.

"아, 얼마 전에 태풍 왔었잖아. 강물이 불어서 저만큼 찼었거든."

"저렇게 높이?"

지난주 태풍이 오던 날, 지카라는 엄마에게 집 밖으로 나가면 절대로 안 된다는 말을 들었다. 특히 강 근처에는 얼씬도 말라는 소리까지 들었다.

웬 호들갑인가 싶었고, 물이 불어서 강이 평소와 다른 모습이라면 꼭 보고 싶다는 생각까지 했건만, 설마 이런 상황일 줄은 몰랐다. 지카라는 고개를 젖혀 저 높이 쓰레기가 걸린 나뭇가지를 올려다봤다. 지금은 나뭇가지 사이로 평온하게 햇빛이 쏟아진다. 고개가 아프도록 올려다봐야 할 만큼, 자신의 키를 훌쩍 넘어설 만큼 범람한 강물을 상상하니 오싹했다.

"새우잡이에는 나뭇가지 다발잡이 말고도 굴림대잡이라는 방법도 있어. 쌀겨를 넣은 PVC 통을 강 속에 하룻밤 놔둔 다음 새우가 들어가기를 기다렸다가 끌어올리는 거지."

"응."

"그렇게 장치해 놓은 것도 태풍이 올 때마다 수없이 떠내려갔어."

"속상해?"

"아니."

고개를 가로젓는 료의 얼굴은 밝았다.

"아버지랑 아저씨들은 태풍 덕분에 물이 깨끗한 거라고 하시거든."

"그렇구나."

료의 아버지는 료보다 피부가 더 시커멓게 탄, 몸집이 크고 활력 있는 사람이다. 그는 낯선 고치현에 와서 선착장과 강 근처를 혼자 어슬

렁거리던 지카라에게 "어디 학교 다니니? 친구는?" 하고 말을 걸어 주었다.

여름방학을 이용해 도쿄에서 왔다고 대답하자 료를 향해 "여름 동안, 제자나 삼을까?" 하고 말해 주었다.

"이번 달이 끝나면 도쿄에 계시는 아버지에게 돌아간다고 했지? 얼마 안 남았네."

배가 도착할 무렵 료에게 질문을 받은 지카라는 "응" 하고 고개를 끄덕였다.

도쿄로 돌아가기야 하겠지만 아빠가 기다리고 있을지는 알지 못한다. 이곳 고치에 온 뒤부터 엄마는 아빠에 관한 이야기는 물론 도쿄의 도자도 꺼내지 않는다.

"서운한데."

"응."

"그래도 또 놀러 와."

"……응."

지카라는 대답하면서 료에게서 고개를 슬쩍 돌렸다. 그러고는 웅크려 앉아 잡은 새우를 들여다봤다. 하얗게 빛나는 새우의 배 위에서 물보라가 눈부시게 일었다.

다시 일어서서 하류를 바라봤다. 지카라가 한 장의 천 같다고 생각한 강은 저 멀리 끝없이 이어지는 것 같았다. 하류로 갈수록 강폭이 점점 넓어지는 것처럼 보였다.

2

"참갈파래튀김 나왔습니다!"

주방에서 구보우치가 외치는 소리에 사나에가 부지런히 움직인다.

"예이, 지금 갑니다."

'다와다야'는 점심때가 하루 중 가장 바쁘다.

1층은 토산품 가게이고 2층은 식당인 드라이브인*은 버스를 탄 단체 관광객이 자주 찾는다.

한 층짜리 식당은 긴 테이블석이 총 11열 마련되어 있다. 시간 차로 예약한 손님들이 민물고기와 튀김, 우동이 차려진 식사를 한 시간쯤 동안 먹은 뒤 1층 특산품 가게를 구경하고 나가는 식이다.

여름방학이 되면 11시 반에 들어온 손님들이 나간 뒤 일단 좌석을 정리하고 1시 반에는 같은 테이블 열에 다른 손님을 들인다. 이렇게 손님이 싹 빠지고 새로 들어오는 시간이 가장 분주하다.

사나에는 주방에서 받은 넓은 쟁반 위에서 참갈파래튀김을 자리마다 하나씩 내려놓았다. 튀김은 방금 튀겼는지, 튀긴 후 시간이 흘렀는지에 따라 풍미가 전혀 다르다. 사나에는 손님이 오기 전에 미리 차려 놓는 방식이 이곳에서 일한 지 3주 가까이 지난 지금도 여전히 아깝게 느껴진다.

"검정망둑 다마고토지**, 금방 나옵니다."

* 자동차 여행객을 대상으로 도로변에 설치한 식당이나 토산품 가게.
** 재료에 달걀을 풀어 얹어 엉기게 한 요리.

"예이."

"예이."

사나에는 마침 바로 뒤에서 마찬가지로 튀김을 상에 놓고 있던 세이코와 동시에 대답하게 되었다. 세이코와 함께 다음 음식을 가지러 주방으로 갔다. 음식을 쟁반에 하나씩 담는 사이, 가슴에 '다와다야'라는 이름이 새겨진 소매 있는 앞치마를 걸치고 머릿수건을 두른 세이코가 웃었다.

"사나에, '예이' 하는 대답이 절로 나오게 되었네."

"어?"

"처음에는 '예이' 하고 대답하지 못했잖아. 그냥 '네' 하고 열심히 대답했는데, 이제 완전히 익숙해졌구나 싶어서."

"아!"

얼마 전부터 의식해서 바꾸려고 한 부분이다. 오래된 종업원도 아닌데 허물없이 대답하기가 뻔뻔스러운 것 같아 일부러 사양하다가 요즘 들어 말해보고 싶어졌다.

우습게 들렸을까 봐 걱정하는 사나에의 마음을 읽었다는 듯이 세이코가 다시 웃었다. 아무 말도 하지 않았는데, "좋다고 생각해" 하고 짧게 말하고 음식을 담은 쟁반을 한 발 먼저 주방에서 좌석으로 옮긴다.

버스 회사 가이드의 안내에 따라 단체손님이 식당에 줄줄이 들어왔다.

"어서 오세요!"

사나에는 다른 종업원과 함께 고개만 들고 손은 여전히 움직이면서 그들을 맞이했다.

남쪽 창가의 긴 테이블 열은 다른 테이블보다 천 엔 비싼, 장어가 추가된 코스 요리를 주문했다.

"장어 나왔습니다" 하는 주방 목소리에 맞춰 사나에는 약간 민망해하며 다시 "예이" 하고 대답했다.

분주한 점심시간이 지나고 2시가 되자 종업원들도 조금 숨통이 트였다.

일단 점심이 끝나고 저녁이나 밤에 찾아오는 손님은 주로 동네 주민이나 개인 관광객이다. 단체손님 예약도 가끔 들어오지만, 이 근처에 관광하러 오는 사람들은 거의 전통 여관이나 호텔에서 저녁을 해결한다.

1시 반에 들어와 식사 중인 손님들 옆에서 사나에는 다른 손님들의 상을 치우기 시작했다. 아까와 달리 대기 중인 손님이 있는 것도 아니어서 쫓기며 치우지 않아도 되어 한결 마음이 편했다.

드라이브인에 오는 관광객은 중년과 노년의 부부나 여자 친구끼리인 경우가 대부분이다.

여름방학이라 자식과 함께 온 부모도 있지만 이 경우에는 대체로 할아버지, 할머니까지 껴서 삼대가 함께 관광 여행을 하는 분위기로, 부모와 자식만 여행하는 경우는 드물었다. 듣자 하니 여름철 시만토에 부모와 자식만 오는 관광객은 단체 여행보다는 개별적으로 숙소를 잡고 뱃놀이나 강낚시 체험 패키지만 따로 신청하는 경우가 늘고 있다고 한다.

"수고했어!"

세이코가 밥공기를 포개어 정리하면서 말했다. 밥공기는 가벼운 소재로 만든 그릇에 주칠을 한 것이다. 사나에도 겨우 한숨 돌리며 대답했다.

"수고했어."

"오늘 지카라 군은? 또 료 짱하고 어울려?"

"응. 새우잡이를 한다면서 아침부터 의욕이 넘치던걸. 저녁쯤 되면 가져올 것 같아."

사나에가 일하는 동안 아들을 료 부자가 잘 돌봐주고 있다. 한 번은 사나에가 미안한 마음에 찾아가 인사했더니 두 사람이 웃으며 말했다.

"허락도 없이 지카라 군의 도움을 받아 미안하구려."

"그래요, 아버지. 아르바이트비를 줘야 한다니까요."

그 말을 듣고 사나에는 마음이 한결 가벼워졌다.

최근 또 키가 컸다고는 하나 도시에서만 자라 자연 놀이도 제대로 해 본 적 없는 아들이 두 사람에게 방해되지 않게끔 일을 돕고 있다는 생각은 들지 않는다. 그러나 지카라는 배를 탄다는 자체만으로 무척 즐거워 보였다.

"지카라 군, 제법 살도 탔고 늠름해졌던데? 강이 잘 맞나 봐. 료 짱한테 괜히 나쁜 놀이나 배우지 않으면 좋으련만."

"료 군을 정말 좋아하는 것 같아. 그날 있었던 일을 이야기하기 시작하면 멈추지를 않는다니까."

요전번에도 그랬다.

─엄마, 지금껏 아무도 장어 알을 발견 못 했다는 거, 알아?

료와 함께 있다가 사나에가 있는 식당으로 마중오자마자 흥분해서 입을 열었다.

—몇 년 전에 일본 학자가 태평양에서 처음 발견했대.

지카라에게 무척 신선한 충격이었던 모양이다. 사나에가 끼어들 틈도 주지 않았다.

—굉장하지? 과학이 이렇게 발달했고 장어는 슈퍼에서도 파는 생물인데 아직도 수수께끼야. 그래서 천연 장어는 치어부터 있는 거래.

지카라의 목소리를 듣고 주방에서 스포츠신문을 읽고 있던 주방장 구보우치가 고개를 내밀었다. "얼씨구. 꼬마야, 장어가 먹고 싶어서 엄마한테 둘러대는 거냐?" 하는 말을 듣고 지카라는 말문이 막혔다. 이내 머뭇거리며 "장어 별로 안 좋아하는데요" 하고 대답하자, 구보우치가 "싱겁기는" 하고 호탕하게 웃었다.

시만토에 온 뒤 지카라는 음식을 거의 가리지 않게 되었다. 생김새로 판단하고 먹어 버릇하지 않은 음식에는 절대로 손대지 않는 아이였지만, 식당에 오면 어른들이 "이것도 먹어 보렴, 저것도" 하고 권해서 자연스럽게 먹게 되었다.

마지막 손님 일행이 여성 가이드의 안내를 받아 1층으로 내려가는 소리가 들렸다. 사나에는 벽시계를 슬쩍 확인했다. 시간이 이쯤 되면 종업원들도 점심 휴식 시간을 갖는다.

"여봐, 여배우님. 이 자리 금방 치워줄 수 있소?"

뒤돌아보니 근처에 사는 판금 가게 사장과 종업원들이었다. 이 시간대의 단골손님이다. 아직 채 치우지 못한 자리지만 구석에 설치된 TV를 보기에는 딱 좋은 위치다. 그들은 매번 이쯤에 앉는다.

"네, 금방 치워 드릴게요." 사나에가 대답했다.

여배우님, 이라는 소리에 가이드의 안내로 자리에서 일어나던 단체 손님 중 몇몇이 "어?" 하고 놀란 듯 이쪽을 보는 것이 느껴졌다. 사나에는 쥐구멍에라도 숨고 싶은 심정으로 고개를 숙였다. 남은 음식을 서둘러 쟁반에 담아 주방에 반납하러 갔다.

단골인 그들에게 세이코가 "얘가 도쿄에서 여배우였거든요" 하고 실없이 자랑한 것은 결코 악의가 있어서가 아니었다. 세이코는 대학생 때부터 사나에의 연극 무대를 보러 자주 와 주었다. 사회인이 되어 고치현으로 시집을 가서도 티켓을 구입해 일부러 상경까지 했을 정도다.

대학을 졸업한 뒤 사나에는 스물여덟 살에 지카라를 낳았다. 그해까지 사나에가 소속되었던 '쓰루기카이'는 주재자인 쓰루기 다카시의 이름은 유명하지만 아는 사람만 아는 작은 극단이었다. 원래 연극계가 다 그런 것인지도 모른다.

각본과 연출을 맡은 쓰루기의 모습은 TV나 잡지에서도 자주 보이지만 그외의 배우진이 노출되는 일은 거의 없었다. 지금은 많이 너그러워졌다고 하지만, 당시 지나치게 엄격했던 쓰루기가 소속 배우들에게 자신의 극단 이외의 일을 일절 허락하지 않은 경위도 있다.

사나에는 대학생 때부터 쓰루기가 쓴 희곡을 읽고 그가 연출하는 무대에 심취해 대학 졸업 후 오디션을 봤다. 아르바이트를 병행하며 극단과 쓰루기의 활동을 도우며 보낸 20대가 먼 옛날 일처럼 느껴진다. 세이코는 같은 대학 동기로, 사나에가 무대에 출연하지 않을 때도 연락하면 와 주는 절친한 친구였다. 사나에는 "나한테는 좀 어려워서 무슨 뜻인지 모르겠는 부분도 많았어" 하고 미소 지으면서 "그래도 왠지 분위기가 좋더라" 하고 솔직한 감상을 들려주는 그녀의 존재가 옛날부터 좋았다.

하지만 '여배우'라 불리던 때는 벌써 10년도 훨씬 전이고 지금 사나에는 서른여덟의 주부일 뿐이다.

세이코가 자신더러 여배우였다고 말할 때마다 창피함을 넘어 송구한 마음이 든다. 사람들이 흔히 말하는 '여배우'는 연기하는 여성이라기보다 대형 기획사에 소속돼 TV나 잡지, 광고에 자주 등장해 자리를 환하게 밝히는 아름다운 사람들을 가리키는 단어가 아닐까. 사나에게는 그런 화려한 면모가 없다.

하지만 식당 단골인 판금 가게 사장과 일행은 "와아" 하고 감탄하며 "어쩐지 미인이더라니", "그러고 보니 TV에서 본 것 같은데" 하고 말해 주었다.

현역으로 활동하며 무대에 섰던 20대 무렵에도 사나에가 TV에 나온 적은 한 번밖에 없다. 그것도 극단 대표인 쓰루기의 활동을 밀착 취재하는 뉴스 프로그램에서 연습 풍경을 잠깐 찍었을 때 화면에 비쳤던 것이다. 판금 가게 사장과 일행이 자신을 TV에서 봤을 리는 없다. 그런데도 그들은 "거기 나오지 않았소? 두 시간 서스펜스 드라마에", "아니, 아침 드라마에서 본 것 같은데" 하고 계속 말을 이었다. 그들은 적당히 말하고 있을 뿐이겠지만, 식당에 새로 들어온 사나에 입장에서는 호의적으로 보였고, 그 대범하고 시원시원한 태도가 위안이 되었다.

사나에를 여배우님, 하고 부르는 호칭에서도 친근감이 느껴진다.

"오늘은 뭘로 드시겠어요?"

앞 손님이 남긴 음식을 치우면서 물었다. "나는……" 하고 테이블 위에 놓인 메뉴판을 보며 저마다 주문하는 메뉴를 따로 적지 않아도 거의 외우게 된 것도 사나에에게는 큰 진보였다.

주문을 다 받고 주방으로 가려는데 사나에가 주춤 걸음을 멈추었다.

낯선 남자가 계단을 올라와 식당 입구에 서 있었다.

"어서 오세요!"

손님의 기척을 알아차린 세이코가 사나에 뒤에서 인사를 건넸다.

남자에게 눈길이 간 것은 이 시간에 혼자 오는 새로운 손님이 드물기 때문이다. 게다가 그 남자는 관광객에게서는 볼 수 없는 딱딱한 분위기의 재킷을 걸치고 있었다.

남자가 식당 안을 입구에서부터 죽 훑어본다. 그 순간 사나에와 눈이 마주쳤다. 사나에는 별 뜻 없이 고개를 까딱하며 인사했다.

남자의 얼굴이 기억나지는 않지만 어쩌면 전에 왔던 손님일지도 모른다. 사나에는 다시 가볍게 인사를 하고 주방으로 들어갔다.

"이쪽으로 오세요."

세이코가 남자를 자리로 안내했다. 남자가 순순히 자리에 앉은 듯하다. 세이코가 주문을 받는 목소리가 들렸다.

"네. 튀김 메밀국수 정식 하나."

판금 가게 사장과 일행이 주문한 음식이 나왔다. 사나에는 두 손으로 쟁반을 안고 단골에게 가서 "오래 기다리셨습니다" 하고 음식을 날랐다. 모두에게 음식을 다 나르고 돌아가려는데 갑자기 뒤에서 부르는 소리가 났다.

"혼조 사나에 씨."

이름을 정확히 부르는 소리에 사나에는 놀라면서 돌아봤다. 혼자 들어온 그 재킷 차림의 남자가 자리에서 일어나 사나에를 보고 있었다.

모르는 얼굴이라고 생각한 참이었다. 그런데 단골도 아닌 손님이 자신의 이름을 어떻게 알까. 남자와 눈이 마주쳤다. 그 순간 심장이 묵직하고 둔한 소리로 울렸다. 앞치마 속의 팔과 등에 땀이 솟구쳤다.

남자가 이쪽으로 걸어온다. 가까이서 보니 눈초리가 매섭고, 얼굴에 위협적인 느낌이 배어 있음을 알 수 있었다. 입구에서 봤을 때는 어째서 금방 알아차리지 못했을까 의문이 들 만큼 남자는 이곳에서 혼자만 다른 분위기를 풍기고 있었다.

고치에 온 이후 이렇듯 긴장감 도는 분위기를 풍기는 사람은 아무도 없었다. 사나에는 그 분위기에 노출되어 도쿄에서 도망쳐 나올 수밖에 없었다.

지나친 생각일지도 모른다, 아닐지도 모른다.

희망을 걸듯이 굳은 입술과 뺨이 남자를 향해 붙임성 있는 미소를 보내려 한다. 그러나 남자가 말했다.

"LC 프로덕션에서 왔습니다."

그 이름을 듣는 순간 싸늘한 한기가 등줄기를 타고 내렸다. 어색하게 지은 미소가 얼어붙는 것을 스스로도 알 수 있었다.

남자가 사나에를 내려다보는 눈빛이 차갑다.

"고치에 부군은 같이 오지 않으신 겁니까?"

남자가 물었다.

3

논 앞의 좁은 길에서 엄마가 머리를 마구 흩뜨리며 달려온다. 지카라는 당황한 나머지 자신이 환상을 보는 것이 아닐까 생각했다.

하지만 자신을 발견한 엄마의 눈빛이 안심한 듯 가늘게 일그러지는 것을 보고 아아, 엄마다, 하고 생각했다.

"저 사람, 네 어머니 아니셔?"

"맞을걸."

료의 물음에 지카라는 고개를 끄덕였다.

지카라와 료는 징거미새우가 들어 있는 바구니를 들고 지금 막 엄마가 일하는 드라이브인 식당으로 가려던 참이었다. 그런데 저 앞에서 다급하게 달려오는 엄마는 식당 앞치마도 걸치지 않았고 머릿수건도 두르지 않았다. 아직 근무 시간일 텐데 어떻게 된 걸까.

"지카라."

지카라의 바로 앞까지 온 엄마가 숨을 헐떡인다.

"가야 해."

엄마가 지카라의 손을 잡고 말했다. 자신을 찾아 헤맸는지 어깨를 들썩이며 숨을 크게 들이마시고 열심히 호흡을 가다듬고 있다.

료가 옆에서 어리둥절해하는 것이 느껴졌다. 자세히 보니 엄마는 식당에서 신는 샌들을 신고 있었다.

"가다니, 어디로?"

불길한 예감이 들었다.

지금껏 딱 한 번 엄마가 이런 식으로 '가야 해'라고 말한 적이 있다.

'갈래?' 또는 '가자'도 아니었다. 지카라의 의지와 상관없이 엄마가 자신을 데려가기로 결정한 증거인 '가야 해'는 여름방학 초에 도쿄의 집에서 시코쿠*로 이동할 때 엄마가 한 말이었다.

지카라가 묻자 순간 엄마의 눈동자가 흔들렸다. 엄마는 한 박자 숨을 멈추고 "도쿄"라고 대답했다. 지카라는 그 말이 사실인지 분간이 가지 않았다.

"네? 돌아간다는 말씀인가요?"

지카라 대신 료가 되물었다. 그제야 엄마가 료를 쳐다본다.

"지금 바로? 혹시 도쿄에 무슨 일 있는 거야?"

"갑자기 미안하구나."

대답하는 엄마의 이마에 굵은 땀방울이 맺혀 있다. 얼굴은 파랗게 질렸다.

지카라는 혹시 아빠에게 무슨 일이 생긴 것은 아닐까 하고 생각했다. 그러나 엄마는 더 이상 설명하지 않고, "급하게 돌아가야 할 일이 생겼어" 하고 같은 말만 반복했다.

엄마가 지카라에게 몸을 틀었다.

"지카라, 세이코 이모네 집으로 가서 빨리 짐을 챙기자."

"그럼 새우는."

불길한 예감이 이어졌다. 다짜고짜 가야 한다는 말만 되풀이해도 지카라는 납득이 가지 않았다. 도쿄로 돌아가기 싫어서가 아니다. 료 부자와 강과 언젠가는 헤어져야 한다는 것을 안다.

* 일본 혼슈 동남쪽에 있는 섬.

그러나 오늘 직접 잡은 새우도 먹지 못할 줄은 상상도 못했다. 엄마는 그저 지카라를 재촉하기만 할 뿐 바구니 속 새우들은 거들떠보지도 않는다.

지카라의 모습을 보다 못한 료가 옆에서 설명했다.

"아, 오늘 나뭇가지 다발잡이로 징거미새우를 잡았거든요. 아주머니 식당에서 튀겨 달라고 해서 먹으려고 지금 가지고 가던 참이었어요."

"아침에 내가 분명히 말했잖아."

지카라는 무심코 불평했다. 엄마가 아차 하는 표정으로 지카라가 들고 있는 새우 바구니를 본다. 새우의 수염과 긴 집게발이 삐져나와 있다.

엄마가 이거 먹고 나서 가자, 하고 말해 주지 않을까 기대했다. 하지만 엄마의 입에서 나온 말은 이번에도 "미안"이었다.

"미안. 오늘은 식당으로 돌아갈 수가 없어. 료 군, 미안하지만 새우는 료 군이 집에서 먹어 줄래?"

"내가 처음 강물 속에 장치한 걸로 잡았단 말이야! 엄마랑 세이코 이모랑 다 같이 나눠 먹으려고 했는데."

지카라는 소리를 지르고 말았다. 급해 보이는 엄마에게 분명히 혼날 것을 알면서도 무슨 상관이야, 하는 생각에 목소리가 터져 나왔다.

그러나 언성을 높여 꾸짖을 줄로만 알았던 엄마가 뜻밖에 애처롭게 말했다.

"미안하구나."

아들을 상대하고 있건만, 울음을 터뜨릴 것 같은 엄마의 얼굴에 지카라도 할 말을 잃었다. 그저 입술을 꽉 깨물었다.

"지카라."

지카라를 부른 사람은 료였다.

료가 입을 다물고 있는 지카라와 엄마를 번갈아 보더니 지카라의 엄마를 쳐다본다. 숨을 크게 들이마신 뒤 물었다.

"내일이 아니라, 꼭 오늘 떠나셔야 하는 거예요?"

일부러 지카라에게 들려주듯 서두르지 않고 차분한 목소리였다.

엄마가 가냘픈 목소리로 "그렇단다" 하고 대답했다.

료가 고개를 끄덕이고 지카라에게 말했다.

"지카라, 내년에 또 와. 그때 오면 오늘보다 큰 새우를 잡을 수 있어. 진짜야."

지카라는 대답하지 못했다. 말없이 료를 올려다본다.

옆에서 엄마가 "꼭" 하고 대답한다. 울 것 같았던 얼굴이 지금은 완전히 울상이 되어 있다. 이마의 땀방울이 뺨과 턱에 흘러내렸다.

"꼭, 반드시 다시 올게. 료 군, 그동안 정말 고마웠어."

도울 일이 없느냐고 묻는 료에게 엄마가 완강하게 "괜찮아, 걱정할 것 없어" 하고 대답했다. 지카라와 엄마는 그길로 세이코의 집으로 향했다.

올 여름은 세이코의 집 별채에 머물렀다. 겨우 3주뿐이었지만 이미 지카라의 시만토 집이었다. 덮고 자던 이불의 무늬며 벽이며 천장 색깔에도 애착이 생겼다.

세이코는 없고 할머니가 혼자 지카라 모자를 기다리고 있었다. 벌써 엄마와 이야기가 되었는지 부채로 얼굴을 펄럭펄럭 부치면서 "갑자기 힘들겠구려" 하고 입을 열었다.

"자, 여기 세탁물. 오늘 빤 것도 잊지 않고 챙겨 넣었네."

"그동안 신세 많이 졌습니다."

옷을 갈아입고 짐을 챙긴 엄마가 세탁물을 받아 들면서 할머니에게 머리를 숙였다. 할머니가 지카라에게도 "너도 힘들겠지만 앞으로 힘내려무나. 또 놀러 오렴" 하고 말한다.

지카라는 "네" 하고 대답했지만, 자신이 무슨 힘을 내야 하는지 왜 여기서 급하게 나가야 하는지 몰랐다. 다급하게 짐을 챙기는 엄마는 지카라에게 아직 아무 설명도 하지 않았다.

지카라 모자가 도쿄에서 가져온 짐은 많지 않았다. 엄마의 보스턴백 하나와 지카라의 배낭 하나. 배낭에는 갈아입을 옷과, 이곳에서 하려고 가져온 여름방학 숙제, 그리고 휴대용 게임기와 충전기가 들어 있다.

분주하게 준비하고 있는데 밖에서 자동차 경적 소리가 났다.

그 소리에 가방 속을 확인하고 있던 엄마가 파랗게 질린 얼굴로 자세를 바로 했다. 그 긴장감이 전달되어 지카라도 그만 숨을 삼켰다.

"가서 보고 옴세."

할머니가 부채를 놓고 별채 방을 나가려 한다. 엄마가 "저" 하고 쉰 목소리로 할머니를 불러 세웠다.

"혹시 LC 프로덕션 직원이면 저희는 없다고 해 주세요."

"알겠네."

지카라는 아무런 설명도 듣지 못했다. 그런데 LC 프로덕션의 이름을 듣고 엄마가 왜 절박한 표정을 짓는지 알 수 있었다.

겁먹은 엄마가 숨을 죽이고 지카라의 팔을 붙잡아 조용히 자기 쪽으로 잡아당겼다. 무의식적으로 지카라도 엄마의 팔에 손을 얹었다. 이 나이에 엄마와 이런 식으로 접촉하다니, 평소 같았으면 징그러웠을 테지만 지금은 자연스럽게 그렇게 되었다. 긴장으로 굳은 엄마의 팔에 소름이 돋아 있어 지카라는 자신이 보호받는 것이 아니라, 엄마가 자신에게 의지한다는 기분이 들었다.

긴장의 끈이 풀린 것은 밖에서 목소리가 들린 뒤였다.

"료한테 들었소. 두 사람은 역으로 가오? 아니면 공항? 어디든 태워다 주겠소."

료의 아버지가 할머니에게 말했다. 그 목소리를 듣고 엄마가 힘을 쭉 빼더니 지카라의 팔에 얼굴을 묻고 긴 숨을 토해 낸다.

고치현으로 올 때 지카라와 엄마는 비행기를 탄 뒤 버스로 갈아 탔다.

그런데 엄마가 료의 아버지에게 주저하면서 전한 행선지는 '역'이 었다.

고치에서 도쿄에 갈 때 철도로 가면 비행기보다 시간이 몇 배는 더 걸린다는 것을 지카라도 알고 있다. 서둘러 가야 한다고 했으면서 엄마의 말은 앞뒤가 모순된다. 하지만 료와 료의 아버지는 엄마에게 아무것도 묻지 않았다.

엄마도 그들에게 아무런 설명도 하지 않았다. 그저 "죄송합니다" 하면서 미안해하는 표정을 지은 채 고개를 숙이고 입술을 깨물고 있다.

경승합차 뒷좌석에 앉은 지카라는 입을 꾹 다물었다.

무릎 위에 올려놓은 배낭은 이곳에 왔을 때보다 짐이 늘지 않았는데도 물이라도 먹은 것처럼 묵직하다.

엄마가 고맙다는 인사 대신 미안하다, 죄송하다는 사과의 말을 더 많이 하는 것이 왠지 답답했다.

오늘로 작별이라면 료와, 료의 아버지와 하고 싶은 이야기가 있었다. 하지만 지카라는 도저히 입이 떨어지지 않았다.

세이코와도 이야기하고 싶었다. 엄마가 일하는 식당에도 한 번 더 가고 싶었다.

"지카라는 구로시오 철도, 처음 타는 건가?"

차 안의 어색한 침묵을 깬 사람은 료였다. 조수석에서 몸을 돌려 지카라를 보며 평소와 다름없이 밝은 목소리로 묻는다. 료는 일부러 평소처럼 행동하고 있었다. 얼굴을 보니 저절로 알 수 있었다.

"응."

료의 장단에 맞춰 평상시 목소리를 내고 싶었지만, 오랫동안 말을 하지 않은 탓에 쉰 목소리가 났다.

"그렇구나. 호빵맨 열차가 달리는 모습을 보면 좋겠는데."

"……응."

고치에 온 뒤 지카라는 한 번도 철도를 타지 않았다. 호빵맨 작가인 야나세 다카시가 고치현 출신이라 호빵맨 그림이 그려진 열차가 있다는 것은 세이코와 료에게 들어서 알고 있었다. 타고 싶으냐는 질문에 그 정도로 어리지 않다고 대답했지만, 이곳에 머무는 동안 한 번은 탈 수 있을 줄 알았다.

"내년에는 철도를 타고 오너라. 친구랑 같이 와도 좋고."

료의 아버지가 말했다.

그들이 말하는 '내년'이 먼 훗날처럼 느껴진다.

불현듯 이런 생각이 들었다.

혹시 료도, 료의 아버지도 벌써 알고 있을지도 모른다. 지카라와 엄마가 왜 시만토에 왔는지.

도사 구로시오 철도의 나카무라역에 도착하자 엄마가 료 부자에게 거듭 머리 숙여 인사했다.

"고마워요. 정말 고맙습니다."

"고맙기는, 그런 소리 마쇼. 그보다 특급타고 간다고 하더니 시간은 괜찮소?"

그 말에 엄마가 플랫폼 쪽을 쳐다본다. 열차가 온 것 같지는 않지만 엄마도 열차 시간을 확인하고 온 것 같지는 않았다.

"지카라, 이거."

료가 지카라에게 보자기로 감싼 네모난 꾸러미를 내밀었다. 곁에서 고소한 기름 냄새가 나기에 엉겁결에 "앗!" 소리를 질렀다.

"아까 집에 가서 어머니한테 얼른 튀겨 달라고 했어. 열차 안에서 어머니하고 먹어."

지카라와 료가 함께 잡은 징거미새우가 틀림없다. 꾸러미를 받자 새우 냄새가 물씬 풍겼다. 엄마가 알아차리고 지카라의 손을 본다. 꾸러미 옆면을 만지작거리며 더욱 미안하다는 표정을 지었다.

"미안하고 고맙습니다. 이거 용기와 보자기는 어떻게 돌려줘야 좋을지."

"뭘 또 그런 걱정을. 내년에 돌아왔을 때 주면 되지 않소. 우리도 어차피 결혼식 같은 데서 받은 거니, 뭣하면 그냥 가져도 좋소이다."

료의 아버지가 고개를 저었다. 그 옆에서 료가 지카라의 머리에 손을 얹는다.

"또 보자."

"⋯⋯응."

"너무 야단스럽게 배웅하기도 좀 그러니, 우리는 여기서 이만."

료의 아버지가 그렇게 말하고는 료를 데리고 역을 나갔다. 지카라는 새우 꾸러미를 든 채 그들을 배웅했다. 하고 싶은 말은 많은데 마지막이 되어서도 입이 떨어지지 않는다.

주차장에서 료 부자가 경승합차에 탈 때까지 뒷모습을 지켜봤다. 이제는 손을 크게 흔들 뿐이었다. 몇 번이고, 몇 번이고.

차가 보이지 않을 때까지 료가 보지 못해도 좋으니 손을 계속 흔들었다.

행선지를 정하는 것도 열차표를 사는 것도 엄마였다. 시각표와 발매기를 진지하게 바라보는 엄마는 여전히 말이 없다.

두 사람 몫의 표를 구입한 엄마에게 한 장씩 건네받아 역구내로 들어가자 눈에 띄는 쓰레기통과 자판기마다 호빵맨이 그려져 있었다.

승차권과 특급권에 쓰인 금액이 커서 도대체 어디까지 가는지 불안해졌다.

엄마가 이끄는 대로 플랫폼을 향해 나란히 걸었다. 그제야 지카라는 엄마에게 먼저 물었다.

"⋯⋯어디로 가는데?"

"일단 고치역으로 가서 또 갈아탈 거야."

도쿄라고 대답하지 않아 지카라는 조금 놀랐다. 한편으로는 역시,

하는 생각도 들었다. 엄마의 '일단'이라는 말 너머에는 도쿄로 돌아간다는 선택지는 아직 없는 게 아닐까.

지금 도쿄로 돌아간들 고치로 오기 전과 뭔가 달라졌으리라는 생각은 들지 않는다. 시만토에서 지낸 몇 주는 마치 자신들이 아닌, 다른 사람으로 생활한 것 같은 기분이었다. 그만큼 도쿄에 있었을 때와 하나부터 열까지 모조리 달랐다.

이윽고 도착한 특급열차는 호빵맨 열차가 아니었다.

엄마와 둘이서 자리에 나란히 앉았다.

열차가 출발함과 동시에 엄마가 숨을 가늘고 길게 내쉬는 것을 알수 있었다. 역에 도착해서도 누가 따라올까 봐 내내 걱정했을지도 모른다.

엄마가 지카라 쪽을 보지 않고 자신의 무릎에 시선을 두며 조그맣게 "미안해" 하고 읊조렸다.

들릴 듯 말 듯한 그 소리를 지카라는 못 들은 척했다.

엄마가 지카라에게 왜 사과하는지 알 것 같기도, 모를 것 같기도 했다. 시만토강이나 료와 이런 식으로 작별하게 되어 아직 원망스러운 마음이지만, 그렇다고 해서 그게 엄마 탓이라고만 생각할 수도 없었다.

사과를 받는 것도, 괜찮다고 용서하는 것도 둘 다 어색해서 말을 하고 싶지 않았다. 지카라는 입을 다문 채 슬며시 보자기를 풀었다.

강줄기를 연상케 하는 물결선에 꽃 그림이 그려진 검은색 찬합이 드러났다. 료의 집에서 쓰던 그릇인지 표면의 무늬가 군데군데 벗겨져 있다. 그 순간 료는 물론, 료와 함께 새우잡이를 한 시간이 몹시 그리워졌다.

"열어도 돼?"

"……그래."

뚜껑을 열자 새우 냄새가 확 풍겼다. 료와 잡은 징거미새우는 튀겨서 그런지 크기가 한결 작아졌다.

새우 밑에 깔린 알루미늄포일이 기름으로 번들거린다. 새우의 긴 집게발에 하얀 소금 알갱이가 보였는데, 찬합 모서리의 알루미늄포일로 구분된 부분에 굵고 새하얀 소금도 담겨 있었다.

"먹어도 돼?"

"응."

찬합에 담긴 새우에는 막 튀겼을 때의 감동은 없었다. 기름지고 눅눅해 엄마의 식당에서 먹었을 때처럼 바삭한 식감도 없다. 완전히 다른 음식처럼 느껴져 역시 막 튀겨서 먹으면 좋았을걸, 하는 생각이 들었다. 그래도 씹을수록 새우의 강한 단맛과 고소함이 입 안 가득 번지는 건 똑같았다. 지카라는 오기라도 생긴 듯이 꼭꼭 씹어 먹었다.

찬합과 보자기를 바라보며 문득 생각했다.

료는 물론 사람들은 지카라와 엄마가 왜 시만토에 왔는지 사정을 알고 있었을 것이다.

그래서 아무것도 묻지 않았고 차로 바래다주었다. 헤어질 때 새우를 튀겨서 가져다주기도 했다. 힘내, 또 보자, 내년에 또 와, 하는 말을 일부러 반복하면서.

새우가 담긴 용기를 어떻게 하면 좋을지 묻는 엄마에게 료의 아버지는 내년에 돌아왔을 때 달라고 했다. 별 뜻 없는 말일지 몰라도 지카라는 '왔을 때'가 아니라 '돌아왔을 때'라고 말해 준 것이 기뻤다.

옆에서 엄마가 새우가 든 찬합을 들여다본다.

"엄마도 먹을래?"

"……그럴까?"

엄마가 한 마리를 집어 들고 "크다" 하고 말했다.

"우리 아들이 이렇게 큰 걸 잡았다니."

"……튀기기 전에는 훨씬 컸어."

새우를 입에 넣은 엄마가 "맛있네" 하고 말했다. 지카라에게서 고개를 돌려 창밖을 내다보며 다시 말한다.

"맛있다."

지카라는 말없이 고개를 끄덕였다.

배낭에서 도쿄를 나올 때 가져온 게임기를 꺼내 전원을 켰다. 시만 토에 온 뒤로 한 번도 하지 않았기 때문에 마지막으로 어디서 중단했는지 기억해 내는 데 시간이 좀 걸렸다.

평소 게임할 때마다 못마땅해 하던 엄마가 고치역에 도착할 때까지 창밖만 보고 잔소리 한마디 하지 않았다.

시만토의 경치가 노을에 잠긴다. 해가 저물어 간다.

지카라는 햇살을 받은 파란 강의 물빛을 특히 좋아했다. 설령 창밖에 강이 보인다 해도 이제 그 물빛은 볼 수 없다는 것을 지카라는 엄마의 옆얼굴 너머로 창밖을 내다보며 생각했다.

지카라와 엄마,

그리고 아빠.

도쿄에 살던 세 식구의 일상이 무너진 것은 초여름인 7월이 시작되었을 무렵이다.

아빠가 교통사고를 당했다는 전화가 모든 일의 시작이었다.

깊은 밤 전화를 받은 것은 지카라였다.

엄마와 지카라, 두 사람은 이미 잠자리에 들었다가 전화벨 소리에
깼다. 우연히 엄마보다 먼저 일어난 지카라가 졸린 눈을 비비며 "네,
혼조입니다" 하고 전화를 받았다. 전화기가 놓인 거실이 부모의 침실
보다 아이 방에 가까운 탓도 있었다.

잠에서 깬 목소리라 지카라가 아이라는 것을 몰랐는지 상대방이
"여기는 신주쿠 제일병원입니다" 하고 말하더니 곧바로 용건을 밝
혔다.

"거기 혼조 겐 씨 댁 맞습니까?"

아빠 이름을 듣고 눈이 떠졌다. 순간 복도의 벽시계를 올려다보니
오전 3시 40분을 가리키고 있었다.

"혼조 씨가 교통사고를 당해 이쪽으로 실려 왔습니다. 바로 병원으
로 와 주실 수 있습니까?"

헉 소리가 목구멍에서 걸렸다. 뒤늦게 일어난 엄마가 잠옷 차림으
로 "무슨 일이니?" 하고 미심쩍게 묻는다.

"아빠가 교통사고를 당했대⋯⋯."

현실감이 없는 상태로 수화기를 귓가에서 떼고 말하자, 엄마의 얼굴
빛이 바뀌었다. 지카라의 손에서 수화기를 빼앗아 전화를 바꾼다.

여보세요, 전화 바꿨습니다. 무슨 말씀인가요? 네, 그런데요, ⋯⋯
음, 네, 네⋯⋯. 네에?!

수화기를 쥔 엄마의 미간에 주름이 잡힌다. 얼굴이 순식간에 창백

해진다.

지카라도 충격을 받아 엄마 옆에 망연히 서 있었다.

연극배우인 아빠는 요즘 다음 무대를 연습하느라 매일 늦게 귀가한다.

아침에야 들어오는 날도 있는가 하면 아예 들어오지 않고 다음 날 연습에 나가기도 했다. 전부터 워낙 연습이 바쁘긴 했지만, 그 무대를 시작하고 나서 이렇게까지 늦어지게 되었다.

아빠는 쓰루기카이라는 극단에 소속되어 있고 엄마와도 거기서 알게 되었다. 엄마는 오래전에 극단을 그만두었고 집 근처 반찬 가게에서 아르바이트를 한다.

아빠는 최근 몇 년 사이 쓰루기카이 이외의 무대에 서는 일이 많아졌다. 그것을 객연*이라고 하는 모양이다.

쓰루기카이의 연극은 정해진 소극장에서 공연하는 경우가 대부분이었다. 연기하는 사람도 쓰루기카이에 소속된 아빠나 엄마의 친구뿐이지만, 객연일 경우에는 좌석 수가 많은 대극장에서 공연하는 경우도 많았다.

그런 객연 무대에는 TV에서 본 적이 있는 연예인도 자주 출연했다. 아빠를 만나러 분장실에 갔다가 드라마나 잡지에서 본 배우가 "네가 겐 짱 아들이구나?" 하고 말을 걸어 와 당황하면서도 몹시 기뻤던 기억이 있다.

아빠의 다음 무대는 객연인데, 주인공으로 TV와 잡지에 자주 나와

---

* 전속이 아닌 배우가 임시로 고용되어 출연하는 것.

지카라도 아는 유명 여배우가 출연한다. 장소는 시부야에 있는 시어터 미티어.

시어터 미티어는 좌석 수가 7백 석 가까이 되는 큰 극장으로, 지금껏 아빠가 선 무대 중 가장 규모가 크다면서 아빠와 엄마가 매우 기뻐했다. 집에 오는 아빠의 친구들도 "그렇게 큰 무대에 서다니, 겐 짱, 무슨 수를 쓴 거야?" 하고 장난스럽게 놀려 댔다.

쓰루기카이의 정기 공연은 매번 신주쿠의 극단 사무소 근처 소극장에서 한다.

백 명이 들어가면 꽉 찰 만큼 작고 좌석도 두 시간 앉으면 엉덩이가 아픈 파이프 의자다. 하지만 지카라는 그 작은 극장이 좋았다. 밤 공연이 끝날 때면 관계자와 단골 관객이 남아 그대로 빙 둘러앉아 뒤풀이를 하는 것도 재미있었다. 간식으로 받은 쇠고기 육포와 풋콩을 접시에 담아 나르는 것을 도우면 극단의 누나와 형이 "수고했어" 하고 칭찬해 주었다.

이미 극단을 떠난 엄마도 그들과 한데 어울리면 집에서보다 젊어 보여 어른이나 부모라기보다 친구끼리 신나게 떠드는 것처럼 느껴졌다. 그런 분위기 속에서 지카라도 다양한 어른들의 관심과 보살핌을 받는 것이 기뻤다.

아빠가 큰 무대에 서게 되어 자랑스러운 기분을 느낀 것은 사실이다. 하지만 아빠가 그 때문에 무리를 하다 사고를 당했다면.

생각하면 오금이 저렸다.

아빠는 얼마나 심하게 다쳤을까. 한밤중에 귀가를 서두르다 사고를 당한 걸까. 요즘 집에 늦게 돌아와 제대로 대화할 시간도 없었던 아빠에게 어젯밤 지카라는 "더 일찍 들어오면 안 돼?" 하고 말해 버렸다.

"지금 준비 중인 무대가 끝나면" 하고 대답한 아빠에게 "그건 언제 끝나는데?" 하고 묻고 말았다.

엄마도 아빠를 응원하는 한편 실은 집에 일찍 오기를 바라는 것 같았다.

그런 두 사람의 바람 때문에 아빠가 사고를 당한 것이라면 어떻게 해야 할까.

가슴이 짓눌리는 것 같다. 괜찮아, 괜찮아, 아빠는 돌아올 거야. 무사할 거야.

애써 스스로를 타이르는 지카라에게 통화를 끝낸 엄마가 말했다.

"지카라, 같이 병원 갈 수 있겠니?"

"응, 갈 수 있어."

지카라는 고개를 끄덕였다. 엄마와 함께 서둘러 옷을 갈아입고 얼굴도 씻지 않은 채 밖으로 나왔다. 엄마가 부른 콜택시는 이미 아파트 밑에서 대기하고 있었다. 지카라의 머릿속은 부디 아빠가 무사하기를, 심하게 다치지 않았기를, 하는 소망으로 가득했다.

"괜찮아."

엄마가 택시 뒷좌석에서 지카라의 손을 꽉 잡는다.

"아까 전화상으로는 아빠가 의식이 있는 것 같았으니 괜찮아. 분명히 괜찮을 거야."

엄마는 그렇게 말하면서 양손으로 지카라의 손을 감쌌다. 엄마 역시 지카라처럼 두려운 것이라고 생각했다. 가벼운 부상이라면 이런 시간에 병원에 불려 갈 리가 없다. 하지만 의식이 있다는 말을 듣고 지카라도 힘겹게 "응" 하고 대답했다. 둘이서 아빠가 있는 병원으로 향했다.

이때는 아직 지카라도, 엄마도 알지 못했다.

교통사고를 당한 아빠가 누가 운전하는 차에 탔는지를.

아빠는 혼자가 아니었다. 아빠는 그날 밤 시어터 미티어를 관객으로 가득 채우는 무대의 주연 여배우와 함께 있었다.

4

차창 밖으로 시만토강이 흘러간다.

사나에는 가만히 숨을 삼키고 지카라 쪽을 보지 않도록 애쓰며 새우를 꼭꼭 씹어 먹는다. 소금 간이 잘 밴 새우에서 갯가의 향기도 났다.

긴장을 늦추면 눈물이 나올 것만 같았다.

차창을 흐르는 논밭 너머로 강이 보인다. 저녁놀에 아름답게 빛나는 시만토강이 하늘을 비추어 풍부한 오렌지색으로 드넓게 반짝여 장관을 이루고 있다.

저곳에서 지카라를 억지로 떼어 놓은 것이 원통했다. 이렇게 할 수밖에 없었다고는 하지만 정말 이것이 최선이었을까 하는 후회와 망설임이 가슴에 복받쳐 오른다. 사나에 또한 저곳과 이런 식으로 헤어질 줄은 상상도 못했다.

─사나에, 도망쳐.

식당에서 자신의 손을 잡은 세이코의 말이 귀 깊숙이 남아 있다. 사나에의 손을 꼭 잡고 그렇게 말하는 그녀의 얼굴은 창백했다. 반면 말투와 손에 담긴 힘은 강했다.

LC 프로덕션에서 왔습니다, 하고 식당에 와서 자신을 소개한 그 남자를 앞에 두고 사나에는 옴짝달싹할 수 없었다. 발이 얼어붙어 움직이지도 못하고 뭐라 대꾸해야 할지 몰랐다. 자신을 내려다보는 남자의 눈빛은 매정하고 차가웠다.

"고치에 부군은 같이 오지 않으신 겁니까?"

말씨는 정중했지만 남자의 목소리에는 위협적인 울림이 있었다. 사나에의 입에서 "아……" 하는 얼빠진 소리가 나왔다.

"같이 안 계신 겁니까?"

남자가 다그치듯 묻는다. 눈 안쪽이 뭔가를 찾듯이 빛나더니 사나에를 뚫어지게 쳐다본다.

남편은 고치에 함께 오지 않았다.

사실인데도 그 짧은 대답조차 이 남자 앞에서 과연 해도 될지 판단이 서지 않았다. 사나에가 그렇게 대답한들 믿지 않을 수도 있다. 도쿄에서도 마찬가지였다. 이 사람들은 잠적한 남편을 찾아 사나에가 사는 아파트에 하루가 멀다 하고 찾아왔다.

남편의 행방은 알지 못한다. 어디로 갔는지 짚이는 곳도 없다.

스스로도 한심하지만 그렇게 대답할 수밖에 없었다. 같은 집에서 함께 살아온 가족인데도, 다른 사람도 아니고 자신의 남편인데도 사나에는 정말 아는 것이 없었다.

하지만 그들은 포기하지 않았다.

새삼 끔찍하다. 몸을 바르르 떨면서 자신이 떨고 있음을 알아차렸다.

그들은 포기하기는커녕 이곳까지 따라왔다.

지카라의 여름방학을 이용해 시만토에 가는 것은 친정 부모님과 극히 일부의 친한 친구들에게만 알렸다.

아르바이트를 하던 반찬 가게에도 당분간 휴가를 받고 싶다고 말했을 뿐이다. 남편의 사고 이후 주간지 기자와 LC 프로덕션 관계자가 사나에가 일하는 반찬 가게에도 찾아왔다. 가게에도 민폐가 되어 고용주인 점주 부부도 여름 동안 휴가를 인정해 주었다.

도대체 이 남자는 사나에 모자의 행방을 어떻게 찾아냈을까.

사나에 가족을 걱정하는 친구들 중 누군가가 가르쳐 준 걸까.

사나에는 혼란스러워하면서도 가까스로 대답했다.

"……남편은, 없어요. 여기에도, 오지 않았어요."

목구멍이 위축되어 쉰 목소리가 났다. 남자의 눈이 살짝 비뚤어지더니 사나에를 시험하듯 쳐다본다.

그때였다.

"이봐, 혼조 씨! 근무 중이잖아. 아는 사람이면 일 끝나고 보든가."

뒤에서 날아든 짧은 말에 등줄기가 곧게 펴졌다. 돌아보니 세이코였다. 주방 앞에서 쟁반을 세로로 들고 화난 얼굴로 이쪽을 보고 있다.

"아……."

"근무 중이잖아. 조금만 있으면 휴식 시간이니 그때까지 제대로 일해야지."

"아, 네."

동네 주민들도 자주 드나드는 이 식당에서 처음 듣는 엄격한 목소리였다. 순간 깜짝 놀라 움츠러들었다. 지금껏 세이코는 날카롭게 말한 적도 없거니와 심지어 "혼조 씨"라고 부른 것도 처음이었다.

사나에는 남자를 조심스럽게 올려다봤다. 눈을 직접 들여다보는 데에는 용기가 필요했다.

"죄송합니다. 일하는 중이라 더 하실 말씀이 있으시면 나중에 해도 될까요? 이제 곧 휴식 시간이거든요."

사나에의 말에 남자가 노골적으로 언짢은 표정을 보인다. 잠시 후그가 말했다.

"……알겠습니다."

"죄송합니다."

남자가 마지못해 승낙했다. 간신히 버티던 사나에는 눈을 휙 돌리고 고개를 숙였다. 겨우 몇 분간 맞섰을 뿐인데 온몸이 땀으로 흠뻑 젖었다.

주방으로 가는 도중 세이코가 "뭘 꾸물거리고 있어? 얼른 주방에 들어가라고" 하고 큰 목소리로 재촉했다. 이 역시 홀 담당인 사나에가 처음 겪는 일이었다. 사나에는 최대한 크게 "네!" 하고 대답했다.

세이코가 앞장서서 사나에를 이끌고 주방을 지나 식당 자리에서는 보이지 않는 안쪽 냉장고 앞까지 갔다. 그 거침없는 걸음걸이는 세이코가 정말 사나에에게 화가 난 것이 아닐까 하고 생각하게 만들 정도였다. 그러나 남자의 불온한 분위기가 그녀에게도 충분히 전해진 모양이었다.

세이코가 뒤돌아 조금 전까지의 엄격한 표정을 단숨에 누그러뜨리며 물었다.

"저 사람 누구야? 도쿄에서 온 사람? 아는 사람이야?"

"아니, 처음 봤는데 LC 프로덕션 직원인가 봐."

"LC 프로덕션?"

"……하루야마 마사키 씨의 기획사."

이름을 듣고 세이코의 표정이 얼어붙었다.

사나에도 그녀의 이름을 입에 담기가 몹시 괴로웠다. 자신도 괴롭지만 듣는 사람도 마음이 불편할 것이다.

그런데도 이름 뒤에 '씨'를 붙이고 만다. 그녀는 이제 없기 때문이다. 필요 이상으로 깎아내리고 싶지는 않았다.

세이코가 험악한 얼굴로 홀 쪽을 바라본다. 시간이 별로 없었다. 여기 틀어박힌 채 얼굴을 내밀지 않으면 남자도 뭔가 심상치 않다는 것을 눈치챌 것이다.

현기증이 날 것 같다.

오랜만에 도쿄에 두고 온 생활이 이것저것 떠오른다.

사실 지카라의 여름방학이 끝나 갈수록 불안한 마음이 점점 커졌다.

한밤중에 사고가 난 뒤 얼마 후 남편은 종적을 감추었고 사나에는 그의 행방을 모른다.

당시에는 알고 싶지도 않았다. 그런데도 남편을 찾는 사람들은 그 흔적을 사나에와 지카라가 사는 집에서 찾으려 했다. 시도 때도 없이 딩동, 딩동 하고 초인종이 울리는 데다 외출하려고 밖에 나가면 모르는 사람이 "이야기 좀 들려주십시오" 하고 갑자기 말을 걸어 왔다.

같은 아파트에 사는 주민들에게도 민폐가 이만저만이 아니었다.

지카라와 동갑인 아이의 엄마가 "우리 집에도 주간지 사람이 찾아왔었어" 하고 알려 주었다. 처음에 초인종이 울리자마자 바로 "207호에 사는 혼조 겐 씨가 여배우 하루야마 마사키 씨와 사고를 일으킨 건에 대해 어떻게 생각하십니까" 하고 정중하게 물었다는 이야기를 듣고 분노와 창피함으로 얼굴이 빨갛게 달아올랐다. 이래서는 집집마다 사건에 대해 퍼뜨리고 다니는 것이나 마찬가지다.

이사를 가야 한다는 생각도 해 봤지만 당장 준비할 수 있는 분위기가 아니었다.

어떻게 집을 알아냈는지 하루야마 마사키의 팬에게서 장난 전화와 협박 편지가 끊이지 않았다.

진지하게 어떻게든 해야 한다고 생각한 것은 LC 프로덕션에서 집을 찾아오고 나서였다.

남편이 시어터 미티어에서 하루야마 마사키의 상대역을 맡기로 정해졌을 무렵, 그가 큰 무대에서 활약하게 된 것을 순수하게 기뻐하던 사나에는 남편에게 이렇게 물었다.

"하루야마 씨, 예쁘지? 어떤 느낌이야?"

그때 남편의 대답을 떠올린다.

"예쁘고 공부도 열심히 하는 사람인데, 기획사가 너무 세다고 해야 하나. 무서운 형님들이 따라다녀서 같이 연습할 때 다른 사람들도 조심하는 분위기야."

마흔을 넘은 남편이 일부러 사용했을 '무서운 형님'이라는 말을 사나에는 그런가 보다, 하고 넘겼을 뿐 무슨 뜻인지 깊이 생각하지 않았다.

설마 남편이 사라진 뒤 혼자 그 사람들을 상대하게 될 줄은 상상도 못했다.

LC 프로덕션 직원들이 사나에와 지카라에게 폭력을 행사한 적은 단 한 번도 없다. 그들이 찾는 사람은 어디까지나 남편이다. 하지만 남편과 반드시 연락을 취하리라는 생각에 매일 집을 찾아왔다. 때로는 언성을 높이며 "남편의 책임은 곧 가족의 책임이라고 생각하시지 않습니까" 하고 위협하듯이 말했다. 거기에는 뭐라 대꾸할 말이 없었다. 늘 감시당하는 듯한 생활은 정신적으로도 한계였고, "연락이 오면 꼭 알려 드릴게요" 하고 돌려보내도 다음 날이면 다시 의무처럼 누군가 집을 찾아왔다.

지카라의 하굣길에서 기다렸다가 아이에게 질문한 사람도 있었다. 사나에는 자신이 없을 때 누군가 아이에게 이상한 소리를 할까 봐 등골이 서늘해졌다.

지카라에게는 "아빠 일은 나중에 이야기해 줄게" 하고 얼버무린 채 시만토에 와서도 아무 말도 하지 않았다. 어떤 말로 설명하면 좋을지 몰랐다. 아빠를 좋아해서 연습실에도 자주 놀러갔던 아들에게 어떻게 하면 큰 충격을 주지 않고 설명할지 답을 찾지 못한 상태였다.

그리고 지카라도 사나에에게 아무것도 묻지 않았다. 아들이 물을까 두려워 먼저 "나중에 이야기해 줄게" 하고 얼버무렸을지도 모른다.

그럴 때 세이코에게 연락이 왔다.

교통사고 후 주간지와 스포츠신문에 하루야마 마사키의 이름이 크게 실린 기사에는 그녀가 운전한 차의 동승자였던 혼조 겐의 얼굴과 이름도 나왔다. 첫 보도가 나간 뒤 친구들의 반응은 두 종류였다. 우선 종기를 만지듯 조심스러워하며 일부러 연락하지 않는 유형이다. 만약 연락한다 해도 부자연스러울 정도로 남편에 대해 언급하지 않았다. 배려하는 마음에서 그러는 것이겠지만 사나에는 오히려 숨이 막혔다.

또 하나는 "괜찮아? 내가 도울 일 있으면 언제든지 말해" 하고 격려하는 유형이다. 세이코가 "고민하다 이렇게 메일 보내. 사나에, 지카라 군하고 둘 다 괜찮은 거야?" 하고 연락해 온 것처럼.

"여름방학 동안, 우리 집에서 지내면 어때?"

세이코는 자신이 시집간 지역인 시만토에 오라고 친절히 권해 주었다.

그 친절을 받아들이는 것이 뻔뻔스럽다는 것쯤은 충분히 알고 있었다. 도쿄로 상경해 연극 무대를 보러 오는 세이코를 만날 때마다 "다음에는 내가 시만토로 갈게" 하고 겉치레처럼 반복해 왔다. 그 약속을 이 시점에 실행하는 것은 너무 염치가 없다.

하지만 "우리 집에는 아이가 없어서 남편이랑 시어머니도 대환영이래" 하고 세이코가 밝게 말해 주어 결국 사나에는 그들의 후의를 받아들였다.

LC 프로덕션이나 매스컴에서 도망치듯 지카라의 손을 잡고 무사히 비행기를 탔을 때는 온몸으로 한숨을 토해 냈다.

도망친다 한들 상황은 바뀌지 않는다.

그러나 여름방학 한 달이 뭔가를 바꿔 주지 않을까 생각했다. 솔직히 말해 그렇게 되길 바랐다.

그만 한 시간이 있으면 세간의 관심이 식어 뭔가 용서받을 것 같은 기분이 들었다. 사나에와 지카라가 무슨 잘못을 한 것도 아닌데, 그런데도 누군가에게 감시당하고 미행당하다 보면 그것만으로 비난받는 기분이 들었다. '용서받고 싶다'는 마음가짐을 갖게 된다.

시만토에는 도쿄와 전혀 다른, 평화롭고 너그러운 시간이 흐르고 있었다.

세이코는 사나에에게 자신이 일하는 드라이브인 식당에서 일할 것을 권유했다. 단기 아르바이트가 되겠지만, 관광객이 많은 여름은 식당 입장에서도 대목이라 분명히 고용해 줄 거라면서. 도쿄의 반찬 가게를 쉬어 수입이 끊긴 처지에 너무나 고마운 제안이었다.

식당에서 일하고, 지카라가 매일 저녁을 먹으며 강에서 있었던 일을 이야기해 주는 이 생활이 영원하지 않다는 것쯤은 알고 있었다. 여름방학이 끝나면 도쿄에 돌아가야 한다. 그때가 되면 세이코도 더는 도와줄 수 없다.

8월이 끝나갈수록 마음이 무거워졌다. 그래도 어떻게든 될 거라며 스스로를 타이르고 생각하는 것을 뒤로 미루어 시만토에서 남은 날을 조금이라도 즐겁게 보내려 애썼다.

그런데 설마, 도쿄에서 자신들을 따라온 사람이 있을 줄이야.

사나에가 얼어붙은 것은 찾아온 남자 때문이라기보다 그들이 포기하지 않았다는 사실 때문이었다.

이곳에 왔다는 건 남편이 아직 발견되지 않았다는 것이다. 여름방학이 끝나고 도쿄로 돌아가도 사나에와 지카라에게 평온한 나날이 되돌아오지 않는다는 것이다.

충격으로 굳어 버린 사나에에게 세이코가 말했다.

"사나에, 도망쳐."

사나에의 손을 잡고 그녀가 말한다. 그 목소리에 사나에는 정신이 돌아와 그녀를 봤다.

세이코의 얼굴이 창백하다. 하지만 말투와 손에 담긴 힘에 흔들림은 없다.

"지금 저 사람이랑 이야기해도 도쿄에 있었을 때의 일이 반복될 뿐이잖아?"

"……매일, 이 식당에 올지도 몰라."

생각하니 두려웠다. 전에 근무하던 반찬 가게에도 그들은 괴롭힐 작정인지 압박을 가하듯 매일 찾아왔다. 아무것도 모르는 손님들에게까지 괜한 소리를 할까 봐 사나에는 제정신이 아니었다.

"그럼" 하고 세이코가 말한다.

"곧장 집으로 가서 지카라 군을 데리고 도망쳐. 괜찮아. 저 사람한테는 휴식 중에 갑자기 사라졌다든가, 적당히 둘러댈게."

"그래도……."

말이 거기서 끊겼다.

세이코의 이마에 땀이 배어난 것이 보였기 때문이다.

그녀 역시 두려운 것일지도 모른다. 도쿄에 있었을 때 무슨 일을 당했는지를 사나에는 세이코에게 털어놓은 적이 있다.

그때는 "만약 여기서도 그런 일이 생기면 폐 끼치기 전에 나갈게" 하고 가볍게 말했다. 세이코는 "여긴 시골이라 괜찮아. 그런 일 없을 거야" 하고 웃었지만, 실은 불안한 마음도 있었을 것이다. 세이코의 남편과 시어머니도 마음씨 좋은 사람들이라 사나에와 지카라에게 잘

해 주었지만, 그 집에서 세이코의 입장은 '며느리'다. 사나에 모자를 받아들이기 위해 세이코도 여러모로 신경 썼을 것이다.

여기서 도망치는 것은 그 집 식구들에게 끼칠 폐를 줄이는 셈이기도 하다.

"알겠어."

사나에는 고개를 끄덕였다.

이런 식으로 이곳을 떠날 줄은 몰랐다. 사나에가 승낙하기를 기다렸다는 듯이 그동안 주방 안쪽에 있던 주방장 구보우치가 "여봐" 하고 불렀다.

움찔한 사나에는 어깨에 힘을 주고 그를 쳐다봤다. 말소리가 들렸을지도 모르고, 홀을 담당하는 두 사람이 담당 구역에서 벗어났으니 꾸지람을 들을지도 모른다고 생각했다. 그런데 구보우치가 턱짓으로 주방 안쪽을 가리켰다.

"갈 거면 정면 계단 말고 조리실을 이용하게. 뒷문에 있는 자전거는 나중에 돌려줄 거면 써도 되고."

깜짝 놀라서 구보우치를 봤다. 시만토에 온 사정에 대해 그에게는 한마디도 하지 않았다. 그런데 세이코가 조금도 놀라지도 않고 사나에의 얼굴을 보며 "자전거 타고 가" 하고 말하기에 어떻게 된 일인지 알 것 같았다.

"우리 집에 세워 놓으면 내가 나중에 돌려줄게."

세이코가 여기 사람들에게 사나에의 사정을 어느 정도는 이야기했을 것이다. 고용될 수 있도록 협의해 준 것이다.

사나에는 말없이 고개를 끄덕였다. 구보우치에게 자전거 열쇠를 받은 뒤 탈의실에서 앞치마를 벗고 로커 속 짐을 닥치는 대로 가방에 넣었다. 가방을 들고 서둘러 주방 뒷문을 지나 계단을 뛰어 내려갔다. 마지막에 세이코와 맞잡은 손에 아직 온기가 남아 있었다.

자전거를 타기 직전에서야 식당 샌들을 신고 있음을 알아차렸다.

오늘 아침에 신고 온 운동화를 탈의실에 두고 온 것이 속상했지만 되돌아가기가 두려워 그대로 자전거에 올라탔다.

세이코의 집까지 정신없이 페달을 밟는 동안 머리 한구석에서 오늘까지 일한 급여는 어떻게 될까 하는 의문이 문득 떠올랐다. 도망치듯 사라진 자신에게 급여를 줄까.

이런 상황에서, 지금껏 실컷 보호받고 배려받았으면서 그런 생각을 하는 자신에게 혐오감을 느꼈다. 하지만 앞으로 어떻게 될지 모른다고 생각하니 불안해서 숨이 막힐 것 같았다.

세이코의 집에 도착하니 지카라는 아직 오지 않은 상태였다. 빨리, 빨리 하고 쫓기는 마음으로 집을 뛰쳐나가 강을 향해 내달렸다.

머리 위에서 여름의 태양이 빛나고 있다.

햇살을 받아 반짝이는 논길을 느긋한 걸음걸이로 걸어오는 지카라와 료의 모습이 보였을 때 사나에는 발끝부터 무너져 온몸의 힘이 빠져나갈 것 같았다.

미안해, 하고 마음속으로 지카라에게 사과했다.

이렇게 날씨가 좋은 날에 아들을 이곳에서 떼어 놓아야 하는 불합리함에 한심해서 눈물이 나올 것 같았다.

제2장

언덕길과 골목길로 이루어진 섬

~~~~~~~~~

1

쏴쏴쏴쏴쏴쏴 하고 귀를 간질이는 소리가 난다.

쏴쏴쏴쏴쏴쏴, 쏴쏴쏴쏴쏴쏴 하는 잔잔한 소리와 바닷물 냄새.

파란 다다미 냄새가 나는 방의 이불 위에서 지카라는 눈을 떴다. 어제도 그랬듯이 자기 전에는 분명히 덮었던 이불과 타월 이불이 밤사이 걷어찼는지 없어졌다. 그 탓에 팔이 살짝 차가웠다.

창문에서 노란 아침 해와 바람이 들어온다.

에어컨을 싫어하는 엄마가 밤중에 창문을 연 것이다. 햇빛에 바랜 얇은 커튼이 바람에 살랑거린다.

밖에서 누군가 이야기하는 소리가 들린다.

잡담을 하는 듯한 목소리는 지카라보다 나이가 많은 중학생 혹은 고등학생의 것처럼 들린다. 와글와글한 목소리 사이로 호루라기가 삑 울린다.

핫둘핫둘 하는 구호 소리가 조금 늦게 한 목소리로 들려온다. 아마 하나 둘 하나 둘 하고 외치는 것이리라.

몸을 일으키자 엄마는 이미 없었다.

지카라의 옆에 깔려 있던 이불이 가지런히 개어져 있다. 지카라는 말없이 창가로 갔다.

체육복 차림의 중학생으로 보이는 무리가 해변을 달리고 있다. 그 밖에 모래사장에는 2인 1조로 유연체조를 하고 있는 단체도 보인다. 동아리 활동인가 하고 생각하고 있는데 모래사장의 벤치 위에 검도의 죽도가 기대어 세워져 있는 것이 보였다. 학생들이 입고 있는 셔츠 오른쪽 가슴에 학교 이름인 듯한 '家中'이라는 마크가 들어가 있다. '이에 중'이라고 읽는 걸까.

모래사장 너머로 파란 바다가 끝없이 펼쳐져 있다. 바다에 햇살이 내려앉아 반짝이고 그 너머로 다른 섬이 희미하게 보인다.

벽시계를 올려다보니 8시였다.

할 일도 없고 해서 지카라는 중학생들의 아침 훈련을 멍하니 지켜봤다. 달리기를 마친 무리가 돌아와 저마다 죽도를 손에 들었다. 그늘이 없는 모래사장은 운동화를 신었어도 다리에 힘을 단단히 주지 않으면 서 있기 힘들어 보인다. 지카라가 있는 곳에서 봐도 모래가 폭신폭신하고 부드럽다는 것을 알 수 있었다.

뒤에서 장지문이 열리고 엄마가 들어왔다.

"아, 좋은 아침이구나."

지카라도 뒤돌아 "좋은 아침" 하고 중얼거리듯 말했다.

"잘 잤니? 어젯밤 모래사장 쪽에서 늦게까지 노는 사람이 있어서 좀 시끄러웠는데."

"괜찮아."

엄마가 창가로 다가왔다. 중학생들이 모래사장에서 죽도를 휘두르기 시작한 모습을 보고 "아" 하고 고개를 끄덕였다.

엄마가 말한다.

"검도부구나."

"응."

거기서 대화가 끊겼다. 지카라는 엄마의 옆얼굴을 올려다본다.

"어디 갔다 왔어?"

"욕실 옆에 코인 세탁기 있잖아. 거기서 빨래했어."

모래사장에는 동아리 활동 중인 중학생 외에도 지카라 또래의 초등학생과 그보다 훨씬 어린 두세 살쯤 되어 보이는 아이를 데려온 가족도 있었다. 모두 낡은 모래놀이 세트를 들고 있거나 자전거를 바닥에 옆으로 눕혀 놓은 것으로 보아 관광객이 아니라 이 섬에 사는 주민들인가 보다.

"아침밥 먹으러 갈까? 1층에서 언제든지 먹으러 와도 좋대."

"응."

"네가 어제 좋아한 김조림, 또 나왔으면 좋겠구나."

"나오겠지, 뭐."

엄마에게 하는 말 하나하나가 시만토에 있었을 때보다 토막토막 끊어서 말하게 된다. 엄마가 입을 다물었다는 것을 알았지만 얼굴 보기가 껄끄러워서 지카라는 그대로 창가에서 물러났다.

잠시 후 엄마가 "갈아입을 옷" 하고 말했다. 보스턴백에서 새 티셔츠와 반바지를 꺼내 지카라에게 건넸다.

밖에서는 동아리 활동 중인 목소리 너머로 솨솨솨솨솨솨 하는 잔잔한 파도 소리가 끊이지 않았다. 같은 물인데도 강과 바다는 냄새와 소리, 색깔이 전혀 다르다. 며칠 만에 완전히 다른 곳에 온 것이 지카라는 신기했다.

효고현 히메지시에 있는 이에시마.

히메지항에서 고속선으로 35분 거리에 있는 이에시마는 세토내해에 떠 있는 작은 섬 중 하나다. 지카라는 어제부터 엄마와 함께 이에시마의 바닷가 민박에 머물고 있다.

지카라는 섬이라는 곳에 처음 와 봤다.

도쿄에서 자란 엄마도 아마 마찬가지일 것이다. 지카라의 외할머니 집은 니시도쿄시, 친할머니 집도 사이타마현이라 두 군데 다 근처에 바다가 없다.

어렸을 때부터 지카라에게 '시골'은 사이타마의 할머니 집을 뜻하는 말이었다.

지금껏 바다에 간 적은 다 합해도 세 번밖에 기억나지 않는다. 아빠의 극단 사람들이 지바현 보소반도에서 합숙하는 데 따라간 김에 엄마와 해수욕을 했다.

사방이 바다로 둘러싸인 섬에서 산다는 것은 자신과 가장 먼 일처럼 생각되었다.

그래서 시만토를 떠나 고치역에 도착할 무렵 열차 안에서 엄마가 갑자기 "지카라, 섬은 어떨까?" 하고 물었을 때 깜짝 놀랐다.

"섬?"

장시간의 철도 여행으로 료가 준 새우 찬합은 거의 비어 있었다. 엄마가 그 찬합을 보스턴백에 넣으며 "섬" 하고 다시 읊조리듯 말했다.

그러고는 그때까지의 침묵을 깨고 묘하게 진지한 표정으로 지카라를 향해 몸을 틀었다.

"미안하다. 아까는 돌아간다고 했는데 아직 도쿄로 돌아갈 수가 없어."

서늘한 것이 등줄기를 쓰다듬는 기분이었다. 지금껏 어렴풋이 느끼기는 했지만 막상 듣고 보니 아무 말도 할 수 없었다.

엄마가 뭔가를 제대로 이야기해 준 것은 처음인 것 같았다.

아빠가 탄 차가 사고를 일으킨 뒤에도, 주간지와 TV 사람들이 집에 왔을 때도 엄마는 지카라에게 "나중에 이야기해 줄게" 하고 넘어간 채 아무것도 이야기해 주지 않았다. 어느 날 갑자기 "가야 해"라고 말하더니, 세이코가 사는 고치현까지 갔다. 고치에 가는 것에 대해서도 한마디 상의조차 없었다.

여러 일이 한꺼번에 일어나 많은 것이 변했는데도 엄마는 지카라에게 늘 겸연쩍은 얼굴만 보일 뿐, 사정을 제대로 설명해 준 적이 없었다.

하지만 지카라는 우선 사과부터 받고 싶은 마음이 강했다.

"거짓말을 했다는 거네?"

"어?"

"료 형이랑 아저씨한테 거짓말을 했다는 거잖아."

료와 료의 아버지에게 도쿄로 돌아간다고 말해 놓고 다른 곳으로 간다면 그것은 거짓말이다.

거짓말을 하면 안 된다고 옛날부터 지카라에게 주의를 주었으면서 정작 자신은 거짓말을 해도 된다는 걸까.

지카라의 말에 지금껏 피곤한 눈빛이던 엄마가 약간 당황한 것처럼 보였다.

"거짓말이라기보다……."

엄마가 말한다. 뭔가를 변명하듯 입술을 벌리더니 이내 다문다. 그러고는 인정했다.

"……그러게. 거짓말이네."

지카라는 잠자코 있었다. 료와 료의 아버지는 어쩌면 자신들의 사정을 알고 친절히 대해 준 것인지도 모른다. 엄마도 지카라처럼 그것을 알아차렸을지도 모른다. 그렇더라도 엄마가 거짓말을 한 것은 그것과는 별개의 문제다.

지카라는 화가 났다.

엄마 혼자 잘못했다는 건 아니다. 그것을 알면서도 어쩔 도리가 없었다. 가슴속 분노를 터뜨리는 대신 물었다.

"LC 프로덕션에서 누가 왔었어?"

지금 묻지 않으면 엄마는 또 아무 말도 하지 않는 상태로 되돌아갈 것 같았다. 엄마가 체념한 듯 고개를 끄덕였다.

"그래. 엄마랑 세이코 이모가 식당에 있는데 찾아왔었어. 아빠는 같이 안 왔느냐고 묻더라."

지카라가 입을 다물자 엄마가 계속했다.

"지금 도쿄로 돌아가도 시만토에 가기 전과 아무것도 달라지지 않았을 거야."

지카라, 하고 엄마가 불렀다.

"여름방학이 끝날 때까지 얼마 안 남았지만 그래도 시간이 있잖니. 그 사람들이 찾아내지 못하는 곳까지 가 봐도 될까? 거기서 잠시 앞으로의 일을 생각해 보자."

"……그래서 섬이야?"

"응."

엄마 역시 지금껏 섬에 한 번도 간 적이 없을 것이다. 그런 엄마가 고개를 끄덕이며 말했다.

"너무 단순한가."

섬.

TV에서 본 인상을 머릿속에서 그려 본다.

무슨 현의 무슨 섬인지 제대로 알고 본 것이 아니어서 막연한 이미지밖에 없다.

그 섬과 혼슈*사이가 바다로 막혀 있어 물건을 살 수 있는 것은 일주일에 몇 번, 혼슈에서 연락선이 올 때만 가능하다는 정보를 어렴풋이 기억한다. 주민이 얼마 없어서 조용한 환경일 거라는 상상도 갔다. 그런 곳이라면 엄마 말대로 따라오는 사람이 없을지도 모른다.

2학기 개학식은 8월 27일.

아직 닷새 남았지만 숙제를 다 하지 못했다. 시만토에 있을 때 엄마에게 독서 감상문용 원고지를 추가로 사 달라고 해야 하는데, 내내 잊고 있었다.

도쿄로 돌아가고 싶은 마음도 있다.

* 일본 열도 가운데 가장 큰 섬.

하지만 조금만 더 여행해도 좋지 않을까 하는 생각도 든다. 무엇보다 도쿄로 돌아가도 시만토에 가기 전과 아무것도 달라지지 않았을 거라는 엄마의 말이 지카라에게 적잖이 충격이었다. 당장 돌아가고 싶지 않은 것은 지카라도 마찬가지다.

"좋을 것 같아."

지카라의 대답에 엄마가 조금은 안심한 듯이 보였다. 그래서 덧붙여 말했다.

"섬에 한 번쯤은 가 보고 싶어."

소리 내어 말해 봤지만 정말 그렇게 생각하는지 어떤지는 지카라도 잘 몰랐다. 여름방학도 얼마 안 남았고, 어차피 도쿄로 돌아가지 않는다면 어디든 상관없다는 마음이었다.

고치역에 도착했을 때는 이미 캄캄했다.

오늘은 여기서 내려 저녁을 먹겠구나 싶었더니 엄마가 곧바로 다른 열차를 탄다고 해서 놀랐다.

"오늘 안에 시코쿠에서 나가려고" 하는 말에 더욱 놀랐다.

엄마가 어떤 섬을 말하는지는 몰라도 시코쿠라면 모든 현이 바다에 접해 있어 어디로 가든 섬이 있을 것이다. 그래서 엄마도 섬을 생각해 냈을 줄 알았는데, 그것보다 더 멀리 가려는 것이었다니. 혼슈로 돌아가려는 걸까.

"어디 있는 섬에 가는 거야?"

"아직 못 정했는데."

"혼슈로 돌아가서도 섬이 있어?"

"있지. 모모타로 동화에 나오는 도깨비섬은 오카야마현에 있는 섬을 모델로 삼은 거래."

"아⋯⋯."

엄마가 열차표 발매기 앞에 줄을 서면서 대답했다. 고치역은 직장과 학교를 마치고 돌아가는 직장인과 학생들로 북적이는 시간대인 듯했다. 그 안에 서 있는 지카라 모자는 주변에서 매우 동떨어져 있는 느낌이었다.

발매기에서 표를 구입한 엄마가 오카야마 행이라고 쓰인 열차표를 주었다. 그럼 이제부터 도깨비섬에 가는 걸까. 고개를 들자 지카라의 생각을 알아차렸는지 엄마가 왠지 쑥스럽게 웃었다.

"방금 너랑 이야기하고 결정했어. 우선 오늘은 오카야마까지 가 보자."

"시코쿠에서 혼슈까지 비행기가 아니어도 갈 수 있구나."

"어?"

"사이에 바다가 있잖아."

지카라가 소박한 의문을 제기하자 엄마가 고개를 끄덕였다.

"시코쿠도, 규슈도 비행기를 타지 않아도 갈 수 있어. 생각해 보니 굉장하네."

엄마는 열차 안에서 먹을 수 있게 매점에서 도시락을 사라고 했지만, 아직 배가 고프지 않았다. 료가 준 새우를 계속 먹은 탓도 있다.

"안 먹을래" 하고 대답하자 엄마는 "배고파질걸" 하고 얼굴을 찡그렸지만, 엄마 역시 그렇게까지 배가 고프지 않은가 보다. "열차 안에서도 팔겠지" 하고 혼잣말을 하더니 더 이상 지카라에게 아무 말도 하지 않았다.

고치에서 오카야마로 가는 열차 안에서 지카라는 열차가 바다를 건너는 순간을 기대했다. 하지만 그것을 확인하기 전에 게임을 하다가 어느새 잠들어 버렸다.

다음에 눈을 뜬 것은 오카야마역에 도착하기 직전이었다.

엄마가 "지카라, 다 왔어" 하고 어깨를 흔들었다.

"바다는? 벌써 건넜어?"

왜 깨우지 않았느냐고 엄마를 원망하는 말투로 말했지만 엄마는 태연했다.

"어두워서 거의 아무것도 안 보였거든."

그렇게만 말하고 내릴 준비를 했다.

오카야마역에서 밖으로 나가자 역 앞 길거리에 '1박 4천 5백 엔'이라는 간판이 크게 걸린 호텔이 보여 엄마와 그곳을 향해 걸어갔다. 로비 의자에서 기다리라는 말에 프런트에서 체크인을 하는 엄마의 뒷모습을 멍하니 지켜봤다. 예약을 하지 않았고 벌써 밤인데도 숙박할 수 있는 모양이다.

담배 냄새가 희미하게 나는 작은 방에 짐을 놓으러 간 순간 침대가 하나밖에 없다는 것을 알았다. 초등학교 5학년씩이나 돼서, 하는 마음에 엄마를 봤다. 불만을 말한 것도 아닌데 엄마도 신경이 쓰였는지 "더블침대 방밖에 없었단다" 하고 변명하듯 말했다.

"아직 여름방학이라 관광시즌이잖니. 하룻밤만 견디자."

"······알겠어."

사실은 싫었다. 그렇다고 언성을 높이며 싸울 만큼 싫지도 않다.

지카라가 수긍하자 엄마가 노골적으로 안도한 표정을 보였다.

"그 대신 맛있는 거 먹으러 가자" 하고 데려간 역 앞 거리에 문을 연

곳은 라면 가게밖에 없었다.

그 가게의 라면은 국물이 진하고 고명으로 올라간 돼지고기가 유난히 질겼다. 튀김만두도 너무 짠 것 같았다. 가게 바닥도 신발 밑창이 달라붙는 게 아닌가 싶을 만큼 기름으로 번들거렸다. 하지만 지카라는 말없이 라면을 후루룩 먹었다. 가게에는 라면과 함께 맥주를 주문하는 직장인 같은 사람들밖에 없어 거기서도 자신과 엄마는 그 자리에 어울리지 않는 존재처럼 느껴졌다.

엄마가 휴대폰을 만지작거렸다. 처음에는 문자를 확인하는 줄 알았는데, 인터넷을 검색하는 모양이었다.

라면 가게를 나오자 엄마가 "서점에 들러도 될까?" 하고 물었다.

늦게까지 하는 역 건물로 들어가니 서점이 있었다. 서서 만화책을 읽고 싶었지만 거의 다 비닐로 포장되어 있었다. 하는 수 없이 좋아하는 만화책 표지만 구경했다. 엄마가 사 주지 않을까 기대했지만, 엄마는 여행 잡지와 지도 코너에 서서 책을 살피느라 지카라를 신경 쓸 겨를이 없었다.

결국 아무것도 사지 않고 서점에서 나왔다.

호텔로 돌아가 이번에는 로비에 놓인 컴퓨터로 인터넷을 시작했다. 지카라는 먼저 방으로 가라는 엄마의 말을 듣지 않고 엄마가 인터넷하는 모습을 옆에서 지켜봤다.

지카라의 짐작대로 엄마는 이제부터 어디로 갈지 찾고 있었다. 컴퓨터 화면을 바라보던 엄마가 수첩에 뭔가를 적어 넣었다.

"어디 갈지 정했어?"

지카라가 묻자 거기에는 대답하지 않은 채, 그저 "이제 괜찮아" 하고 말한다. "가자" 하며 지카라를 방으로 데려간다.

엄마가 정한 행선지를 들은 것은 방에 들어가고 나서였다.

"이에시마라는 곳에 가 볼 생각이야."

이에시마는 처음 듣는 섬 이름이었다.

"무슨 현에 있는데?"

"효고현."

지카라는 놀라서 확인했다.

"도깨비섬이 아니라? 효고현에도 섬이 있어?"

"그래. 효고도 세토내해에 접해 있어서 섬이 있거든."

엄마가 설명한다.

"알아봤더니 오카야마에 있는 도깨비섬의 모델이었을지도 모를 장소는 섬이 아니라네. 여러 설이 있는데 섬을 모델로 삼았다고 하는 지역은 가가와현. 게다가 그 섬은 너무 작아서 당분간 머물기에는 적합하지 않은 것 같아. 그런데 이에시마는 너무 작지도 않고 인구도 그런대로 있는 것 같으니 일단 가 보자. 관광하러 꽤 오나 보더라."

"사람이 많아?"

섬이라 하면 살기 불편해서 사람이 별로 없다는 이미지가 먼저 떠오른다. 엄마가 고개를 끄덕였다.

"그래. 다른 섬은 초등학교밖에 없는 곳도 많은데, 이에시마는 고등학교까지 있어."

"흐음."

지카라는 잠시 생각한 뒤 물었다.

"집이 많아서 이에시마야*?"

그러자 엄마가 웃음을 터뜨렸다. "뭐라고?" 하고 웃으며 고개를 가로젓는다.

"아니야. 엄마도 처음 알았는데, 아까 본 인터넷에 재미있는 이야기가 있더라. 옛날에 진무천황이 멀리 여행을 떠나다가 바다에서 폭풍우를 만났는데 이에시마 주변의 만으로 들어갔더니 폭풍우가 거짓말처럼 멎었대. 그때 '마치 집 안에 있는 것 같다' 하는 말에서 이에시마라는 이름이 붙여졌다고 하는구나."

"진무천황이면, 얼마나 옛날 시대 이야기야?"

"그건…… 엄마도 잘 몰라."

엄마가 가르쳐 줬어도 지카라는 모를지도 모른다. 역사는 6학년 사회 시간에 배우기 때문이다.

하지만 '가면 폭풍우가 멎는 섬'은 왠지 흥미로운 느낌이 들었다. 폭풍우가 멎어 마치 보호받는 느낌이었으리라. 그 감각이 집, 즉 '이에'라는 이름으로 남은 것도 지카라는 조금 알 것 같았다.

먼 곳에 와서 폭풍우를 만나 자신의 '집'으로 돌아가고 싶다고 생각했기 때문에 자연히 그렇게 표현했을지도 모른다.

"가 봐도 될까?"

엄마가 지카라에게 물었다.

이미 그렇게 하기로 결정했으면서 이제 와서 묻다니 비겁하다는 생각도 들었지만, 그나마 묻기라도 하니 전에 비해 나아졌다는 생각도

---

* 家島, 일본어로 집을 '이에', 섬을 '시마'라고 발음한다.

들었다.

"좋아."

지카라가 대답했다.

그날 밤 지카라가 먼저 잠자리에 들었지만, 눈 안쪽이 낮에 쬔 시만 토의 햇빛을 여전히 품고 있는 것처럼 밝아서 좀처럼 잠들지 못했다. 그곳을 떠난 지 아직 하루도 지나지 않았다는 사실이 믿기지 않았다.

료는 어떻게 하고 있을까.

지카라가 떠났는데도 지금쯤 집에서 밥을 먹고 목욕을 하고 잠자고 있을까. 내일부터 아무것도 달라지지 않은 채 다시 강에 고기잡이배를 띄울까. 생각하면 가슴속이 옥죄는 듯한 감각이 엄습했다.

눈을 감고 있자 지카라보다 조금 늦게 양치를 하고 나온 엄마가 침대 속으로 들어왔다.

엄마와 한 침대에서 자는 것은 부모님 침실에서 같이 자던 초등학교 2학년 때 이후 처음이었다. 엄마는 지카라가 이미 자고 있다고 생각하는지도 모르지만, 그런데도 옆에서 "잘 자렴" 하고 속삭였다.

등 뒤에 있는 엄마의 존재가 신경 쓰여 몸을 뒤척이는 척 엄마 쪽으로 누웠다.

호텔 창문 건너편이 역 앞인 까닭에 커튼 너머로 아직 밝은 네온 빛이 느껴진다. 술주정뱅이가 떠드는 듯한, 누군가 고래고래 소리를 지르며 말하는 소리가 이따금 들려와 마음이 뒤숭숭하다.

눈을 살짝 뜨니 엄마는 지카라를 등지고 누워 있었다.

작게 코를 훌쩍이는 소리를 들은 것 같아 지카라는 황급히 몸을 뒤쳐 누웠다. 좁은 방 안에서 눈을 꼭 감고 열심히 자는 척을 했다.

2

"자네도 수영 대회 왔는가?"

어항漁港 근처의 생선 가게에서 밖에 내놓은 양동이 속을 들여다보고 있는데 말소리가 들렸다.

자신에게 말 붙이는 사람이 있으리라고는 생각도 못 한 사나에는 순간 자신에게 하는 말인 줄 모르고 "음?" 하고 고개를 들었다.

가게 안쪽에서 어깨에 수건을 걸친 여자가 이쪽으로 나왔다. 60대 초반으로 보이는, 아주머니와 할머니의 중간쯤 되어 보이는 사람이다. 오글오글한 비단 소재의 화려한 꽃무늬가 들어간 소매 있는 앞치마를 걸치고 발에는 다른 생선 장수처럼 고무장화를 신고 있다.

작은 생선 가게는 과연 바다로 둘러싸인 섬에 있는 만큼 생선이 든 양동이와 수조가 가게 밖에 잔뜩 놓여 있었다. 처음 보는 커다란 전갱이가 아무렇게나 놓인 양동이 속에 가득 들어 있었다.

아주머니는 사나에가 대답이 없자 자신의 질문을 듣지 못한 줄 알았는지 다시 물었다.

"수영 대회 말이야. 헤엄치러 왔나?"

"아, 아니에요. 마침 어제까지 했다고 들었어요."

어제 지카라와 사나에가 오카야마에서 히메지를 거쳐 셔틀버스로 히메지항에 도착했을 때 항구는 뜻밖에 사람들로 혼잡했다.

배가 일주일에 몇 번밖에 오지 않는 섬도 있겠지만, 이에시마는 인구도 많고 활기 넘치는 섬인 것 같았고, 히메지항과 섬을 잇는 고속선도 아침 7시대부터 밤 9시대까지 대체로 한 시간에 한 대씩은 있다.

그렇게 조사하긴 했지만 항구에 섬사람이 아닌 듯한 젊은 사람이 많아 항구 직원에게 "오늘 무슨 행사 같은 거 있나요?" 하고 물었다. 그때 돌아온 대답이 방금 아주머니가 말한 수영 대회다. 섬에서 섬으로 헤엄쳐 건너는 코스가 있는, 일본에서 유일한 대회라고 한다.

그 참가자들에 둘러싸여 엄청난 인파에 압도되면서도 그 거리낌 없는 분위기에 오히려 섬으로 건너가는 용기를 덩달아 받은 기분이었다.

수조 속을 유유히 헤엄치는 물고기들을 곁눈질하며 사나에는 자신이 섬에서 섬으로, 몇 킬로미터나 되는 거리를 헤엄칠 수 있는 사람으로 보이는 걸까, 하고 쓴웃음을 지었다.

"제가 수영을 잘하게 생겼나요?"

이에 아주머니가 투박하게 끄덕였다.

"마르긴 했어도 요즘 여자들이야 워낙 팔팔하니."

"수영 대회에 아이와 어르신도 참가하는 것 같더라고요. 짧은 코스도 있고요."

"대회도 끝났는데, 그럼 자네는 뭐 하러 왔나? 친척이 있나 봐?"

생선 가게 아주머니의 질문에 사나에는 천천히 숨을 들이마신다.

이곳을 찾는 관광객도 있다고 들어서 이에시마로 결정했건만, 수영 대회 같은 특별한 행사가 아닌 한 이곳에 온 데에는 뭔가 이유가 없으면 이상하게 생각하는 것 같았다.

인구가 많은 섬이라고 하는 만큼 이에시마는 과소 지역이라는 느낌은 들지 않았다.

하지만 섬을 걸어 다니다 보면 사나에가 섬 밖에서 온 사람이라는 것을 모두 한눈에 알아본다. 아주머니가 처음 보는 자신에게 스스럼 없는 말투로 '자네'라고 부르는 데서 친근감과 외지인에 대한 거리감이 동시에 느껴졌다.

"아들하고 둘이 놀러 왔어요. 여름방학인데 아무데도 못 데려가서, 방학의 마지막 추억을 만들려고요."

"아하. 어디서 왔는데?"

"아, 오사카요."

도쿄라고 대답하면 그렇게 먼 데서 왔느냐고 또 놀랄 것 같아 입에서 나오는 대로 둘러댔다. 내뱉고 나서 사나에는 오사카 사투리도 쓰지 않거니와 오사카의 어느 지역인지 지명을 물어도 대답할 말이 없다는 것을 깨달았지만, 아주머니는 관심이 있는지 없는지 "흐음" 하고 끄덕일 뿐이었다.

지카라는 오늘 아침을 먹은 뒤 사나에의 허락을 맡고 따로 외출했다.

그 아이도 나름 혼자 있고 싶을 때가 있을지도 모른다. 작은 섬인 만큼 길을 헤맨다 해도 민박집 이름을 대고 길을 묻는 정도는 할 수 있을 거라는 생각에 외출을 허락했지만, 지금쯤 사나에처럼 섬 주민들에게 질문을 받고 있을지도 모른다. 너무 멀리 나가지 않도록 당부했는데도 갑자기 걱정이 된다.

"생선 사려고? 어쩔 거야?"

"맛있어 보이네요. 사고 싶긴 한데……."

팔려고 내놓은 싱싱한 생선을 바라본다.

숙박 중인 민박집은 결코 비싸지는 않지만 식사를 포함하지 않으면

더 싸게 머물 수 있다. 어젯밤 저녁상에 올라온 생선회와 김, 미역 된
장국은 매우 맛있었다.

아까 외출할 때 주인이 만약 오늘 저녁도 먹을 거면 어제와는 다른
음식을 내려는데, 어떻게 하겠느냐고 물었다.

부부 둘이서 운영하는 작은 민박집인데 요리를 담당하는 아내가 지
카라에게 마음을 쓰는 듯했다. 햄버그스테이크나 카레도 가능하다고
말해 주어 마음 씀씀이가 고맙긴 했지만, 그런 호강을 누려도 될까 하
는 걱정도 됐다.

민박집 주인에게 섬에서 달리 식사가 가능한 장소가 없는지 묻자
그가 섬 관광지도를 주었다. 손으로 직접 그려서 만든 듯한 지도에는
식당 등의 위치가 표시되어 있었다. 특히 고급 일식과 초밥이라는 글
자가 유난히 눈에 띄었다. 가급적 저렴하게 먹을 만한 우동이나 메밀
국수 가게를 찾았지만 따로 표시되어 있지 않았다. 음식점이라고만
쓰인 가게에서 어쩌면 면류도 팔지 모르지만 아무 정보도 없이 들어
가기에는 용기가 필요하다. 물론 혼슈에 있는 패스트푸드 체인점은
전혀 찾아볼 수 없었다.

잡화점 위치도 나와 있지만, 편의점처럼 도시락이나 주먹밥을 바로
살 수 있는 분위기가 아닐 수도 있다. 민박집과 반대쪽 지역까지 가면
슈퍼마켓이 있는 모양이다.

항구 근처에 있는 이 생선 가게도 지도에 나와 있었다. 민박집과 가
까워서 생선 말고 다른 것도 팔지 않을까 기대했지만 별다른 것은 없
었다.

미련을 못 버리고 큰 전갱이가 헤엄치는 양동이를 들여다봤다.

실은 직접 재료를 사서 요리하는 것이 가장 좋다. 하지만 그렇게 하려면 집을 따로 빌려야 할 것이다. 짧은 체류로는 어림도 없다.

"어디서 묵는데?"

"해변에 있는 '바다 꽃'이요."

"아, 거기는 생선을 사 가면 요리해 주는데. 그렇게 하지 그래?"

아주머니가 차양 밖으로 나와 햇빛에 반짝이는 양동이 몇 개를 가리킨다.

"이 고등어라면 싸게 줄 수 있어."

아주머니가 햇볕 아래로 완전히 나온 순간, 사나에는 속으로 앗 소리를 질렀다. 아주머니 얼굴이 번쩍번쩍 빛났기 때문이다.

이마며 뺨이며 눈두덩이며 할 것 없이 마치 펄이 들어간 파운데이션으로 화장을 한 것 같았다. 하지만 아주머니는 얼굴에 달리 화장기도 없고 볕에 그을린 피부색이 그대로 드러나 있다.

얼굴 위의 조그만 빛 알갱이들을 넋을 잃고 보다 이내 정신을 차렸다. 아마 생선 비늘일 것이다.

반짝반짝 빛나는 비늘이 얼굴에 묻은 아주머니가 설명해 주었다. 사나에가 넋을 잃고 쳐다본 것을 알아차리지 못하는 듯했다.

"우리 집 고등어는 1년 내내 제철이야."

그러고는 가게 안쪽으로 턱짓을 했다.

"우리 집 양반이 어부인데, 잡아 온 작은 고등어를 가게 안쪽 수조에서 양식으로 키우고 있거든. 내가 연구에 연구를 거듭한 먹이로 키워서 아주 맛있어."

여태껏 담담히 말하던 아주머니가 처음으로 사나에게 미소를 보였다. 워낙 표정에 변화가 없어서 사나에는 자신이 환영받지 못하는 줄 알았지만 그게 아니었던 모양이다.

아주머니에게 이끌려 가게 안쪽으로 들어가니 생선을 손질하는 데 쓰이는지 큰 도마와 식칼이 있었다. 생선 냄새가 더 물씬 풍겼다.

커다란 수조 속에서 헤엄치던 고등어가 아주머니가 들어오는 것에 맞추어 방향을 홱 바꾼다. 먹이를 기대하는지, 옆으로 헤엄치던 물고기들이 모여 나란히 정면을 향하기에 사나에는 깜짝 놀랐다. 물고기도 이런 식으로 사람을 따르는구나.

"그래, 옳지, 옳지. 밥 먹자."

아주머니가 수조를 향해 말하는 것을 듣는 순간, "고등어, 주세요" 하고 말하고 있었다.

"오늘 오후나 내일, 또 와도 될까요?"

"그러시구려."

아주머니가 가볍게 대답한다.

방금 고등어가 방향을 홱 바꾼 모습을 지카라에게도 보여 주고 싶다고 간절히 생각했다.

"생선 비늘이 이렇게 반짝반짝 빛나는 거였군요."

아주머니가 고등어를 손질해 봉지에 넣어 주었다. 다시 햇볕 아래 서자 그녀의 얼굴과 팔이 새삼 반짝였다.

아주머니가 끝을 길게 늘어뜨리며 "으음?" 하고 물었다. 사나에는 덧붙여 말했다.

"아주머니 손과 얼굴에 비늘이 반짝거리는 게 예뻐서요."

자네, 하고 부르는 스스럼없는 말투에 사나에도 절로 "아주머니" 하고 불렀다. 도쿄였다면 있을 수 없는 일이다. 아주머니는 신경 쓰는 기색도 없이 "아!" 하고 끄덕였다.

"일꾼이니까" 하고 중얼거리듯 말한다.

"우리 섬 여자는 모두 부지런한 일꾼이니까. 고기잡이를 돕거나 생선을 손질하는 등 일하면 할수록 섬 여자는 얼굴이며 손이 비늘투성이가 돼서 번쩍번쩍 예뻐지지."

아주머니가 생글 웃었다.

"그래서 내가 이렇게 끝내주는 미인인 거고. 고마우이. 또 와."

그렇게 말하고 냉큼 가게 안으로 들어간다.

생선 가게를 나와 고등어가 든 비닐봉지를 들고 바다를 바라본다. 심청색 바다 건너편에 이곳에 왔을 때 본 이에시마 제도의 섬이 흐릿하게 보인다. 수많은 어선이 나란히 정박해 있는 항구를 멍하니 바라보고 있는데 갑자기 주머니 속 휴대폰이 진동했다.

세이코가 보낸 문자였다. 사나에는 서둘러 문자함을 열었다.

그 후 어떻게 되었는지 불안한 마음에 어젯밤에도 전화를 걸고 문자도 보냈지만 세이코는 전화를 받지 않고 연락도 없는 상태였다. 줄곧 걱정되었다.

세이코의 문자는 짧았지만 필요한 것은 전부 쓰여 있었다.

늦게 연락해서 미안해. LC 프로덕션에서 온 남자는 이튿날에도 식당에 찾아왔는데, 그 후로는 오지 않더라.

여기는 괜찮아. 지카라 군도 잘 있지?

사나에, 네 급여는 다음 달 10일에 송금해 준대. 계좌번호 알려 줄래?

가슴 안쪽이 옥죄이는 기분이 들었다.

그 후 남자가 순순히 물러났을 리가 없다. 세이코와 가족에게, 식당의 모두에게 폐를 끼친 것은 아닐까. 세이코가 쓸데없는 말 하나 없이 짧게 보낸 것이 그것을 넌지시 나타내는 것 같아서 괴롭다. '여기는 괜찮아' 하고 짧게 말해 준 세이코의 배려에 고맙게 생각한다.

그렇게 도망쳤는데, 급여까지 잊지 않고 챙겨 주다니.

휴대폰을 힘주어 가슴에 품었다. 강렬하게 내리쬐는 햇볕 아래 그대로 주저앉고 싶을 만큼 사나에는 깊이 안도했다.

3

언덕길과 골목길로 이루어진 동네다.

지카라는 눈앞에 펼쳐진 광경을 바라보며 숨을 크게 들이마신다.

바닷가 민박집에서 무조건 멀리 가 보자는 생각에 섬 깊숙이 계속 들어갔다. 언덕길을 따라 집이 죽 늘어선 길을 가다 보니 어느새 걷는 것이 아니라 오르고 있었다.

좁은 범위에 집이 빽빽이 늘어서 있어 모든 건물이 비탈길에 있는 듯 보였다. 골목과 골목 틈새 그늘에 누워서 쉬는 길고양이를 여러 마리 만나 도중에 고양이 등에 손을 뻗었더니 사람에 길들여졌는지 도망가지도 않고 몸을 만지게 해 주었다.

이렇게 길이 좁은데 집 옆에 차가 세워져 있는 집도 있어서 이 차는 어떻게 들어가고 나올까, 신기한 생각이 들었다. 운전을 뛰어나게 잘

하지 않으면 어림없어 보였다.

좁은 길에 깔린 아스팔트와 모래가 햇볕에 뿌옇게 그을려 있었다. 주택가를 빠져나가자 가드레일이 설치된 조금 넓은 길이 나왔다.

가드레일에 몸을 기대어 아래를 보니 섬 풍경이 한눈에 내려다보였다.

아침에 봤던 모래사장도, 어제 엄마와 도착한 연락선 승선장이 있는 항구도 전부 보인다.

바다의 깊은 파랑을 배경으로 급경사면에 집이 빽빽이 늘어선 모습은 마치 TV에서 본 지중해 관광지 같았다.

바다를 둥글게 품는 형태로 만들어진 제방에 섬 아이들이 그렸는지 애니메이션 캐릭터 그림이 그려져 있는 것이 겨우 보인다.

제방 너머로 나란히 정박한 배는 거의 대부분 고기잡이배인 것 같고, 축제라도 있는지 주홍색과 금색으로 된 가마 같은 배도 있었다. 저렇게 생긴 배는 처음 봤다.

그때였다.

지카라가 방금 올라온 골목과 골목 사잇길에서 여자아이가 걸어왔다. 오늘 아침 모래사장에서 본 아이들처럼 가슴에 '이에 중' 마크가 들어간 체육복을 입고 있다.

지카라와 그 아이의 눈이 마주쳤다. 왠지 어색해서 지카라는 반사적으로 지금 묵고 있는 민박집과 그 근처 모래사장 쪽을 봤다.

그 여자아이가 지나가길 기다렸다. 여자아이도 지카라를 보기는 했지만 딱히 말을 걸어 올 기미는 없었다.

여자아이는 큰 길까지 오더니 지카라처럼 가드레일에 손을 짚었다.

여자아이도 지카라의 근처에서 섬을 내려다보는 기척이 났다. 지카라 는 더더욱 어색해져 이번에는 고개를 숙였다. 빨리 갔으면 좋겠다고 생각하는데 갑자기 "저기" 하는 목소리가 들렸다.

"수영 대회에 왔니?"

엉겁결에 여자아이 쪽을 보고 말았다.

머리를 귀 언저리까지 가지런히 자른, 활발해 보이는 아이였다. 얼 굴이 작고 눈이 크다. 여자아이의 살짝 갈색을 띤 동그란 눈동자가 지 카라를 빤히 쳐다본다.

"아니."

짧게 대답했다.

평소 연상의, 이만 한 나이대 여자아이와 이야기할 기회는 별로 없 었다. 옛날에 아빠 극단에서 다른 어른이 데려온 아이들과 놀곤 했지 만, 중학교에 올라가면 갑자기 다가가기 어려운 분위기가 풍겨서 모 여도 각자의 부모에게 들러붙은 채 거의 말을 섞지 않았다.

느닷없이 나타난 그 아이가 "그렇구나" 하고 끄덕였다.

"그럼 뭐 하러 왔어? 친척 집에 온 거야?"

"아니."

"이사 왔나?"

"아니."

똑같은 대답이 이어지자 여자아이가 멋대로 고개를 작게 끄덕였다.

"어디서 묵어?" 하는 질문에 "바다 꽃"이라고 그제야 다른 대답을 했다. 여자아이가 "아아" 하고 왠지 얼굴을 찡그린다.

"운이 좋았네. 근처에 하나 더 있는 민박집은 음식이 별로 맛없는데."

"어, 그래?"

"응. 우리 할머니가 거기 아주머니 음식 솜씨가 나쁘진 않은데 간장이 좀 별로라고 하셨거든."

"아…….."

어제 저녁에 나온 생선회는 혼자 이렇게 많이 먹어도 되나 싶을 만큼 종류와 양이 놀랍도록 많았고, 밥반찬으로 나온 김조림도 맛있었다. 섬 아주머니들이 정기적으로 만드는 상품이라고 들었다.

여자아이가 말하는 다른 민박집도 어디인지 알 것 같았다. 겉보기에는 '바다 꽃'보다 깨끗해 보였는데, 하고 지카라는 약간 놀라서 충격까지 받았다. 음식점이나 민박집의 음식은 전문가가 하는 것이라 당연히 맛있다고 생각했으며, 그걸 자기 집 음식과 비교한다는 발상 자체가 애초에 없었다.

게다가.

"간장은 다 똑같은 거 아니야?"

"그렇지 않아. 몇 주에 한 번 쇼도시마에서 양조원이 간장을 팔러 오는데, 그걸로 만들지 않으면 제대로 된 맛이 안 난다고 할머니랑 엄마도 그러셨는걸."

"아…….."

양조원이란 간장을 파는 가게를 뜻하는 걸까. 지카라가 아는 간장은 엄마가 슈퍼에서 사 오는 것뿐이다. 그것과 양조원이 어떻게 다른지는 모르겠지만 지카라는 잠자코 있었다. 그 아이가 다시 지카라를 흘끗 보더니 물었다.

"어디서 왔어?"

"……도쿄."

순간 시만토라고 대답해야 할지 망설였다. 여기 오기 직전을 묻는 것이라면 틀림없이 시만토인데, 그런 뜻으로 묻지는 않았을 것이다. 혹시 '도쿄'라는 대답에 너무 도심에서 왔다는 생각에 놀랄까 봐 걱정했지만 그 아이는 그냥 "흐음" 하고 끄덕였다.

"그렇구나. 도쿄에 친척이 있는 사람도 꽤 있어."

"응."

"이름은? 난 유메. 상냥하다 할 때 유優에, 식물의 싹芽을 써서 유메."

"……지카라."

"지카라구나."

이름 뒤에 '군'도 붙이지 않고 허물없이 불러 지카라는 욱하는 마음이 들었다. 하지만 유메는 알아차리지 못했는지 "언제까지 있어?" 하고 또 물었다.

"몰라. 여름방학 동안일지도."

"그렇구나. 저기, 심심하면 나랑 같이 갈래?"

"어?"

"실은 동아리 활동, 땡땡이치는 중이거든."

유메가 모래사장 쪽을 가리켰다. 지카라가 아침에 훈련하는 모습을 본 검도부가 아직 무리지어 남아 있었다.

"검도부야?"

무심코 묻자 유메가 처음으로 입을 다물었다. 어리둥절해하며 지카라를 보더니 "응" 하고 끄덕였다.

"어떻게 알았어?"

"아침에 훈련하는 걸 봤어."

"아, 다들 아침 일찍부터 하니까."

유메가 고개를 갸웃거리며 한숨을 푹 내쉬었다.

"우리 검도부가 좀 세거든."

"응."

"어찌나 열심인지, 점심 도시락까지 지참하고 오후부터는 체육관에서 훈련해. 할머니한테 동아리 활동 간다고 말하고 나와서 집에도 못 가."

유메가 지카라의 얼굴을 들여다본다.

"그래서 갈 데가 없어. 나랑 같이 저 사람들한테서 숨지 않을래?"

이대로 가면 시합에 못 나갈 것 같아, 하고 유메가 넋두리를 했다.

유메가 지카라를 데려간 곳은 섬 깊숙이 더 들어간 곳에 위치한 신사였다.

민가가 있는 곳을 벗어나 걷다 보니 조용한 장소가 나타났다. 돌로 만들어진 다리가 길 건너편에 걸려 있고 그 끝에 큰 도리이*가 있다. 도리이 뒤로는 아담하고 언덕진 초록 숲이 펼쳐져 있고 그 위로 뭉게 구름이 연기처럼 피어올랐다.

"시합?"

"2학기 들어서 바로 있는, 히메지의 본토 아이들이랑 하는 연습 시합. 학년 대항이야."

본토는 아마 혼슈를 뜻하는 말일 것이다.

* 신사 입구에 세운 기둥문.

"검도는 개인으로 겨루는 거 아니었어?"

지카라는 아직 초등학생이라 중학교 동아리 활동은커녕 검도에 관해서도 전혀 모른다.

시합에 나가지 못한다는 것은 야구나 축구 같은 단체 스포츠에서 선수로 뽑히지 못할 때라는 이미지가 있다.

유메가 고개를 절레절레 흔들며 "단체전"이라고 대답했다.

"몰라? 선봉, 차봉 순으로 싸우는 거. 가장 센 사람이 대장이잖아."

"거기 나가고 싶어?"

"나가고 싶다기보다는."

유메가 지카라보다 한 걸음 앞서서 숲속을 성큼성큼 걸었다.

"못 나가는데도 계속 훈련하는 게 허무하다는 거지. 어차피 훈련할 거면 나가는 편이 좋잖아. 여름방학 때 매일 훈련하는데."

그러고는 혼잣말처럼 덧붙였다.

"전에 다니던 학교에서는 단체전에도 내보내 줬는데."

그 말인즉 이에시마로 전학 왔다는 걸까. 지카라가 대꾸가 없자 유메가 걸으면서 뒤돌았다.

"너는? 도쿄에서 무슨 동아리 활동 하고 있어?"

"난 아직 동아리 활동 안 해. 그건 중학교부터잖아."

유메가 놀란 듯이 눈을 동그랗게 떴다.

"그렇구나. 의외네. 나랑 동갑인 줄 알았는데. 몇 학년이야?"

"초5."

유메에게 자신의 학년을 밝히기 전에 순간 초6이라고 대답하고 싶었다. 1년 차이지만 왠지 조금이라도 높은 학년이라고 대답하고 싶었다. 하지만 결국 사실대로 말했다.

"나는 중1이야."

유메도 말했다.

그것을 끝으로 잠시 대화가 끊겼다. 숲속에 계단이 나와 그것을 오르자 납작돌을 깐 깨끗한 길이 신사 경내까지 길게 이어졌다.

매미 울음소리가 들린다.

민가 부근이나 바닷가 주변과 왠지 공기부터 다르다. 시원하고 조용한 시간이 흐르는 것 같다.

유메가 불쑥 말했다.

"이에시마 신사는 영적인 기운을 받을 수 있는 파워 스폿이라며 일부러 본토에서 찾아오는 사람들도 있대. 특히 젊은 여자들."

"응."

"할머니는 일부러 올 정도는 아니라고 하셨는데, 우리 씨족신을 좋게 봐 줘서 좋아하는 것 같았어."

씨족신이 무슨 뜻인지 몰랐지만 그 말을 입에 담는 유메는 왠지 여기 사는 섬사람이라는 느낌이 들어 묘하게 어른스러웠다.

"훈련 안 하고 늘 여기서 땡땡이치는 거야?"

지카라가 물었다.

신사는 매우 조용하고 경내에는 아무도 없었다. 유메가 "늘 그런 건 아냐" 하고 가볍게 대답했다.

"가끔. 진짜 가끔 와. 아무도 없고 그늘도 시원하고."

줄기가 굵은 훌륭한 나무 사이로 민가의 지붕이 엿보인다. 성냥갑으로 만든 미니어처 마을 같다. 그 마을이 끝나는 지점 바로 앞에 낮은 제방과 바다가 펼쳐져 수많은 고깃배가 정박해 있다.

"동아리 활동은 몇 시에 끝나?"

시계가 없어 지금이 몇 시인지도 모른 채 물어봤다. 유메는 "으음?" 하고 끝을 늘어뜨리더니 잠시 후 "3시쯤" 하고 대답했다.

"다들 열심히 하거든. 3시 넘어서 끝날 때도 있어."

나 말이야, 하고 유메가 불쑥 말했다.

"나, 올해 4월에 이에시마에 왔어."

"응."

아까 유메가 '전에 다니던 학교'라고 말해서 어느 정도는 짐작하고 있었다. 유메가 단숨에 덧붙였다.

"작년에 우리 아빠랑 엄마가 이혼해서, 엄마랑 같이 외할머니네 집으로 왔거든. 이에시마는 엄마가 나고 자란 곳이야."

이혼이라는 충격적인 말에 지카라는 숨을 멈췄다. 말없이 유메를 쳐다본다.

왜 처음 만난 지카라에게 대뜸 그런 이야기를 시작했을까 생각하며 유메를 쳐다봤지만, 정작 유메는 비밀을 털어놓았다는 기색도 없이 그저 태연히 서 있었다. 가만히, 그러면서 꼿꼿한 눈길로 지카라를 쳐다봤다.

4

점심때가 지났는데도 지카라는 민박집에 돌아오지 않고 있다.

사나에는 민박집 앞에 모래사장을 향해 놓인 벤치에 앉아 아까부터 휴대폰에 시선을 떨구고 있었다.

지카라에게는 휴대폰을 주지 않았다. 도쿄에 있었을 때부터 그랬다. 지카라는 사나에의 번호를 알지만 섬에 공중전화가 있는지 없는지도 모르겠다. 지카라에게 전화가 걸려 올 가능성은 낮다. 그런데도 길을 잃지는 않았는지, 무슨 일이 생겼는지 생각하면 도저히 가만히 있을 수가 없었다.

휴대폰에 표시된 시각은 오후 1시가 넘었다.

아침에 지카라가 나갈 때 12시까지 돌아오라고 똑바로 말했어야 했다. 지카라는 돈도 없고 점심이 되면 배가 고파서 당연히 민박집에 돌아올 줄 알았다. 벌써 초등학교 5학년이라 굳이 말하지 않아도 그쯤은 알 줄 알았다. 걱정을 넘어 아들에 대한 화가 치밀어 오른다.

휴대폰에는 아무런 연락이 없다.

대기 화면은 작년에 지카라의 운동회 때 찍은 사진이다.

휴대폰 화면 속에서 머리띠를 매고 카메라를 향해 브이를 그리는 아들의 미소를 바라본다.

지금 당장 섬 어딘가로 찾으러 가야 하는 게 아닐까 하는 생각에 사로잡혔다. 그러나 섣불리 움직였다가 지카라가 돌아왔을 때 만나지 못할 수도 있다는 생각이 그것을 막았다. 두 가지 생각 사이에서 애타는 마음만 커져 갔다.

휴대폰을 보는 사이 잊고 있던 다른 애태움이 불쑥 떠올랐다.

바로 남편에게 전화가 오지 않을까 하는 것이었다.

얼마 전, 적어도 시만토에서 지낸 지 얼마 되지 않았을 무렵까지 사나에는 남편의 연락을 마음 어딘가에서 기다렸다. 그 당시에는 몰랐어도 지금 생각하면 그랬다.

그로부터 시간이 꽤 흘렀다. 지금은 자신에게 연락할 리 없다고 생각한다. 머리로 그렇게 이해하고, 그리고 안도하고 있다.

실제로 전화가 오면 곤혹스러울 것이 뻔하다. 그런데도 이따금 혼자 있을 때 사나에는 자문해 본다. 자신이 남편의 연락을 기다리는지 아닌지.

사나에는 입술을 꽉 깨물었다.

그런데 그때였다.

항구 반대쪽에서 지카라가 걸어오는 것이 보였다. 순간 사나에는 고개를 휙 들어 "지카라" 하고 이름을 불렀다. 왜 이리 속을 썩이니, 하는 호통이 목구멍까지 올라왔다.

그런데 아들 뒤에서 낯선 여자아이를 발견하고 그 호통을 삼켰다.

처음에는 우연히 같은 방향에서 걸어오는 줄 알았다. 하지만 그러기에는 거리가 너무 가까웠다. 나란히 걷는다고 할 만큼 친밀한 거리감은 아니지만 모르는 사이라고 할 만큼 멀지도 않다.

"지카라—."

아들을 향해 얼빠진 목소리가 나온다. 엄마에게 걱정을 끼쳤다는 자각이 있는지 없는지 모르는 얼굴로 지카라가 태연히 사나에를 봤다. 그리고는 물었다.

"엄마. 오후에도 놀러 가도 돼?"

"놀러 가다니……."

아들 뒤에 몇 발자국 떨어져서 서 있는 여자아이가 신경 쓰여 견딜 수가 없었다. '이에 중'이라는 마크가 들어간 체육복을 입고 있는 것으로 보아 분명히 이 부근에 사는 아이일 것이다.

평소 "엄마아ㅡ" 하고 부르는데, '아ㅡ'가 빠져 있다. "엄마"라니, 처음 들었다.

게다가 지카라는 옛날부터 어른을 잘 따라 귀여움 받는 아이인 반면, 같은 또래에게 먼저 적극적으로 말을 거는 유형은 아니라고 생각했다. 짧은 시간에 낯선 섬 아이와 친해지다니, 상상도 못했다.

예기치 못한 사태에 당황하고 있는데 무심코 눈길이 여자아이 쪽을 향하고 있었나 보다. 그 아이가 먼저 사나에에게 고개를 꾸벅 숙였다.

"안녕하세요. 후지이 유메라고 합니다."

"어, 그래, 안녕."

아이의 당당한 인사에 오히려 사나에가 쩔쩔맸다. 사나에는 화낼 기력도 잃고 그저 아들을 본다.

"점심은 어쩌려고?"

"이 사람이 도시락 나눠 줬어."

그러고는 유메를 가리킨다. 지카라가 여자아이를 '이 사람'이라고 불러 또다시 놀라 말을 잇지 못하고 있는데, 지카라가 "늦지 않게 돌아올게" 하고 덧붙여 말했다.

"몇 시까지 오면 돼? 저녁때까지는 돌아올게."

"민박집 주인에게 6시쯤 부탁할 생각인데, 그것보다 일찍 오렴."

"6시까지 밖에 있을 리가 없잖아."

지카라가 무뚝뚝하게 대답한다. 유메 앞이라 그런지 평소보다 사나에의 얼굴을 잘 쳐다보지 않고 목소리도 나직하다. 항구 근처 생선 가게에서 맛있어 보이는 고등어를 샀다고 말하려 했지만 그 마음이 순식간에 사그라졌다.

지카라가 "그럼 갔다 올게" 하고 방향을 틀려고 한다. 사나에는 황급히 "아, 잠깐만" 하고 아들을 불러 세웠다.

지카라가 뒤돌았다. 지카라의 손에 가지고 있던 비닐봉지를 들려주었다.

"점심에 먹으려고 한 건데, 섬의 토산물 가게에서 산 만주야. 같이 나눠 먹으렴."

"알겠어."

지카라는 유메와 함께 왔던 길을 되돌아갔다.

사나에는 "늦지 않게 와야 해" 하고 다시 아이들의 뒷모습에 대고 외쳤지만 이번에는 둘 다 이쪽을 돌아보지 않았고 대답도 없었다.

사나에는 마치 여우에 홀린 심정으로 두 사람을 바라봤다. 잊고 있었다는 듯이 배에서 꼬르륵 소리가 났다.

맛있어 보이는 만주였지만 지카라와 유메를 보니 괜히 뭔가를 주고 싶어졌다.

여자아이에게 도시락을 나눠 줘서 고맙다는 말을 해야 하는데 깜빡했다. 그것을 알아차렸을 무렵에는 두 사람 다 이미 길 끝까지 가 버려서 보이지 않았다.

5

"저기 봐. 저 나뭇가지."

신사 경내로 향하는 참배길을 걷는데 유메가 대뜸 옆에 있는 나무들을 가리켰다. 지카라는 순간 어디인지 몰라 "어디?" 하고 묻자, 유메가 발돋움하듯 까치발로 섰다.

"저기 말이야. 저, 나뭇가지가 붙은 것처럼 보이는 곳."

이번에는 지카라에게도 잘 보였다. 복잡하게 얽힌 나뭇가지 일부를 떠받치듯 더 굵은 가지가 밑으로 뻗어 있다. 유메의 말대로 가지끼리 붙은 것처럼 보였다.

나뭇잎 사이로 비치는 햇살 아래 매미가 울고 있다. 이에시마의 해는 시만토의 해보다 눈부시게 느껴진다. 섬에는 집도 있고 건물도 있다. 신사 참배길 옆에도 훌륭한 기와를 쌓아 올린 담이 있지만, 시만토보다 해를 피할 수 있는 곳이 훨씬 적게 느껴진다. 그런 가운데 신사의 키 큰 나무들 아래 서 있으면 보호받는 기분이 들었다.

"저 나뭇가지 두 개, 각각 다른 나무야."

"진짜?"

"응. 위에 있는 가지는 자기 무게를 못 버텨서 부러질 뻔했는데, 그걸 밑에 있는 가지가 옆 나무에서 뻗어 나와 떠받친 거래. 그래서 어른들은 저 나뭇가지를 보면 '사람도 서로 도와야 한다고 생각해' 하고 말하더라."

붙은 것처럼 보일 만큼 밀착된 두 나뭇가지는 언뜻 한 나무에서 뻗어 나온 것 같다. 지카라가 보고 있자 느닷없이 유메가 웃음을 터뜨렸다.

"뭐야, 싫더라니까. 단순한 우연이잖아. 떠받치는 나뭇가지 입장에서는 자유롭게 뻗어 나가는데 갑자기 위에서 무거운 게 덮쳐눌러서 대체 무슨 일인가 혼란스러워했을 것 같아. 불쌍하게도."

"'서로 도와야 한다'고 말한 어른은 섬 사람이야?"

지카라가 묻자 유메가 이쪽을 보며 고개를 가볍게 끄덕했다.

"담임 선생님. 1학기 미술 시간에 여기까지 와서 그림을 그렸는데, 그때 아이들을 모아 놓고 설명하시더라."

"그랬구나."

끄덕이면서도 실은 조금 놀랐다. 어른은 늘 그런 '좋은 이야기'를 하게 마련이고, 지카라였다면 흥미를 못 느껴 무시하고 끝났을 텐데, 유메는 그 이야기에 대해 제대로 생각했다는 것이 의외였다.

탁 트인 참배길에서는 바다가 반짝반짝 빛나 보였다. 바다가 이토록, 마치 한 장의 거울처럼 보일 줄은 몰랐다.

유메가 몸을 획 돌려 경내 쪽으로 걸어갔다.

무릎까지 오는 체육복 바지 밑으로 보이는 유메의 다리는 길고 가늘었다. 도쿄의 동급생 여자아이들보다 유메는 어른스럽다. 단순히 중학생이라 그런 것이 아니라 어쩌면 또래 중에서도 특히 어른스러운 게 아닐까 싶었다.

"만주 먹을래?"

"먹을래!"

지카라가 묻자 이쪽을 돌아보지 않은 채 유메가 소리 높여 대답했다. 그녀를 뒤따라 지카라도 신사 쪽으로 걸어갔다.

유메가 아까 나눠 준 도시락은 맛있었다.

닭튀김과 시금치 달걀말이. 밥 위에는 잘게 부순 김이 절반쯤 올라가 있고 나머지 절반에는 후리가케*가 뿌려져 있었다. 유메가 방울토마토를 질색하며 "뜨뜻미지근해져서 도시락에 토마토 있는 거 싫어하는데" 하면서 그것도 지카라에게 주었다.

여자아이와 도시락을 나눠 먹다니 처음 경험하는 일이었다. 만약 도쿄의 같은 반 여자아이였다면 거절했을 것이다. 하지만 오늘은 신기하게도 거부감이 없었다. 유메가 자기 몫의 닭튀김과 달걀말이를 도시락 뚜껑에 올려놓더니 나머지는 전부 지카라에게 주었다.

"괜찮겠어?" 하고 묻자, "남기면 혼나니까 네가 다 먹어" 하고 대답했다.

다른 집에서 만든 도시락을 먹으니 왠지 기분이 싱숭생숭했다. 맛있긴 해도 우리 집 맛이 아니라는 생각이 자꾸만 든다. 그 탓인지 유메보다 훨씬 많이 먹었는데도 속이 허했다. 여자아이용 도시락은 평소 행사가 있을 때 엄마가 지카라에게 싸 주는 도시락보다 사이즈도 더 작았다.

경내에 다른 사람은 아무도 없었다.

나무 그늘에 놓인 벤치에 앉았다. 그늘인데도 엉덩이 부분이 뜨거웠다. 유메와 지카라는 사이에 한 사람이 앉을 만한 공간을 비워 놓고 앉았다. 아는 사람이라고는 전혀 없는 섬이지만 바로 옆에 앉아 있는 모습을 누가 볼까 걱정되었다. 유메는 다른 동급생이나 친구가 봐도

* 생선가루, 김, 깨, 소금 등을 섞어 만든 조미 식품.

싫지 않은 걸까.

엄마가 준 만주 꾸러미를 열어 사이에 놓자 유메가 말없이 하나 집었다. 지카라도 하나 집어 들었다.

"지카라, 이에시마에는 엄마랑 둘이 왔어? 아빠는?"

"안 왔어."

"왜 둘이서만 왔어?"

만주를 입에 가져가려다 타이밍을 놓쳤다.

어떻게 대답해야 할까, 순간 망설였다.

일 핑계, 혹은 도쿄에 있다는 식으로 아빠에 대해 얼마든지 대답할수 있었는데, 생각보다 먼저 말이 입 밖으로 튀어 나왔다.

"지금은 없어."

대답이 너무 솔직해서 듣는 사람 입장에서는 무슨 뜻인지 모르거나 반대로 의미심장하게 들릴 수도 있다. 유메가 의아한 눈초리를 보내진 않을까 걱정했지만, 의외로 유메는 만주를 손에 든 채 "그렇구나" 하고 싱겁게 수긍했다. 그러고는 이렇게 말했다.

"그럼 나랑 똑같네."

"그래?"

"응. 있지, 내가 왜 검도부 훈련에 나가기 싫은지 말해도 돼?"

"수준이 높아서 시합에 못 나가니까 그러는 거 아니었어?"

"그것도 그렇고, 실은 여름방학 초에 내가 저지른 게 있거든."

유메의 목소리는 담담했다. 만주를 한 입 먹고 얼굴을 찡그린다. "으, 달아" 하고 중얼거린 뒤 지카라를 봤다. 눈이 마주치자 유메가 배시시 웃는다.

"검도부에 열 받게 하는 애가 있었어. 내가 자기 마음에 안 들었는지, 툭하면 시비를 걸어서."

"응."

"훈련이 끝나고 뒷정리를 했네, 안 했네 하고 싸웠을 때 확 말해 버렸어. 둘뿐이었고 그 애도 다른 애들이랑 잘 어울리지 못하는 쪽이었거든. 그래서 그 애 앞에서는 말해도 되겠다 싶었어. 내 흉을 보고 싶으면 차라리 우리 집이 이혼했고 아빠가 없다는 걸 지적하면 되지 않겠냐고."

지카라는 말없이 유메를 봤다. 벤치에 앉은 유메가 긴 다리를 앞으로 쭉 뻗고 하늘을 올려다본다.

"싸운 뒤에 다시는 덤비지 못하게 하려고 내가 다른 애들한테 거짓말을 했어. 사카이가 우리 집에 아빠가 없다며 손가락질했다고. 그랬더니 정의감이 강한 여자애들이 그 애한테 가서 따지더라. 어떻게 그런 말을 하느냐고 사과하라고. 그랬더니 그 애가 다른 애들한테 밝힌 거지. 자기는 그런 말 한 적 없다고, 먼저 말한 사람은 유메라고."

"왜 그런 말을 했어?"

싸운 아이의 이름이 사카이인가 보다. 지카라가 묻자 지금껏 독백처럼 말하던 유메가 입을 다물었다. 만주를 한 입 더 베어 먹고 삼키기까지 한참 뜸을 들인 뒤 "야비한 계산이겠지?" 하고 대답했다.

"나 스스로도 잘 모르겠는데, 주변 아이들하고 잘 어울리지 못해서 짜증이 났어. 어울리지 못하는 이유도 모르겠고. 그래서 모두가 나를 따돌리는 이유가 부모님 이혼이나 그런 거였으면 차라리 좋겠다 싶었어. 왜 있잖아, 드라마에서는 부모 한쪽이 없다는 이유로 괴롭힘 당하는 내용이 흔하잖아. 그런데—."

유메가 문득 지카라의 얼굴을 들여다본다. 존재감 있는 커다란 눈망울로 쳐다보자 지카라는 살짝 뜨끔했다. 새끼 사슴 같은 이상한 얼굴이다. 묘하게 눈길을 끄는, 기억에 남게 생긴 얼굴이었다.

"현실에서는 그런 뻔한 이유로 다른 사람을 괴롭히지 않는 법이거든. 다들 드라마 속 사람들보다 훨씬 착하고, 그 사람의 잘못이 아닌 걸로 상대를 괴롭히면 안 된다는 것도 잘 알아. 그런 이유로는 움직이지 않아. 검도부 훈련을 성실히 안 했다든가, 대화할 때 재미가 없다든가, 분위기 파악을 못 한다든가 하는, 그 사람이 잘못했다는 점이 중요한 거야."

"그때 검도부 뒷정리는 제대로 했어?"

"어?"

"애초에 싸운 이유 말이야."

"……안 했어."

그 대답에 지카라는 어이가 없었다. "안 한 거였다니" 하고 말하며 절로 힘이 빠져 웃어 버렸다. 유메가 "응" 하고 끄덕였다.

"그러니까 내 잘못이야. 그런데 모두를 내 편으로 만들려고 부모님 이혼 같은 걸로 도망치려 했어. 지금은 후회해. 그날 이후 검도부에 가기 싫은 거야."

"사과하지 그래?"

"무리야. 사과하는 상상만 해도 어색해서 죽을 것 같아. 그래서 지카라, 너한테 대신 참회하는 거야."

그런 말을 한들 지카라는 어쩔 도리가 없다.

자신이 후회하고 있음을 알아차린 것도 상당히 특이하다는 생각이 들었다. 하지만 여름방학 내내 생각하고 고민해 온 결과, 이제 겨우 도달한 경지일지도 모른다. 싸운 직후에는 순순히 인정할 수 없었던 것이 지금은 어떻게 해야 좋을지 모르게 된 것이다.

"너희 아빠는 지금만 없는 거야?"

유메가 스스럼없이 물었다.

지카라는 말없이 유메를 바라봤다. 손 안에서는 먹을 타이밍을 놓친 만주가 손가락 모양으로 찌부러지고 손이 닿은 부분이 조금 딱딱해진 것 같다. 만주의 표면에 묻은 하얀 가루가 손가락 사이에서 껄끔거린다.

대답할 마음이 든 것은 유메가 너무 솔직해서였을지도 모른다. 유메가 참회라는 말을 썼는데, 잘 알지도 못하는 사람이기에 털어놓을 수 있는 말도 있는 것이다. 그 기분을 지카라도 어렴풋이 알 것 같았다.

"……이혼, 안 했으면 좋겠다고, 내가 엄마한테 말했어."

지난 한 달 내내 지카라가 마음에 둔 일이었다. 생각하지 말자고 다짐하면서도 그렇게 말한 그날 이후 엄마와 이야기할 때 그 일에 대해 언급하지 않으려 피해 왔다.

도쿄에서 기자들이 찾아왔을 때, 그칠 줄 모르는 전화벨 소리에 엄마가 전화선을 뽑았을 때, 불현듯 괴로워하며 엄마가 고개를 숙였을 때, 시만토에서 도망치듯 나왔을 때.

혹시 아빠와 이혼하기만 하면 엄마는, 그리고 지카라도 누군가에게 쫓기지 않아도 될지 모른다고 생각한 적이 있다. 하지만 지카라가 제

입으로 엄마에게 부탁하고 말았다.

아빠와 절대로 이혼하지 않았으면 좋겠다고.

그것만은 절대로 싫다고.

TV 드라마나 책 속에서 자식이 이혼하는 부모 중 어느 한쪽을 선택해야 하는 장면을 여러 번 본 적이 있다.

그럴 때 지카라는 막연히 자신이라면 둘 중 누구를 선택할까 생각한 적이 있다. 엄마를 따라간다면 엄마의 친정이나 어디론가 이사하는 이미지가 떠올랐기에 만약 전학을 가기 싫으면 아빠를 따라가야 하는 걸까 하고.

평화롭던 시절에 현실감 없이 생각했던 일이 지금 현실이 되려 한다. 아빠 이름이 스포츠신문과 시사프로그램에 보도되고 집에 온갖 사람들이 찾아오게 되고.

쉴 새 없이 울리는 현관 초인종 소리에 겁을 먹고 엄마와 둘이 있을 때였다. 창문에 그림자가 비치면 안 된다고 하기에 폭풍이 지나가길 기다리듯 엄마와 안쪽 침실에서 숨을 죽이고 있었다.

그때 지카라는 말해 버렸다. 아빠가 병원에 실려 갔다는 연락을 받은 그날 밤 이후 처음으로 감정이 북받쳤다.

이혼하지 마.

입 밖에 내는 순간, 입술이 떨리고 눈물이 나왔다.

엄마 앞에서 울다니, 몇 년 동안 없었던 일이다. 하지만 일단 말해 버리자 멈출 수 없게 되었다. 어째서 그 말이었는지 모른다. 궁금한 것과 하고 싶은 말이 많았는데, 제일 먼저 그렇게 말해 버렸다.

엄마가 눈을 휘둥그렇게 뜨고 깜짝 놀란 얼굴로 지카라를 봤다.

지카라는 거듭 말했다. 싫어, 싫어, 싫다고. 아빠랑 엄마 둘 중에 한 명만 골라야 하다니, 절대로 싫어—. 처음에는 눈물뿐이었는데 갈수록 목소리까지 울부짖는 소리로 변했다.

"안 해."

엄마가 말했다.

입술을 꽉 다물고 지카라를 끌어 당겨 안았다. 엄마가 그렇게 안아 주는 것도 오랜만이었다. 엄마도 순간적으로 튀어 나온 말인 것 같았다.

"안 해. 괜찮아, 절대로 널 슬프게 하지 않으마."

엄마는 지카라를 안도시킨 그 한마디를 지금 뒤늦게 후회할지도 모른다.

시만토에서 남자가 쫓아왔다고 밝힌 엄마의 얼굴은 창백하게 질려 공포에 떨고 있었다. 철도를 갈아타면서도 누군가 계속 따라오는 게 아닌가 싶어 그림자만 봐도 질겁했다.

"알고 보면 엄마는 진작 이혼하고 싶었을지도 몰라. 그런데 내가 그렇게 말해서 못 하는 걸지도 몰라."

유메의 어른스러운 말투를 듣다 보니 덩달아 그렇게 말해 버렸다. 이런 말을 들어도 유메는 곤란하기만 할 것이다. 그럴 줄 알았는데, 아니었다. 유메는 다른 이야기를 들을 때와 마찬가지로, 그저 "그랬구나" 하고 끄덕였다.

그러고는 말했다.

"괜찮아."

지카라는 고개를 들었다. '이상하다'고 생각한, 눈이 크고 얼굴이 작은 유메가 바로 곁에서 자신을 들여다본다.

"지카라, 네가 그렇게 말했어도 어른들은 자기가 이혼하고 싶으면 하고, 아이가 하는 말은 들은 척도 안 해. 네가 어떻게 말하든 이혼하고 싶으면 할 거야."

지카라는 숨을 삼키고 그대로 멈췄다.

유메가 말한다.

"왜냐하면 나도 말했거든."

커다란 눈망울이 살짝 일그러진다.

"이혼하지 말라고. 수없이 말하고 또 말하고 부탁했어."

요란하던 매미 울음소리가 문득 멎는 순간이 왔다. 어디에 숨어 있었을까 싶을 만큼 세찬 바람이 벤치에 앉은 두 사람 사이로 쌩 지나갔다.

6

길가다 들른 잡화점에 낯익은 그물망 세트가 세워져 있어 눈여겨 봤다.

비닐이 씌워진 그물망은 오래전부터 놓여 있던 상품인지, 가게 구석에서 먼지를 뽀얗게 뒤집어쓰고 있었다. 비닐에는 만화 '도라에몽' 캐릭터가 그려져 있고 자루 부분에도 같은 그림이 들어가 있다.

지카라가 옛날에 갖고 있던 곤충채집망과 똑같아 보여 무심코 손에 들었다.

그런데 그물망에 씌워진 비닐에는 '물고기 뜰채'라고 쓰여 있어 깜짝 놀랐다. 그러고 보니 꼭대기에 달린 그물망 모양도 집에 있던 곤충채집망보다 네모난 것 같다.

혼자인데도 "아아" 하고 감탄하는 소리가 절로 났다.

바다와 인연이 먼 곳에서 나고 자란 사나에에게는 낯선 발상이지만 이 섬에서 망이란 물고기 잡는 도구를 가리킨다. 비슷하게 생긴 세트 상품이 각 지역에 맞는 형태로 팔린다고 생각하니 흥미로웠다.

지카라가 곤충채집망을 휘두르고 다닌 것은 초등학교 저학년 무렵이다.

남편이 극단 친구에게 차를 빌려 주말마다 여기저기 다녔다. 여름방학에 도심을 벗어나 해발이 다소 높은 산에 가기만 해도 별안간 시원해지고, 지내기 수월해지는 것에 놀라 부자들이 여름을 나려고 별장을 사는 것도 이해가 되었다.

호텔에 숙박할 만한 경제적 여유가 없었고 사나에와 남편 둘 다 이튿날부터 일을 해야 하는 경우가 대부분이라 당일치기 여행만 다녔지만 즐거웠다.

곤충채집망은 그 시기에 떠난 여행지에서 지카라가 갖고 싶어 해 남편이 사 준 것이었다. 지카라와 남편은 장수풍뎅이를 잡아서 가야 한다며 어두워지기 직전까지 숲속을 돌아다녔다. 사나에가 이제 그만 가자고 말려도 둘 다 "조금만" 하면서 집에 갈 생각을 하지 않았다. 바닥에 떨어진 그림자가 선명한, 활짝 갠 여름날의 추억이다.

막과자와 생활용품이 진열된 섬의 잡화점은 장사가 잘 안 되는 것 같았다.

손님도 사나에 혼자고, 안쪽 마루방에서 TV 소리가 들리는 것으로 보아 사람은 있겠지만, 계산을 하려면 소리 높여 직원을 불러야 할 것 같다. 도둑이 들어와도 모르겠다 싶었지만, 그런 대범한 건지 엉성한 건지 모를 구석이 섬 특유의 분위기인 것 같기도 했다. 사나에는 결국 아무것도 사지 않고 밖으로 나왔다.

민박집에서 받은 섬 지도를 가게 앞에서 펼치고 이제 어디로 갈까 찬찬히 봤다.

아직 점심도 먹지 않았다. 모처럼 바닷가 마을에 왔으니 신선한 초밥이라도 먹을까. 하지만 지카라도 없이 혼자 그런 곳에서 호사를 누리는 데에는 거부감이 일었다.

쨍하게 쏟아지는 햇빛에 눈을 가늘게 뜨면서 문득 자신은 지금 뭘 하는 걸까 생각한다.

당일치기 여행밖에 못 했던 그 무렵, 언젠가 숙박도 하며 느긋하게 지내고 싶다고 남편과 이야기했다. 남편이 없는 지금 달리 갈 곳도, 목적도 없이 사나에와 지카라는 섬에서 느긋하게 지내는 것 말고는 할 일이 없었다.

7

"하루야마 마사키, 알아?"

잠시 후 벤치에 앉은 채 지카라가 물었다. 유메가 고개를 끄덕였다.

"알지. 얼마 전에 TV 뉴스에서 많이 나오던데."

내가 물었는데도, 그렇구나, 역시 알고 있구나, 하고 생각하니 복잡한 기분이 들었다. 도쿄에서 멀리 떨어진 여기서도 TV는 뉴스를 내보낸다.

유메가 고개를 갸웃거린다.

"그 사람 맞지? 교통사고로 죽은 사람."

"……아니야. 교통사고를 당하긴 했는데, 사고 때문에 죽은 건 아니었어."

"그랬나?"

"응, 자살이었어."

그저 TV로 별 관심 없이 뉴스를 보는 사람이라면 얼마든지 혼동할 수 있다고 생각한다. 교통사고와 자살은 그만큼 연달아 일어난 한 뭉치의 스캔들이었다.

지카라에게도 하루야마 마사키는 아빠와 연극에 함께 출연하게 되기 전까지는 얼굴을 보면 알아보는 정도의 연예인이었다. 젊었을 때는 인기 드라마에 많이 나와 어른들 사이에서는 유명한 듯했지만, 지카라가 보는 드라마에는 나오지 않았다. 두 시간 서스펜스 드라마나 무대에는 자주 출연한다고 하던데 그런 이야기를 들어도 그냥 그런가 보다 했다.

지카라는 단숨에 말했다.

"교통사고 때 얼굴을 부딪치고 골절된 데다 흉터까지 생겨서 의사가 배우 일은 이제 힘들 거라고 그랬대. 그 충격으로 병원을 빠져나가 자기 집에서 자살했어."

발견한 사람은 고등학교 2학년인 그녀의 아들이었다고 한다.

이를 알고 지카라는 놀랐다. 사고가 일어난 뒤 하루야마 마사키의 죽음이 보도되기까지 신문에는 아빠 이름과 함께 '불륜'이나 '쌍방 불륜'이라는 말로 도배가 되었다. 무슨 뜻인지 몰랐던 지카라는 사전을 펼쳤다. 생전 처음 듣는 그 말뜻을 알아낸 순간 눈앞이 캄캄하고 어질어질했다.

'쌍방 불륜'이라는 말에 하루야마 마사키도 결혼을 했으리라 짐작했지만 설마 자식이 있을 줄은 몰랐다.

유메가 물었다.

"자살? 어떻게?"

"목을 매고 자살했다고 쓰여 있었어."

자살 방법으로 흔히 봐 온 말이었다. 하지만 다른 뉴스에서 그 단어를 봤을 때와 달리 그로부터 한동안 지카라는 숨 막힐 듯 괴로워해야 했다. 눈을 감으면 구체적인 모습이 상상되어 눈꺼풀 바깥으로 밀고 들어오는 것 같아 무서웠다.

현실에 살았던 사람이 그 방법으로 목숨을 끊었다고 생각하니 죽음이 처음으로 가깝게 느껴졌다. 하루야마 마사키를 실제로 만난 적도 없었는데도 괴로워서 견딜 수 없었다.

"교통사고가 났을 때 하루야마 마사키가 운전한 차에 우리 아빠가 같이 타고 있었어."

유메가 말없이 눈을 동그랗게 떴다.

유메가 그 무렵에 보도된 내용을 어느 정도 봤는지는 모른다. '불륜'이라는 글자를 봤는지, 그 의미를 이미 알고 있는지도 알 수 없다.

관계자로 TV에 나온, 목 밑으로만 화면에 비친 사람들은 "꽤 오래

됐죠, 아마" 하고 증언했다.

누가 증언하는지 알아차리지 못하도록 음성 변조된 목소리가 말했다.

"아는 사람은 다 알죠. 마사키 짱이 혼조 씨를 마음에 들어 해서 연기 상담을 하거나 사적인 고민 같은 것도 자주 이야기한 것 같았거든요. 연습 후에 둘이서 사라지는 것도 그날뿐만 아니라 자주 있었던 일이에요."

이어서 리포터의 목소리가 나왔다.

"이번 공연 전부터 그랬다는 말씀입니까?"

"네. 지인 무대 뒤풀이에서 만난 뒤 마음이 잘 통했나 보더군요."

"그럼 혹시 이번 하루야마 씨 주연 공연에서 무명인 혼조 씨를 지명한 것도—?"

"아아, 그럴 가능성도 있다고 봅니다."

그동안 아빠는 여러 무대에 출연했지만 시어터 미티어에서의 이번 공연이 뭔가 특별하다는 것은 지카라도 어렴풋이 느끼고 있었다. 규모가 큰 일이라며 엄마와 주변 사람들도 놀라면서도 기뻐했다. 아빠도 기뻐 보였다.

처음에 병원으로 달려갔을 때 아빠는 의식은 있지만 몸을 세게 부딪쳐 갈비뼈 곳곳에 금이 가 침대에 누워 있었다. 몸에는 붕대가 감겨 있었다. "무사해서 다행이야" 하고 엄마가 목이 메어 가며 간신히 말하고, 지카라도 전날까지 건강했던 아빠의 변한 모습에 순간 말문이 막혀다. 아빠가 "미안" 하고 사과했다. "걱정 끼쳐서 미안" 하고 되풀이했다.

그날은 길게 대화하지 못했다.

엄마는 사고 당시 상황이 궁금한 듯했지만 사고를 당한 직후 침대에 누워 있는 아빠에게 더 이상 말을 시키고 싶지 않은 모양이었다. 눈이 붉게 충혈된 엄마가 아빠에게 물었다.

"공연은 대역할 사람 있어? 괜찮은 거야?"

그 말을 듣고 지카라는 흠칫 놀랐다. 아, 이제 아빠는 시어터 미티어의 무대에 서지 못한다. 오늘까지 한 연습이 물거품이 되었다. 엄마는 아빠의 모습을 본 순간 알아차린 것이다. 엄마가 속상한지 이를 악물고 있다.

아빠 얼굴에도 그때 퍼뜩 알아차린 표정이 떠올랐다. 지카라의 기분 탓은 아닐 것이다. 아빠가 말했다.

"그래. 괜찮아."

그날 일을 떠올리면 더 이야기할 걸 그랬다는 후회가 된다. 아빠와 엄마는 아무리 사고 직후였다 해도 더 대화를 나누었어야 했다. 특히 아빠는 그곳에서 직접 엄마에게 사정을 설명했어야 했다. 하루야마 마사키에 대한 이야기도, 앞으로 일어날 일에 대해서도. 아니면 지카라가 모르는 사이 두 사람은 그날 이후 대화를 나누었을까.

아빠를 만나 의식이 있다는 것을 확인하고 안심한 후 몇 시간 뒤 엄마와 둘이서 아파트로 돌아갔다. 엄마가 아빠에게 갈아입을 옷을 가져오겠다고 말했다.

그리고 그것을 끝으로 엄마와 지카라는 병원에 가지 않았다.

아침 7시가 지났을 무렵, 딩동, 딩동 하고 현관 초인종이 울리고 첫 매스컴이 찾아왔다. 아빠와 하루야마 마사키가 함께였다는 것을 지카라와 엄마는 그들의 방문으로 처음 알게 되었다.

"힘들었겠다."

유메가 눈을 동그랗게 뜬 채 말했다. 지카라는 고개를 끄덕였다.

"응. 힘들었어."

"다치신 건 괜찮았어?"

그 말에 맥이 빠졌다. 불륜이 아니라 부상을 먼저 묻다니, 지카라의 굳었던 얼굴이 자연스레 누그러졌다.

"3주쯤 입원했는데 괜찮아……그 3주 동안 하루야마 마사키가 자살해서 소동이 더 커졌으니까 오히려 병원에 있어서 다행이지 않느냐고 아빠 지인들이 그러더라."

아빠가 소속되고 엄마도 옛날에 소속되었다는 극단 쓰루기카이의 리더 쓰루기 씨가 걱정하며 집을 살피러 와 주었을 때도 그렇게 말했다. 지카라도 쓰루기 씨를 여러 번 만났지만 그가 집에 온 건 처음이었다. 그날은 하루야마 마사키의 자살이 보도된 이튿날이었다. 기자와 카메라맨이 들이닥쳐 발 디딜 틈도 없는 우리 집 현관 앞을 "잠깐 실례요" 하면서 지나가는 쓰루기 씨의 모습은 TV에 수없이 나왔다.

지카라도 사태가 심각하다는 것쯤은 알았고 엄마와 지카라에게서 웃음이 사라지고 있었는데도 쓰루기 씨는 크하하 하고 호쾌하게 웃었다.

"기자가 나한테까지 찾아오더군. 다들 한가해 죽겠는 거지."

쓰루기 씨가 말했다.

"무명인 혼조 씨를 지명한 사람이 하루야마 씨입니까, 하는 식으로 여기저기 써 갈기는데, 이렇게 무례할 수가! 누가 무명이라는 거야. 경력이 다르다고."

쓰루기 씨는 엄마가 일부러 언급하지 않은 보도 내용을 아무렇지도 않게 입에 담았다. 엄마도 그때만큼은 "그러게 말이에요" 하고 약하게나마 웃고 있었다. 쓰루기 씨는 그런 식으로 사람을 끌어들이는 신기한 매력이 있다. 그래서 아빠와 엄마가 이 사람 극단에 있었구나, 하는 생각이 들었다.

"그래서 나는 겐이 다른 데서 객연하는 걸 옛날부터 반대했다니까. 겐이 돌아오면 잘 말해 둬. 지카라도 아빠한테 단단히 말해라. 이제 잠자코 평생 쓰루기 아저씨 밑에서 죽도록 연기하라고."

그가 그렇게 말해 주었는데도 지카라는 여전히 불안했고 불만이었다. 쓰루기 씨처럼 대범한 사람조차 아빠와 하루야마 마사키가 '불륜 관계가 아니'라고 단언하지 않았다. 어느 쪽으로도 해석될 수 있는 말로만 엄마와 지카라를 격려해 주었다.

책임이라는 말을 그 무렵부터 듣게 되었다.

운전자는 하루야마 마사키인 데다 얼굴을 다쳤을지언정 자살한 것도 그 사람이 스스로 결정해서 한 일이건만.

엄마와 지카라는 매스컴과 LC 프로덕션 직원들, 그리고 자칭 하루야마 마사키의 팬들에게 '밤에 드라이브한 책임에 대해서 어떻게 느끼냐'는 질문을 받게 되었다.

교통사고뿐만이 아니었다. 하루야마 마사키는 유서를 남기지 않고 자살했다. 다친 얼굴이 원인 중 하나일지 모르지만, 아빠와의 관계 자체를 고민하지 않았을까. 자살한 직접적인 원인은 혼조 겐에게 있는 것이 아닐까.

엄마는 가급적 지카라가 뉴스를 접하지 않도록 했다.

하지만 학교에서 돌아와 엄마가 일하러 가 있는 동안 TV를 켜면 시사프로그램이 나왔다. 편의점에서 보는 주간지 헤드라인에도 하루야마 마사키의 이름은 거의 매호 실려 있었다. 볼 때마다 어떻게 해야 할지 모를 만큼 가슴이 아파 차라리 날뛰고 싶은 마음이 들었다. 그렇다면 안 보면 되는데 지카라는 중독된 것처럼 스스로 TV를 켰다. 의무인 양 봐야 한다고 생각했다.

뉴스를 볼 때마다 아빠를 만나러 병원에 갈까, 수없이 고민했다.

엄마에게 부탁할까도 생각했다. 하지만 그때마다 마음이 꺾였다. 지카라가 사는 아파트에서 병원에 가려면 전철을 갈아타야 하고, 집에도 사람들이 밀어닥치는데 하물며 아빠가 있는 병원은 분명히 어마어마하게 소란스러울 것이다.

아빠가 사고 직후에 다쳐서 병실에 누워 있는 모습을 떠올리면 서글퍼졌다.

조용히 쉬지도 못할 것 같아 걱정이 되었다.

지금 이런 소동에 휘말린 것이 아빠 때문이라는 걸 머리로는 안다. 그러나 지카라는 모르는 것이 많았다. 아빠를 탓해도 될까, 아빠를 미워해도 될까 하는 것조차 엄마도, 주변 어른들도, 아무도 가르쳐 주지 않았다.

그런데도 아빠를 만나야 하는 것이 아닐까. 엄마에게 묻지 못하는 것도 아빠라면 직접 물을 수 있을지도 모른다. 그렇게 생각하고 있는데 여름방학 첫날 아침 엄마가 불쑥 내뱉었다.

"아빠가 퇴원했다는구나."

지카라는 깜짝 놀랐다. 퇴원한 뒤 아빠가 돌아올 곳은 이 아파트 말고는 없을 텐데, 아빠는 돌아오지 않았다.

"안 돌아와?" 하고 지카라는 물었다. 엄마는 힘없이 끄덕였다. "응" 하고.

"집에 들르지도 않은 것 같아."

집에 돌아오면 아빠는 그야말로 매스컴과 LC 프로덕션 직원들에게 발각되어 온갖 지독한 소리를 들을 것이다. 무슨 짓을 당할지도 모른다. 하지만 이 집 말고 아빠가 갈 곳이 또 어디 있다는 걸까.

엄마에게 "이혼하지 마"라고 말한 것은 그런 상황에서였다.

"만주."

입을 다물어 버린 지카라 옆에서 유메가 말했다. 지카라는 어? 하고 고개를 들었다.

"만주, 먹으라고. 아까부터 손에 들고만 있잖아."

유메는 어느새 만주를 다 먹었는지 손에 만주가 없었다. 지카라는 "아……" 하고 느릿느릿 고개를 끄덕이고 한 입 베어 먹는다.

유메는 이제 아무것도 묻지 않았다. 지카라도 아무 말도 하지 않았다.

유메가 뉴스를 어디까지 알고 있는지는 여전히 모른다. 어쩌면 지금은 가만히 있어도 집에 돌아가면 인터넷으로 기사를 검색할지도 모른다. 지카라의 반 아이들 중 몇몇이 그랬듯이.

"참배하고 갈래?"

유메가 묻기에 지카라는 그러자고 했다.

신사 새전함 앞에 나란히 섰다.

지카라가 새전이 없다고 하자, 유메가 "그럼 이거" 하면서 팩에서 만주를 하나 꺼냈다. 그러고는 사당 앞에 티슈를 펼쳐 놓았다.

지카라는 밧줄을 흔들어 방울을 딸랑딸랑 울렸다. 손을 합장하고 잠시 눈을 감았다.

눈을 감아도 유메가 옆에서 똑같이 하고 있음을 알 수 있었다. 둘이서 오래도록 그렇게 서 있었다.

8

어제까지 맑았던 날씨가 거짓말처럼 이튿날 이에시마에는 큰비에 바람까지 불었다.

평소 잠잠한 세토내해에서는 드문 일인지 민박집 주인 부부도 놀라고 있었다. "곧 잦아들겠지만 오늘은 밖에 돌아다니지 않는 편이 좋을 것 같군요" 하는 부부의 조언에 사나에와 지카라는 얌전히 방에서 지내기로 했다.

민박집 방에 있자 지카라가 창밖을 구경하러 왔다 갔다 했다. 밖에는 아무도 없고 그저 비를 맞는 바다가 보일 뿐인데, 혹시 어제 본 여자아이가 궁금한 것일까.

"그 아이하고 무슨 약속했니?"

"어?"

사나에가 무의식중에 묻자 지카라가 느릿느릿 이쪽을 돌아봤다. 사나에가 덧붙였다.

"어제 그 아이 말이야. 후지이 유메라는."

"딱히."

지카라가 무뚝뚝하게 대답했다.

그 말을 들으면서 사나에는 언제부터일까, 하고 생각했다. 엄마가 뭔가를 물으면 지카라는 '딱히'라는 말로 넘기는 일이 많아졌다. 그런 나이라고 하면 할 말은 없지만, 왠지 달갑지 않았다. 부정도 긍정도 아니고 애매하게 '딱히'라니.

지금 그런 이야기를 해 봤자 싸울 것이 뻔해 사나에는 지카라의 어깨 너머로 창밖을 봤다. 그러고는 중얼거렸다.

"비가 그치질 않네. 폭풍우가 멎는 섬이라더니."

그 말에 지카라가 "그런데" 하고 반응이 있었다.

"음?"

"이에시마에 언제까지 있을 거야?"

예상치 못한 질문에 선뜻 입을 열지 못했다. 언제까지 머물지 명확히 정한 것도 아니거니와 도쿄로 돌아갈 생각도 아직 안 하고 있다.

사실 사나에는 이에시마에서 일하고 싶었다. 수산가공업이든 뭐든 단기 아르바이트를 할 수 없을까 고민했지만 아무래도 불가능해 보였다. 어제 하루 섬 여기저기를 걸어 다니는 동안 마주치는 사람마다 사나에에게 뭐 하러 왔느냐는 질문을 퍼부었다. 스스럼없이 말을 걸어오는 섬사람들의 목소리에는 대부분 친밀감과 수상함이 동시에 서려 있었다.

친척이 있는지, 수영 대회에 왔는지 하는 두 가지 질문을 거의 빠짐

없이 받았다. 요컨대 그런 이유가 없는 한 이곳에 장기 체류하는 관광객은 거의 없다는 뜻이다. 20대 젊은 배낭 여행객이라면 또 모를까, 엄마와 초등학생 자녀의 조합은 괜히 더 눈에 띄는 것이다.

사나에가 대답하지 못하는 틈을 타듯, 지카라가 "저기" 하고 다시 물었다.

"여기서 살려고?"

"어?"

생각지도 못한 말이었다. 엄마의 반응을 본 지카라가 "아니구나" 하고 재빨리 말했다. 얼버무리는 듯한 말투였다. 사나에는 몹시 놀랐다.

"살지는 않아. 지카라, 학교도 이제 곧 개학하잖아."

"응. 아는데 그냥 물어봤어."

어째서 그런 엉뚱한 질문을 할 마음이 들었을까. 이상했다. 혹시 어제 본 여자아이 때문일지도 모른다. 사나에에게 예의 바르게 "후지이 유메라고 합니다" 하고 인사한 그 아이.

단 하루 만났을 뿐인데 이런 식으로 영향을 받을 수 있나 싶었다. 하지만 그럴 수도 있겠다고 고쳐 생각했다. 어른과 달리 아이의 하루, 일주일, 한 달, 1년은 믿기지 않을 만큼 길다. 시간의 밀도가 다르다.

"예쁘게 생겼던데."

사나에가 말하자 이번에는 지카라가 "어?" 하고 물었다. 얼버무리려는 것인지 아닌지 알 수 없었다.

바람이 불어 유리창이 살짝 흔들린다.

민박집 주인의 말로는 여름에 긴 비가 내리기는 해도 바람까지 부는 것은 드물다고 한다. 세토내해는 워낙 파도가 잔잔해서 오늘도 연락선은 운행한다. 섬에서 나가지 못할 정도는 아닌 것이다.

다만 이에시마에서 나간다 해도 오늘처럼 비 오는 날이 아니라 맑게 갠 날에 나가고 싶었다. 단순한 기분의 문제이지만 사나에는 그러고 싶었다.

비 예보가 내일까지이니 나가는 건 분명히 모레이겠거니, 하고 막연히 예상했다. 사흘 후인 27일에 지카라가 다니는 학교가 개학한다. 도쿄로 돌아갈 생각을 하니 갑자기 윗배가 묵직하게 아팠다. 도쿄로 돌아간 뒤에 무슨 일이 벌어질지 상상도 가지 않는다. 하지만 그쪽이야말로 사나에와 지카라를 기다리는 지금의 현실로, 시만토와 이에시마의 나날은 잠시 허락된 비일상일 뿐이다.

가방 속에서 휴대폰을 꺼냈다. 사나에가 액정 화면을 바라보며 숨을 삼킨다.

부재중 전화가 표시되어 있기 때문이다. 발신번호 표시제한이라 누가 걸었는지는 알 수 없고, 약 한 시간 전에 걸려 왔다. 마침 아침을 먹고 있을 때였다.

남편의 교통사고 이후 모르는 번호와 발신번호 표시제한으로 전화가 오는 일이 많아졌다. 그중에는 사나에 가족을 걱정하는 친구들이 다른 친구에게 번호를 물어 연락하는 경우도 있었다. 하지만 매스컴이나 괴롭힘 전화가 훨씬 많아서 사나에는 절대 받지 않기로 결심했다.

도쿄에 있을 무렵에는 수없이 걸려 오던 모르는 사람의 전화도 이제는 잦아들어 시만토에 가고 나서는 거의 없어졌다. 방송 뉴스에도 제철이라는 것이 있다. 하루야마 마사키의 스캔들 외에도 날마다 새로운 사건이 발생하기 때문에 이제 관심이 사그라졌을 거라 안심하고 있었다.

발신번호가 표시되지 않은 전화는 몇 주 만에 온 것이었다.

부재중 전화가 겨우 한 통 와 있을 뿐인데 사나에는 안절부절못했다. 아까 도쿄로 돌아가는 상상을 했을 때 느꼈던 윗배의 묵직한 통증이 다시 엄습해 왔다.

"지카라, 엄마 잠깐 로비 근처 테라스에 나갔다 오마."

"응."

창밖을 내다보고 있는 아들에게 말하고 휴대폰만 챙겨 방에서 나왔다.

사나에는 민박집 계단을 내려가면서 여전히 기분이 뒤숭숭했다. 손에 든 휴대폰까지 갑자기 무겁게 느껴진다.

혹시 부재중 전화를 건 사람이 남편은 아닐까 하고 생각했다.

다시 걸고 싶어도 발신번호가 없어 그것도 불가능하다. 그렇게 생각하면 답답했고 어째서 전화를 받지 못했을까 후회와 비슷한 감정이 복받쳐 올랐다. 그렇다고 다음에 다시 전화가 걸려 오면 얼른 받을 용기가 과연 있는지도 잘 모르겠다.

사실 휴대폰 번호를 바꿀 생각도 여러 번 했다.

보도 직후 전화통에 불이 났을 무렵에는 진지하게 고민했다. 그러나 이 번호로 겨우 연결되고 있는 사람들을 생각하면 마음이 꺾였다. 걱정해 주는 친구, 지인, 쓰루기 씨, 친정 부모님. 무엇보다 남편 생각이 가장 많이 났다.

가슴이 메어 들이마시는 공기가 부족하게 느껴졌다.

민박집 로비에서 이어지는 테라스로 나갔다. 그곳에 놓인 목재 의자에 앉아 어깨를 들썩이며 숨을 쉬었다.

소동 후 남편 겐은 딱 한 번 전화를 걸어 왔다. 사나에는 그 사실을 지카라에게도 말하지 않았다.

남편은 입원 중에 사나에에게 한 번도 연락하지 않았다. 사나에도 일부러 전화하지 않았다. 남편이 병원에 있기 때문이기도 하고, 무엇보다 사나에는 화가 나 있었다. 불륜이라는 보도를 접하고 너무 치욕스러운 나머지 절대로 먼저 연락하지 않겠다는 심정이었다.

그러나 남편이 퇴원 후 돌아온다는 전제가 있었기 때문이었다고 지금은 생각한다.

교통사고 후 매스컴의 보도 내용에 대해 사나에는 어쨌거나 조금씩 마음을 다스리고 있었다. 그 상황에서 일어난 하루야마 마사키의 갑작스러운 자살 뉴스에 이번에야말로 격하게 동요했다.

실제로 본격적인 폭풍우에 휘말린 것은 자살이 보도된 후였다. 황급히 남편의 휴대폰에 전화를 걸었지만 전원이 꺼져 있었다.

병원에 전화를 걸자 간호사가 사무적인 말투로 응대해 주었지만, 남편의 이름을 말한 순간 "아아, 그……" 하는 뉘앙스를 풍겼다. 하루야마 마사키도 입원했던 병원이라 수많은 사람들이 밀어닥쳐 큰 불편을 겪었을 것이다.

"혼조 겐 씨는 퇴원하셨습니다."

다름 아닌 아내에게 그 소식을 알리는 간호사의 말투에서 비꼬는 듯한 동정이 느껴진 것은 사나에의 피해망상이었을까. 사나에는 기가 막히고 말문이 막힌 나머지 "그렇군요" 하고 전화를 끊었다.

버림받았다는 기분이 들었다.

사나에뿐만이 아니다. 남편은 지카라까지 저버렸다. 부부의 소중한 아들까지.

그런 상황에서 남편인 겐에게 전화가 걸려 왔다. 그의 휴대폰으로 건 것이었다.

—사나에, 당신이야?

묻는 목소리에 소름이 쫙 돋았다.

사나에, 당신이야, 라니. 어떻게 그렇게 태평스러운, 전과 다름없는 목소리를 낼 수 있을까. 그동안 품어 왔던 분노와 절망, 슬픔이 폭발했다.

"당신하고 말 섞기 싫어."

사나에는 대답했다.

지금까지 실컷, 연애 때는 물론 극단 동료였을 때부터 온갖 일로 말다툼을 해 왔지만, 그에 비할 바가 아니었다. 말다툼조차 하기 싫을 만큼 사나에는 상처받고 화가 나 있었다.

전화기 너머에서 남편이 숨을 삼키는 기척이 났다. 남편을 위축시켰다는 것에 사나에는 잠시나마 기분이 풀렸다. 먼저 공격했다는 생각으로 이렇게 덧붙였다.

"아무 말도 하기 싫어. 아무 말도 하지 마. 듣기 싫어."

울음 섞인 목소리가 나왔다. 억울했다. 이 사람에게 그동안 선량한 남편, 선량한 아빠인 척 속아 왔다고 생각하면 스스로에게도 화가 나서 견딜 수가 없었다.

전화기 너머에서 남편이 "사나에" 하고 다시 이름을 부른다. 사나에는 짜증이 치밀어 올라 전화를 끊었다. 휴대폰을 방구석에 내팽개치고 책상에 엎드려 울었다. 지카라는 외출해서 집에 없었다.

생각해 보면 이때 사나에는 남편이 다시 전화를 걸 것이라는 확신이 있었다.

매스컴의 보도에서는 남편과, 이 가정과 무관했을 터인 하루야마 마사키의 이름만 거론될 뿐, 아내인 사나에는 당사자인데도 배제되었다. 비록 짧은 통화였지만 남편이 필사적으로 변명하려는 것을 사나에는 눈치챘다. 그제야 자신의 존재를 거들떠보는구나 싶었다.

대부분의 보도에서는 방송국 프로듀서라는 하루야마 마사키의 남편에 대해서도 보도했지만, 혼조 겐에게도 아내가 있다는 사실은 아예 언급조차 하지 않는 경우도 있었다. 뉴스 속의 겐은 그저 '여배우의 불륜 상대'라는 입장에서만 다루어졌다. 그 모든 것이 사나에를 무시하고 얕보는 것 같았다.

아무 말도 하기 싫고 듣기 싫다고 한 것은 어디까지나 자신의 격한 분노를 남편에게 호소하기 위해서였다. 실은 듣고 싶은 이야기가 얼마나 많은지 모른다. 당연하지 않은가. 남편도 분명히 알고 있을 것이다.

그러나 그 후로 남편에게서는 연락이 없었다.

하루를 기다리고, 이틀을 기다리고, 일주일을 기다렸지만 전화가 오지 않았다.

다소 냉정을 되찾은 사나에가 결심하고 먼저 전화했지만 남편의 휴대폰은 해지된 상태였다. 그 전까지는 전원이 꺼져 있다는 안내 메시지가 나오던 것이, '지금 거신 번호는 없는 번호입니다'라는 메시지로 바뀌었을 때 사나에는 처음에 무슨 상황인지 이해가 안 되었다. 한 박자 늦게 위화감이 찾아와 이윽고 눈앞이 캄캄해졌다.

도대체 어쩔 셈이지? 하고 망연자실했다.

앞으로 어떻게 할지 아무런 상의도 없이 사나에와 지카라를 이런 상황에 내버려 두고 집에도 돌아오지 않은 채, 남편은 도대체 어쩌려는 걸까.

많은 사람에게 폐를 끼쳐 남편 또한 쫓기는 신세일지도 모른다. 그래도 그렇지 사나에가 먼저 연락할 수 있는 수단이 완전히 사라지지 않았는가.

그제야 비로소 깨달았다.

사나에가 화냈던 그 전화가 마지막 기회였을지도 모른다는 것을.

앞으로 어떻게 할지 상의할 수 있는, 남편 입장에서 마지막 한 번이 그때였을지도 모른다.

그렇다면 그 기회를 사나에는 제 손으로 날린 것이다.

경악하고 절망하는 가운데 자신과 지카라는 내일부터도 살아가야 한다고 생각했다. 집 유리창에 그림자가 비칠까 걱정하며 둘이서 침실에 웅크려 앉아 있을 때 지카라가 말했다.

"이혼하지 마."

지카라는 울고 있었다. 그 아이가 눈물을 흘리는 모습을 오랜만에 봤다. 지카라는 창피해하지도 않고 마구 울부짖었다.

"아빠랑 엄마 둘 중에 한 명만 골라야 하다니, 절대로 싫어."

그 소리를 듣고 붉게 충혈된 눈을 본 순간, 가슴이 아파 견딜 수 없었다. 지카라가 어린이집에 다녔을 무렵 매일같이 안아 주었던 감각이 팔에, 가슴에, 온몸에 되살아났다. 코끝이 시큰해져 저도 모르게 지카라를 끌어 당겨 안았다.

"안 해" 하고 대답했다.

"괜찮아, 절대로 널 슬프게 하지 않으마."

부르르 떠는 지카라의 머리에서 땀 냄새가 났다. 무서웠구나 싶었다. 지카라도 줄곧 몹시 무서웠던 것이다.

그리고 새삼 인정했다. 사나에도 무서웠다. 남편의 전화를 끊은 것은 화가 나서만은 아니었다.

그 전화로 그가 무슨 말을 할지, 실은 너무나 무서웠다. 듣기 싫다는 말의 반은 진심이었다. 그 사람이 "이혼하자"라고 말할까 봐, 그토록 분노하고 절대로 용서 못한다는 심정이었는데도 사나에 역시 무서워서 견딜 수가 없었다.

사나에는 부재중 전화가 표시된 휴대폰 화면을 보며 테라스 목재 의자에 앉아 있었다. 이내 꼼짝 않고 바다를 본다.

빗방울을 맞는 수면은 꼭 그 속에 수많은 물고기가 첨벙첨벙 뛰어다니는 것처럼 보이기도 하다.

지금껏 자신과 겐이 이혼하는 일은 없다고 생각했다.

세상에는 힘든 시절을 함께 고생한 조강지처의 미담이나 그 조강지처가 남편의 성공과 동시에 버려진 이야기가 넘쳐난다.

사나에와 겐은 "우리 집은 애초에 남편이 대성할 리가 없잖아" 하고 말하며 웃은 적이 있다.

20대 초반에 극단에 있었을 때부터 사귀어 극단 동료들도 가족처럼 여기며 지내 왔다. 평범하긴 해도, 대성할 일이 설령 없더라도 그것이 자신들의 분수에 맞는 인생이라고 생각했다.

하지만 세상의 이혼한 부부 대부분이 실은 그렇지 않았을까. 자신들만큼은 그런 일이 없을 줄 알았는데 어느 날 발밑에 시커먼 함정이 파인다. 사나에와 겐도 이제 생각해야만 하는 때에 와 있는 것이 아닐까.

그러나 연락이 되지 않아 상의조차 할 수 없다면 어쩔 도리가 없다.

바다 너머 먼 하늘에서 낮게 드리운 구름 속에 번개가 노랗게 번쩍이는 것이 보였다. 잠시 후 우르르 쾅 하고 울린다.

아아, 빛과 소리 중에 빛이 더 빠르구나.

바다 냄새를 싣고 온 바람에 머리칼을 내맡긴 채 사나에는 멍하니 그런 생각을 했다.

9

어제의 푸른 빛깔은 온데간데없이 바다는 어두운 색을 띠고 있었다.

방에서 엄마가 나간 뒤에도 지카라는 가만히 창밖을 내다보고 있었다. 바닷가를 따라 서 있는 나무가 바람과 함께 나뭇잎을 크게 흔든다. 빗소리에 섞여 이따금 휘오오 하는 바람 소리가 나고 유리창이 심하게 덜컹댔다.

이 정도면 오늘 밖에 나가는 것은 무리일지도 모른다.

지카라가 괜찮다고 생각해도 엄마는 허락해 주지 않을 것이다. 밖에 나가고 싶다고 말한 순간 엄마가 얼굴을 찡그리며 "뭐라고?" 하고 놀라는 모습이 벌써부터 상상이 간다. 그런 다음 "어디 가려고? 왜 가는데?" 하고 따져 물을 것이다. 엄마가 곧바로 유메와 자신을 연관시킬 거라 생각하니 그것만은 무조건 피하고 싶었다.

오늘도 유메와 만나기로 약속했다.

어제 저녁 유메와 헤어질 때에는 그 후 몇 시간 만에 날씨가 이렇게 될 줄은 전혀 예측하지 못했다.

"내일 또 보자. 아까 그 가드레일에서 만나."

유메가 당연한 것처럼 말하기에 지라카는 처음에 당황했다.

"내일도?"

일단 묻기는 했지만 그 말을 듣고 내심 살짝 기뻤다. 유메가 고개를 끄덕인다.

"내일도 검도부 훈련이 있단 말이야. 지카라, 아직 섬에서 지내는 거지?"

"응."

"학교는 언제 개학해?"

"27일."

유메가 요란하게 한숨을 푹 내쉬었다.

"좋겠다, 우리 학교는 26일인데."

"하루 차이잖아."

"그래도 벌써 모레잖아. 부럽다. 그럼 너도 곧 돌아가겠네?"

"……아마."

"좋겠다."

뭐가 좋다는 것인지 마지막 말에 깊은 뜻은 없을 것이다. 이르고 늦고의 차이는 있어도 어느 학교든 여름방학은 곧 끝난다.

이 빗속에 유메가 가드레일 근처에서 기다리는 모습을 잠깐 상상하고 이내 그럴 리 없다고 고쳐 생각했다. 원래 어른들에게 검도부 훈련을 하러 간다며 거짓말을 하고 그 시간을 보내기 위한 약속이었다. 비가 이렇게 오니 훈련도 중지되었을 것이다. 실제로 어제 아침에 모래사장에서 훈련하던 검도부원의 모습이 오늘은 보이지 않았다.

그런데 만약 학교 체육관 같은 실내에서 훈련을 한다면 유메는 어떻게 하고 있을까. 다른 부원들과 어색한 시간을 보내야 한다고 생각하니 안쓰러웠다. 그렇다고 지카라와 함께 훈련을 땡땡이치고 어디론가 외출하려고 해도 비가 세차게 내리는 섬에 자신들이 있을 곳은 없어 보인다.

만약 비가 오면 어떻게 할지 잘 정해 놓지 않아 후회가 된다.

지카라가 이곳에서 머무는 것은 유메도 알고 있다. 유메가 당장에라도 민박집에 찾아오진 않을까. 그렇게 기대하는 것을 깨닫고 스스로도 깜짝 놀랐다.

하지만 유메가 올 리는 없다. 지카라는 스스로를 타일렀다.

엄마는 언제 도쿄로 돌아갈지 아직 말해 주지 않았다. 유메를 만나지 못하고 내일 당장 떠날 가능성도 있다. 그렇게 생각하니 왠지 자꾸만 초조해진다.

아까 엄마가 유메더러 "예쁘게 생겼던데"라고 말해 지카라는 흠칫 놀랐다.

묘하게 기억에 남는, 눈이 크고 이상한 얼굴이라고 생각했다. 엄마의 말을 듣고 서야 왜 그렇게 생각했는지 깨달았다.

유메는 미인이다.

지카라의 반 여자애들 중에서도 예쁜 아이는 몇몇 있지만, 지카라가 그렇게 생각하기 전에 다른 누군가가 먼저 예쁘다고 말하면 '아, 그렇구나, 저 아이는 예쁜 아이구나' 하고 이해하는 식이었다. 지금까지는 다른 누군가가 말하기 전까지 자신이 왜 그 아이를 무심결에 계속 보는지 잘 몰랐다.

엄마의 말대로 유메는 '예쁜 아이'인 것이다.

비는 이튿날 오전까지 계속되더니 하늘이 갑자기 활짝 개었다.

창밖에 보이는 바다와 모래사장이 환한 빛을 되찾아 간다. 비에 씻긴 바닷가는 한결 밝게 빛나는지 몇 시간 전과는 비교도 안 될 만큼 눈부시게 밝은 빛에 휩싸여 있었다.

민박집에서는 아침밥과 저녁밥만 먹기로 했는데, 어제에 이어 오늘도 주인이 선심을 써서 "비가 와서 어디 나가지도 못하겠구려" 하면서 주먹밥을 만들어 방으로 가져와 주었다. 서비스라며 비용을 받지 않아 엄마가 미안해하면서 감사 인사를 했다.

"지카라."

주먹밥과 보리차가 놓인 쟁반을 멍하니 바라보며 엄마가 천천히 불렀다. 말없이 고개를 돌리자 대뜸 이렇게 말했다.

"내일 돌아가자."

"알겠어."

모레 개학하니 당연하다.

김조림이 들어간 주먹밥을 볼이 미어지게 먹었다. 할 일도 없고 심심해서 창밖을 보고 있는데, 오후에 환한 모래사장에 그저께 본 중학교 검도부원들이 나타났다. 체육복을 입고 죽도를 손에 들고 나타난 그들이 저마다 "왔어?", "비가 이제야 그쳤네" 하고 인사를 나눈다.

그 모습을 봤더니 괜히 초조해졌다.

어제도, 오늘 오전에도 유메는 결국 민박집에 오지 않았다. 검도부 훈련이 재개되었으니 가드레일 쪽으로 가 볼까.

고민하던 그때 모래사장에 다른 부원이 나타났다. 자전거를 타고 다른 부원들과 합류하는 그 모습을 보고 지카라는 숨을 삼켰다.

유메였다.

멀리서 봐도 알 수 있었다.

서둘러 주먹밥을 마저 입에 쑤셔 넣고 꿀꺽 삼켰다. 보리차를 마셨는데도 목이 조금 막혔다.

"엄마. 나 잠깐 밖에 나갔다 올게. 민박집 앞에."

"어?"

"금방 올게."

그대로 방을 나가려 하자 엄마가 "잠깐, 모자 가져가야지" 하고 말했다. 엄마가 야구 모자를 들고 있는 것을 보고 하마터면 혀를 찰 뻔했다. 모래사장에 있는 중학생들은 아무도 모자를 쓰지 않았다.

아빠와 야구 경기를 보러 갔을 때 산, 팀 로고가 들어간 모자가 괜히 유치해 보인다.

"됐어."

"되긴 뭐가 돼? 열사병 걸려."

엄마의 손에서 모자를 낚아채듯 가져와 계단을 내려갔다. 신발을 신고 밖으로 나가자 부원이 다 모였는지 그저께처럼 모래사장을 달리기 시작했다.

호루라기가 삑 울린다.

핫둘핫둘 하는 구호 소리와 함께 모래사장을 달리는 부원 중에 역시 유메가 있었다. 체육복 가슴에 '후지이'라고 적힌 작은 이름표가 보였다.

다시 검도부 활동을 하기로 결심했구나.

지카라는 허탈한 기분으로, 유메가 달리는 모습을 바라본다.

달리는 도중이라 그런지 주위 부원들과 딱히 친하게 이야기하지도 않지만, 그렇다고 유메가 말한 것처럼 충돌하거나 옥신각신하는 분위기도 아니었다. 어쩌면 어제 체육관 같은 곳에서 훈련이 있었고 거기서 그들 사이에 뭔가 말이 오갔을 수도 있다.

어쨌든 지카라가 유메와 함께 시간을 보낼 이유가 없어졌다.

애초에 우연히 만난 데다 함께 어울린 것도 딱 하루뿐이었다. 그런데도 어렴풋이 배신당한 기분이 들었다. 유메도 지금 지카라를 만나면 어색해할지도 모른다고 생각했지만, 지카라는 바닷가 근처 벤치에 앉아 훈련하는 검도부원들을 가만히 지켜봤다. 그러다 보면 유메가 어느 순간 자신을 알아보지 않을까 싶었다.

예상은 적중했다.

달리기와 체조, 2인 1조 스트레칭, 죽도 휘두르기. 훈련하는 사이 유메가 이쪽을 흘끗 보는 것 같았다. 지카라가 시선을 피하지 않고 그대로 보고 있자 유메가 미소 짓는 것처럼 보였다.

한 시간 정도 훈련한 뒤, 호루라기로 신호를 하던 선생님 같은 사람이 "10분 휴식" 하고 말했다. 그 말에 줄 맞춰 서 있던 부원들이 모두 후유 하고 어깨에서 힘을 빼며 뿔뿔이 흩어졌다.

모두 자신의 짐에서 물통을 꺼내 모래사장에 앉아 수분을 보충하는 가운데, 유메가 물통을 들고 지카라 곁으로 다가왔다. 다른 부원들은 서로 수다를 떠느라 유메를 신경 쓰는 것 같지 않았다.

"마실래?"

유메가 다짜고짜 물통을 내밀었다. 지난번처럼 스스럼없는 말투에 지카라는 순간 고개를 가로저었다. 유메가 지카라 옆에 앉아 물통의 컵에 차를 따라 단숨에 마셨다.

"……검도부 훈련."

"응?"

"하기로 했구나?"

"응."

지카라가 묻자 유메가 고개를 끄덕였다.

"오늘로 여름방학이 끝나니까 참석해 둬야지. 안 그러면 내일부터 학교에서 갑자기 만나야 하는데 그것도 좀 어색하잖아."

"하긴."

모두와 화해했는지 궁금했지만, 근처에 다른 부원들이 있다고 생각하니 확실히 물어볼 수가 없었다.

"지카라, 넌 내일 돌아가?" 하는 질문에, "아마" 하고 대답했다. 이번에는 유메가 "하긴" 하고 맞장구를 쳤다.

"몇 시 배편으로?"

"몰라. 아마 오전일걸."

내일이면 유메의 학교가 개학한다. 지카라가 섬을 나갈 쯤에는 개학식이 열릴 것이다. 유메도 알아차렸겠지만 그냥 "흐음" 하고만 말했다.

유메가 검도부로 돌아가 다행이라는 것을 머리로는 알면서도 왠지 못마땅했다.

서로 입을 다문 채 가만히 있자 잠시 후 삭발한 남학생 부원이 이쪽으로 걸어온다. 햇볕에 그을린 갈색 피부에 눈매가 사나웠다. 어깨가 넓어서 검도를 잘할 것 같았다. 왠지 말 걸지 않았으면 좋겠다고 생각하는데, 그가 지카라와 유메 앞에서 걸음을 멈췄다.

"후지이, 곧 훈련 시작될 거야."

그가 노골적으로 유메만 쳐다보며 말했다.

지카라를 아예 쳐다보지 않으려 하지만 그가 이쪽을 신경 쓰고 있음을 알 수 있었다.

지카라는 슬며시 화가 났다. 인사를 하거나, 최소한 유메에게 누구냐고 물어보면 지카라도 말을 걸 텐데, 이 자리에서 소외된 기분이 들었다.

"어? 벌써?"

유메가 눈살을 찌푸렸다. 하지만 이내 모래사장의 다른 부원들을 바라보더니 "아, 하긴. 명단 만든다고 했지?" 하고 지카라가 알아듣지 못할 말을 중얼거린다. 삭발한 남학생이 "그래" 하고 끄덕였다.

그제야 남학생이 지카라를 봤다. 막상 그렇게 되자 지카라는 왠지 서먹서먹해서 시선을 피하고 말았다. 유메도 지카라를 그에게 소개하려 들지 않았다.

유메가 말한다.

"그럼 가야겠다. 미안해, 지카라. 나중에 보자."

"……어."

응, 이라고 대답할 뻔한 것을 또래 여자아이에게 사용할 법한 무뚝뚝한 말로 바꾸었다.

시선을 살짝 올리자 삭발한 남학생의 체육복 가슴에 있는 이름표에 눈길이 갔다. 그것을 본 순간 지카라는 말없이 숨을 멈췄다.

이름표에 '사카이'라고 적혀 있었다.

유메가 싸웠다고 말한 상대의 이름이었다. 검도부 부원 중 유메를 싫어하는지 툭하면 시비를 거는 친구.

유메가 '그 애'라고 불러서 지카라는 당연히 여자아이인 줄 알았다.

그런데 눈앞에 있는 이 남학생이었다니. 유메가 신경 쓰여 괜히 집적거리고 지금도 일부러 지카라가 있는 곳까지 그녀를 부르러 온 남학생. 유메가 그를 '그 애'라고 부르던 것도, 막상 상대가 남학생임을 알게 되자 전혀 다르게 들렸다.

지카라는 어안이 벙벙해 유메와 사카이를 번갈아 봤다. 사카이는 유메가 "가야겠다"라고 말해 만족했는지 이쪽에 등을 돌리고 냉큼 다른 부원들 곁으로 돌아가려 했다.

유메와 사카이 두 사람이 입고 있는 중학교 체육복이 묘하게 어른스러워 보인다. 자신의 티셔츠와 반바지를 내려다본다. 가슴속에 뿌옇게 안개가 서렸다.

지카라가 잠자코 있는 것을 알아차렸는지 유메가 "응?" 하고 지카라의 얼굴을 들여다봤다.

"지카라, 왜 그래?"

가슴속에 서린 뿌연 안개의 정체를 어떻게 설명해야 좋을지 몰랐다. 원인은 명백히 유메에게 있지만 그 감정을 지금 터뜨리면 안 된다는 것도 알았다. 지카라는 잠시 망설이다 말했다.

"바다는 날씨에 따라 빛깔이 다르구나, 싶어서."

비 오는 날에 본 짙은 색과, 비가 갠 지금의 색이 완전히 다른 장소처럼 보여 지카라는 놀라웠다. 실제로 보기 전까지는 설령 날씨가 어떻든 바닷속에는 그리 영향이 없을 줄 알았다. 만약 오늘 유메를 만나면 그 이야기를 할 생각이었다.

그러자 유메가 웃었다. 한마디로 가볍게 대꾸한다.

"당연하잖아."

그렇게 말하고 "그럼 또 보자" 하고 유메가 손을 흔든다.

다른 부원들 쪽으로 돌아가는 뒷모습에 지카라는 아아, 이 아이는 섬 아이구나, 하고 생각했다. 지카라가 일일이 놀라는 것이 유메에게는 당연한 일상이다. 모두의 곁으로 돌아간다.

지카라는 쓰고 있던 야구 모자를 천천히 벗었다. 곧장 방으로 돌아왔다. 부원들이 갈 때까지 밖에 나가고 싶지 않았다.

"그럼 또 보자" 하고 말한 유메가 일부러 민박집 지카라의 방을 찾아오는 일도 당연히 없었다.

이에시마에서 나가는 고속선을 기다리는 인원은 그리 많지 않았다.

왔을 때와 마찬가지로 보스턴백 하나를 들고 대기소 벤치에 앉아 있자 지카라가 초조해하며 입구 쪽과 이곳을 왔다 갔다 했다.

"얌전히 앉아 있으렴."

사나에의 말에 "앉아 있으면 다리가 나른하단 말이야" 하는 알쏭달쏭한 대답이 돌아왔다.

밖에 있는 자판기를 보러 나가는 척하고 있지만, 혹시 그 여자아이가 오지 않을까 기대하는지도 모른다.

어젯밤 반 놀림조로 "내일 그 아이가 배웅하러 오니?" 하고 물었더니 지카라는 고개를 가로저었다. "우리 학교보다 하루 먼저 개학한대" 하고 대답한 얼굴이 왠지 서운해 보여 사나에도 더 이상은 놀리지 않았다.

사나에 모자는 9시 넘어서 출발하는 고속선을 기다리고 있다.

그 후 히메지로 나가서 점심을 먹고 신칸센을 탈 것이다. 시만토로 갈 때도, 그곳에서 이에시마로 이동할 때도 사나에는 원래 있던 장소에서 도망치듯 움직였다. 스스로 생각할 여유도 없이 내쫓기듯 떠나왔지만 이번에는 다르다. 자신의 의지로 도쿄로 돌아가기에는 역시 마음이 무거웠다. 도망쳐 왔건만, 왜 굳이 제 발로 돌아가는 걸까, 하는 생각마저 든다.

지카라의 학교가 개학하니까.

아무리 생각해도 다른 이유는 없었다. 그런 계기라도 없으면 사나에는 아무것도 결정하지 못한다. 그것이 좋은 것 같기도, 나쁜 것 같기도 했다.

그때였다.

항구를 향해 언덕길을 내려오는 자전거가 보였다. 교복 차림의 여자아이가 탄 것을 보고 사나에는 앗, 하고 생각했다. 대기소 입구 앞에 있는 아들에게 절로 눈길이 갔다.

지카라도 알아본 듯했다.

지카라는 달려오는 자전거를 보며 그 자리에 우뚝 서 있었다. 기대했기 때문에 밖과 안을 들락날락했을 터인데, 기다렸던 순간이 막상 눈앞에 닥치고 보니 정신을 놓은 듯 입을 반쯤 벌리고 있다. 사나에는 자기 아들이지만 멍청하고, 그리고 귀엽다고 생각했다.

11

"유메."

"지카라, 너무해. 어제 훈련 끝나고 벤치 봤더니 벌써 가고 없더라."

자전거에서 내린 유메가 말했다.

만날 때마다 체육복 차림이었기에 교복을 입은 모습이 신선했다. 화가 났는지 볼을 부풀린 유메가 "후, 덥다" 하고 교복 넥타이를 잡고 팔랑팔랑 부채질을 한다. 앞머리 사이로 드러난 이마에서 땀방울이 반짝인다.

"그래도 다행이야. 늦지 않아서. 벌써 떠났으면 어떡하나 싶었는데,

'바다 꽃' 아저씨한테 물어봤더니 방금 바래다주고 오는 길이라고 하시더라."

"오늘 학교는?"

"이제 갈 거야. 배웅하고 나서."

배웅이라는 말을 듣는 순간 가슴이 뜨거워졌다. 부드러운 열이 몸속 가운데를 뭉근히 일으켜 세워 주는 것 같았다. 지카라는 기쁜 내색을 감추려 입술을 깨물었다.

"이거 받아."

유메가 봉투를 내밀었다. 겉에 "지카라에게"라고 쓰인 글자가 여자아이 글씨처럼 동글동글했다.

지카라가 봉투를 받고 고개를 들자, 유메가 "번호야" 하고 가르쳐 주었다.

"우리 집 전화번호랑 주소. 그리고 메일 주소. 메일은 엄마들도 보니까 괜히 이상한 말 쓰면 안 돼."

"안 써."

"아직 뜯어서 보지 마. 바로 앞에서 읽으면 창피하잖아. 배에 타고 나서 봐."

유메가 활짝 웃었다.

"이에시마에 또 놀러 와."

다시 이에시마에 올 일이 있을지 알 수 없었다.

그러나 연락처를 받은 덕분에 유메와 영원히 헤어지는 게 아니라고 생각하니, 단지 그것만으로 믿기지 않을 만큼 기뻤다.

"또 올게."

알 수 없고 약속할 수도 없지만 그렇게 말해 버렸다.

유메가 만족스럽게 끄덕이고 다시 웃었다.

"연락 줘. 기다릴게."

고속선의 유리창이 뿌예서 배웅해 주는 유메의 얼굴이 흐릿하게만 보였다.

'섬을 떠나기 전 배에서의 작별'이라 하면 갑판과 항구를 연결하는 수십 개의 종이테이프와, 서로의 모습이 보이지 않을 때까지 말을 건네고 손을 흔드는 이미지가 있었지만, 고속선에는 그런 것이 없는 모양이었다.

"출발합니다!"

담당자의 목소리와 함께 문이 싱겁게 닫히자 항구에는 목소리조차 닿지 않는 상태가 되었다.

배가 엔진 소리를 내며 항구를 벗어나는 몇 분 동안, 지카라는 유메와 서로 눈을 맞춘 채 말없이 그저 쳐다보기 민망스러웠다. 몇 번이나 피하고 싶었지만 유메가 커다란 눈망울로 이쪽을 가만히 쳐다보고 있기에 지카라도 질 수 없어 유메를 계속 응시했다.

마침내 고속선이 빙 돌아 유메가 서 있는 곳이 보이지 않자 지카라는 어깨에서 힘을 빼고 의자에 깊숙이 앉았다.

"다행이구나."

옆에서 엄마의 목소리가 들려 고개를 들었다. 유메 이야기임을 금방 알았지만 지카라는 그저 "딱히" 하고 대답했다.

엄마가 볼까 봐 몸을 살짝 옆으로 틀어서 유메가 준 편지 봉투를 숨

기듯 열었다. 캐릭터 스티커 한 장으로 붙인 봉투는 쉽게 열렸다. 안에
는 편지가 딱 한 장 들어 있었다.

또 놀러 와. 유메가.

바로 앞에서 읽으면 창피하다더니 그 한 문장만 적혀 있었다. 지카
라는 뭐야, 하고 골탕을 먹은 기분으로 편지를 봉투에 넣었다. 그래도
문장 밑에 주소와 전화번호, 메일 주소가 적혀 있었다.
　편지 봉투를 배낭에 넣었다. 구겨질까 봐 방학 숙제인 문제집 사이
에 끼웠다.
　문제집을 보자 독서 감상문을 아직 쓰지 않았다는 사실이 떠올
랐다.
　섬에 있는 동안 엄마에게 원고지를 사 달라고 할 걸 그랬다. 섬의 문
방구에도 원고지 정도는 있었을 테고, 비 때문에 민박집에 틀어박혀
있느라 시간이 그렇게나 많았건만.
　지금이라도 어디선가 구입해서 돌아가는 신칸센에서 쓸까. 아니, 신
칸센이 흔들려서 글자를 쓸 수 있는 환경이 아닐지도 모른다.
　지카라는 이에시마와 시만토를 벗어나 도쿄로 돌아가는 것이 자신
의 일인데도 도저히 상상이 되지 않았다. 매년 여름방학이 끝날 때마
다 매우 아쉬웠는데 올해는 특히 더 그렇다.
　숙제 노트에 끼워 놓은, 여름방학 전에 학교에서 받은 프린트물을
무심결에 펼쳤다. 순간 지카라는 눈을 깜빡거렸다. 입에서 "앗!" 소리
가 나왔다.

"왜 그러니?"

옆에서 엄마가 지카라를 향해 몸을 내밀었다. 여름방학을 보내는 방법과 주의 사항이 적혀 있는 그 프린트물의 한 부분을 지카라가 손가락으로 가리켰다.

"개학식, 오늘이래."

"앗!"

"이것 봐."

엄마가 지카라를 따라 소리를 질렀다. 눈을 동그랗게 뜨고 지카라의 손에서 프린트물을 빼앗는다. 여름방학 기간에 수영장과 도서관 개관일이 적힌 프린트물 뒷면의 8월 26일 부분에 '개학식'이라고 적혀 있었다.

지카라의 학교는 작년과 재작년에도 요일에 상관없이 27일에 개학식을 했었다. 그래서인지 올해도 그런 줄 알았고, 어쩌면 이 프린트물이 잘못된 것인지도 모른다.

그러나 함께 끼워 두었던 학급 알림장을 꺼내 마지막 장을 펼치니 '26일 개학식 때는 모두 건강한 모습으로 다시 만나요!'라고 쓰여 있었다. 그러고 보니 담임 선생님이 올해는 혹서라서 여름방학을 조금 앞당긴다고 설명했던 것 같다. 그에 맞춰 끝나는 날도 앞당겨졌을지도 모른다.

"세상에, 설마……."

엄마가 말을 잇지 못한다.

지카라는 물론 엄마까지 착각하고 있었다.

시만토에서 세이코와 료 일행에게 "지카라 군은 학교 언제 개학해?" 하는 질문을 받았을 때도 계속 27일로 잘못 대답한 탓도 있어서 오늘까지 여름방학인 줄 착각하고 있었다.

엄마가 새삼스럽게 손목시계를 보고 망연자실한 목소리를 냈다.

"그럼 지금 개학식 중이라는 거네? 오늘부터 학교에 가야 하는데, 엄마가 선생님께 연락도 없이 지카라를 무단결석하게 만들었구나?"

"……아마도."

지카라 또한 어리벙벙하게 대답했다. 여기는 효고현이라 아무리 서둘러도 개학식에는 가지 못한다.

엄마가 허둥지둥 휴대폰을 꺼내더니 화면을 보자마자 "안 터지는구나" 하고 울상을 지었다. 만약 전파가 통한다 해도 고속선 엔진 소리 때문에 전화 목소리가 들리지 않을 것 같았다.

그때.

불현듯 지카라의 가슴을 억누르는 것이 있었다.

도쿄로 돌아가는 삶이 아직 자기 일처럼 느껴지지 않는다. 그런 생각을 하다 문득 정신을 차리고 보니 엄마의 팔을 붙잡고 있었다. 그러고는 말해 버렸다.

"엄마, 나, 아직 학교에 가고 싶지 않아. 도쿄로 돌아가기 싫어."

엄마가 놀란 얼굴로 지카라를 봤다. 엄마의 팔을 붙잡은 손에 힘이 들어간다.

"나, 반에서 애들한테 따돌림 당했어."

내친 김에 말하자 엄마가 눈을 부릅떴다.

지카라는 아아, 결국 말해 버렸구나, 하는 심정이었다.

아빠 일이 일어난 후, 전에는 말을 섞어 본 적도 없는 녀석들이 뭐라고 수군거리는 것을 눈치채고 있었다. 그쯤이면 그나마 버틸 수 있는데 그동안 친하게 지낸 반 친구들까지 그 녀석들과 비슷하게 행동하기 시작했다.

부모가 말해 줬다는 아이도 있고, 직접 스포츠신문이나 주간지를 봤다는 아이도 있었다. 거기서 얻은 정보를 다른 아이에게 신나게 알려 주는 현장을 직접 목격하기도 했다.

지카라 본인에게 직접 "인터넷에 이렇게 쓰여 있던데, 진짜야?" 하고 물어본 사람은 지카라가 가장 신뢰하고 절친이라 여기던 히카루였다. 그에게 그 말을 듣는 순간 눈에서 불이 나는 것 같았다.

시끄러워, 하고 스스로도 들은 적이 없을 만큼 거칠게 고함을 지르고 팔꿈치로 냅다 치자 히카루가 쓰러졌다. 히카루가 믿기지 않는다는 눈빛으로 지카라를 바라봤다.

그날 이후 히카루와 말을 섞지 않은 채 여름방학에 들어갔다.

2학기가 되면 새 당번을 정하고 새로 모둠을 짠다. 그때 자신과 함께하고 싶어 할 아이가 없으리라는 것을 지카라는 여름 내내 각오했다. 히카루와도 마주치고 싶지 않았다. 개학식이 오지 않길 바랐다.

착각이긴 해도 오늘 등교하지 않은 지카라의 빈자리를 반 아이들은 어떻게 봤을까. 학교에 가지 않고 넘어간 것이 위안이 되기도, 초조하기도 했다. 하지만 틀림없이 지카라는 안도하고 있었다. 이대로 계속 안 갔으면 좋겠다고 생각했다.

유메에게 가르쳐 주고 싶다.

―드라마에서는 부모가 한쪽 없다는 이유로 괴롭힘 당하는 내용이 흔하잖아. 그런데 현실에서는 그런 뻔한 이유로 다른 사람을 괴롭히

지 않는 법이거든. 다들 드라마 속 사람들보다 훨씬 착하고, 그 사람의 잘못이 아닌 걸로 상대를 괴롭히면 안 된다는 것도 잘 알아.

유메는 그렇게 말했지만 현실에서도 본인이 잘못하지 않은 일로 어쩔 수 없는 상황이 발생한다.

방과 후 교실에 앉아 있기만 했는데, 말해 본 적도 없는 남학생이 "쌍방 불륜!" 하고 소리치고 웃으면서 복도를 달려가기도 했다. "그만 좀 해" 하고 주의를 주던 여학생도 웃고 있었다. 상급생 남학생이 "실제로는 어때?" 하고 히죽거리며 묻기도 했다.

그런 일이 현실에서 분명히 일어났다.

학교에 가기 싫다는 약한 소리를 하면 엄마에게 혼날 것이 뻔하다. 무엇보다 인정해 줄 리가 없다. 그 생각으로 참아 왔지만, 이미 개학했다고 생각하니 감정을 주체할 수 없었다.

말해 놓고 뒤늦게 이를 악물자 엄마가 느닷없이 지카라의 어깨를 세게 붙들었다.

"누구한테!"

엄마가 숨죽인 목소리로 묻는다. 얼굴이 사뭇 진지했다.

"누구한테 그런 짓을 당했니?"

"누구한테라니."

지카라는 엄마의 표정에 압도되어 대답했다.

"모두한테."

"왜……."

왜 그런 일이 벌어졌는지 이유야 뻔하지 않은가. 지카라가 대답하려던 그때 엄마가 예상치도 못한 말을 덧붙였다.

"왜 말하지 않았니?"

지카라는 입을 다물었다. 엄마의 눈에 눈물이 가득 고여 있었다. 엄마가 대뜸 지카라의 왼손을 꽉 쥐었다.

그 손은 따뜻했다.

엄마가 길게, 매우 길게 숨을 들이마신다. 눈을 감고 생각에 잠긴 듯배 천장으로 고개를 젖힌다. 이윽고 입을 열었다.

"알겠어."

지카라가 고개를 들어 엄마를 바라본다. 눈물을 글썽이던 엄마의눈은 아직 붉은 기가 남아 있지만 이제 울음기라고는 찾아볼 수 없다.

"조금만 더 둘이서 도망쳐 보자."

12

사나에는 '도망'이라는 말을 제 입으로 내뱉었다는 사실에 뒤늦게놀랐다.

옆에 앉은 지카라는 잠시 후 사나에와 손을 잡은 채 잠들었다. 히메지까지 30분이면 가지만 그동안 몸도 마음도 지쳐 있었나 보다. 무거운 고백을 하고 도쿄로 돌아가지 않아도 된다는 것을 안 순간 긴장의끈이 끊어진 것이다.

배의 흔들림이 편안했을지도 모른다.

말없이 손을 맞잡고 꾸벅꾸벅 졸기 시작한 아들에게 "자도 돼" 하고말하자 그것이 신호인 양 지카라가 머리를 의자 뒤로 툭 젖혔다.

초등학교 5학년이 되어 많이 큰 줄 알았는데, 잠자는 얼굴만 보면 어렸을 때와 똑같아 보인다. 엄마를 닮은 달걀형 얼굴에, 아빠를 닮아 쌍꺼풀이 진 눈. 이렇게 보면 이 아이는 틀림없는 자신들의 아이다.

몇 안 되는 승객들은 대화조차 거의 나누지 않아 선내에는 그저 단조로운 배의 엔진 소리만 울릴 뿐이었다. 창밖에서 파란 바닷물이 찰싹이며 물보라를 일으키는 모습을 보며 사나에는 이제 어디로 갈까 고민에 잠겼다.

아들과 함께 도쿄로 돌아가지 않고 계속 도망간다.

개학이라는 돌아갈 계기를 잃고 내린 결단에 스스로도 아직 믿기지 않는다. 한편으로는 배가 히메지항에 도착하면 우선 학교에 연락부터 할 생각이다. 아들의 무단결석을 사과한 뒤 잠시 학교를 쉬겠다는 뜻을 전달할 것이다.

지카라를 따돌렸다는 학교, 반 아이들, 담임을 비롯한 교사들. 그들에게 분개하는 한편으로 학교에서 완전히 떨어져 나갈까 봐 두렵기도 하다. 학교에 가지 않음으로써 사나에 모자의 사회적인 연결고리가 끊어질 것만 같고 실제로도 그럴 것이다.

개학식이라는 계기를 잃은 지금, 다음번에 도쿄로 돌아가게 될 계기는 뭘까. 계속 도망 다니면서 상황이 좋아지기를 마냥 기다리는 것은 자신이 생각해도 너무 낙관적인 듯하지만 달리 방법이 없다.

LC 프로덕션이 시만토까지 쫓아왔다는 것은 그들도 남편을 아직 찾아내지 못했다는 뜻이다. 남편이 어떻게 해 주었으면, 남편만 잡혀 주면, 하고 생각하는 건 남편을 파는 것이나 마찬가지다. 생각만 해도 숨이 막힌다. 어떻게 되길 바라는지 스스로의 마음조차 알지 못한다.

사나에는 휴대폰을 움켜쥐었다.

그저께 걸려 왔던 부재중 전화는 과연 남편이었을까. 받지 못해 속상했지만 제발 남편의 전화이길 바라는 마음이 간절해진다.

사나에가 도쿄로 돌아가지 않겠다고 결심한 데에는 이유가 하나 더 있다.

여름방학 첫날의 일이었다.

그 전까지는 세이코가 시만토에 오라고 해도 폐를 끼칠 수 없다는 생각이 앞섰다. 막막한 시기이긴 했지만 좀처럼 결심이 서지 않았다.

그 결심이 서게 된 저녁의 일을 사나에는 잊고 싶어도 잊히지가 않는다. 신경 쓰지 않으려 애쓰면서도 불온한 낌새는 늘 머리 한구석에 있었다.

그날 저녁 장을 보고 집에 온 사나에는 집 안에서 강렬한 위화감을 느꼈다.

뭐가 어떻게 이상한지 말로는 설명할 수 없다. 직감에 가까웠다.

하지만 뭔가가 확실히 이상했다. 나갔을 때와 다르다.

지카라는 외출했는지 집 안은 쥐 죽은 듯 조용했다.

가장 먼저 든 생각은 남편이 돌아온 건 아닐까 하는 것이었다. 방에는 인기척이 없고 신발도 남편의 것은 없었다. 그런데 뭔가가 평소와 달랐다. 사나에가 없을 때 어쩌면 남편이 집에 들렀을지도 모른다는 생각이 들었다.

전화로 제대로 대화를 나누지 않은 것이 원통했다.

직감에 이끌려 거실, 부엌, 욕실, 침실, 아이 방을 순서대로 확인했다. 넓지 않은 집 어딘가에 뭔가 흔적이 남아 있지 않을까. 초조한 마음으로 지카라의 방에 들어선 순간 가장 큰 위화감에 휩싸였다.

지카라의 장롱 문이 닫혀 있었다.

별다른 일은 없었을지도 모른다.

평소 잔소리를 해도 방을 잘 청소하지 않는 지카라는 장롱 문도, 책상 서랍도 열어 놓기 일쑤였다.

그런데 약간의 틈새도 없이 꼭꼭 닫힌 것이 왠지 마음에 걸렸다.

작년에 장롱 속에서 지카라의 타월 이불을 발견한 일이 문득 떠올랐다.

어린이집에 다녔을 때부터 사용한 파란 타월 이불은 어린이집 바자회에서 싸게 구입한 것으로, 특별할 것도 없는데 지카라가 몹시 마음에 들어 했다. 타월 이불의 실이 많이 꼬였으니 다른 것과 바꾸자고 해도 "이게 아니면 싫어" 하고 버티며 늘 끌어안고 잤다. 어느 해의 오봉*에는 할머니 집에 가져갔을 정도다.

그 타월 이불을 지카라가 장롱 속에 넣어 숨겼던 것이다.

이불을 널 때, 그러고 보니 요즘은 안 보이네, 하는 생각에 그때도 사나에는 별생각 없이 장롱을 열었다. 그러자 돌돌 말린 타월 이불이 밑에 숨겨져 있었다. 펼쳐 보니 한가운데 커다란 구멍이 뚫려 있었는데, 일부러 그런 것이 아니라 몇 년씩 사용하는 동안 자연스럽게 해져서 뚫린 듯했다.

엄마에게 들키면 버릴까 봐 숨겼던 것이리라. 화가 나기보다 그렇

---

* 조상의 넋을 기리는 일본의 8월 15일 명절.

게 좋아할 줄이야, 하고 어이가 없으면서도 묘하게 흐뭇했다. 집에 온 남편에게 구멍 뚫린 타월 이불을 보여 주며 둘이서 같이 웃었다.

그 모습을 보고 지카라는 처음에 부루퉁한 얼굴이었지만 마침내 사나에가 "안 버려도 돼" 하고 말하자 안심한 듯했다. 그 후 이제는 타월 이불을 쓰진 않지만 장롱 속에 개어서 보관하고 있다.

장롱을 열자 그날처럼 타월 이불이 들어 있었다. 단 개어져 있지 않고 돌돌 말린 상태로 처박혀 있었다.

가슴이 벌렁거렸다.

장롱은 매일 세탁 후에 아들의 옷가지를 넣어 놓는 곳이다. 따라서 조금만 달라져도 사나에는 금방 알아차린다.

타월 이불을 꺼내자 말려 있던 것이 풀렸다. 거기에 감싸인 것을 본 순간 "힉" 하고 비명이 나왔다. 과장이 아니라 정말 심장이 멈추는 줄 알았다.

붉고 끈적끈적한 피가 묻은 식칼이 눈앞에 굴러 나왔다.

식칼을 중심으로 붉은 얼룩이 퍼져 있다. 식칼 바로 밑에는 집 세면실에서 쓰는 흰 수건이 깔려 있고, 타월 이불은 그 수건째 식칼을 숨기듯 돌돌 말려 있었다.

다리와 허리를 비롯한 하반신에서 힘이 쫙 빠져 나갔다.

식칼에 묻은 것은 피였다.

연극에서 쓰는 가짜 피를 본 적이 있기 때문에 한눈에 알았다. 생생한 피 냄새와 식칼 표면에 튄 기름 자국은 명백하게 진짜 피였다. 아직 다 마르지 않았는지 칼날에서 빛나는 붉은 빛깔에 수건의 섬유가 들러붙어 있다.

현기증이 나서 그 자리에 털썩 주저앉았다. 말이 나오지 않았다. 도대체 어떻게 된 일일까. 누구의 피일까.

이 식칼은 또 뭘까.

순간 이 집 부엌에서 쓰는 칼인 줄 알았다. 그러나 아니었다. 모르는 상품명이 쓰여 있다.

충격을 받고 뒤늦게 어마어마한 혼란이 찾아왔다.

"지카라."

목에서 간신이 목소리가 나왔다.

그 아이에게 무슨 일이 있었던 것은 아닐까.

피의 양은 많다고 할 정도는 아닐지 몰라도 적지도 않다. 사람이 피를 얼마나 흘리면 죽을까. 잠깐 생각하기만 해도 사나에는 자신의 몸에서 핏기가 싹 가시는 것 같았다.

"지카라, 지카라."

몇 분 전까지만 해도 남편을 찾아봤던 곳을 이번에는 아들을 찾아 다시 확인했다. 그 어딘가에서 웅크려 앉아 있는 아들의 모습을 상상하기만 해도 정신이 혼미해진다. 혼란스러워하며 지카라의 이름을 불렀다.

세면실에는 수건이 한 장 줄어 있었다.

같은 무늬의 수건을 대량으로 구입해 쓰는데, 아침에 선반에서 꺼내 교체해 둔 것이 다시 바뀌어 있었다.

차곡차곡 쌓아 둔 수건의 높이가 아침과 달랐다. 사나에는 알 수 있었다.

집 어디에도 지카라는 없었다.

그제야 사나에는 수건의 피가 지카라의 것이 아닐 수 있다는 가능성을 떠올렸다.

사나에는 당장에라도 쓰러질 듯한 심정으로 지카라의 방으로 돌아가 피투성이 식칼을 급히 타월 이불로 다시 감쌌다. 그대로 돌돌 감아 원래대로 장롱 속에 넣고 닫았다.

"지카라."

숨을 들이마시자 코끝에서 생생한 피 냄새가 나는 것 같았다. 심장이 쿵쾅거린다. 머리가 어질어질했다.

사나에는 견딜 수 없어 집을 뛰쳐나갔다. 지카라가 어딘가에 있을지도 모른다는 생각에 무작정 찾아 나섰다. 거의 한 시간 동안 아들을 찾아 거리를 헤맸다.

팔에 돋은 소름은 가라앉을 줄을 몰랐다. 더 이상 찾을 곳도 없어 살아 있는 것 같지 않은 심정으로 집에 오자 지카라는 이미 돌아와 있었다.

거실 소파에 앉아 느긋하게 아이스크림을 먹다가 집에 들어온 엄마를 보고 태연히 고개를 든다.

"이제 와? 좀 늦었네."

지카라는 미간에 주름을 잡고 저녁때가 지난 것을 탓하듯 벽시계를 본다. 그 표정과 몸짓은 연기를 하는 것으로는 보이지 않았다.

사나에는 말없이 숨을 들이쉬면서 지카라 옆으로 갔다. "잠깐 일어서 볼래?" 하고 말하자 지카라가 의아한 표정을 지으며 소파에서 일어났다.

지카라는 반팔과 반바지를 입고 있었다. 소매와 바지 밑으로 드러난 피부에 다친 흔적은 없었다. 세심히 살펴봤지만 옷에도 피로 얼룩진 흔적은 없었다. 지카라의 옷은 아침에 입었던 그대로였다.

"왜 그래? 엄마, 무슨 일이야?"

지카라가 언짢은 듯이 묻는 소리에 순간적으로 "아무것도 아니야" 하고 대답했다.

실은 지카라가 다치지 않았다는 안도감에 하마터면 주저앉을 뻔했다. 아직 가시지 않은 불안과 공포에 심장이 쿵쾅거렸다. 어쩌면 지카라가 장롱 속 물건에 대해 모를 수도 있다고 생각하니, 괜한 소리는 하고 싶지 않았다.

그렇지만 그런 곳에 그런 물건을 감추다니, 가족이 아니면 할 수 없다.

남편은 아마 집에 한 번 들렀을 것이다.

그리고 그 피는.

생각하니 아직도 몸이 떨린다.

"지금 저녁 준비할 테니 조금만 기다리렴."

지카라가 눈치채지 않게 말하고 부엌으로 피하면서도 사나에는 여전히 혼란스러웠다.

그 피는 도대체 누구의 것일까.

적어도 지카라에게는 다친 흔적이 없다. 만약 남편이 그것을 숨겼다 해도 굳이 아들 방에 숨길 이유가 없다. 지카라가 발견할 수도 있는데 과연 그런 짓을 할까.

쌀통에서 쌀을 계량해 꺼낸 다음 밥솥에 넣기만 하는 데 평소의 몇 배나 되는 시간이 걸렸다. 물을 틀어 쌀을 씻는 손이 떨린다. 소파에 앉아 만화책을 펼치는 지카라를 슬며시 엿봤다.

혹시 지카라가 숨긴 건 아닐까.

지금 저렇게 시치미를 떼고 앉아 있는 모습이 도저히 연기로는 보이지 않는다. 그래도 어쩌면.

겐이 오늘 돌아왔을 때 지카라가 집에 있었던 것은 아닐까.

두 사람이 마주친 순간 무슨 일이 일어난 것은 아닐까.

그 '무슨 일'을 상상하니 또 숨이 멎을 것 같아 자리에 서 있을 수 없었다.

사나에는 그 식칼에 대해 알지 못한다. 그러나 직감은 말로 다 설명하지 못한다.

며칠 만에 마주친 아빠를 만약 지카라가 얼떨결에 찔렀다면.

불륜과 스캔들이라는 말로 공격당하고 자신들이 지금 이렇게까지 숨어 살다시피 하는 것은 분명히 남편 탓이다.

차근차근 생각하자 등골이 오싹할 만큼 한기가 엄습했다. 당장에라도 지카라의 방 장롱을 열어 다시 확인하고 싶은 충동에 휩싸였다. 아까 본 것은 착오일 뿐, 지금 다시 보면 아무것도 없을지도 모른다. 그렇게 되어 있기를, 한 가닥 희망에 매달리고 싶은 심정이다.

무서웠다.

지카라에게 직접 물어보는 것도.

혹은 아무것도 모르는 지카라에게 타월 이불 속 피와 식칼의 존재를 밝히는 것도.

둘 다 무서워서 할 수 없었다.

내일 지카라가 없을 때 장롱을 열어 그게 정말 피였는지를 다시 확인할 것이다.

숨긴 사람이 남편일지라도 도대체 왜, 하는 의문이 든다. 찔렸을까, 혹은 누군가를 찔렀을까.

생각하면 소름이 끼쳤다. 남편이 정말 누군가를 다치게 한 범인일까.

도대체 왜 그런 물건을 집에, 하필이면 지카라의 방으로 가져왔을까. 정작 본인은 집에 오지도 않으면서 사나에와 지카라만 사건에 실컷 휘말리게 하다니.

사나에는 바들바들 떨면서 생각했다. 솥에 물이 차올라 쌀을 몇 톨이나 흘렸다. 쌀을 씻는 둥 마는 둥 했다.

도망가자, 하고 생각했다.

도망가야 한다. 여기 이대로 있으면 지금보다 더 거센 폭풍우에 휘말릴 것이다. 벌써 누군가 실제로 피를 흘렸다.

지카라를 지켜야 한다.

이 아이가 아빠를 찔렀다면 아이를 지킬 수 있는 사람은 자신밖에 없다.

코끝이 시큰하고 시야가 흐릿해졌다.

—이혼하지 마.

지카라의 울음소리가 되살아난다. 떨면서 사나에에게 그렇게 부탁한 이 아이가 아빠를 찔렀을 리 없다. 머리로는 그렇게 생각한다. 그러나 순수하고 순진해서 용서하지 못했을지도 모른다. 엄마와 자신을 배신한, 그 사람을.

그렇다면 지카라가 겐을 찌른 이유 중 하나는 사나에를 위함일지도 모른다. 상처받은 사나에는 교통사고 후에도 몇 번을 울었는지 모른다. 지카라 앞에서 차마 눈물을 보일 수는 없었지만, 한 집에 사는 지카라는 눈치채고 있었는지도 모른다. 그래서 엄마의 마음이 아빠에게서 멀어질까 봐 그런 말을 한 게 아닐까. 이혼하지 마, 하고.

남편이 교통사고를 당하고 불륜이 보도된 뒤 상대방이 자살했다.

더 이상은 끔찍한 일이 일어나지 않을 줄 알았다.

말없이 콧물을 훌쩍였다. 쌀을 씻던 손을 멈추고 팔로 코를 가볍게 훔쳤다.

만약 장롱 속을 다시 확인해 그것이 진짜 피라면, 내가 잘못 본 것이 아니라면 도쿄를 벗어나자.

지카라일까, 아니면 겐일까.

어느 한쪽의 죄가 밝혀지기 전에 도망가자.

여기를 떠나기만 하면 뭔가 착오가 있었던 것으로 되지 않을까. 아무 일도 없었던 것처럼 되지 않을까.

이튿날 사나에는 장롱의 타월 이불 속 내용물을 다시 확인했다. 그리고 시만토에 사는 세이코에게 전화를 걸었다. 여름방학 동안 세이코의 집에 자신과 지카라를 머물게 해 달라고 부탁했다. 서둘러 떠날 준비를 하고 "지카라, 가야 해" 하고 막무가내로 지카라의 손을 잡아끌었다.

부디 아무도 장롱 속을 보지 않기를, 알아차리지 않기를, 하고 기도하면서.

시만토로 향하는 비행기에 탈 무렵에는 역시 지카라가 겐을 찌른 게 아닐까 하는 쪽으로 마음이 기울었다. 그게 아니면 설명되지 않는 일이 너무 많다. 좋아하던 타월 이불에 비밀을 숨기는 것은 지카라만이 해낼 수 있는 발상이다.

겐이라면 그런 짓은 하지 않는다.

이제는 남편이 어떤 사람인지 잘 모르겠다고 생각하면서도 그 사람이라면 아들의 보물인 타월 이불을 그런 식으로 이용하지 못한다는 것만큼은 확신할 수 있었다.

도쿄를 떠나는 비행기 안에서, 시만토에서, 이에시마에서 사나에는 겐에게 기도하듯 마음으로 바랐다. 더 이상 전화가 오지 않을지도 모른다고 생각하면서도 연락을 애타게 기다렸다.

만약 겐이 지카라에게 찔려서 어디론가 도망갔다면 그 이유는 명백하다. 찔린 상처가 얼마나 심한지는 모른다. 그러나 그 상처가 낫기를 어디선가 그 사람도 기다리는 게 아닐까. 모든 것은 찔린 상처를 처음부터 없었던 것으로 하기 위해, 두 사람의 아이를, 사람을 다치게 한 가해자로 만들지 않기 위함이다.

만나지 못하게 된 지금도 지카라에 관한 것만큼은 여전히 남편을 믿는다. 그것 하나만큼은 그와 연결되어 있었다.

하지만 이따금 불안해진다.

겐에게서 영영 연락이 오지 않는 건 아닐까. 도쿄로 돌아가지 않고 계속 도망쳐도 상황이 바뀌는 날은 오지 않는 게 아닐까.

겐이 아무도 모르게 어디선가 벌써 죽었다면.

그야말로 사나에가 생각하는 최악의 사태였다. 생각한 순간 비명을 지르고 직시하지 못할 만큼 두려운, 최악의 가능성이다.

식칼과 식칼에 묻은 핏자국이 지금도 머릿속에서 떠나질 않는다.

도쿄로 돌아가 위험에 맞닥뜨릴 생각을 하면 몸이 움츠러든다. 지카라뿐만이 아니다. 집에 가기 싫은 것은 사나에도 마찬가지였다.

학교에 가고 싶지 않아. 도쿄로 돌아가기 싫어, 하고 말한 지카라의 본심은 어디에 있을까.

아들이 반에서 따돌림을 당하는데도 알아차리지 못한 자신이 한심스러웠다. 부모 탓에 괴로워했을 아들을 생각하면 가슴이 미어져 사과조차 할 수 없었다.

그런데 지카라가 도쿄에 가기 싫어하는 이유는 정말 학교가 전부일까.

시만토에서 사나에는 그 장롱 속에 대해 지카라에게 몇 번이나 물으려 했다. 그때마다 마음이 꺾여 도저히 물을 수 없었다.

지금 옆에서 고속선의 흔들림에 맞춰 입을 벌리고 자고 있는 지카라. 무방비하게 잠든 얼굴이 어렸을 때와 똑같다. 툭, 고개가 배의 흔들림과 함께 기울어 사나에의 어깨에 머리를 기대었다.

조그만 머리를 어깨로 애처롭게 받치며 눈물이 나올 것 같았다.

사나에가 지금 놓치고 알지 못하게 된 것은 남편뿐만이 아니다. 이렇게 가까이서 자신을 의지하는 아들 또한 사나에는 알지 못한 채 놓칠 것만 같았다.

"잠시 후 히메지에 도착합니다."

선내 스피커에서 흘러나온 안내 방송을 듣고 사나에는 숨을 크게 들이마셨다.

이에시마의 생선 가게에서 만난 아주머니가 생선 비늘이 묻은 얼굴과 손을 반짝거리며 "일꾼이니까"라고 말한 것이 문득 떠올랐다. 앞으로 어디선가 자신도 그렇게 늠름한 여성 '일꾼'이 될 수 있을까. 이 아이와 함께해 나갈 수 있을까.

사나에와 지카라, 두 사람이 앞으로 어디로 갈지는 아직 모른다. 이번에 가는 곳에서 놓칠 듯한 아들의 마음을 원래대로 붙잡을 수 있을지 없을지도 모른다.

그런데도 이 아이가 의지하는 사람은 자신밖에 없다.

"지카라, 일어나렴."

사나에는 아들의 머리를 어깨로 가볍게 흔들었다.

제3장

온천 위에 떠 있는 마을

1

길도랑에 깔린 콘크리트와 금속 뚜껑에서 훗훗한 냄새와 함께 새하
얀 연기가 뿜어져 나온다.

처음 보는 광경에 지카라는 조심스럽게 연기에 손을 뻗었다. 마을
전체에 풍기는 이 냄새는 온천 특유의 냄새인가 보다. 콧속을 살짝 자
극하는 느낌이 있지만, 따뜻함이 깃든 냄새를 맡았더니 왠지 그리운
기분이 든다.

연기는 그리 뜨겁지 않았다. 길도랑 뚜껑 위에 섰더니 밑에서 뿜어
져 나오는 연기가 지카라의 몸을 자욱하게 감싼다. 연기 속을 빠져나
오자 증기에 휩싸였던 손발이 촉촉했다.

재미있어서 연기 속을 들어갔다 나왔다 하는데 뒤에서 부르는 소리
가 났다.

"아가."

깜짝 놀라 돌아보니 온천 여관 건물로 보이는 주차장에서 백발의

할아버지가 이쪽을 향해 손짓을 하고 있었다. 사방을 둘러봐도 지카라 말고는 아무도 없다. 지카라는 자신을 부른다는 것을 알고 말없이 할아버지 곁으로 걸어갔다.

키가 훌쩍한 할아버지는 양배추와 고구마 등 채소를 담은 바구니를 들고 있었다. 무표정으로 "집이 이 근처냐?" 하고 묻기에 지카라는 말없이 고개를 가로저었다. 왜 학교에 가지 않았느냐고 할까 봐 긴장하면서 할아버지를 쳐다봤다.

할아버지가 "그렇구먼" 하고 말했다. 그러고는 들고 있던 채소 바구니를 내보였다. 바구니 속에는 달걀도 들어 있었다.

"혹시 가지러 갈 수 있으면 집에서 채소나 감자, 고구마를 가져 오너라. 엄마한테 받아 와도 되고 사 와도 된단다."

무슨 말인가 싶어 멀뚱멀뚱 쳐다보는 지카라에게 할아버지가 "같이 넣어 주마" 하고 주차장 구석을 턱으로 가리켰다.

그곳에는 불그스름하게 색이 바랜 작은 가마 같은 것이 있었다. 타일을 붙인 옛날 목욕탕 분위기의 가마가 세 개 나란히 놓여 있고 각각의 뚜껑 밑에서 김이 나왔다.

"이리 오려무나."

지카라는 할아버지의 말을 따랐다.

할아버지가 세 가마 중 한 곳의 뚜껑을 열자 엄청난 증기가 훅 끼쳐왔다. 아까 길도랑에서 나왔던 증기보다 몇 배는 더 뜨거웠다.

"이 근처에 사느냐?"

지카라는 다시 고개를 가로저었다. 방금 집이 근처가 아니라고 대답했는데 똑같은 질문을 또 하는 것은 알고 싶어서 집요하게 묻는 게 아니라, 반대로 관심이 없어서 대답이야 어떻든 계속 묻는 것이라는 생각이 들었다.

지카라가 고개를 가로젓자 할아버지가 무표정하게 "지옥찜"이라고 말했다.

"온천 증기로 음식을 찌는 거란다. 나는 이 여관에 탕치*하러 왔는데, 매일 이 가마로 채소를 쪄 먹지. 맛있단다."

"……와아."

처음으로 지카라가 입을 열었다. 불로 굽거나 하지 않고 증기의 열만으로 생 채소를 먹을 수 있다니, 생각할수록 놀라웠다.

"윗집 가게에서 감자, 고구마를 파는데 사 오면 같이 넣어 주마."

"돈 없어요."

지카라는 매월 1일이면 용돈 7백 엔을 받는데, 도쿄를 벗어나 생활하면서 엄마가 그 약속을 잊어버린 것 같았다.

지카라의 대답에 할아버지가 이쪽을 흘긋 쳐다봤다. 그러고는 말없이 바지 주머니에서 목장갑을 꺼내 낀다. 가마 속에 채소 바구니를 통째로 넣고 뚜껑을 닫았다.

"20분 지나면 오거라. 나눠 주마."

할아버지가 퉁명스럽게 말했다. 지카라는 몹시 놀랐다. 왜 처음 보는 사람에게 나눠 주는 걸까. 그리 친절해 보이지도 않지만 그래도 일단 수긍했다.

지카라는 "알겠어요" 하고만 대답하고 감사 인사를 하지는 않았다.

---

* 온천에서 목욕해 병을 고치는 것.

할아버지는 그것을 딱히 신경 쓰는 기색 없이 다시 여관 건물로 돌아 갔다.

지카라는 시계를 가지고 있었다. 작년 크리스마스 선물로 받은 디지털 손목시계를 보니 오후 3시가 조금 넘은 시각이었다.

20분을 기다리는 사이 널찍한 길로 나가 봤다. 관광 안내 간판이 눈에 많이 띈다.

동네는 곳곳에서 온천 수증기가 피어오르고 관광객으로 보이는 사람도 많았다.

잠시 길을 내려가니 '영 센터'라고 쓰인 극장 같은 건물이 나왔다.

극장 건물을 둘러싼 벽에는 오늘 상연되는 연극 포스터 같은 그림으로 도배가 되어 있었다.

엄마가 옛날에 벳푸에서 아빠와 쓰루기 씨와 연극을 했다고 하던데, 혹시 이 극장일까.

그런데 포스터는 하나같이 시대극을 그려 놓은 것뿐이라 쓰루기 씨 극단에서 하는 연극과는 많이 달라 보였다.

언덕길 위로 '鉄輪 온천'이라는 간판이 보인다. 한자에 '간나와'라는 독음이 달려 있어 지카라도 읽을 수 있었다. 아, 숙소 아주머니가 말한 '간나와'는 이런 한자를 쓰는구나. 독음이 없었다면 '데쓰와'라고 읽었을 것이다.

지카라는 어제 난생처음 오이타현 벳푸 온천에 도착했다.

숙소 아주머니가 "간나와 온천 쪽으로 가면 온천 수증기가 보인단다"라고 말해, 지카라는 순간 "벳푸 온천이 아니라요?" 하고 되물었다.

엄마에게는 벳푸 온천에 가 보겠다고만 말하고 이 동네를 찾아온 것이다. 그러자 아주머니가 고개를 갸웃거리며 왜 그런 걸 묻느냐는 표정을 짓더니, "온천장이 많거든" 하고 다시 가르쳐 주었다.

"벳푸에는 간나와 온천, 가메가와 온천, 묘반 온천 등 온천장이 여덟 군데쯤 있단다."

"그렇게 많아요? 와, 넓다."

"그리 넓지는 않아. 여기서 자전거로 한 시간이면 갈 수 있지. 간나 와도 말이다."

"한 시간이요?!"

시간이 제법 걸린다는 뉘앙스로 말하자 아주머니가 호탕하게 웃었다.

"팔팔한 어린이가 무슨 소리를 하는 거냐? 자전거로 한 시간이면 금 방이지."

아주머니 말에 따르면 뭉뚱그려서 '벳푸'라고 말할 뿐 각 지역마다 특색이 있다고 했다.

어젯밤 엄마와 함께 벳푸역 근처 숙소에서 묵었다. 지카라는 숙소 아주머니에게 자전거를 빌려 간나와 온천까지 혼자 찾아온 것이다.

오늘 낮에는 방에서 동네 빵집에서 사 온 빵으로 점심을 때웠다. 다 먹은 뒤 엄마가 말했다.

"혼자 방에 있을 수 있겠니? 당분간 여기서 살려면 집이랑 일거리를 찾아야 하거든."

시만토와 이에시마에서 지냈을 때는 나오지 않던 '산다'는 말이 엄마 입에서 처음 나왔다.

오전에 지카라와 사나에는 벳푸역 주변을 잠시 걸었다. 밤이 되면 떠들썩해지는 술집이 늘어선 아케이드 상점가는 아침에는 셔터가 내려가 있어 조용했다. 앞으로 이 낯선 곳에서 지낸다고 생각하니 묘한 기분이 들었다.

집과 일을 찾는 데 지카라가 같이 있으면 방해가 될지도 모른다. 아직 8월이긴 해도 이 근처 학교는 이미 여름방학이 끝났을지도 모르고, 학교에 가지 않은 지카라를 마을 사람이 수상쩍은 눈길로 보는 것도 피하고 싶었다.

지카라 모자가 묵은 숙소는 목욕탕 건물 2층에 있다.

이에시마에서 묵었던 민박집과 달리 밥도 제공되지 않고, 지카라 일행 말고는 손님이 아무도 없었다.

1층 목욕탕도 지카라가 알던 대중목욕탕과 달리 매우 작은 곳이다. 골목 안쪽의 민가 같은 곳에 '사카도탕'이라고 손으로 쓴 간판이 나와 있어 그걸 보고 겨우 목욕탕이라는 것을 알 수 있다. 유리문을 열면 바로 남녀 각각의 탈의실로 가는 길이 나올 것 같다. 실제로 들어가 보니 목욕탕 안에는 샤워하는 자리도 없이 온탕이 하나 있을 뿐이었다.

'사카도탕'에는 관광객보다 동네 주민이 주로 오는 듯했다.

입구에 '백 엔'이라고 쓰여 있지만 다들 정기권이라도 끊어서 다니는지 갈아입을 옷과 비누 정도만 가지고 왔다. 탈의실에도 로커 대신 선반만 놓여 있다.

엄마가 그 작은 목욕탕을 가리키며 "여기서 묵자"라고 말해 지카라는 놀랐다.

"목욕탕이잖아"라는 지카라의 말에 엄마가 웃으면서 "2층에 방이 있거든" 하고 알려 주었다.

도착한 시간이 일러서인지 어제는 입구가 잠겨 있어 운영을 하는지도 의심스러울 정도였다. 그런데 엄마가 서슴없이 목욕탕 맞은편에 있는 담배 가게로 "실례합니다" 하면서 들어갔다. 그러자 가게를 보고 있던 아주머니가 "아, 목욕탕?" 하고 고개를 들었다.

아주머니가 가게 기둥에 걸려 있던 열쇠를 챙겨 밖으로 나와 '사카도탕'의 유리문을 열어 주었다.

"오늘 여기 2층에서 묵고 싶은데요, 가능한가요?"

엄마가 문을 여는 아주머니의 뒷모습에 대고 묻자 아주머니가 "뭐요?!" 하고 놀라며 뒤돌아봤다. 그러고는 엄마를 찬찬히 들여다본다.

"여관도 하는 건 맞는데, 보통 손님이 쉬는 장소로 이용하거든. 애기 엄마가 거기서 묵을 수 있는 건 어떻게 알았어?"

"예전에 신세를 진 적이 있거든요. 10년도 훨씬 넘었지만요."

"오호! 우리 집은 광고도 안 하고 요즘에는 손님도 거의 없는데. 그래, 잠만 잘 수 있는데 괜찮겠어? 나중에 이불은 가져다주리다."

"고맙습니다."

지카라는 처음 듣는 이야기였다.

이에시마에서 엄마가 히메지로 돌아가서 온천지에 가 보자고 제안을 했다.

"분명히 활기 있는 마을일 거야. 엄마가 한동안 일할 수 있는 곳을 찾아볼게."

오이타현의 벳푸 온천에 대해 지카라는 이름만 들어 봤다. 엄마도 마찬가지인 줄 알았는데, 그냥 이름이 유명해서 왔을 줄 알았는데 아니었다니. 그렇지 않아도 히메지에서 벳푸까지는 꽤 장거리 여행이라 왜 벳푸로 정했는지 이상하다는 생각은 했다.

"여기 와 봤다고?"

2층 방으로 안내받을 때 지카라가 속삭이며 물어보자 한 걸음 먼저 계단을 오르던 엄마가 돌아보지 않은 채 "응" 하고 대답했다.

"옛날에. 지카라, 네가 태어나기 전에 극단 공연하러 왔었어. 그때 다 같이 묵었지."

엄마가 재빨리 말했다.

2층 방은 아주머니 말대로 바닥에 다다미가 깔려 있어 목욕 후에 이 방에서 쉬는 사람이 많다는 것을 알 수 있었다. 다양한 무늬의 부채가 방바닥에 널려 있고 매직으로 크게 '사카도탕'이라고 쓰여 있었다.

지카라와 사나에가 묵기에는 충분함을 넘어서 과하게 큰 방이었다. 이곳에 쓰루기카이 단원들이 정말 다 같이 묵었던 걸까. 얼핏 궁금했지만 이내 묵었으리라는 생각이 들었다.

여기에 지금보다 젊은 쓰루기 씨와 엄마와 아빠가 왔던 것이다.

간나와 온천은 숙소 아주머니의 말대로 온천 수증기의 마을이었다.

도중에 전망대가 있길래 들러서 보니 온 마을 여기저기에서 흰 연기가 피어오르는 모습이 한눈에 보였다. 마치 마을 전체가 온천 위에 떠 있는 것 같았다.

숙소 근처인 벳푸역 방향보다 온천 냄새가 진하게 풍기는 듯했다.

20분이 지나 여관의 가마 앞으로 돌아가자 할아버지가 벌써 가마 속에서 채소 바구니를 꺼내 놓고 있었다. 생 채소일 때보다 녹색이나 보라색이 더 선명해졌을 뿐 아니라 코끝에서 달콤한 향기가 느껴졌다. 할아버지가 가지고 있던 비닐봉지를 가마 끝에 펼쳐 접시 대신 사용했다. 봉지 위에 지카라 몫의 고구마를 담아 주었다.

"뜨겁다."

할아버지가 고구마를 반으로 쪼갰다. 단면에서 뜨거운 김이 확 뿜어져 나오고 황금색 속살이 나타나는 순간 지카라의 마음도 한껏 들떴다.

할아버지가 가마 옆에 있는 파이프 의자를 가져와 앉았다.

할아버지가 바구니에서 달걀을 꺼낸 다음 주머니에서 소금 병을 꺼내 껍질을 깐 달걀에 뿌린다. "자" 하고 지카라에게도 소금을 빌려주었다. 뚜껑이 파란 소금 병은 지카라가 도쿄의 집에서 사용하던 것과 똑같았다. 이렇게 먼 곳에 사는 사람도 같은 브랜드 소금을 쓰는구나 싶어 내심 감탄했다.

고구마에 소금을 뿌려 먹는 것은 처음이었다.

손으로 집는 순간 너무 뜨거워서 "아, 뜨거!" 하고 소리치고 말았다. 무표정이었던 할아버지가 껄껄껄 웃었다.

"뜨겁다고 말하지 않았느냐."

손가락 표면이 살짝 덴 것 같았다. 지카라는 고구마를 비닐봉지째 조심조심 쥐어 입으로 호호 불었다.

고구마는 포근포근하고 달콤했다. 이렇게 맛있는 고구마는 처음이었다.

"다음에는 엄마한테 말해서 채소를 가져 오너라."

할아버지가 삶은 달걀을 먹으며 말했다.

"나는 당분간 여기서 탕치하느라 매일 이맘때면 여기 있을 거다."

"알겠어요."

왜 그런 말을 해 주는지 의문이었지만, 퉁명스러운 할아버지는 딱히 친절을 베푼다는 인식도 없는 듯했다. 그냥 어린아이가 있길래 상대해 줬을 뿐이라는 느낌이다.

지카라는 고구마를 한 입씩 아껴 먹으면서, 숙소에 가면 엄마에게 '탕치'가 무슨 뜻인지 물어봐야겠다고 생각했다.

2

고개를 들자 벳푸타워가 보였다.

거의 20년 정도 되었지만 전에 왔을 때도 이미 복고풍 분위기였던 철탑은, 타워라 하면 도쿄타워나 스카이트리를 연상하는 사나에의 눈에 매우 작아 보인다. 하지만 오히려 그래서 좋다. 밤이 되면 '아사히 맥주'의 정겨운 네온사인에 불이 들어와 타워의 존재감이 커질 테니 오늘 밤 지카라에게 보여 줘도 될 것 같다.

타워 위로 파란 하늘이 펼쳐져 있다.

8월이 끝난다는 이유만으로 하늘 색이 옅어지는 느낌이 드는 것은 사나에가 감상에 젖은 탓일까. 아니면 지역을 옮겨 온 탓일까.

젊었을 때 밤에 전철이나 버스 차창 밖으로 달을 보면 달이 계속 따라오는 것처럼 느껴졌다. 그런 가사의 노래도 있었던 것 같고, 어렸을 때는 그게 매우 신기했다.

도쿄에서 시만토, 이에시마, 그리고 벳푸.

지카라와 함께 여기저기 다니면서 파란 하늘도 달처럼 계속 따라온다는 것을 느꼈다. 따라온다기보다 따라와 준다고 말해야 할까.

낯선 땅에 들어와 불안해도 머리 위 하늘은 사나에가 떠나온 도쿄와도, 여름을 보낸 시만토와도 늘 연결되어 있다. 같은 색은 아닐지언정 그 하늘 아래서 사나에와 지카라가 신세를 진 사람들도 하늘을 보며 살아간다.

이 하늘 아래 어딘가에 남편이 과연 있을까. 그 사람도 하늘을 올려다볼 여유가 조금은 있을까.

다음에 지카라를 데리고 어디론가 가야 한다면 온천지로 가야겠다고 막연히 생각했다.

사람이 들고 나는 관광지라면 일자리를 찾을 수 있을지도 모른다. 거기까지 생각했을 때 자연히 벳푸를 떠올렸다. 20년쯤 전에 딱 한 번 쓰루기카이 단원들과 함께 갔던 벳푸. 사나에에게는 그들과 함께 갔다는 것만으로 추억이 깃든 땅이었다.

20대 초반이었을 무렵, 벳푸에 일주일쯤 머물렀다.

사나에는 싼값에 묵을 수 있는 '사카도탕'의 문을 열어 준 아주머니 얼굴을 아직 기억한다. 정확히는 잊었지만 얼굴을 보니 낯이 익어 속으로 아주머니도 자신을 기억하면 어쩌나 싶었을 정도다.

하지만 기억하지 못하는 게 당연하다.

겐과 결혼은커녕 사귀지도 않았던 옛날 일이다. 사나에에게는 특별한 추억일지라도 이 지역 사람들 입장에서 자신들은 마을에 잠시 머물렀다 떠나가는 관광객 한 명 한 명에 불과하다.

셔터를 내린 술집이 늘어선 거리를 걸었더니, 그 옛날 공연 뒤풀이를 하느라 얼큰하게 취한 쓰루기와 겐 일행이 동네 사람들을 끌어들여 밤거리를 걸어가던 모습이 떠올랐다.

—벳푸는 전쟁 때 재난을 겪지 않아 거리가 깨끗하구나.

겐이 흐뭇해하며 말했었다. 그 무렵 남편은 사나에에게 후배를 잘 보살피는 선배쯤 되는 존재였다.

—오래된 것부터 요즘 것까지 여러 건물과 문화가 켜켜이 쌓여 존재하는 곳이야. 도쿄였다면 상점가나 골목길은 무조건 뒷길 취급을 받으며 밖에 쓰레기통을 내놓아 지저분할 텐데, 벳푸의 골목길은 어엿한 앞길로 인정받으며 깨끗이 관리되고 있어.

사나에는 자신과 나이 차이가 별로 나지도 않는데 어떻게 그런 것을 알고 있을까 하고 감탄했다. 한두 걸음 앞서 걷던 쓰루기와 다른 동료는 "아하" 또는 "그래그래" 하고 적당히 맞장구를 쳤을 뿐이지만 그들에 비해 별로 취하지 않은 사나에는 겐의 말에 깊이 감동해 주변 풍경을 다시 둘러봤다.

지금 쓰루기카이는 주로 일정한 극장에서 공연하지만 쓰루기가 젊었을 때는 그런 식으로 지방에 공연하러 다니기도 했다. 특히 벳푸는 만나는 사람마다 친절하고 살가워 머무는 내내 편안했다.

그러나 사나에는 파란 하늘을 바라보며 짧게 한숨을 쉬었다. 길을 가다 부동산 앞을 몇 군데 지나면서도 좀처럼 용기가 나지 않아 들어가지 못했다.

지카라에게는 집과 일자리를 찾겠다고 큰소리쳤지만 어떤 가망이 있어서 그런 건 아니었다.

사실 숙식이 제공되는 일자리를 찾으면 좋겠지만 지카라와 함께라면 그 조건으로는 취직하기 어려울 듯하다. 아이를 데리고 낯선 땅으로 온 사정도 캐물을 것이 뻔하다.

게다가.

온천지에서 숙식이 제공되는 일자리라 하면 전통 여관의 종업원이 제일 먼저 떠오르지만 사나에는 그런 일을 할 자신이 없었다. 기모노를 잘 갖춰 입지도 못할뿐더러 손님을 맞이하는 예의범절도 익히기 힘들 것 같았다.

어떤 일이든 누구나 처음에는 초보자라는 걸 머리로는 잘 안다. 일이야 배우면 되겠지만 마흔에 가까운 나이를 생각하면 괜스레 두려워졌다. 젊었을 때는 용서되던 일도 나이를 먹은 지금은 용서되지 않는 것이 아닐까. 실수하거나 세상 물정에 어둡다며 질책을 받을까 봐 두려웠다.

사나에는 자신감을 갖고 할 수 있는 일이 거의 없다는 것을 새삼 깨달았다. 덜컥 면접이라도 보게 되면 잘한다고 내세울 만한 것이 하나도 없다. 자신의 인생 경험이 얼마나 빈약한지 이제야 지적받는 기분이 들었다.

걷다 보니 어느새 벳푸역 앞이었다.

역전 온천 건물과 온천물에 손을 담글 수 있는 돔 모양의 탕湯을 곁눈질하면서 역사로 향했다. 지역 정보지와 지역 신문에 구인 소식이 나와 있을 것이다.

역 대합실에는 예상대로 잡지꽂이가 죽 늘어서 있었다. 사나에가 기대한 지역 정보지도 관광 지도와 지역 시설 전단지에 섞여 꽂혀 있었다. 구내매점에서 지역 신문도 함께 구입해 대합실에 앉았다. 역에는 관광객도 많아 여자 혼자 걷는 사나에의 모습에 딱히 관심을 두는 사람도 없는 듯했다.

지역 정보지의 구인·구직란을 펼쳤다.

모집 연령, 경력 유무, 그리고 시급. 조건을 하나하나 꼼꼼히 살펴봤다.

역에 비치되어 관광객도 펼쳐보는 지역 정보지인 만큼 소개되는 직종은 온천지 특유의 관광 관련 일이 많았다. 토산품 가게의 판매원이나 온천 시설에서 달걀이나 만주를 찌는 일도 있었다. 그런 곳에서 일하면 정말 재미있을 것 같았다.

사나에는 도쿄에서는 반찬 가게 판매원을 했고 시만토에서는 식당 일을 도왔다. 젊었을 때는 극단 활동은 물론 카페 종업원과 영화관 스태프 아르바이트도 했다. 가능하면 지금껏 해 왔던 직종과 비슷한 일이 없을까 찾아보는데 옆에 기재된 시급이 먼저 눈에 들어왔다.

시만토에서 지냈을 때도 생각했던 건데 도쿄의 반찬 가게 아르바이트에 비해 지방의 아르바이트 시급은 더 낮았다. 도쿄에 비해 그만큼 월세나 생활비가 훨씬 저렴해 살기 편하기는 하겠지만 앞으로 당분간은 사나에의 수입과 저축한 돈만으로 지카라와 생계를 꾸려 나가야 한다. 따라서 시급은 매우 중요하다.

낮에 할 수 있는 일부터 찾으면서 경우에 따라서는 밤에도 할 수 있는 일을 찾아야 할지 모른다고 각오했다.

지역 정보지에는 나와 있지 않지만 골목에 늘어선 술집이나 스낵바는 밤이 되면 셔터가 올라가 불이 켜질 것이다.

과연 자신이 밤에 술을 취급하는 곳에서 일할 수 있을지 의문이지만 그런 곳은 시급이 짭짤하다는 것쯤은 막연히 알고 있다. 일당 지급 등 이쪽의 조건에 맞게 지급해 준다는 것도.

아직 초등학생인 지카라를 혼자 두고 밤에 일하러 가기에는 걱정이 크지만 사나에가 온천지를 목표로 한 데에는 밤일이 있다는 것을 예상한 부분도 솔직히 컸다.

그런데 그때.

사나에의 눈에 다른 일자리보다 시급이 백 엔에서 2백 엔 정도 높은 것이 들어왔다. 가메가와 온천이라는 글자 아래 승려복 같은 옷을 걸친 여자 그림이 그려져 있었다.

'모래덮기꾼'이라고 쓰여 있다.

벳푸의 명물 모래찜질! 우리와 함께 '모래덮기꾼'으로 일해 보실래요?

경력 무관이라는 글자에 사나에의 눈이 빨려 들어간다.

3

"엄마, 지옥이 뭐야?"

지카라가 아무렇지도 않게 묻자 마주 앉아 저녁을 먹던 엄마가 눈을 동그랗게 떴다.

"뭐어?" 하고 큰 소리를 내더니 지카라를 진지한 얼굴로 바라본다.

"지옥이면 그거잖아? 천국이나 뭐 그런 이야기에 나오는, 나쁜 짓을 한 사람이 죽은 뒤에 가는……."

"그건 나도 알아. 그거 말고, 벳푸에 온 뒤로 가는 곳마다 보이는 글자 말이야. '피의 연못 지옥'이나 '지옥찜' 같은 거."

"아아⋯⋯."

설명하자 그제야 엄마가 이해한 듯했다.

"무슨 착각을 한 거야?" 하고 웃음을 터뜨리자 엄마도 "미안, 미안" 하면서 얼굴에 미소를 띠었다.

지카라 모자가 숙박하는 목욕탕 건물 2층에는 수도가 설치된 작은 부엌이 딸려 있어 직접 음식을 해 먹을 수 있다. 녹슨 풍로는 1구밖에 없는 데다 가스로 불이 붙는 것도 아니다. 모기향처럼 생긴 금속제 소용돌이가 달려 있어 처음에 지카라는 그것이 뭔지도 몰랐다.

엄마의 말에 따르면 이 금속제 소용돌이는 전열식 풍로인데, 이 위에 냄비나 프라이팬을 올리고 요리를 한다고 한다. 같은 전열식이라도 TV 광고에 나오는 IH 조리 기기와는 분위기가 완전히 다르다. 이런 것으로 요리를 할 수 있을까 걱정이 되었다.

그런데 엄마는 "열이 전달되는 속도가 느려 볶음 요리에는 알맞지 않아도 조림 같은 거라면 가능하단다"라고 말했다. 그리고 실제로 닭고기 무조림을 만들어 주었다.

오늘 지카라가 간나와 온천에 가 있는 동안 엄마도 나름대로 이 주변을 두루 살펴본 듯했다. 방으로 돌아오니 지카라와 엄마가 사용할 접시와 밥그릇, 젓가락 등이 두 개씩 갖추어져 있고, 풍로 옆에는 식용유와 맛간장 등 조미료가 늘어 있었다. 자그마한 프라이팬과 냄비도 있었다.

"전부 요 근처 백엔샵에서 샀단다. 몇 번을 왔다 갔다 했는데, 네가 있을 때 같이 갈 걸 그랬구나."

엄마가 쑥스러워하며 말했다. 근처에 슈퍼마켓도 몇 군데 찾아냈다고 한다.

조림 외에는 슈퍼에서 파는 주먹밥과 인스턴트 된장국이 차려진 밥상이지만, 엄마가 손수 만든 음식은 오랜만이었다. "그동안 너무 외식만 해서 돈을 이렇게 펑펑 써도 되나 마음이 불편했거든. 직접 요리할 수 있어서 이제야 마음이 놓이는구나" 하고 엄마가 웃었다.

"전기밥솥이랑 전기포트도 있으면 좋겠는데."

엄마가 중얼거리는 소리를 듣자 반사적으로 오늘 할아버지가 하던 지옥찜이 떠올랐다. 그렇게 채소를 찌는 곳이 이 근처에도 있으면 좋을 텐데, 하고 생각했다.

담배 가게 아주머니에게 자전거를 빌려 간나와 온천 쪽에 갔다 왔고, 거기서 모르는 할아버지에게 고구마를 받았다는 것은 엄마에게 아까 이야기했다. 도쿄에서는 모르는 사람에게 뭔가를 받으면 혼나는데 엄마는 "어머, 정말?"이라는 말뿐이었다. 도쿄였다면 할아버지에게 감사의 인사를 하러 가자고 했을 텐데 그런 말도 없었다.

"지카라, 지옥이 있는 곳까지 자전거로 간 거니?"

"간나와 온천 주변에 많이 써 있던데. 엄마, 지옥이 뭐야?"

"벳푸에서는 온천을 그렇게 말하나 봐. 온천 색이 붉거나 하얗기도 하고 수증기가 피어오르는 모습이 마치 지옥 같다면서."

"사람들이 거기 들어가는 거야?"

"엄마는 가 본 적이 없어서 잘 몰라. 그런데 거의 대부분 보기만 하는 곳이 아닐까? 다양한 이름의 지옥이 많아서 확실히 재미있을 것 같긴 해."

"흐음."

어째서 온천 색이 붉거나 하얀 걸까. 오늘 본 간판 표시 중에는 '바다 지옥'도 있었는데, 그 온천은 색깔이 파란 걸까.

"다음에 한 군데 가 볼까? 보는 온천이 관광 명소가 되다니 굉장하구나."

"응. 옛날에 극단 사람들이랑 왔을 때는 지옥에 안 들렀어?"

지카라의 물음에 엄마가 고개를 끄덕였다.

"공연 준비하느라 바빠서 이 근처에서만 지냈거든. 네가 오늘 간 간나와 온천도 가 본 적이 없단다. 지옥찜도 먹어 본 적이 없고. 아빠랑 엄마는 하지도 못했는데 지카라는 오자마자 우리를 뛰어넘었구나."

"뛰어넘다니."

엄마가 웬일로 장난스럽게 말을 다 하나 싶어 지카라는 살짝 낯간지러운 기분이 들었다. 원래 과장되게 무서운 이미지인 '지옥'이 엄마와의 일상 대화에 등장하다니 신기하고도 재미있다.

방 한구석 풍로 위에 놓인 프라이팬을 보니 어제보다 여기에 '살고 있다'는 느낌이 한결 명확해졌다. 지카라는 "있잖아" 하고 엄마를 불렀다.

"이 방에서 계속 살 거야?"

"그러고 싶긴 한데, 여기가 여관이라 어떻게 될지 모르겠구나."

그 질문을 받고 웃음이 많았던 엄마의 얼굴에 오늘 처음으로 그늘이 서린 듯했다.

"그래도."

엄마가 곧바로 고개를 들었다.

"일단 엄마는 면접을 보기로 했어. 취직이 될지 내일 사람을 만나고 올게."

"앗, 정말? 무슨 일인데?"

"아직 비밀."

엄마가 쑥스러워하며 웃었다. "취직이 될지 안 될지도 모르잖아" 하고.

"지카라, 내일도 혼자 있을 수 있겠니? 아까 오는 길에 봤는데, 여기서 조금만 가면 도서관이 있거든. 거기서 있어도 되고."

"좋아. 또 자전거 타고 어디 가 볼게."

지카라가 말하자 엄마가 희미하게 얼굴을 찌푸렸다. 너무 멀리 가지 않았으면 좋겠다는 생각이 얼굴에 드러났지만 지카라는 말없이 눈을 피했다.

조금 전까지 함께 웃고 떠들던 것이 거짓말처럼 서로 잠시 말이 없어졌다. 그대로 저녁을 마저 먹었다.

마침내 엄마가 먼저 "지카라" 하고 불렀다.

벽에 기대어 놓은 가방을 집어 안에서 종이를 꺼내 지카라에게 건네주었다.

"역에서 받아 온 지도야. 어디 갈 거면 그걸 보고 가렴. 너무 멀리 가지는 말고."

지카라는 말없이 지도를 들여다보았다.

"그리고" 하고 엄마가 덧붙였다.

"만약 내일 어딘가의 지옥에 가고 싶으면 다녀와도 좋아. 입장료가 필요할 테니 한 군데 정도는 들어갈 수 있게 엄마가 돈 줄게. 대신 조심해서 다녀와야 한다?"

그 말을 듣고 고개를 들었다.

"9월 용돈이랑은 따로?"

"그래. 임시 용돈이야. 너무 여기저기 돌아다니지는 말고, 볼일이 끝나면 바로 이 근처로 돌아오렴."

"알겠어."

지카라가 그제야 대답하자 엄마가 작게 숨을 흘렸다. 그런 엄마에게 지카라는 다시 물었다.

"있잖아, 탕치가 뭐야?"

"어?"

"오늘 지옥찜에서 만난 할아버지가 그러던데. 온천에 탕치하러 왔다고."

"아아, 탕치 말이구나."

엄마가 말을 찾듯이 잠시 허공을 본 뒤 가르쳐 주었다.

"온천에 들어가서 병이나 다친 곳을 고치는 거란다."

"오호. 온천으로 병도 고쳐?"

"응. 1층 목욕탕 탈의실에 '효능'이라고 쓰여 있으니 나중에 보렴. 이 탕이 어떤 병에 효과가 있는지 쓰여 있을 거야."

"그렇구나."

그럼 오늘 만난 그 할아버지는 몸이 어디 안 좋은 걸까. 지카라의 생각을 읽었다는 듯 엄마가 "오는 사람마다 아픈 곳이 제각각이란다" 하고 가르쳐 주었다.

"온천이 그냥 따뜻해지기만 하는 게 아니구나."

지카라의 말에 엄마가 미소를 지었다.

"따뜻해져서 몸에 좋은 거 아닐까. 네 할머니도 무릎이 아플 때면 동네 목욕탕에 가서 몸을 오랫동안 담근다고 하셨단다."

"흐음."

"만약 내일도 그 할아버지한테 갈 거면 무 남은 거 가져가서 쪄 먹을래?"

오늘 조림을 하고 남은 것이다. 지카라는 반사적으로 "응" 하고 고개를 끄덕였다. 끄덕이면서 속으로 얼마나 놀랐는지 모른다.

설마 엄마가 모르는 할아버지에게 또 가도 된다고 말할 줄은 상상도 못했기 때문이다.

4

신기한 장소구나, 하고 먼저 경치에 압도당했다.

바다와 모래사장을 등진 소나무 숲을 빠져나가 안내받아 간 곳에 그 모래밭이 있었다.

해변보다 한 단 높은 돌담 위에 펼쳐진 모래밭은 두 군데로 나뉘어 있고 한쪽에서는 손님 몇몇이 모래밭에 누워 얼굴만 내밀고 몸은 모래에 묻힌 채 자고 있었다.

반대쪽에 있는 다른 모래밭은 아직 준비 중인지 물을 머금은 모래가 수평으로 가지런히 정돈되어 있다. 마치 모내기 전의 논 같은 풍경이다. 그곳에서 온천 수증기가 모락모락 피어오른다.

그 주변에서 엷은 감색에 붉은 깃의 작업복을 입은 여자들이 작업을 하고 있었다. 흙을 고르는 도구처럼 생긴 것으로 손님에게 모래를 덮어 주고 있다.

"어떠십니까?"

모래를 덮는 여자들이 묻자 목까지 파묻혀 누운 여자가 "따뜻하고 좋아요" 하고 대답한다. 손님은 여자와 남자, 젊은 사람과 나이가 지긋한 노인까지 다양했다.

"여기가 실제로 모래찜질을 하는 곳, 우리 일터."

입구에서 사나에를 마중하고 안내해 준 야스나미라는 여자가 말했다.

뒤로 바다가 펼쳐진 모래 온천의 위치에 넋을 잃고 있던 사나에는 그 목소리에 문득 정신이 돌아왔다. 야스나미가 이어서 설명했다.

"어때? 기분 좋은 곳이지? 이곳 쇼닌가하마 해변은 전망이 탁 트인데다가 오른쪽에는 다카사키산이 있고 왼쪽에는 소나무 숲이 울창하지."

"굉장해요! 꿈처럼 아름다운 곳이군요."

그렇게 대답한 사람은 사나에와 함께 면접을 보러 온 다른 여자였다. 사나에보다 훨씬 젊은, 아마도 20대 중반일 그녀는 포니테일로 깔끔하게 묶은 헤어스타일을 하고 대답도 시원시원하게 잘했다. 윤기가 흐르는 앞머리 사이로 반들반들한 이마가 엿보인다.

면접을 보러 왔다고 하자 야스나미가 "아, 전화했던 분?" 하고 맞이해 준 뒤 곧바로 "한 명 더 면접 보러 올 테니 조금만 기다려요" 하고 말한 순간부터 어렴풋이 답답한 예감이 들었다. 하지만 무리도 아니었다. 시급이 좋은 일자리는 그만큼 경쟁률도 높으리라.

모래 온천을 본 소감에 대해 그녀가 먼저 반짝이는 대답을 내놓자 사나에는 괜히 할 말을 빼앗긴 듯한 기분에 주눅이 들었다. 사나에는 야스나미에게 그저 "네" 하고 끄덕였다.

야스나미는 느낌이 좋은 여자였다. 나이는 아마도 50대 후반에서 60대. 어깨까지 내려오는 굵게 웨이브 진 머리에 흰머리가 제법 희끗희끗 섞여 있다. 둥근 얼굴에 동글동글한 눈동자가 매력적인 그녀는 젊었을 때 분명히 아름다웠을 것이다. 머리에 섞인 흰머리가 바닷가 햇살 아래 은빛으로 반짝여 예뻐 보인다.

야스나미가 사나에와 젊은 여자에게 물었다.

"모래찜질을 해 본 적은 있나?"

"없어요."

이번에는 사나에가 먼저 대답했다. 옆에서 젊은 여자가 "시내 쪽에서는 해 봤어요" 하고 대답했다.

"벳푸의 공중목욕탕 안에 있는 모래찜질이라면 해 본 적이 있어요. 그런데 거기는 실내였거든요. 여기처럼 야외에서는 해 본 적이 없어요. 거기랑 분위기도 많이 다르네요."

"아, 다케가와라 온천에서도 모래찜질을 할 수 있는데."

"네, 맞아요. 제가 간 곳도 다케가와라 온천이에요."

묻는 족족 대답이 나온다. 그녀는 이 지역 사람일까.

사나에는 눈앞의 모래밭을 쳐다봤다. 모래찜질하는 모습을 보는 건 오늘이 처음이라 젊은 여자가 말한 실내 모래찜질이 오히려 상상이

가지 않는다.

"모래찜질은 벳푸의 오랜 온천 문화 중 하나인데, 원래 이렇게 해변에서 썰물 때 하던 것이 시작이야."

야스나미가 온화한 목소리로 가르쳐 주었다.

"온천수를 머금은 모래의 압력과 열로 혈류가 좋아지는 모래찜질은 역사가 천 년이나 돼. 모래 덮어 주는 장사로 돈을 받기 시작한 때가 에도 시대 혹은 메이지 시대쯤 될 거야. 옛날에는 다리가 아파서 걷지 못하는 사람을 일부러 모래덮기꾼이 집까지 데리러 가서 업어서 해변으로 데려왔지."

"손님은 모래 속에 얼마나 누워 있나요?"

사나에가 겨우 첫 질문을 하자 야스나미가 고개를 이쪽으로 향했다. 눈을 가늘게 뜨고 상냥하게 쳐다본다.

"10분에서 15분인데, 그날 손님의 상태에 따라 달라지기도 해. 그전에 모래를 덮는 시간이 5분쯤 걸리고. 우리 모래덮기꾼은 손님들과 그 5분 동안 이런저런 이야기를 하며 모래를 덮지."

"이 일의 이름은 '모래덮기'로군요."

사나에가 말하자 야스나미가 흐뭇해하며 "그렇지" 하고 끄덕였다.

"모래덮기사師는 옛날부터 벳푸 여자들의 직업 중 하나였지. 전통 있는 일이라 계속 이어 나갔으면 하는 바람이야. 손님들은 우리를 모래덮기꾼이라고 불러."

모래덮기꾼도, 모래덮기사도 귀에 착 감기는 울림이 있다. 그런 전통적인 일에 과연 외지인을 써 줄까. 사나에가 위축되어 있는 사이 젊은 여자가 야스나미에게 물었다.

"지금 여기에는 모래덮기꾼이 몇 명쯤 있어요?"

"지금은 총 일곱 명. 지난달까지 여덟 명이었는데 한 명이 그만둬서 지금은 경력 20년의 베테랑부터 들어온 지 석 달 된 모래덮기꾼까지 다양하지. 나이도 다양하고."

모래밭에서 모래덮기꾼이 모래찜질 중인 손님에게 "이제 시간이 다 되었습니다" 하고 말을 건넸다. 모래에서 나오는 시간일 것이다. "아, 개운해!" 하고 몸을 일으킨 손님들은 모두 똑같이 생긴 유카타*를 입고 있는데, 유카타 옷깃에 검은 모래가 들어가 있었다. 이마와 목덜미에 땀방울이 맺혀 반짝인다.

야스나미가 "자" 하고 사나에와 젊은 여자의 얼굴을 봤다. 그러고는 이렇게 말했다.

"그럼 시험 삼아 해 볼까?"

"네?"

사나에와 젊은 여자가 동시에 소리를 냈다. 이제 곧 면접을 보겠구나 싶었건만, 야스나미가 싱글벙글하며 설명했다.

"실제로 해 봐야 알게 되는 점도 많지 않겠어? 면접 전에 모래찜질부터 하자고."

"정말요? 와! 너무 좋아요!"

놀라는 사나에 옆에서 젊은 여자가 발 빠르게 태세 전환을 하며 말했다.

야스나미가 말했다.

* 일본인들이 목욕 후 또는 여름철에 입는 무명 홑옷.

"저쪽 건물 안에 갈아입을 옷과 목욕탕이 있으니 우선 접수처에서 유카타부터 받아 오구려. 다 갈아입으면 여기로 돌아오고."

접수처에서 전용 유카타와 수건을 빌려 여자 탈의실로 향했다. 유카타 속에는 아무것도 입지 않아도 된다고 한다.

젊은 여자가 즐거운 듯이 재잘거렸다.

"모래찜질을 공짜로 하다니 땡잡았네요."

접수처의 안내 문구를 보니 모래찜질은 빌린 유카타와, 찜질이 끝난 후에 모래를 털어 내고 들어가는 온천탕 입장료를 포함해 1회에 정확히 천 엔이다.

그녀처럼 천진난만하게 말하지는 못해도 사나에 또한 모래찜질을 할 수 있는 것이 내심 기뻤다.

사나에가 머뭇거리며 옷을 벗는 것과 달리 젊은 여자는 옷과 속옷을 후다닥 벗더니 유카타만 걸치고 냉큼 나가 버렸다. 알몸을 보이는 것에 거부감이 없는 것도 젊음 때문일까. 사나에도 황급히 속옷을 벗어 맨몸에 유카타를 걸쳤다. 그러고는 머리를 고무줄로 묶으며 여자의 뒤를 따라갔다.

가벼운 차림으로 모래밭에 돌아가자 야스나미가 "왔다, 왔어" 하고 유쾌한 소리를 냈다. 모래를 덮을 때 쓰는 도구를 손에 쥐고 말했다.

"이건 조렌이라고 해."

"조렌이요?"

"모래덮기꾼의 작업 도구지."

아까는 운동장의 흙을 고르는 갈퀴처럼 생긴 줄 알았는데 가까이서 보니 조렌은 밭일할 때 쓰는 괭이에 가깝다. 오래 써서 손에 익은 긴

나무 자루에는 '야스나미 에쓰코'라는 이름이 적혀 있고, 맨 밑에는 금속제의 평평한 삽처럼 생긴 것이 달려 있어 모래를 떠내거나 고를 수 있게 되어 있다.

"그럼 한 명은 내가, 다른 한 명은 여기 기요스에 씨가 모래를 덮어 줄게."

기요스에라고 불린 모래덮기꾼이 머리를 숙였다. 베테랑처럼 보이는 40대 중반쯤 되는 여성이었다.

사나에는 젊은 여자와 함께 온천수를 머금어 초콜릿색으로 빛나는 새 모래밭에 누웠다. 준비된 목침을 베고 똑바로 눕자 등에 모래가 닿아 따뜻했다.

사나에에게 모래를 덮어 주는 사람은 야스나미가 아닌 기요스에였다. 그녀가 사나에의 흐트러진 유카타 옷깃과 옷자락을 정돈해 주었다. 누가 모래를 덮어 주든 면접과는 무관하다는 것을 믿고 싶지만, 조금 신경이 쓰인다. 역시 이런 일터에서는 젊은 여자를 선호하는 걸까.

옆에서는 야스나미가 젊은 여자의 유카타를 정돈하는 기척이 느껴졌다.

모래덮기꾼 두 명이 거의 동시에 머리 숙여 인사하고 사나에와 젊은 여자에게 말했다.

"그럼 손님, 모래를 덮겠습니다."

그 목소리를 신호로 우선 쭉 뻗은 손 위로 모래를 덮어 주었다.

손바닥에 모래가 얹히고 그다음은 팔이었다. 사나에는 모래의 중량감에 눈을 동그랗게 떴다. 원천을 머금은 모래는 신기한 감촉이었다. 처음에는 생각보다 묵직했지만 어깨가 묻힐 무렵에는 솜털 이불에 감싸인 듯한 감각으로 변했다.

따뜻하고도 꽉 찬 공간에 몸이 뒤덮여 간다.

숨을 크게 들이마셨다.

대단히 기분이 좋다.

"어떤가?"

옆에서 야스나미가 젊은 여자에게 묻는다. 그녀는 아까부터 모래가 덮일 때마다 "와아!", "굉장해요!" 하고 탄성을 질러 댔다.

"굉장해요. 말씀하신 대로 모래찜질을 안 해 봤으면 몰랐을 거예요. 보기만 하는 거랑 실제로 해 보는 건 정말 차이가 커요."

두 사람이 그런 대화를 주고받는 옆에서 사나에에게 모래를 덮어 주는 기요스에가 "어떠세요?" 하고 물어 왔다. 벌써 이마와 목에 땀이 나는 것을 실감하며 사나에는 짧게 대답했다.

"기분이 좋아요."

그렇게 말하고 눈을 감았다. 모래밭 가운데 기둥에 시계가 걸려 있지만 잠시 시간을 잊고 싶었다.

눈을 감자 이번에는 귀와, 모래 밖으로 유일하게 나와 있는 얼굴의 감각이 예민해지는 것 같았다.

이마와 뺨에 닿는 희미한 바람이 상쾌하다. 아까부터 계속 들렸을 터인 파도 소리가 갑자기 더 가까이 느껴졌다.

잠들어 버릴 것 같았다.

"전에 친구끼리 온 스무 살쯤 된 청년이 이렇게 말하기도 했지. 어머니 배 속에 있는 것 같다고."

야스나미가 설명하는 목소리가 멀리서 들려온다. 그 말에 사나에는 왠지 웃음이 터질 것 같았다. 그 청년과 아들인 지카라가 살짝 겹쳐 보인다.

배 속에 있었을 때의 일은 기억하지는 못하련만.

청년은 어떤 기분으로 그런 말을 했을까.

"너무 뜨거우면 손만 내밀어도 돼요. 온몸이 이렇게 모래 속에 묻혀 있으면 손목이 밖으로 나오기만 해도 느낌이 완전히 다르거든요."

기요스에가 말한다. 평소 손님에게도 아마 이렇게 설명하리라.

손보다 먼저 발목과 발뒤꿈치가 뜨거워졌다. 견디지 못할 정도는 아니어서 허락된 시간까지 땀을 흠뻑 흘리고 싶기도 했지만, 손을 내밀기만 해도 느낌이 다르다는 말에 호기심이 생겼다. 시험 삼아 해 보고 싶었다.

"손을 내밀어도 될까요?"

사나에의 물음에 기요스에가 "네" 하고 끄덕였다.

묵직한 모래를 밀어 올리는 것은 수영에서 물을 헤치는 동작과 약간 비슷했다. 우선 오른 손가락 끝을 모래 위로 볼록 내밀었다. 그 순간 손끝에서 온몸의 열이 확 방출되는 느낌이 들었다.

"정말이네요. 손을 내밀었을 뿐인데 순식간에 시원해졌어요."

무심코 말해 버리자 기요스에가 고개를 끄덕였다.

"이제 발을 내밀면 또 느낌이 달라요."

온몸에서 땀이 솟았다.

모래에 파묻혀 파도 소리를 들으며 사나에는 기분 좋게 생각했다.

이곳에서 이 사람들과 함께 일하면 좋으련만.

모래덮기꾼은 벳푸 여자의 직업이라고 한 말에도 끌렸다.

10분이 지나 모래에서 나왔다.

"우와, 개운하다. 디톡스가 따로 없네요!"

모래투성이가 된 유카타를 가볍게 털고 젊은 여자가 팔을 쭉 뻗어 기지개를 켰다. 사나에도 모래를 털었다. 기요스에에게 "고맙습니다" 하고 감사의 인사를 했다.

"땀이 별로 끈적거리지 않는 것 같아요. 땀을 흠뻑 흘렸는데도 불쾌하지 않아요. 땀이 보슬보슬하게 느껴져요."

"아아, 하긴 그렇겠네. 모래찜질을 하며 흘리는 땀은 왠지 다르게 느껴지지."

모래덮기를 마치고 난 기요스에의 말투에서 친근감이 느껴져 사나에는 은근히 기뻤다.

몸을 뜨끈뜨끈하게 녹인 채, 왔을 때보다 느긋한 발걸음으로 탈의실로 향했다. 유카타를 벗고 샤워를 할 때도 젊은 여자는 동작이 빨랐다. 훌렁 벗고 씻더니 잽싸게 옷을 입었다.

"먼저 갈게요."

사나에가 젖은 머리를 수건으로 닦는 동안 젊은 여자는 순식간에 밖으로 나갔다. 만사에 요령이 좋다.

유카타와 함께 빌린 수건으로 목덜미를 다시 닦는데 수건에 글자가 새겨진 것이 보였다. '벳푸 해변 모래찜질'이라는 이곳의 이름 밑에 메시지가 적혀 있다.

'또 오이소.'

'오이소'는 오이타현의 사투리다. '오세요'라는 의미임을 사나에도 알 수 있었다. 벳푸에 와서 이 지역 말에도 조금씩 익숙해졌다.

정다운 사투리 표현에서 아기자기한 울림이 느껴졌다. 자신을 채용해 줄지 알 수 없지만 또 오고 싶다는 생각이 들었다.

면접은 젊은 여자가 먼저 옷을 갈아입은 만큼 앞서 보게 되었고, 사나에는 차례를 기다렸다.

경쟁자라고 하면 지나치게 의식하는 셈이 되겠지만, 상대가 면접 중인 소리를 차마 들을 수 없어 사나에는 건물 밖에 있는 벤치에 앉아 기다렸다.

이윽고 "고맙습니다!" 하는 쾌활한 목소리와 함께 젊은 여자와 야스나미가 밖으로 나왔다. 젊은 여자가 사나에에게도 "아, 그럼 안녕히" 하고 인사를 하고 주차해 놓은 차로 돌아갔다.

"오래 기다리게 해서 미안하네. 그럼 시작할까?"

야스나미가 접수처 안쪽에 있는 작은 방으로 안내해 주었다. 다다미 두 장쯤 되는 크기의 방에는 전자레인지와 전기 포트가 놓여 있었다. 사나에가 보고 있는 것을 알아차렸는지 야스나미가 일러 주었다.

"여기서 교대로 밥을 먹거든. 우리 휴게실이야."

"그렇군요."

"시내 쪽에 살아? 벳푸역 근처?"

야스나미는 사나에가 제출한 이력서를 보며 물었다. 사나에는 "네" 하고 대답했다.

사나에는 망설인 끝에 이력서에 '사카도탕'의 주소를 적었다. 임시로 머무는 곳의 주소를 적어 찜찜하기는 하지만 지금은 달리 쓸 곳이 없다.

이 지역 사람이 아니라는 것은 대화를 나누면 금방 알아낼 테니 "얼마 전에 도쿄에서 이사 왔어요" 하고 솔직히 말했다. 벳푸가 고향도 아닌 데다 의지할 친척도 없이 이사 온 것에 대해 질문하면 어쩌나 걱정했지만, 야스나미는 "그래?" 하고 대답했을 뿐이다.

다만 야스나미는 이렇게 물었다.

"가족은?"

"아들이 하나 있어요."

"둘이서 이사 왔구나?"

"네."

남편의 부재에 대해서도 더 이상 설명할 길이 없다. 그러나 야스나미는 그 점에 대해서도 아무것도 묻지 않았다.

면접은 싱거울 만큼 금방 끝났다. "그럼 전화할게" 하고 야스나미가 배웅해 주었다.

"다시 한번 내 소개를 할게요."

야스나미가 장난을 하듯 갑자기 정중하게 말하더니 헤어질 때 명함을 주었다.

모래덮기 마이스터 온천관광사

야스나미 에쓰코 YASUNAMI ETSUKO

마이스터라는 글자가 눈에 띄었다.

"마이스터."

소리 내어 중얼거리자 야스나미가 미소 지었다.

"벳푸시 관광협회에서 시험이 있거든. 3년 차부터 응시할 수 있어. 지금 여기에 마이스터는 나까지 포함해 두 명이야. 한 명은 20년 차 베테랑이고 나는 15년 차."

모래덮기 마이스터는 베테랑 모래덮기꾼에게만 주어지는 칭호일 것이다. 20년 차, 15년 차라는 세월에 압도되었다. 여기서 일하는 사람 중에서도 단 두 사람만 해당되고 시험까지 본다는 점에서 모래덮기 일의 무게가 느껴졌다.

"마이스터, 울림이 근사해요."

사나에의 말에 야스나미가 고개를 끄덕였다.

"육체노동이라 몸이 힘들어. 한동안 집 계단도 못 오르내릴 만큼."

말의 내용과 달리 말투가 경쾌해 마치 노래하는 것처럼 들렸다.

5

지카라는 오늘도 간나와 온천의 할아버지에게 가기로 마음먹었다.

사카도탕 앞에서 자전거를 타려는데 자전거를 빌려준 담배 가게 아주머니가 "어디 가니?" 하고 물었다.

지카라가 간나와 온천에 간다고 대답하자 아주머니는 "좋겠네" 하고 웃었다.

"옳지, 잘한다. 어린이는 그래야지. 자전거 열심히 타고 허리와 다리를 튼튼히 해야지."

"자전거 빌려주셔서 고맙습니다."

"에이, 됐다니까. 지금은 타는 사람도 없고. 지카라가 타 주면 자전거도 기뻐할 거다."

잠깐 이야기했을 뿐인데 아주머니는 어느새 지카라의 이름을 기억하고 있었다. 아주머니가 문득 진지한 얼굴로 말했다.

"그런데 지카라. 엄마가 여기 언제까지 있겠다고 하던? 엄마랑 너, 평범한 여행 아니지?"

앗, 소리가 채 나오지도 못하고 목구멍에서 사라졌다.

"일주일치 숙박료를 한꺼번에 받긴 했는데, 우리 여관에 묵으려는 것부터가 관광하러 온 게 아니라는 뜻이거든."

"……몰라요."

그렇게 대답하는 것이 고작이었다.

"엄마랑 너, 혹시 도망쳐 온 거 아니야?"

그 순간 심장이 멎는 줄 알았다.

어떻게 대답해야 할지 몰랐다. 지카라가 난처해하는 것을 알아차렸는지 아주머니의 눈빛이 슬며시 위로하는 기색을 띠었다. 그러고는 "아니면 말고" 하고 말해 주었다.

"그냥 마음이 쓰이더라고. 미안하다, 괜한 소리 해서."

"……아니에요."

지카라는 천천히 고개를 가로저었다. 그렇게 할 수밖에 없었다.

머릿속은 어떻게 알았을까 하는 생각으로 가득했다. 심장이 쿵쾅거린다. 이 상태라면 아주머니는 틀림없이 조만간 엄마에게도 같은 질문을 할 것이다. 그렇게 생각하자 아랫배가 아픈 느낌이 들었다.

"지카라, 여기 학교에 들어갈 거니?"

전학 오느냐는 뜻이다.

아이라서 모른다는 태도로 일관할 수도 있겠지만 이제 슬슬 한계가 왔다. 지카라는 벌써 5학년이다. 아무것도 모르는 저학년이 아니다.

시치미 떼 봤자 아주머니도 금방 알아차릴 것이다.

"그렇겠죠."

"그렇구나. 그럼 우리 애들이 졸업한 학교에 다닐지도 모르겠구나."

아주머니가 느긋하게 말했다. 일부러 그러는 것인지는 몰라도 가슴은 여전히 콩닥거렸다.

"지카라."

"네."

지카라는 마음의 준비를 하고 대답했다. 아주머니가 말했다.

"사카도탕, 들어가니까 개운하지? 매일 탕에 들어가는 것 같던데?"

"네."

샤워 시설이 없는 목욕탕에도 제법 익숙해졌다. 큰 온탕에 매일 들어갈 수 있어 신선하고 기분이 좋았다.

"목욕탕 청소도 매일 직접 하는데, 너도 같이 할래?"

"좋아요."

화제가 바뀐 것에 안심한 나머지 승낙하고 말았다.

아주머니가 가고 혼자 남자 겨드랑이와 등이 식은땀으로 범벅이 되어 있었다.

여기 학교로 전학하는 걸까.

엉겁결에 그렇다고 대답했지만 생각해 보니 꼭 남의 일처럼 느껴졌다. 그토록 가기 싫었던 도쿄 학교의 일상을 버리고 여기서 다른 학교를 다니며 낯선 아이들에게 둘러싸이고, 히카루를 비롯해 반 아이들과 헤어질 생각을 하니 '싫다'는 기분이 뭉게뭉게 피어오른다.

이제 곧 9월이다.

도쿄에서는 벌써 2학기가 시작되었다.

지카라가 없는 교실에서 오늘도 수업이 진행된다. 그 사실이 매우 이상하다.

학교에 가기 싫다고 한 사람은 자신이지만, 혼자 있으면 정말 이래도 되는 걸까 하는 의문이 점점 강해진다.

이제 막 나갈 생각에 두근두근했던 기분이 시들시들 말라 간다.

—엄마랑 너, 혹시 도망쳐 온 거 아니야?

아주머니의 목소리가 귓속에서 메아리친다.

6

사나에가 모래덮기꾼의 '임시 채용' 연락을 받은 것은 면접을 보고 사흘 뒤인 9월에 들어서였다.

전화를 준 사람은 당시 면접관이었던 야스나미가 아니라 모르는 남자였다. 야스나미가 모래덮기 마이스터 시험을 치렀다고 말한 벳푸시 관광협회 직원이라고 한다.

"우선 며칠만 모래덮기꾼 일을 해 보시겠습니까? 물론 일하신 만큼 시급은 드릴 겁니다."

바라 마지않던 소식이었다. 사나에는 휴대폰을 귀에 대고 "네, 네" 하고 고개를 연신 끄덕이며 그가 일러 주는 출근 시간을 수첩에 적었다.

이튿날 쇼닌가하마 모래 온천으로 가자 야스나미가 기다리고 있었다. 접수처에서 다른 사람들과 똑같은 감색 바탕에 붉은 깃의 작업복을 받았다.

"잘 왔어. 그래, 나도 자네가 오지 않을까 기대했거든."

설령 빈말이라 할지라도 마음이 따뜻해졌다. 작업복을 받아 어찌나 기쁜지 "잘 부탁드립니다" 하고 머리를 꾸벅 숙였다.

그날 면접을 진행한 사람은 야스나미였지만 실제로 채용을 결정하는 것은 벳푸시 관광협회 직원들이라고 한다.

"우리가 면접에서 받은 인상을 아무리 전달해도 최종적으로는 관광협회 분들이 택하거든. 누가 오는지 몰랐는데, 자네가 와서 다행이야."

"아직 임시 채용이지만 열심히 하겠습니다."

야스나미의 말투에서 그녀가 자신을 추천했다는 것이 느껴져 정말 뛸 듯이 기뻤다.

야스나미가 말했다.

"면접만큼은 우리가 직접 해야 하지. 실제로 함께 일하는 동료가 되는 건 우리니까 말이야. 면접 때 시험 삼아 모래찜질을 하게 하는 것도 우리 아이디어라고. 다 같이 그렇게 하기로 정했거든."

야스나미가 접수처에 앉아 있는 다른 여자를 돌아본다. 일전에 왔을 때 사나에게 유카타와 수건을 빌려준 사람이다. 자신을 아키요시라고 소개한 그녀는 여기서 사무 관련 일을 담당하는지 작업복 색깔이 모래덮기꾼보다 한결 산뜻한 군청색이었다.

모래덮기꾼은 총 여덟 명이다.

주 5일제로, 삼교대로 돌아가며 근무한다. 9월인 지금은 아침 8시 반부터 오후 5시까지 영업하고, 12월부터는 동절기 영업시간을 적용

해 9시부터 오후 4시까지다.

아키요시가 교대 근무시간에 대해 설명을 해 주는 사이에도 접수처에는 손님이 찾아왔다. 첫날이라 일을 배우는 사나에가 당장 도움이 되지는 않겠지만 할 수 있는 일을 뭐든지 할 생각이었다.

우선 목침을 씻으라는 지시에 다른 모래덮기꾼에게 배워 가며 작업했다. 닦은 목침을 볕이 잘 드는 곳에서 말리고 있자, 야스나미가 "그럼 이제 작업을 보러 갈까?" 하고 말했다.

"다들 모래를 어떻게 덮는지 잘 봐 두게."

"네."

"자, 이건 자네 거야."

오랫동안 사용한 것 같은 조렌을 건네받았다. 전에 일하던 사람의 것인지 거무스름한 자루에 매직으로 모르는 이름이 적혀 있었다.

"낡은 거라 미안하네. 임시 채용 기간이 끝나면 새것이 나올 걸세."

"알겠습니다."

완전히 새것보다는 오랫동안 사용된 조렌을 손에 쥐자 덩달아 베테랑이 된 것 같아 마음에 들었다.

이곳의 모래찜질은 두 군데로 나뉜 모래밭에 번갈아 온천수를 채워한 시간마다 흘려보낸다. 그 작업을 사나에보다 훨씬 젊은 여자가 하고 있었다. 온천수 관리 밸브 근처에 앉아 작업복 바지를 무릎까지 걷어붙인 그녀의 가늘고 흰 다리가 모래사장 너머의 햇살을 받아 눈부시다.

"손님, 모래를 덮어드리겠습니다."

모래밭에 누운 손님들에게 직원들이 조렌으로 모래를 퍼서 덮어 주었다.

관광객들은 여행 특유의 비일상적인 기분을 만끽해서인지 대체로 수다스러웠다. 중노년 여성과 남성인 경우에는 특히 더 수다스러워 모래에 눕기 전부터 "와, 뜨거워서 못 견디면 어쩌지?", "잠들면 깨워 주나요?" 등 모래덮기꾼에게 연신 말을 걸었다.

그것은 모래 속에 들어가서도 마찬가지였다. 직업이나 가족, 어디에서 왔는지 이야기하는 사람이 있는가 하면, "언니, 이 일 얼마나 했어?" 하고 반대로 모래덮기꾼에게 물어보는 사람도 있다. 모래덮기꾼이 젊은 사람이든 나이든 베테랑이든 손님들이 그들을 부를 때 짠 듯이 '언니'라고 부르는 것도 흥미로웠다.

"어머! 정말 멀리서 오셨군요. 고맙습니다."

"너무 뜨거우면 말씀해 주세요. 그리고 특히 아픈 곳이나 오래된 흉터가 있다거나 하시면 뭐든 알려 주세요."

모래덮기꾼은 모두 손님과 공손히 대화를 나누면서도 조렌을 이용해 순식간에 모래를 덮었다. 입과 손이 따로 정확히 움직이는 것을 보고 사나에는 자신도 저렇게 할 수 있을까 하고 한숨이 절로 나올 지경이었다.

손님이 나간 뒤 모래를 고르는 작업을 사나에도 허둥대며 도왔다.

실제로 조렌으로 모래를 떠 보니 모래 속에 누워 찜질했을 때보다 몇 배는 더 무거웠다. 육체노동이라고 하기에 각오를 단단히 했건만, 동작 하나하나에 드는 힘은 상상 이상이었다. 야스나미 일행이 힘 들이지 않고 가뿐히 작업하는 것처럼 보인 것도 참으로 놀라웠다.

점심시간이 되어 순서대로 휴식에 들어갔다. 싸 온 도시락을 먹으며 같이 쉬게 된 사람은 면접 때 사나에에게 모래를 덮어 준 기요스에로, 오늘 처음 본 사이가 아니라 다소 마음이 놓였다.

"오늘 첫날이라 고되겠지만 힘내."

"네."

그때처럼 손님 취급이 아닌, 동료로 친근하게 대하는 말투였다.

기요스에가 매일 가지고 다닐 터인 아담한 도시락 통에는 손수 만든 반찬이 풍성하게 들어 있었다. 아직 전기밥솥도 마련하지 못한 탓에 사나에의 도시락은 편의점에서 산 주먹밥이다. 그것이 갑자기 창피해졌다. 지카라에게도 오늘은 같은 것을 사서 들려 보냈다.

손에 든 주먹밥을 감추듯 고개를 숙이고 먹고 있는데 기요스에가 불쑥 말했다.

"자네하고 같이 면접 보러 온 그 아이, 기억해?"

"아, 네. 그 활기찬."

그 젊은 여자, 하고 말할 뻔해 왠지 내가 열등감을 느끼는 것 같아 황급히 말을 바꾸었다. 기요스에가 "그래그래" 하고 도시락을 깨작대며 끄덕였다.

"실은 그 아이도 면접 본 다음 날에 임시 채용되었어. 여기서 딱 하루 일했지."

"네에?!"

금시초문이었다.

육체노동을 하는 직장에서는 당연히 젊은 사람을 선호할 줄 알았고, 그 젊은 여자와 사나에 중 자신이 선택되어 어리둥절하던 참이었다.

그렇다면 사나에는 여기서 딱 하루 일했다는 그 여자 대신 뽑힌 것이다.

순간 마음이 우울해졌다. 기요스에는 아랑곳하지 않고 가볍게 말했다.

"이튿날부터 안 오더라. 사무 보는 아키요시 씨가 전화했더니 계속할 자신이 없다며 그만두겠다고 했대. 실은 그런 경우가 꽤 많아. 야스나미 씨는 그럴 줄 알고 처음부터 관광협회에 자네를 추천했다나 봐."

"야스나미 씨는 왜 저를 추천하신 거예요?"

"글쎄. 그런데 야스나미 씨는 평소 고생하거나 뭔가 짊어진 것이 있는 사람이 강하다고 말해 왔거든."

짊어진 것이 있는 사람이라는 말이 가슴에 와닿았다.

사나에가 잠자코 있자 기요스에가 계속했다.

"그런 사람이 고된 일을 지속하는 법이라고 다른 동료들에게도 말하더군. 여기가 여자들 일터인 만큼 별별 사람이 다 있거든. 자네는 자식하고 같이 멀리서 이사 왔다지?"

"아, 네."

사나에가 한 박자 늦게 대답하자 기요스에가 "미안, 야스나미 씨한테 들었어" 하고 사과한다.

"고된 일을 지속하는 사람과 그렇지 않은 사람이 있거든. 그래서 임시 채용 기간이 생겼지. 내가 여기 취직했을 무렵에는 그런 말이 없었는데. 첫 일주일을 버티느냐가 관건이야. 힘내."

"기요스에 씨도 자식이 있나요?"

'별별 사람이 다 있다, 짊어진 것이 있는 사람'이라는 말이 계속 가슴에 남았다.

가벼운 마음으로 물어봤을 뿐인데 기요스에의 얼굴이 뜻밖에도 매우 부드러워졌다. 눈꼬리가 녹아내릴 듯이 처지고 입가가 누그러진다.

"자식뿐만 아니라 얼마 전에 손주까지 봤다니까. 딸이 낳았는데, 사진 볼래?"

기요스에가 가방 속에서 휴대폰을 꺼냈다. 폴더폰에 분홍색 크리스털 소재의 귀여운 강아지 휴대폰 고리가 두 종류 매달려 있다.

기요스에가 휴대폰을 건네주었다. 화면에는 아직 목도 못 가누는 여자 아기를 품에 안은 기요스에의 사진이 떠 있었다.

젊은 할머니 옆에서 그녀의 딸인 듯한 갈색머리 여자가 손으로 브이를 그리고 있었다. 눈 가장자리에 아이라인을 짙게 그리고 호피 무늬 상의를 입은 화려한 스타일이다. 반면 얼굴은 한참 앳돼 보여 학생이라고 해도 믿을 정도였다. 삼대가 모인 가족사진은 하나같이 웃는 얼굴이라 분위기가 매우 좋아 보였다.

"어머, 귀여워라."

프릴 달린 턱받이를 한 아기를 보고 말하자 기요스에가 "그렇지?" 하고 옆에서 화면을 들여다봤다.

"그럼 해 볼까?"

오후에 예약한 단체손님이 오기 전에 야스나미가 그렇게 말해 사나에는 깜짝 놀랐다.

겨우 첫날이다. 게다가 오전에는 동료들이 일하는 모습을 보기만 해서 모래를 어떻게 덮는지 구체적인 방법도 모르는 상태였다.

"제가 정말 덮어도 될까요?"

조심스럽게 묻자 야스나미가 "응" 하고 싱겁게 끄덕였다.

"한나절 동안 지켜봤으니 대충 요령은 알겠지? 내 옆에서 내가 하는 걸 보면서 똑같이 흉내 내 봐. 한 박자 늦게 하면 돼."

"바로 손님을 상대해도 정말 괜찮을까요?"

우선 동료 중 누군가를 연습 삼아 해 봐야 하지 않을까. 실력이랄 것도 없이 손님에게 돈을 받아도 될까, 불안해서 물었더니 야스나미가 웃는다.

"여기서는 모두 그랬어. 첫날부터 오후에는 실제로 손님에게 모래를 덮어 주었지."

야스나미가 말하는 동안 목욕탕과 탈의실 쪽에서 떠들썩한 소리가 들려왔다. 남녀가 뒤섞인 목소리는 일본어가 아니라 중국어 같았다.

"오! 오셨군."

야스나미가 말한다. 단체손님은 인원이 많아 교대로 모래찜질을 한다.

"해외에서 오는 손님도 많군요."

"많지. 요즘은 중국이나 한국 손님이 특히 많고, 그 밖에도 미국, 유럽은 물론 아시아 다른 나라에서도 많이 와. 어제는 태국 손님이 오셔서 다 같이 '콥쿤캅', '사와디캅' 하고 환영했지."

아마 태국 인사말이리라. 야스나미 옆에서, 오전에 밸브를 여닫아 모래밭에 온천수를 채워 흘려보낸 젊은 모래덮기꾼이 "외국어도 조금씩 하게 될 거예요. 야스나미 씨는 특히 굉장하답니다" 하고 귀띔해 주었다.

"손님이 모래찜질을 하는 동안 그 나라의 인사말을 듣고 기억해 뒀다가 다음에 그 나라에서 손님이 오면 그 말을 써 먹는다니까요. 어찌나 열심이신지."

"세상에!"

사나에가 탄성을 지르자, 야스나미가 "자, 손님들 오셨네" 하고 모두에게 말했다.

유카타 차림의 단체손님이 들이닥치자 야스나미가 "니하오" 하고 인사한다. 이제 막 온천물이 빠진 모래밭 위에 손님들이 하나둘씩 누웠다. 머리에는 사나에가 오전에 씻어 놓은 목침을 베고 있었다.

야스나미가 지시하는 대로 사나에는 몸집이 작은 남자 손님 옆으로 붙었다. 야스나미가 말없이 준비 됐지? 하고 묻듯이 사나에를 쳐다본다. 사나에도 말없이 고개를 끄덕였다.

"손님, 모래를 덮어드리겠습니다."

"……손님, 모래를 덮어드리겠습니다."

야스나미가 말하는 대로 사나에도 똑같이 말했다.

거기서부터는 따라하느라 여념이 없었다. 야스나미가 익숙한 손놀림으로 모래를 떠서 손님의 손바닥에 덮었다. 그것을 보고 사나에도 똑같이 손바닥에. 이번에는 팔에. 열심히 선배를 흉내 냈다.

결코 빠른 속도는 아니지만, 순서를 하나라도 빠뜨리면 안 된다는 생각에 눈으로 열심히 야스나미의 동작을 좇았다.

오직 손에 집중했더니 도중에 사나에의 손님이 누운 채 중국어로 말을 걸어 왔다.

무슨 실수라도 했나 싶은 순간 식은땀이 등줄기를 타고 흘렀다.

그때도 야스나미가 옆에서 차분하게 "뭐요? 뭐라고요?" 하고 싹싹하게 손님 얼굴에 귀를 기울였다. 손님의 중국어를 복창한 뒤 일본어와 영어를 섞어 손님과 대화를 이어 나갔다.

사나에는 그 모습을 보며 더욱 놀랐다. 야스나미가 영어를 썩 잘했기 때문이다. 인사말 정도로 내뱉은 '니하오'와 '사와디캅'보다 본격적인 발음으로 영어를 유창하게 구사했다. 손님도 영어라면 조금 할 줄 아는지 대화가 제대로 이루어졌다.

말이 통하는 것에 안심했는지 그가 긴장을 풀고 편안해하는 게 느껴졌다. 야스나미와 짧은 대화를 마친 뒤에는 그대로 눈을 감고 모래에 몸을 맡기듯 조용해졌다.

시간이 다 되어 먼저 모래찜질을 시작한 손님들이 하나둘 나가 목욕탕으로 갔다. 사나에가 모래를 덮어 준 손님도 "고마워" 하고 인사를 해 주었다. 그러나 기쁨보다 먼저 어깨에서 힘이 쭉 빠졌다. 이제 겨우 한 명에게 모래를 덮어 주었을 뿐인데 작업복 속은 벌써 땀에 절어 있었다.

"수고했네. 어떻던가?"

야스나미의 물음에 사나에는 솔직히 대답했다.

"모래를 실제로 떠서 덮어 보니 무겁더라고요. 그리고 순서를 헷갈릴까 봐 마음이 조마조마했어요."

"그래. 모래를 손부터 덮는 건 손님이 손바닥으로 모래 온도를 감지할 수 있게 하기 위해서네. 갑자기 가슴부터 덮으면 깜짝 놀라지 않겠나. 오늘은 그것만 기억하면 되네."

그렇게 말하는 동안에도 오후 손님이 또 들어왔다.

"그럼 또 따라해 보게."

사나에는 야스나미 옆에서 똑같이 모래를 덮었다. 동작을 눈으로 좇아 재빨리 흉내를 냈다.

총 열 명쯤 모래를 덮었을 무렵 야스나미가 불쑥 말했다.

"오늘은 이만 돌아가도 좋아. 수고했어."

"네? 벌써요?"

조렌을 쥔 손은 이미 너덜너덜해졌지만 아직 오후 3시도 안 된 시간이었다.

"첫날이잖나."

야스나미가 말했다. 다른 동료들도 고개를 끄덕이면서 사나에를 봤다.

"내일부터는 근무시간대로 일할 테니 오늘은 이만 돌아가도 좋네. 피곤하지?"

"수고했어."

"수고하셨어요."

"내일 봐요."

다른 동료들도 조렌을 한 손에 들고 인사해 주었다. 사나에는 당황하면서도 "그럼" 하고 그녀들의 배려를 고맙게 받아들이기로 했다.

먼저 휴게실로 돌아가 작업복에서 사복으로 갈아입을 때 모래밭에서는 아무렇지도 않았건만 느닷없이 팔이 축 처지고 나른해졌다. 블라우스 단추를 잠그는 손끝에 감각이 없다.

내내 서서 일한 탓에 다리가 욱신욱신 쑤신다. 무엇보다 허리 통증이 가장 심했다. 모래를 떠 올리려 수없이 굽힌 탓이리라. 시험 삼아 굽혔다 펴는 동작을 해 보니 절로 "에구구" 소리가 나왔다.

옷을 다 갈아입고, 접수처 아키요시에게 "감사했습니다" 하고 인사하는데 그녀가 키득키득 웃었다.

"푹 쉬고 내일 봐."

어쩌면 휴게실에서 흘린 '에구구' 소리를 들었을지도 모른다. 사나에는 "먼저 실례하겠습니다" 하고 머리를 숙였다.

사카도탕에 도착하니 지카라는 외출했는지 아직 돌아오지 않았다. 또 간나와 온천에 간 걸까.

2층으로 이어지는 계단을 하나 오를 때마다 허리와 다리가 쿡쿡 쑤셨다. 면접 일에 야스나미가 말한 대로였다. 한동안 계단을 오르내리는 게 고역일 것 같다.

여관방에 들어가자마자 가방을 내던지고 바닥에 대자로 뻗었다. 아무도 없는데 마치 들으라는 듯이 "아아" 하고 소리를 지르자 온몸에서 힘이 빠졌다.

피곤하다.

아주 오래전에 극단의 큰 공연을 마친 뒤 느꼈던 피로감. 이렇게 하고 있으니 벳푸에서 공연을 마친 뒤에도 이 방에 이 자세로 누워 있었던 것 같은 느낌이 든다. 마치 실제로 있었던 일처럼. 그 당시에는 겐과 평범한 선후배 사이로, 그때는 존재하지도 않았던 지카라와 지금 둘이서 이곳에 산다는 것. 그것이 신기할 따름이었다.

낡은 나무 천장을 보고 있자니 눈꺼풀이 무거워졌다.

이대로 잠들고 싶었지만 한 번 잠들면 절대로 일어나지 못할 것만 같았다. 지카라가 오기 전에 저녁거리를 준비해야 한다. 무엇보다 목욕을 해서 땀을 씻어 내고 싶었다.

느릿느릿 일어나 수건과 세면도구를 챙겨 계단을 내려갔다. 그사이에도 무의식적으로 "에구구" 소리가 나왔다.

여기서 지내며 사카도탕을 매일 이용하지만 이렇게 이른 시간에 들어가는 건 처음이었다. 사카도탕에 가 보니 아까는 아무도 없었건만 그새 손님이 왔는지 여탕 안에서 물소리가 들린다.

언제든지 편할 때 내려올 수 있어 만약 어제였다면 일단 올라갔다가 나중에 다시 왔을 것이다. 그러나 오늘은 짧은 계단을 오르내리기도 벅찼다. 사나에는 과감하게 유리문을 열었다.

"실례합니다. 안녕하세요."

먼저 들어가 있던 사람은 동네 주민인 듯한 할머니와, 그녀의 딸 혹은 며느리 나이대의 여자였다. 딸이라 해도 사나에보다 나이가 꽤 많아 보였다.

사나에를 향해 발가벗은 두 사람이 "어머나—", "안녕하세요—" 하고 말끝을 길게 늘여 정답게 인사해 주었다.

나무 물통을 드는 것조차 무거워 머리를 감고 몸을 씻는 데 평소보다 시간이 많이 걸렸다.

먼저 온 손님이 들어가 있는 온탕 구석에 자리 잡고 몸을 담갔다. 목욕물이 어제보다 더 피부에 스며드는 것 같았다.

계속 몸을 담그고 있으면 몸이 노곤해져 또 잠이 올 것 같았다. 평소보다 짧게 몸을 담그고 탕에서 나왔다. 그러자 할머니가 "벌써 가려고?" 하고 말을 걸었다.

"방금 들어왔잖아. 우리 신경 쓰지 말고 푹 담그쇼."

"앗, 아니에요. 노곤해져서 잠이 올 것 같았거든요."

설마 그런 일로 말을 걸 줄 몰랐던 사나에는 황급히 고개를 저었다.

"고맙습니다. 정말 괜찮아요."

"정말? 괜히 미안하네."

사나에는 꾸벅꾸벅 인사를 하며 탈의실로 갔다. 몸의 물기를 닦고 있는데 이번에는 유리문을 열고 나온, 딸로 보이는 사람이 "어쩜 저리 날씬할까! 부러워라!" 하고 말을 걸었다.

"곱기도 해라. 연예인이 따로 없네."

"그러게. 그런데 나도 자네 나이 때는 꽤 미인이었을걸."

할머니까지 거드는 바람에 자못 쑥스러웠다. 무심결에 하는 소리겠지만 그녀들의 정겨운 태도에 위로받는 기분이 들었다.

다만 사나에는 진짜 '연예인'이 어떤 사람인지 안다. 남편의 연습실에서 본 하루야마 마사키는 멀리서 봐도 주변 사람들과 차원이 달랐다. 그녀는 실제로 살아 있는 사람이라는 것이 믿기지 않을 만큼, 거짓말이 아닌가 싶을 만큼 균형 잡힌 몸매를 하고 있었다.

"그런데 너무 말랐구먼. 밥은 잘 먹고? 자네처럼 마른 사람은 다이어튼지 뭔지 하면 절대로 안 돼."

여전히 반복하는 두 사람에게 사나에는 쓴웃음을 지으며 "아니에요" 하고 대답한다.

"살 좀 붙었으면 하는 부분은 빈약한걸요. 제가 무슨."

머뭇거리면서도 우물우물 대답하자 딸 쪽이 뭔가 깨달았다는 표정을 지었다. 그러고는 "미안해라. 혹시 몸이 안 좋은가?" 하고 걱정스러운 눈빛으로 물었다. 이내 할머니까지 눈을 휘둥그렇게 떴다.

"에구머니! 미안하구먼!"

"앗, 아니에요, 그런 거. 저 건강해요. 건강하고 아무 문제없어요!"

번갈아 가며 사과한 두 사람에게 사나에가 더 놀라서 고개를 휘휘 저었다. 그런데도 두 사람이 "괜히 주책맞은 소리만 해서 미안하구먼" 하고 마음 써 주는 것이 고맙고 기뻤다.

"아뇨, 아뇨. 그럼 저 먼저 실례할게요."

두 사람에게 인사를 하고 다시 시간을 들여 2층 계단을 올라갔다. 방에 들어가 이번에야말로 눈을 감았다.

목욕을 했는데도 눈 속에는 하루 종일 바라본 해변의 하얀 햇살이 각인된 듯 눈이 부셔 아직 자신이 모래밭의 희미한 흥분 상태에 있다는 것을 깨달았다.

내일 봐요.

야스나미와 아키요시를 비롯한 동료들이 건네준 말을 떠올렸다.

오늘은 첫날. 내일부터 매일 모래덮기 일을 하러 다닌다. 상상하면 믿기지 않았다.

그래도 할 수밖에 없다.

사카도탕 아주머니가 사나에 모자의 장기 체류를 수상히 여기는 것 같다고 지카라가 말해 주었다. "도망쳐 온 거 아니야?" 하고 물었다는 말을 듣고 간담이 서늘했지만 여기서 좀 더 지내야 한다. 부탁해 보고, 자신들이 제대로 살 수 있는 집을 다시 찾아 나설 생각이었다.

야스나미가 했다는 말을 떠올렸다.

짊어진 것이 있는 사람은 강하다.

지카라가 있어서 일자리는 물론 집을 찾는 것도 혼자일 때와 달리 힘들다고만 생각했다. 그러나 아니었다. 오히려 반대였다. 지카라가 있어 준 덕분에 내팽개치지 않을 수 있었다. 사나에도 할 수 있는 일이 분명히 있다고 믿었다.

질 수야 없지, 하고 눈을 뜨고 천장을 바라보며 이를 악물고 생각했다.

7

빌린 솔로 타일 바닥을 문질렀다.

그러자 그곳만 물에 젖어 색이 또렷이 변했다. 타일 틈에 끼었던 물때가 깨끗해졌다. 하면 한 만큼 눈에 띄는 변화가 재미있어 정신없이 하다 보니 시간이 흘렀다.

지카라는 요즘 매일 사카도탕의 남탕을 청소한다.

벽 하나를 사이에 둔 여탕에서는 담배 가게 아주머니가 청소 중인데 물통을 정리하는 달그락 소리가 울린다.

"지카라, 그쪽 이제 끝났니?"

"아뇨, 조금만 더 하면 돼요."

목욕탕은 천장이 높아 말소리가 크게 울린다. 아주머니가 "끝나고 아이스크림 먹을래?" 하고 목청을 돋우자 지카라도 "네!" 하고 대답했다. 지카라는 목욕탕의 습한 냄새를 좋아하게 되었다.

타일을 다 닦고 구석에서 물통을 정리하고 있는데 아주머니가 남탕을 살피러 왔다.

"이거 받으렴. 오늘 용돈이다."

아주머니가 지카라의 손에 백 엔을 건네주었다. 지카라는 "네" 하고 그것을 받았다.

달라고 하지도 않았는데, 사흘 전 처음으로 목욕탕 청소를 도운 뒤에 아주머니가 "답례를 해야지" 하고 백 엔을 주었다. 그날 이후 매일 남탕 청소가 끝난 뒤에 지카라는 백 엔을 받고 있다.

엄마는 이 일을 모른다.

처음에 돈을 선뜻 받지 못하자 아주머니가 뭔가를 눈치챈 듯이 "엄마한테는 말 안 하면 돼" 하고 말해 주었다.

"이건 네 정당한 노동의 대가란다."

그 말에 안심해 "고맙습니다" 하고 인사를 했다. 하루 백 엔씩 지카라의 돈이 모인다.

9월 들어서 엄마는 깜박 잊고 지카라에게 용돈을 주지 않았다. 재촉하기 미안해 엄마가 저절로 알아차리기를 기다렸는데 3일이 되고 4일이 되어도 용돈을 주지 않았다.

모래찜질 일을 시작한 엄마는 매일 퇴근하고 오면 방에 대자로 뻗어 "아이고, 힘들어" 하고 중얼거린다. 듣자 하니 온천수로 데운 모래를 손님에게 덮어 주는 일이라 특히 허리가 쉽게 피로해진다고 한다.

그래서 지카라는 용돈 이야기를 좀처럼 꺼낼 수 없었다. 겨우 타이밍을 잡아 큰마음 먹고 "이번 달 용돈 줘" 하고 말하자 엄마는 잊고 있던 것을 사과하지도 않고 그저 "아아……" 하고 생각났다는 얼굴로 지카라에게 7백 엔을 주었다. 사과도 안 하다니 불끈 화가 났다.

"더 빨리 받고 싶었는데."

엉겁결에 그렇게 내뱉자 엄마가 "어디에 쓰려고?" 하고 의아해하며 묻기에 또 화가 났다. "허투루 쓰면 안 된다" 하는 말에는 대답하기도 싫었다.

목욕탕 청소로 받는 하루 백 엔은 큰돈이다.

한 달이면 3천 엔이 된다. 그 어마어마한 금액을 생각하면 온몸이 떨리도록 기쁘다. 갑자기 목욕탕 청소에 대한 의욕이 샘솟는다.

담배 가게 아주머니는 이따금 지카라에게 가게를 봐 달라고 부탁하곤 했다.

"잠깐 저 앞에 나갔다 올 테니, 가게 좀 봐 줄래?"

지카라는 그사이 가게를 지키며 옛날 만화책을 읽었다. 지금은 후쿠오카에서 일한다는 아주머니의 아들이 집에 남기고 간 것이었다. 선물 받았다고 하는 카스텔라나 집 냉장고 속 아이스크림을 나눠 주기도 했다.

"엄마가 쇼닌가하마 해변에서 모래덮기꾼 일을 한다며?"

담배 가게 앞에서 아이스크림을 먹고 있는데 아주머니가 대뜸 물었다.

지카라는 녹기 시작한 아이스크림 표면을 핥으며 "네" 하고 대답했다. 쇼닌가하마라는 지명은 처음 들었지만 엄마가 해변에 있는 곳이라고 말했으니 아마 맞을 것이다.

"엄마랑 너, 혹시 도망쳐 온 거 아니야?" 하고 질문한 그날 이후 아주머니는 지카라 모자가 왜 이곳에 왔는지에 대해 캐물으려 하지 않는다. 사카도탕 건물 2층에서 한동안 지낼 수 있는 듯해 지카라도 변함없이 아주머니에게 자전거를 빌리고 목욕탕 청소를 돕고 있다.

다만 아주머니와 단둘이 있으면 또 불쑥 물어볼까 봐 두려워진다. 지금도 그랬다. 특히 학교에 관한 질문은 피하고 싶었다. 9월이 되어 이제 2학기가 시작되었는데도 이쪽 학교로 전학 오지 않았다며 지적 하면 어떡하나 그런 걱정만 했다.

조금만 더 도망쳐 보자, 학교에 안 가도 돼, 하고 말한 엄마가 요즘 들어 조급해한다고 해야 할지, 갑갑한 듯이 초조해하는 것도 지카라 는 마음에 들지 않았다.

어제 저녁에 같이 장을 보고 돌아오는 길에 엄마가 서점에 들르자 고 했다. 초5 교재가 진열된 곳으로 데려가더니 "수업 진도가 늦어지 는데 걱정 안 되니?" 하고 물었다. 지카라가 아닌, 엄마 본인이 애가 타서 물었던 것이다.

학교에 안 가도 된다고 말했으면서.

문득 불안해졌다고 그 불안을 자신에게 터뜨리지 않았으면 한다.

지카라가 어제 일이 떠올라 난감해하고 있자 아주머니가 천천히 입 을 열었다.

"모래덮기꾼이 워낙 고된 일이라."

아주머니가 말한다.

"지카라, 엄마를 잘 보살펴 드려야 한다."

"모래덮기꾼 일을 아세요?"

"친척 한 명이 하고 있거든."

오호, 하고 지카라는 내심 놀랐다.

"지카라는 이미 가 봤지? 모래찜질도 했니?"

"아뇨. 어린이도 찜질할 수 있어요?"

"물론이지. 다음에 엄마한테 해 달라고 해 봐."

도쿄에 살았을 무렵 엄마가 일하는 반찬 가게 앞을 지날 때면 괜히 쑥스러웠다. 집에 있을 때와 다른 모습의 엄마가 손님을 상대로 평소보다 드높고 활기찬 목소리로 살갑게 굴었다. 그 모습을 보면 괜히 간지러운 한편 친구에게 "저 사람이 우리 엄마야" 하고 자랑하고 싶기도 했다. 같이 슈퍼에서 장을 보는 장면은 친구에게 절대로 들키고 싶지 않으면서 왜 그러는 걸까.

이번에 취직한 모래찜질하는 곳에서 엄마는 일본식 작업복을 입고 일한다고 했다. 동료들과 휴대폰으로 찍은 사진도 보여 줬다.

직접 찾아가는 것은 부담스럽지만 먼발치에서라면 엄마가 일하는 모습을 보고 싶다. 그런 마음이 자연스레 싹텄다.

8

"조렌의 각도는 사용하는 사람에 따라 다르니, 본인한테 맞게 자유로이 바꾸면 돼."

매월 넷째 주 수요일은 '벳푸 해변 모래찜질'의 정기 휴일이다.

정기 휴일이긴 해도 모래덮기꾼은 거의 전원이 출근한다. 한 달에 한 번, 새 모래가 들어와 교체되기 때문이다.

모래 교체가 끝나면 모래덮기꾼의 연수가 시작된다. 갓 교체한 모래 속에 직접 교대로 들어간다는 소리에 사나에는 기대에 부풀었다. 평소 손님이 있을 때는 하지 못하는 귀중한 연습 기회인 셈이다.

여기서 일한 지 벌써 한 달 가까이 흘렀다.

모래를 덮는 일도 조금씩 익숙해지긴 했지만 근육통은 끊이질 않는다. 벳푸에 처음 왔을 때 낮에 하는 일을 우선적으로 찾고 밤 근무까지 생각했던 것이 거짓말처럼 느껴진다. 그 무렵에는 너무 쉽게만 생각했었다. 낮에 축적된 팔과 허리 통증과 나른함은 밤에 잠들 때까지 풀리지 않을뿐더러 이튿날 아침이 되면 더 무겁게 느껴질 때도 있다.

모래는 손님 한 명당 대체로 50번쯤 덮는다. 그 작업을 하루 평균 스무 명의 손님에게 하니 따져 보면 하루에 모래를 천 번은 떠서 덮는 셈이다.

도대체 언제쯤이면 이 근육통이 없어질까. 지난 한 달간 열심히 했는데도 통증은 여전하다.

그러나 확실히 바뀐 것도 있다.

오늘 사나에는 처음으로 자신만의 조렌을 받았다. 놀라는 사나에에게 사무 담당인 아키요시가 축하해 주었다.

"임시 채용은 오늘로 끝. 관광협회에서 정식 채용하기로 결정했구나. 열심히 해."

"고맙습니다!"

"요는 지속할 수 있는지를 보는 기간이었다는 거지. 정말 고생 많았어."

관광협회 직원은 모래찜질 현장에 여러 번 와서 사나에가 일하는 모습을 지켜봤다. 너무 의식하지 않으려 마음먹었지만 그들이 자신을 '지속한다'고 판단해 주었다고 하니 그간의 노력을 보상받았구나 싶어 헤아릴 수 없는 안도감을 느꼈다.

"만약 보험 절차 같은 게 필요하면 말해. 정식 직원이 되면 보험도 가능하거든."

"네?"

"사회보험."

아키요시가 사나에의 눈을 들여다보며 가르쳐 주었다.

"혼조 씨랑 아들 보험 말이야. 아니면 남편 밑으로 들어가 있나?"

"아……."

사나에와 남편은 국민건강보험에 가입되어 있다. 아키요시는 별 뜻 없이 남편을 언급했겠지만 사나에가 말문이 막힌 것을 알아차렸는지 허둥지둥 덧붙였다.

"서두를 필요는 없는데, 혹시 절차가 필요하면 말해."

"알겠습니다."

이곳에 와서 처음으로 가족에 관한 질문을 받은 기분이었다. 앞으로 일하는 과정에서 그런 일이 더 많아질지도 모른다.

보험은 생각지도 못했다. 만약 이혼을 했다면 지카라도 사나에와 함께 이곳에서 지내는 편이 가장 좋다. 그러나 지금 상태로는 그것도 결정할 수 없다. 너무 어중간한 상태다.

새 환경에 적응하면 할수록 새 문제점도 나온다.

그런데도 사나에는 지난 한 달 사이 동료들과 많이 친해졌다. 처음에는 자네, 자네, 하고 부르던 사람들이 지금은 '혼조 씨', '사나에 짱' 하고 이름으로 불러 준다.

새 조렌은 그동안 사용한 것보다 삽날 부분이 날카롭게 빛나 모래를 다루기도 겁이 날 정도다. 사람에게 부딪히기라도 하면 큰일이라 그런 생각만 해도 작업하는 손놀림이 신중해진다. 그래도 자루 부분에 이름이 적혀 얼마나 자랑스러운지 모른다. 모래덮기꾼의 동료로 정식으로 인정받은 기분이 든다.

조렌의 각도를 조정하면 된다고 가르쳐 준 사람은 야스나미였다.

"키가 큰 모래덮기꾼은 각도가 커도 되지만, 키가 작은 사람은 각도를 작게 해야 모래가 잘 떠지거든. 자네는 몸집이 작으니 각도를 더 작게 하는 게 좋겠어."

새 조렌을 손에 쥐고 모래밭에 새 모래가 들어오는 것을 지켜봤다.

"그럼 할까?"

업자가 돌아가고, 야스나미의 호령으로 모래덮기꾼의 연수가 시작되었다. 경험이 적은 사람과 베테랑이 짝을 이루는데, 사나에의 짝은 야스나미였다.

먼저 손님 역할을 하게 된 사나에가 맨몸에 유카타를 걸치고 모래밭으로 돌아왔다.

오전에 직접 씻은 목침에 머리를 얹자 야스나미가 말했다.

"그럼 손님, 모래를 덮어드리겠습니다."

그러고는 갑자기 팔에 모래를 퍽석퍽석 거칠게 덮기 시작했다.

"꺅!"

절로 소리가 나왔다. 그러나 야스나미는 이어서 다른 팔에도 서둘러 모래를 퍽석퍽석 덮었다. "저기, 야스나미 씨" 하고 사나에가 몸을 일으키려 하자 이번에는 가슴에 뜨거운 모래가 한꺼번에 올라가 옴짝달싹 못 하게 되었다. 평소 솜털 이불을 덮어 주는 듯한 야스나미의 손놀림이 아니었다. 가슴이 무지근하게 압박되어 괴롭다.

모래에 파묻힌 채 도움을 청하듯 얼굴을 두리번거리자 그제야 야스나미가 사나에의 얼굴로 다가왔다. 모래를 거칠게 덮은 것과 달리 그녀는 싱글벙글 웃고 있었다.

"싫었어?"

"싫다기보단 깜짝 놀랐어요. 갑자기 모래를 세게 덮으시는 바람에."

가슴이 모래 때문에 묵직하다. 야스나미가 말했다.

"그렇게 말하면서 사나에 짱 본인은 손님한테 자주 이렇게 덮어 주던데. 퍼석, 퍼석, 퍼석."

"네?"

소스라치게 놀라 야스나미의 얼굴을 뚫어져라 쳐다봤다. 그녀는 계속 웃고 있었다.

"제가 이렇게 덮었다고요?"

"방금 좀 야단스럽게 하긴 했는데. 순서에 정신이 팔려서 빨리 덮어야지, 이번엔 여기를 덮어야지 하고 생각하다 보면 모래덮기에서 가장 중요한 손놀림이 소홀해지거든. 천천히 해도 되니까 조급하게 굴지 말 것. 기본은 모래를 듬뿍 떠서 부드럽게 놓는 거야."

"알겠습니다."

전혀 몰랐다. 자신이 한심스러운 한편 그야말로 손님이 없기 때문에 가능한 연수임을 깨달았다.

"그럼 모래 좀 덜어 낼까?"

야스나미가 손으로 사나에의 가슴 위 모래를 털어 가볍게 해 주었다. 눈을 감자 기요스에와 짝을 이룬 20년 차 베테랑인 고테가와의 목소리가 들렸다. 그녀 또한 야스나미처럼 마이스터 자격을 갖고 있다.

"마이스터 실기 시험 때 분명히 이 부분을 볼 테니―."

그 목소리를 들으면서 아아, 기요스에는 올해 시험을 치르는구나 하고 생각했다. 3년 차부터 응시 자격이 있다고 한다.

"기요스에 씨가 마이스터 시험을 보나 봐요?"

목까지 모래에 파묻히면서 야스나미에게 묻자 그녀가 "음" 하고 대답했다.

"시험에는 필기와 실기가 있는데, 리포트까지 내야 해."

"리포트요?"

"외국인 손님이 왔을 때 어떻게 할지, 모래찜질의 전망에 대해 어떻게 생각하는지. 그리고 자신의 특기가 무엇인지에 대해 쓰는 거야."

"특기요?"

"다른 사람과 달리 자기가 뭘 잘하는지 자신 있게 내세울 만한 것이 있는지 말이야. 같이 일하면서 차차 알게 되겠지만, 여기 모래덮기꾼은 하나같이 우수해서 재주 하나씩은 갖고 있지."

야스나미가 기요스에를 지도하고 있는 고테가와 쪽을 보는 기척이 느껴졌다.

"가령 고테가와 씨는 수화를 할 줄 알아서 귀가 불편한 손님이 오면 맡길 수 있지. 내 경우에는 영어를 조금 할 줄 안다는 게 특기이고."

"아아―."

고테가와가 수화로 손님을 상대하는 모습을 사나에도 몇 번인가 본 적이 있다. 야스나미의 영어도 지난번 들었다.

"야스나미 씨와 고테가와 씨는 마이스터를 따기 위해 따로 공부하신 건가요?"

"아니, 그 반대야. 고테가와 씨는 젊었을 때 장애인 시설에서 일한 적이 있는데 그때 경험이 도움이 되었지. 나는 취미로 시에서 하는 영어회화 교실에 다녔고. 원래 전업주부였는데 모처럼 공부했으니 뭔가 영어를 사용할 만한 직장이 없을까 찾아보던 중에 모래덮기꾼 모집 공고를 봤지."

야스나미가 환하게 웃었다.

"인생의 막바지에 이런 즐거운 일자리를 얻어서 얼마나 행복한지 몰라."

"그렇군요."

"사나에 쨩도 마이스터 시험을 볼 거면 재주 하나쯤 생각해 두는 게 좋을걸."

"전 아무것도 못해요."

"그렇지 않아. 다들 처음에는 그리들 말하더군. 그런데 자기가 생각했을 때는 쓸모없어 보이는 것도 다른 사람이 보면 굉장한 재주인 경우가 있어."

사나에는 원래 이 지역 사람도 아닌 데다 모래덮기꾼으로 일하는 것도 일자리를 찾다 보니 하게 된 것이 반이기 때문에, 3년간 일한 다음 마이스터 시험을 치르는 것은 꿈속의 꿈처럼 허황되게 느껴졌다. 그러나 듣기 좋으라고 하는 말일지언정 야스나미가 마이스터 시험 이야기를 해 주어 기뻤다.

"우리는 의사가 아니라 허리 아프고, 다리 아픈 사람을 치료해 주지는 못해. 그래도 모래 속에 들어가 있는 15분 동안을 기분 좋게 보낼 수 있게끔 할 수는 있지."

야스나미가 말했다.

"일생에 한 번 만나는 인연이지만 모두가 15분간의 만남을 소중히 여겼으면 하네. 실제로 모래를 덮는 시간은 3분에서 5분 정도지만, 그 사이 모래를 덮는 순서에만 정신을 쏟지 말고 가급적 손님과 많은 이야기를 나눠 보게. 어디서 왔는지, 모래찜질은 처음인지, 직업과 가족에 대해서도. 마치 5분간의 드라마처럼 말이야."

한 달간 일하면서 보니 마이스터들의 모래덮기는 정말 대단했다. 안정감이 있어 손님들의 만족도도 전혀 달랐다. 마이스터 시험은 3년 차부터 응시할 수 있지만 야스나미와 고테가와처럼 손님의 이야기를 끌어내고 그에 맞게 모래를 덮으려면 3년 이상의 상당한 세월이 필요할 것 같았다.

사나에가 모래 속에서 나오고 이번에는 야스나미가 들어갈 차례였다.

베테랑인 대선배에게 모래를 덮어 주다니, 처음 일할 때보다 더 긴장되었다. 아까 야스나미가 기본은 부드럽게 놓는 것이라고 한 말을 명심했다.

"여름에는 뜨겁다는 말이 나오도록 모래를 덮고, 겨울에는 그 반대야. 춥다는 말이 나오도록."

모래 속의 야스나미가 조언을 할 때마다 마치 어조가 좋은 표어처럼 귀에 쏙쏙 들어왔다.

"모래는 깊이 팔수록 뜨거워지지. 그리고 춘하추동 철철마다 온도가 달라."

"네."

"가령 모래 속 온도와 그날 기온이 수치상으로는 똑같아도 더운 계절에서 겨울철 추위로 넘어갈 때와, 겨울에서 봄철의 더위로 넘어갈 때는 모래 온도가 완전히 다르게 느껴지지. 앞으로 계절이 가을에서 겨울로 넘어갈 테니 잘 기억해 두게."

거기까지 말한 야스나미가 천장을 보고 누운 채 눈을 감았다. "아아, 기분 좋아" 하고 말한다.

"모래찜질을 오랜만에 하는 거거든. 천국이 따로 없구나. 사나에 짱, 고마워."

"아니에요."

계절이 바뀌는구나, 하고 사나에는 생각했다.

여름에 도쿄를 뛰쳐나온 뒤 가을, 그리고 겨울로.

언제까지 여기서 지낼지, 또 일할 수 있을지 모른다. 그러나 확실히 계절은 바뀌어 간다. 야스나미가 사용한 '추위로 넘어갈 때와 더위로 넘어갈 때'라는 표현이 아름다웠다.

모래덮기는 1년 내내 자연과 함께하는 일이라는 것이 온천수가 모래에 스며들듯 사나에의 마음에도 서서히 울려 퍼진다.

9

쇼닌가하마 해변의 모래찜질은 엄마의 말대로 정말 해변에 있는 것 같았다.

그러나 모래찜질 하는 모습을 바로 볼 수 있는 것은 아닌 듯했다.

모래찜질 간판에 있는 화살표가 건물 안으로 이어져 있어 그곳에 들어가야만 모래 온천까지 갈 수 있는 듯했다. 어떻게 할까 잠시 망설이다 해변 쪽으로 내려가 봤다. 고개를 들어 멀찍이 바라보니 겨우 모래 온천 같은 곳이 보였다. 똑같은 옷을 입은 여자들이 뭔가 작업하는 것처럼 보였다. 그중에 엄마도 보이는 듯했지만 빤히 쳐다보기가 꺼려졌다.

쾌청한 가을 날씨가 계속되더니 오늘 오후부터 조금 흐려졌다.

점심결에 지카라는 간나와 온천의 그 지옥찜 할아버지와 함께 있었다. 할아버지가 처음으로 "아가, 학교는?" 하고 물었다.

지카라는 대답이 궁했다.

그동안 할아버지가 아무것도 묻지 않은 것은 지카라에게 관심이 없어서가 아니라 지카라를 배려했기 때문이라는 생각이 들었다.

지카라가 선뜻 대답을 못하고 "아……" 하고만 있자 오히려 할아버지가 당황해했다. 아무 말도 하지 않았는데 대뜸 "됐다, 됐어" 하고 손을 내저었다.

"안다. 지금은 학교에도 이런저런 문제가 있다지. 다양한 아이가 있다는 것쯤은 나도 안다."

할아버지가 멋대로 납득했다는 듯 말하더니 그 이상은 묻지 않았다. 그러나 찐 고구마를 반으로 나눠 지카라에게 줄 때 이렇게 말했다.

"엄마나 어른들도 다 생각이 있겠지만, 우리 세대가 봤을 때 학교는 웬만하면 가는 게 좋다고 생각한다."

지카라는 네, 하고 건성으로 대답한 뒤 고개를 숙인 채 고구마를 우물거렸다. 할아버지가 간나와 온천에서 탕치를 하는 것은 이번 달까지다. 다음 주면 돌아간다고 해 섭섭해하던 참이기도 했다.

실은 할아버지에게 아니라고 말하고 싶었다.

실은 학교에 가고 싶었고, 지금 못 가는 건 스스로 원해서가 아니라 그럴 만한 사정이 있어서라고 말하고 싶었다. 멋대로 이해하는 할아버지에게 꼭 동정받는 것 같아서 말로 표현할 수 없는 억울함이 복받쳐 올랐다.

간나와 온천을 나와 충동적으로 향한 곳이 엄마가 일하는 모래 온천이었다.

엄마를 만나지 않고 그냥 멀리서 지켜보다 돌아갈 작정이었지만 어떻게 할까.

해변에서 건물 앞으로 돌아와 소나무 숲 그늘에 놓인 의자에 앉았다. 테이블도 있어 도시락을 먹을 수 있는 휴게실 같은 분위기의 장소였다.

가만히 앉아 있는데 잠시 후 주차장에 크림색 경차가 들어왔다. 차에서 젊은 엄마와 아기가 내렸다.

아기 엄마는 지카라가 보기에 누나에 가까운 나이였다. 그녀가 아기를 가슴에 꼭 끌어안고 혼잣말처럼 "자, 할머니한테 왔어" 하고 아기 얼굴을 들여다본다. 지카라가 있는 곳에서는 아기 얼굴이 보이지 않았다.

의자에 앉아 별 생각 없이 그들을 보고 있는데 이쪽으로 오는 아기 엄마와 눈이 마주쳤다. 빈자리가 많은데도 지카라 바로 뒤로 와서 테이블 위에 젖병이 삐져나온 묵직해 보이는 가방을 내려놓는다.

"안녕."

아기 엄마가 인사했다.

"안녕하세요."

지카라도 답인사를 했다.

"누구 기다리니?"

"기다린다기보다는……. 어, 뭐."

"흐음."

그런 짧은 대화를 나눈 뒤 아기 엄마가 지카라에게 아기를 보여 주더니 "안아 볼래?" 하고 천천히 물었다.

시큼하고도 포근한, 우유 냄새 같은 것이 났다.

10

남자 초등학생이 와 있다는 말을 듣고도 사나에는 처음에 그 아이가 지카라일 줄은 생각도 못했다.

알아차린 사람은 그날 순번이 빨라 근무를 일찍 마친 기요스에였다. 딸이 손녀를 데리고 마중 나오기로 해 약속 장소인 주차장 앞 광장으로 가자 지카라가 손녀와 놀아 주고 있었다.

"사나에 짱, 아들이 와 있는 것 같아."

기요스에가 다시 모래밭으로 와 사나에에게 알려 주었다.

"네에?"

지카라가 여기에 온다는 말은 한마디도 없었다. 무엇보다 지카라가 어째서 이런 곳까지.

놀라서 접수처로 가니 기요스에의 딸과 손녀로 보이는 일행과 함께 정말로 지카라가 있었다. 기요스에와 아키요시 앞에서 쭈뼛쭈뼛 서 있었다.

"지카라."

이름을 부르자, "응" 하고 고개를 끄덕였다. 혹시 무슨 일이 있었던 걸까. "어떻게 여길 다 왔니?" 하고 묻는데도 지카라는 "딱히. 그냥" 하고 얼버무린다.

그때였다. 사나에 뒤에서 야스나미의 밝은 목소리가 들렸다.

"어마, 잘 왔다. 오호라, 사나에 짱한테 이렇게 듬직한 오빠가 있었 구나."

사나에의 아들이 와 있다는 말에 보러 와 준 듯했다. 지카라는 외동 이지만 야스나미가 '오빠'라고 부른 것이 마침 좋게 들렸다. 벳푸에 와 서 지카라가 자기 또래에게 "너 몇 살이냐?" 하는 질문을 받을 때마다 은근히 발끈하는 모습을 여러 번 봤기 때문이다.

"혹시 엄마가 일하는 모습을 보러 왔니?"

야스나미가 지카라와 사나에, 두 사람의 얼굴을 보며 물었다. 사나 에는 얼른 고개를 저었다.

"설마요. 아니에요. 엄마가 일하는 걸 보고 싶어 할 리—"

지카라는 벌써 5학년인 데다 엄마를 특히 따르지도 않는다. 설마 그 럴 리 없다며 웃어넘기려던 그때 사나에는 아들의 얼굴을 보고 놀라 숨을 삼켰다.

야스나미의 말에 지카라가 뜨끔한 듯 눈을 깜빡였기 때문이다. 끄 덕이진 않았지만 부인하지도 않았다. 그 표정을 보고 이번에는 사나에가 눈을 깜빡일 차례였다.

야스나미가 생글거리며 말했다.

"모래찜질하는 곳에 가 볼래? 엄마가 방금 가지런히 정돈한 모래에서 김이 무럭무럭 피어오른단다."

"네."

지카라가 고개를 끄덕인 뒤 사나에의 눈치를 살폈다. "엄마, 그래도 돼?" 하고 묻기에 사나에는 여전히 놀라면서 "그래" 하고 대답했다.

"지카라, 미안하구나. 실은 오늘 정기 휴일이라 손님이 하나도 없어. 엄마도 그렇고 다들 실제로 모래덮기는 안 하고 있어서—."

"아아, 그럼 손님 대신 네가 모래찜질을 하면 되겠구나."

"아, 그게 좋겠다. 정기 휴일이라 오히려 잘됐네."

사나에가 말을 채 끝내기도 전에 야스나미와 아키요시가 번갈아 말하더니 서로 고개를 끄덕인다. 사나에는 어안이 벙벙해서 "네에?" 하고 또 소리를 냈다.

"정말 그래도 될까요?" 하고 묻는 사나에에게 아기를 품에 안은 기요스에의 딸이 대답했다.

"되고말고. 나도 엄마가 모래찜질을 해 준 적이 있는걸."

실제로 보니 휴대폰 사진으로 봤을 때보다 화장과 얼굴이 더 어려 보인다. 반면 나이가 많은 사나에에게 허물없이 반말로 이야기하는 모습은 무례하다기보다 오히려 제법 엄마티가 나고 차분하게 들렸다.

사나에는 여전히 망설이며 지카라를 봤다.

"모래찜질 해 볼래?" 하고 조심스럽게 물었다.

지카라가 "해 볼래" 하고 또렷하게 대답했다.

유카타 차림의 지카라는 신선했다.

탈의실에서 유카타로 갈아입고 모래밭으로 걸어오는 모습에 동료들이 "아이고, 귀여워라", "지카라 군, 근사한데?" 하고 소리 높여 말했다. 그 말을 곧이곧대로 받아들일 만큼 사나에는 낙관적이지도 뻔뻔스럽지도 않지만, 하나같이 애정을 담아 말해 줘 왠지 사나에까지 쑥스러워졌다.

많은 여자들에게 둘러싸여 칭찬을 받은 지카라는 당황한 듯 고개를 숙이고 있었지만, 모래밭 앞까지 오자 고개를 들어 눈앞에 펼쳐진 쇼닌가하마의 바다와 소나무 숲을 바라봤다. 사나에가 이곳에 처음 왔을 때 이 풍경을 보고 감동했던 것처럼 지금 지카라의 가슴에도 감동이 물결치면 좋을 텐데, 하고 생각했다.

"이쪽 목침을 베고 누우렴."

사나에가 말했다.

지카라의 가냘픈 몸이 조심조심 긴장하며 모래 위에 눕는다.

"그럼 모래 덮을게."

사나에가 모래를 떠서 덮기 시작했다. 오늘 연수에서 배운 것을 되새기며. 선배들이 작업하던 손을 멈추고 이쪽을 보는 것이 느껴졌다. 긴장했지만 아들 앞에서 숙달된 솜씨를 보여 폼을 잡고 싶은 마음도 컸다.

부드럽고 정성스럽게.

천천히 솜털 이불을 덮어 주듯이.

"모래가 무겁게 느껴질 수도 있어. 너무 뜨거우면 바로 말하렴."

"알겠어."

대답은 그렇게 했어도 맨 처음 팔에 모래를 덮자마자 "으악" 하고 소리쳤다. "생각보다 무겁지?" 하고 사나에도 솔직한 소감을 말했다.

　"그럴 수밖에. 온천수를 머금은 모래이니까."

　"떠서 덮을 때도 무겁지 않아?"

　"무겁지. 그래서 매일 허리 아프다고 엄살 피우잖니."

　그 말을 듣고 옆에서 동료들이 깔깔대며 웃었다.

　가슴에, 다리에, 목 바로 밑까지.

　온몸에 모래를 덮어 주자 지카라가 대뜸 웃음을 터뜨렸다.

　"왠지 간지러워. 뜨겁고, 웃겨."

　맥락 없이 되는대로 말을 늘어놓는다. 까부는 듯한, 그야말로 아이답게 웃는 모습을 보며 아들이 이렇게 웃는 것도 오랜만이구나 싶었다.

　"참아. 손님들은 이걸 15분 동안 한단 말이야."

　"헉, 진짜? 너무 뜨거워. 이제 나갈래."

　"벌써? 농담이지? 참을성이 너무 없구나."

　그렇게 말하면서도 슬며시 걱정이 되었다.

　"정말 뜨거우면 손바닥만 내밀어도 느낌이 전혀 달라."

　기요스에가 한 말을 그대로 읊어 보지만, 지카라는 눈을 가늘게 뜨고 "응" 하고 대꾸할 뿐이었다.

　그 모습을 보고 주변 동료들이 차례로 와서 지카라의 얼굴을 들여다봤다.

　"장하다, 장해. 아주 잘 참는구나."

　"엄마가 해 주는 모래찜질이라니, 얼마나 행복할까."

지카라도 오기가 생겼는지 더는 뜨겁다는 말도 하지 않고 결국 손바닥도 내밀지 않은 채, 모래 속에 누워 15분을 꿋꿋이 견뎠다.

문득 야스나미가 한 말이 떠올랐다. 전에 남학생이 모래 속에 들어간 느낌을 이렇게 말했다고 한다. 어머니 배 속에 있는 것 같다고.

그 이야기를 지금 지카라에게 하기에는 너무 쑥스러워 사나에는 당연히 입도 뻥긋하지 않았다. 만약 야스나미가 입 밖에 내면 어쩌나 걱정했지만, 정작 그녀는 지카라가 모래 밖으로 나올 때까지 흐뭇한 미소로 지켜보기만 했다.

지카라가 이용한 샤워장을 청소하고 아들의 모래투성이 유카타를 정리한 뒤 지저분해진 남탕을 청소하고 있자 야스나미가 다가왔다.

"지카라 군, 저쪽에서 과자 받아서 먹고 있어."

"고맙습니다."

사나에가 욕조 청소를 마치고 수도를 잠그자 야스나미가 불쑥 "그런데" 하고 말을 꺼냈다.

"우리 친척 중에 말이야. 아, 그런데 혈연관계는 아니야."

처음에 무슨 이야기를 하려는 것인지 몰랐다. 그래서 사나에는 방심한 상태로 "네" 하고 가볍게 대답했다. 그러나 이쪽을 향한 야스나미의 눈빛이 의외로 사나에를 똑바로 쳐다보고 있었다.

"사카도탕의 히데코 짱네 아주머니와 우리 삼촌이 결혼해서 인척관계라고 할 수 있지."

순간 아차 싶었다. 놀란 것이 얼굴에 고스란히 드러났다. 사카도탕의 이름을 듣는 순간 등줄기가 얼어붙었다.

히데코 짱은 그 담배 가게 아주머니일 것이다. 야스나미가 슬며시 미안한 표정을 짓는다.

"세상이 좁긴 좁아. 특히 벳푸처럼 아담한 곳은 이야기하다 보면 누가 누군지 죄다 연결돼 있어. 그래서 좀 신경이 쓰이더라고. 사나에 짱이 이력서에 적은 주소, 사카도탕 맞지?"

"……네."

솔직히 대답하는 수밖에 없었다. 면접 날 야스나미는 사나에가 제출한 이력서를 보며 "시내 쪽에 살아? 벳푸역 근처?" 하고 물었다. 그때 사카도탕의 주소와 가까운 것을 알아차리고 나중에 확인했을지도 모른다.

긴장되어 야스나미를 어색하게 쳐다봤다. 예상과 달리 그녀는 화내거나 사나에를 타박하는 표정은 짓지 않았다.

"탓하려는 게 아니라" 하고 곧바로 말해 주었다.

"얼마 전에 히데코 짱한테 물어봤는데, 지금 사카도탕 2층에서 지낸다며?"

"제대로 된 월세방에 살지 않으면 이런 직장에는 고용되지 못하는 건가요?"

조심스럽게 물었다. 이곳은 벳푸시 관광협회에서 운영하는 제대로 된 곳이다. 야스나미가 고개를 홰홰 저었다.

"관광협회 직원한테는 아무 말도 안 했어. 다른 동료들도 모르고. 실은 자네하고 더 빨리 이야기하고 싶었는데, 일하다 보면 그것도 어렵지 않나."

야스나미는 사나에와 단둘이 대화할 기회를 여태껏 기다렸는지도 모른다. 그녀가 계속했다.

"히데코 짱도 사나에 짱이 여기서 일하는 걸 알고 적응될 때까지 계속 방을 빌려줘야겠다면서, 지금처럼 숙박 요금이 아니라 차라리 월세처럼 한꺼번에 저렴하게 빌려주는 게 낫겠다고 고민하더라고."

"담배 가게 아주머니가, 말인가요?"

"그래."

놀랐다. 바라 마지않던 제안이지만 솔직히 그런 배려까지 받아도 되는지 걱정된다.

담배 가게 아주머니는 왜 그렇게까지 친절하게 마음 써 주는 걸까. 사나에의 생각을 눈치챘는지 야스나미가 말했다.

"지카라 군이 귀여워서 어쩔 줄 몰라 하는 것 같더라고. 목욕탕 청소를 싫은 내색 한 번 안 하고 매일 도와준다면서 좋아하던데."

가슴이 옥죄어 온다. 지카라가 사카도탕에서 청소를 돕는다는 이야기는 지카라와 아주머니, 두 사람에게 들어서 알고 있었다. 기특하기도 했지만 솔직히 낮에 할 일도 없으니, 하고 마음에 두지 않았다. 그러나 지카라도 나름대로 사나에가 모래덮기 일을 하는 시간에 야무지게 자기 시간을 갖고 있었던 것이다.

아들을 귀여워한다는 소리를 듣자 가슴이 벅찼다. 낯선 땅에서 지내느라 불안했던 마음이 그 한마디로 누그러진다.

"자네 모자가 도망쳐 온 거 아니냐고 많이 걱정하던데."

부정도 긍정도 할 수 없어 잠자코 있었다. 어떻게 알았을까, 생각하던 그때 사나에의 얼굴을 물끄러미 바라보던 야스나미가 생각지도 못한 말을 덧붙였다.

"역시 그런 건가? 남편한테서 도망쳤어?"

아, 하고 메마른 입술을 벌렸다. 그 입모양 그대로 다시 야스나미를 쳐다봤다.

돌연 이곳이 여자들의 일터라는 것이 떠올랐다. 어쩌면 그동안 비슷한 문제를 안고 있는 사람이 일한 적이 있을지도 모른다. 남편의 폭력과 집착. 헤어질 때 돈이나 자식 문제로 부딪히는 일은 세상에 흔하디흔하다.

야스나미의 얼굴은 진지함 그 자체였다.

"지카라 군의 아빠한테서 도망쳐 왔다는 건가?"

"그런 셈이죠."

담배 가게 아주머니와 야스나미가 자신들을 걱정했다니. 고맙고 기쁘면서도 가슴 한구석이 미어진다.

엄마와 아이가 도망칠 경우 흔히 아빠에게서 도망친다고 생각한다. 그러나 사나에와 지카라는 사정이 조금 다르다. 자신들이 도망치는 이유는 아빠 자체가 아니라, 그가 저지른 일, 혹은 그로 인해 아들이 저질렀을지도 모를 일의 흔적 때문이다.

겐은 좋은 아빠였다고 생각한다.

교통사고가 나기 전까지 지카라도 아빠를 잘 따랐고 무척 좋아했다.

남들 눈에는 사나에 모자가 남편에게서 도망치는 것으로 보인다는 것을 알고, 상황이 이런데도 여전히 위화감이 느껴져 마음 한구석이 아팠다.

사나에가 그 이상 뚜렷하게 대답하지 않아도 야스나미는 뭔가 사정이 있으리라고 짐작하는 듯했다. 사나에가 목욕탕을 청소하느라 걷어

올린 소맷자락 밑으로 나온 손목을 야스나미가 꼭 잡았다.

그리고 말했다.

"사나에 짱, 만약 여기서 살 거면 앞으로 집도 그렇고 지카라 군도 잘 챙겨야 돼."

강한 말투였다. 사나에가 깜짝 놀라 눈을 동그랗게 뜨자 야스나미가 덧붙였다.

"오지랖 부려서 미안한데, 집이야 사카도탕에서 당분간 신세 지면 돼. 그사이 나도 집 찾는 걸 도와줄 거고. 여기 드나드는 손님 중에 이 부근에서 부동산을 하는 사람도 있거든. 그런데 지카라 군은 지금 학교에 안 다니고 있지? 앞으로도 여기서 살 거면 학교 문제는 깔끔하게 정리하는 편이 나아. 부모의 사정 때문에 아이까지 휘둘려서 좋을 거 뭐 있어?"

손목에 강한 힘을 느끼면서 사나에는 울고 싶은 심정으로 입술을 깨물었다. 야스나미는 오지랖이라고 했지만 가슴이 먹먹했다.

지금껏 많은 일이 있었고 전부 혼자 결정했다. 지카라에게 학교에 가지 않아도 된다는 선택을 허락한 것, 벳푸에 온 것, 장롱 속 식칼의 존재를 계속 외면한 것.

그동안 사나에를 이런 식으로 혼낸 사람은 아무도 없었다. 실은 요즘 지카라를 낮에 혼자 있게 하는 것도 몹시 불안했다.

수업 진도도 놓쳤는데 학원 하나 다니게 하지 않고 방치해도 정말 괜찮은 걸까. 부모의 사정으로, 즉 겐의 교통사고 탓에 지카라가 피해를 입고 있다. 하지만 사나에 탓이기도 했다.

여기서 살면 어떨까. 사나에는 야스나미의 눈을 들여다보며 생각했다.

몇 달 앞일까지는 생각해도 1년, 2년까지는 솔직히 아무런 계획도 세울 수 없었다.

모래덮기 일은 장기적으로 사람을 키우는 일이다. 야스나미가 사나에에게 3년 차부터 마이스터 시험에 응시할 수 있다는 이야기를 해 주었지만 정작 사나에는 제 일처럼 생각하지 않았다. 그것이 갑자기 부끄러워졌다. 야스나미가 사나에의 몇 년 후 앞날까지 고려한 상태에서 사나에를 동료로, 벗으로 걱정해 주었다고 생각하니 눈물이 나올 것 같았다. 금방 그만두고 나가는 사람으로 보지 않은 것이다.

벳푸에서 산다.

지카라를 이 지역 학교에 다니게 한다.

생각하니 스스로도 놀랄 만큼 가슴 밑바닥이 가벼워졌다. 각오만 한다면 실현 가능한 일이다.

"알겠습니다."

사나에가 간신히 대답하자 손목을 붙잡은 야스나미의 손에서 힘이 빠졌다. 안심한 얼굴로 사나에를 본다. 사나에 또한 야스나미를 바라봤다.

"야스나미 씨, 고마워요."

감사 인사를 하며 문득 떠올렸다.

9월이 끝나고 10월이 온다.

10월에는 지카라의 열한 살 생일이 있다. 10월 16일. 아들이 태어난 가을이 다시 돌아온다.

집에 가는 길, 사카도탕으로 가는 길을 걸으면서 사나에는 아들을 불렀다.

"지카라. 생일 선물로 갖고 싶은 거 있니?"

자전거를 끌며 걷고 있던 지카라가 놀란 표정을 지었다. 눈을 깜빡깜빡하며 사나에를 쳐다본다.

최근 몇 년간 지카라의 생일 때 케이크를 준비하는 대신 선물이 없었던 적도 많았다. 작년에도 필요한 것을 사게끔 용돈으로 때웠다.

"기억하고 있었어?"

"당연하지."

"상황이 이런데도?"

"상황이 이러니까 더더욱 기억해야지."

그것이 '어떤 상황'인지는 서로 더 이상 말하지 않았다. 그러나 아아, 조금은 시간이 흘렀구나, 하고 생각했다.

지금이 평범하지 않은 상황임을 인정할 수 있을 만큼 시간이 흘러, 자신들을 덮친 일을 한 걸음 물러나 객관적으로 보게 되었다.

온천 냄새와 기운이 풍기는 마을에서 그런 자신들의 변화를 음미한다.

11

새로 출시된 휴대용 게임기 소프트웨어를 선물 받은 뒤, 벳푸 타워 근처에 있는 숯불고기 집에 갔다.

생일에 뭘 먹고 싶으냐는 질문에 지카라는 "고기"라고 대답했다. 숯불고기를 먹는 건 도쿄를 떠난 이후 처음이었다. 도쿄에 살았을 무렵에는 동네 상점가의 고깃집에 아빠, 엄마와 셋이서 가끔 가곤 했다.

지카라의 생일에 맞춰 휴가를 받은 엄마와 가게로 향하자 '국내산 갈비', '벳푸 냉면'이라고 적힌 깃발이 많이 놓인 입구 근처에서 기요스에 씨 가족이 기다리고 있었다. 지카라가 모래찜질하는 곳에 처음 찾아간 날 알게 된 아기 엄마 일행이다. 그날 이후 엄마를 마중하러 주차장 앞 광장으로 가면 우연히 마주치곤 해 자연스레 친해졌다.

아기 엄마의 이름은 준코 씨, 아기는 고코 짱이다. 엄마의 직장 동료인 그 할머니도 함께였다.

"일부러 와 줘서 고마워."

"됐어. 아기 아빠는 오늘 술자리가 있어서 늦게 오거든. 초대해 줘서 고마워."

준코가 이번에는 지카라를 보고 말했다.

"생일 축하해."

새삼 그런 말을 들으니 괜히 쑥스러웠다. 지카라는 "응" 하고 대답했다.

대로변 건물의 1층에서 3층까지 들어선 숯불고기 집은 널찍했다. 계산대 근처에 설치된 놀이방에는 실내용 정글짐과 그네, 블록 같은 장난감과 그림책이 들어 있는 책장이 있었다. 그 위에는 '키즈 스페이스'라고 새겨진 간판이 걸려 있다.

이 가게는 준코가 알려 주었다고 한다.

그녀가 여기에 자주 온다며 "편하거든. 여자끼리 만날 때 아이를 놀게 놔둘 수 있고" 하고 말하자, 엄마가 감탄하며 "지금은 별별 서비스가 다 있구나" 하고 한숨을 쉬었다. 평소 남에게 깍듯한 말씨만 쓰던 엄마가 웬일로 허물없이 말해 지카라는 그 모습이 좋아 보였다.

"지카라 군, 먹고 싶은 거 뭐든 시키렴."

기요스에 할머니가 메뉴판을 건네주며 말했다. 거의 룸이나 다름없는 구석진 자리에서 메뉴판을 받자 가슴이 두근거렸다.

벳푸는 냉면도 유명하다고 들었는데 지카라는 지금껏 냉면이라는 음식을 먹어 본 적이 없다.

"그냥 라면이나 냉 중화면이랑은 달라?"

지카라의 질문에 준코가 "기념으로 한 번 먹어 봐" 하고 권했다.

엄마는 생일 축하하는 자리인 만큼 가장 비싼 고기를 먹어 보자며 최고급 갈비를 주문했다. 고기는 연하고 육즙이 좔좔 흘렀다. 고기가 구워지는 족족 사람들이 지카라의 쌀밥 위에 얹어 주는 바람에 마치 소고기 덮밥처럼 되었다. 달콤 짭짤한 소스도 매우 맛있었다.

도중에 고코가 싫증이 났는지 으앙 하고 우는 바람에 준코가 자리에서 일어났다.

"기저귀 보고 올게."

한참이 지나도 오지 않자 엄마가 말했다.

"지카라, 가서 좀 보고 올래? 저 놀이방에 있을지도 모르겠구나. 준코 짱은 고기를 굽기만 하고 거의 못 먹었거든. 만약 놀이방에서 놀고 있으면 네가 대신 고코 짱이랑 놀아 주렴."

"알겠어."

자리에서 일어나 상황을 보러 가자 준코 모녀는 정말 계산대 근처의 키즈 스페이스에 있었다. 준코는 고코 짱이 부드러운 매트가 깔린

바닥을 기어 다니는 모습을 지켜보고 있었다. 지카라가 다가가자 "오! 지카라 군" 하며 그녀가 반가워했다.

"준코 누나, 엄마들이 밥 먹으러 오래. 고코 짱은 내가 놀아 줄게."

"어쩜, 지카라 군, 상냥하기도 해라."

준코가 그렇게 말한 뒤 부지런히 기어 다니는 자신의 딸을 본다.

"원래 아이를 좋아하니?"

지카라가 고개를 가로저었다. 솔직히 생각해 본 적도 없다. 지카라도 어른들에게는 아직 '아이'라고 불리는 나이다.

"몰라. 주변에 없었거든. 그런데 고코 짱은 좋아."

그 말에 준코가 "듣기 좋은 말도 할 줄 아네" 하고 미소 지었다.

놀이방 벽에 벳푸 관광지를 소개하는 포스터가 여러 장 붙어 있다. 벳푸역 앞이나 온천 모습과 모래찜질. 모래찜질 사진 속에서 손님에게 모래를 덮고 있는 사람은 야스나미다.

"야스나미 할머니네" 하고 엉겁결에 말하자 준코도 "응?" 하고 포스터를 향해 고개를 돌렸다.

"아, 이런 거 홍보할 때는 늘 야스나미 씨가 나오더라. 그 사람이 모래 덮는 걸 보면 그림이 따로 없거든."

포스터 옆에 원숭이 사진이 들어간 다른 포스터가 있었다. '다카사키산 자연 동물원'이라고 되어 있다. 그냥 쳐다보고 있는데 준코가 "다카사키산에 가 본 적 없어?" 하고 물었다.

"꽤 유명한데. 알려나? 무리에서 두목 원숭이가 없어졌다는 소식이 전국 뉴스까지 탔지 뭐야. 또 해마다 아이돌처럼 원숭이 인기투표까지 한다니까. 아기 원숭이의 이름 짓는 것 때문에 한바탕 난리가 난 적도 있어."

"이름도 지어 줘?"

"그 해 처음 태어난 아기 원숭이의 이름을 공모로 정하거든. 뉴스에서 못 봤어?"

듣고 보니 그런 뉴스가 있었던 것 같기도 하다.

"동물원인데 원숭이밖에 없어?"

그 질문에 준코가 "오호라" 하고 싱글거리며 지카라를 봤다.

"지카라 군, 다카사키산이 평범한 동물원인 줄 아는구나? 사람이 원숭이를 길러서 관광용으로 보여 주는 장소라고 생각하지? 우리 안에 가둬 놓고."

"그럼 아니야?"

"아니고말고!"

고향 이야기라 그런지 준코가 뽐내는 표정을 지었다. "만약 그랬으면 원숭이가 이렇게 많지는 않지" 하고 사진을 가리킨다.

"다카사키산에는 원숭이 집합소라는 곳이 있는데 그곳으로 야생 원숭이 무리를 불러. 절 경내 같은 곳인데, 울타리나 철창도 없고 사람 손에 길러지는 원숭이가 아니라 다들 자유롭고 느긋하게 살고 있어."

"와아! 그런데 원숭이들이 도망가진 않아?"

"사육되는 원숭이가 아니라니까."

준코가 웃었다.

"하루에 몇 번씩 다카사키산에 사는 원숭이 무리한테 교대로 먹이만 주거든. 먹이를 준다는 걸 알고 원숭이들도 놀러 오는 분위기랄까. 산에 있는 두 무리가 교대로 내려온대."

원숭이가 무리 지어 산다는 이야기는 TV에서 본 적이 있다. 도쿄의 동물원에서 울타리 안에서 사육되는 동물밖에 본 적이 없는 지카라는 잘 상상이 가지 않았다.

"누나는 가 봤어?"

"몇 번 가 봤지. 이 근처 초등학교 다니는 아이라면 거의 소풍으로 가. 고코도 얼마 전에 처음 가 봤지?"

준코가 고코에게 말했지만 장난감에 푹 빠진 고코는 엄마 목소리가 들리지 않는 듯했다.

"모처럼 벳푸에서 지내는데 아깝잖아. 다음에 엄마한테 한번 가자고 해 봐."

"응."

그러나 가자고 하기 겸연쩍다는 생각이 들었다. 아빠도 없이 엄마와 단둘이 동물원에 가다니. 어렸을 때도 그런 적이 없었다.

고코가 "아우―" 하고 소리를 지르자 동시에 침이 턱 밑까지 질질 흘렀다. 허둥대는 지카라와 달리 준코가 "그래그래" 하고 익숙한 손놀림으로 딸을 매트에서 끌어안아 턱받이로 입가를 닦는다.

아기의 침은 투명해서 조금도 더러워 보이지 않는다. 지카라는 이 모녀를 만나 그런 것도 처음 알게 되었다.

엄마가 "여기서 제대로 살아 보면 어떻겠니?" 하고 말한 것은 목욕을 하고 온 직후였다.

숯불고기 집을 나와 기요스에 가족과 헤어진 뒤 이제 목욕을 하고 자면 오늘 하루도 끝이구나, 하고 생각하고 있는데 엄마가 느닷없이 그렇게 말했다.

지카라는 천천히 고개를 들었다.

지금도 벳푸에서 엄마와 둘이 살고 있건만, 이제 와서 왜 그런 소리를 하는지 잘 몰랐다.

10월 들어 벳푸에도 갑자기 가을 정취가 물씬 풍겼다.

가을 공기는 여름과 확연히 달랐다. 창문을 열어 놓기 일쑤였던 사카도탕의 2층 방도 지금은 설령 목욕한 직후라 할지라도 창문을 열지 않아도 답답하지 않다.

밖에서 귀뚤귀뚤 벌레 울음소리가 들려온다.

"제대로?"

"제대로."

엄마가 지카라의 말을 따라한다.

"넌 여기 학교를 제대로 다니는 거야. 엄마도 지금 하는 일을 앞으로도 열심히 하고. 집도 여기 말고 어디 월세방이라도 얻어서 제대로 이사하는 거지."

엄마가 호흡을 가다듬고 말했다.

"도쿄에서 여기로 옮기는 데 필요한 수속을 제대로 밟는 거야."

"전학 말하는 거야?"

엄마가 말없이 지카라를 봤다. 잠시 서로 얼굴을 본 뒤 "그래" 하고 끄덕였다.

"싫으니?"

"싫다기보다는 너무 갑작스러워서."

실은 그리 갑작스러운 이야기가 아님을 알고 있었다. 간나와 온천에서 만난 할아버지와 담배 가게 아주머니가 지카라가 학교에 있을 시간에 밖에 있는 것을 보고 걱정했기 때문이다.

다만 상상이 잘 가지 않았다. 도쿄로 돌아가지 않기로 하고 벳푸로 온 뒤 엄마가 일자리를 얻었어도 이 생활은 계속되지 않고 언젠가 어떤 계기로 끝날 줄 알았다. 그것이 어떤 계기인지 구체적으로 생각한 적은 없지만 어쨌든 이 날들이 계속될 거라는 생각은 하지 않았다.

"……그러면 도쿄 학교는 이제 아예 안 가는 거야?"

지금 상태로 돌아가도 손가락질을 받거나 이상하게 주목을 받는 등 압도적으로 싫은 일만 기다리고 있을 뿐이다. 그런데도 친구 얼굴이 떠올랐다. 싸운 채 헤어진 히카루와 이제 평생 못 만나는 걸까. 그때가 마지막이었던 걸까.

엄마가 고개를 저었다.

"여기서 제대로 정착하려면 한 번은 도쿄로 돌아가야 할 거야. 예전 학교에 가서 인사하고 싶으면 시간을 내마."

엄마가 지카라를 염려하는 눈길로 본다.

"반대로 예전 학교에 가기 싫으면 안 가도 돼. 수속은 엄마가 다 밟을게."

"전학은 언제부터?"

"……너만 좋으면 당장 할까 싶어."

"2학기 도중인데도?"

학기 중간에 전학 온 학생이라. 그 때문에 또 주목을 받는다고 생각하니 선뜻 내키지 않았다. 낯선 아이들 속에 뛰어들어야 한다는 것이 겁이 났다.

지카라의 학교에도 전학생이 있었다. 새 환경에 적응하느라 고생하는 것처럼 보이기도 했다. 하지만 자신과는 상관없는 일이라고 생각했다. 설마 자신이 그 아이들처럼 전학생이 될 줄이야.

불안한 마음이 전해졌는지 엄마의 얼굴빛이 어두워졌다.

"언제까지 이렇게 지낼 수는 없단다. 지금은 아무 문제가 없어도 네가 계속 학교에 가지 않는 것을 누군가 문제 삼으면 엄마랑 지카라, 너도 분명히 힘들어질 거야. 다행히 엄마는 여기서 취직도 하고 아는 사람도 늘어서 생계를 꾸릴 수 있는 형편이 되었어. 벳푸에 정착해도 되겠다고 생각한 거지. 네가 정 걱정되면 2학기는 쉬고 겨울방학 끝나고 나서 다녀도 괜찮아."

"아빠는 어쩔 건데?"

지카라가 묻자 엄마의 얼굴에 퍼뜩 놀란 표정이 떠올랐다. 표정이 그대로 굳었다.

말하면서 지카라 스스로도 새삼 깨달았다. 도쿄의 생활을 끝내고 여기서 사는 것이다. 그 생활은 지카라와 엄마, 두 식구를 전제로 한다.

아빠와의 생활은 어떻게 될까.

이혼하지 않기를 바라는 마음은 그날 이후로도 변하지 않았건만. 어리광일지 몰라도 그것은 스스로도 어쩔 수 없는 본심이다.

아아.

이에시마에서 만난 유메의 말이 떠올랐다.

—지카라, 네가 그렇게 말했어도 어른들은 자기가 이혼하고 싶으면 하고, 아이가 하는 말은 들은 척도 안 해.

엄마는 긴 침묵을 유지했다. 창밖에서 귀뚤귀뚤 하는 벌레 울음소리가 더 크게 들렸다.

이윽고 엄마가 입을 열었다. 지카라에게 말한다기보다 아렴풋한 독백처럼 읊조렸다.

"아무리 기다려도 안 오잖니."

화가 나지도 초조해하지도 않는 말투였다. 지카라에게 괜한 화풀이를 하지도 않았다. 눈을 내리뜬 엄마가 천천히 지카라 쪽을 본다. 엄마가 울면 어떡하나 한순간 걱정했지만 그런 일은 일어나지 않았다.

"언젠가 때가 되면 아빠랑 제대로 대화하마. 엄마가 여기서 제대로 살고 싶다고 생각한 건 아빠랑은 관계없어. 엄마는 여기서 계속 일하고 싶고, 너도 학교에 다녔으면 해."

지카라의 의향을 묻거나 엄마의 바람을 담아 말하고 있지만, 그 눈빛에는 흔들림 없는 각오가 깃들어 있었다.

엄마가 모래밭에서 동료 아주머니들과 즐겁게 일하던 모습이 떠올랐다.

엄마는 여기서 살고 싶은 것이다. 지카라도 그런 마음이었으면 하는 것이다.

학교에 가지 않아도 된다니 물론 반가운 소리다.

학교에 가지 않게 된 이후 지카라는 매일 자유롭게 지내는 것이 즐거웠고, 도쿄의 반 아이들이 지금 뭘 하고 있을까 생각하면 그 속에 끼지 않아도 되는 자신은 특별한 존재처럼 느껴졌다.

하지만 그런 기분은 오래가지 않았다. 9월 중순부터는 낮에 뭘 하고 싶은 의욕도 없어지고 어른들 눈을 피할 생각만 하게 된 것 같다. 오

후에 하교한 듯 보이는 동네 아이들과 스쳐 지나갈 때마다 실은 괴로
웠다.

그토록 괴로웠는데도 마음을 선뜻 정할 수 없어 엄마에게 말했다.

"……전학은 좀 더 생각해 볼게."

엄마가 지카라의 눈을 가만히 들여다본다. 잠시 후 조용히 말했다.

"알겠어."

12

모래찜질 일터에 있는 작은 휴게실 벽에 알록달록한 색지가 붙어
있다.

사나에는 도시락을 먹으며 그 색지를 찬찬히 바라봤다. 같이 먹고
있던 젊은 동료인 히메노가 "굉장하지 않아요?" 하고 말을 걸었다.

"정말 많은 사람들한테 사인을 받았네요."

"그러게."

여행 프로그램에서 벳푸 해변 모래찜질을 촬영하러 많이 오는 모양
이다.

사나에가 온 뒤로는 아직 한 번도 없었지만, 바다가 배경인 시원한
환경은 그야말로 TV 화면에 담기에 적합해 보인다. 촬영하러 왔던 수
많은 연예인의 사인이 프로그램 이름과 함께 사인 색지에 남아 있다.
이 지역 방송국의 프로그램도 있는가 하면 전국에 방송되는 프로그램
도 있었다.

"저는 연예인을 보면 매번 흥분하는데, 마이스터인 두 사람은 요만큼도 동요하지 않더라고요. '아, 아까 그 사람이 그렇게 유명해?' 하는 느낌이랄까요."

"왠지 야스나미 씨 같은데."

"그렇죠? 고테가와 씨도 거의 비슷해요."

"방송국에서 올 때도 모래덮기는 역시 마이스터인 두 사람이 하는구나?"

"네. 우리가 하면 괜히 더 떠들고 오버할까 봐 그러겠죠."

직장에서 가장 젊은 만큼 히메노의 말투는 솔직하고 발랄했다.

"프로그램 녹화 자체도 우리한테는 안 알려 준 적도 많았어요. 촬영하러 온다는 건 알려 줘도 누가 오는지는 입을 싹 닫고. 그래서 당일에 깜짝 놀라기도 했어요. 그 꽃미남이 왔다고?! 같은 느낌이랄까."

"어머, 그렇구나."

"그렇다니까요. 그쪽 업계가 좀 비밀주의가 심해요."

히메노가 잘 안다는 표정으로 말하는 것이 귀여웠다.

수없이 나열된 사인 색지 중 맨 윗부분에는 십수 년 전 날짜가 적힌 것도 있었다. 종이 색 자체가 누렇게 변색되었다. 아랫부분에는 사나에가 오기 직전의 날짜도 있는데 지카라가 전에 예쁘다고 말한 아이돌 그룹의 이름이 쓰여 있었다. 지카라가 다음에 오면 이 방으로 데려와 보여 줘야겠다고 생각했다.

히메노가 말했다.

"연말연시면 여행 프로그램이 많아지거든요. 이제 슬슬 촬영하러 올 때가 됐는데 말이에요. 혼조 씨는 처음이니 기대되겠어요."

"그러게."

어느덧 11월이 되었다.

연말연시라는 말을 듣고 아, 벌써 그런 시기가 왔구나, 하고 세월이 흐르는 속도에 놀란다.

올해 연말에는 기요스에의 집에 모여 준코도 포함해 다 같이 설음식을 만들기로 했다. 자질구레한 음식까지 한꺼번에 만들기는 번거로워도 일손이 많으면 뚝딱 해치울 수 있다는 것이다. 설마 벳푸에서 설음식을 손수 만들게 될 줄은 몰랐다. 기요스에 모녀의 제안을 받고 얼마나 기뻤는지 모른다.

일을 시작했을 당시 근육통 때문에 고생했건만 그러고 보니 요즘에는 거의 느끼지 못한다. 계단을 오르내리면서 '에구구' 하는 소리도 나오지 않는다.

계절은 흘러간다.

지카라와는 지난달 생일 때 나눈 대화를 끝으로 학교에 관한 이야기를 하지 않고 있다.

전학을 좀 더 생각해 보겠다는 아들의 말을 믿고 사나에는 아무것도 묻지 않았지만, 지카라의 말투로 보아 2학기 전학은 단념하고 겨울방학이 끝나는 새해 1월부터 이쪽 학교로 옮기는 것이 좋을 것 같다. 새해가 되면 전학 관련해 도쿄에 한 번 다녀오는 것도 염두에 두어야 할 것 같다.

—아빠는 어쩔 건데?

지카라가 한 말이 귀 뒤에 붙어 떨어지지 않는다. 그 질문에 사나에는 내심 안심이 되었다. 그렇게 묻는다는 건 지카라가 겐을 찌르지 않왔다는 것을 뜻하지 않을까. 그 식칼은 어떤 착오로 장롱 속에 들어 있었을 뿐이며 어떤 사정인지는 몰라도 아들과는 무관할지도 모른다.

두 눈으로 똑똑히 확인한 바람에 그 식칼과 피를 잘못 본 것으로 할수 없어 괴롭다. 다음에 도쿄에 갔을 때 없었던 일로 되어 있으면 얼마나 좋을까.

슬슬 휴식 시간이 끝나 간다. 사나에는 히메노에게 먼저 간다고 말하고 뒷정리를 한 뒤 모래밭으로 갔다.

그날 오후에는 초로의 부부 손님이 제일 먼저 왔다.

그들이 접수처에 도착했을 때 우선 아키요시가 야스나미를 부르러 모래밭까지 온 다음, 이번에는 야스나미가 사나에를 부르러 왔다.

"잠깐 도와줄래?"

"네."

같이 접수처에 도착해 앗, 하고 알아차렸다. 부부 중 부인이 흰 지팡이를 짚고 선글라스를 끼고 있었다. 시각장애인인 듯했다. 옆에 선 남편이 "안 되면 할 수 없고요" 하고 미안해하며 머리를 숙였다.

"익숙한 장소라면 집사람도 옷을 갈아입는 정도는 혼자 할 수 있소. 한데 여기 계신 분의 도움을 받기가 미안하구려."

남편이 이어서 말했다.

"내가 여자 탈의실에 같이 들어가면 안 되겠소?"

"그건 좀 어렵지만, 저희가 사모님을 도와드릴 테니 걱정 마세요. 마음 편히 도움 받으세요."

야스나미가 밝게 말하며 부인 쪽을 본다.

"사모님만 괜찮으시다면 저와 다른 직원이 탈의는 물론 목욕도 도와드리겠습니다. 남편분께서도 남자 탈의실에서 옷을 갈아입고 오세요. 두 분이 같이 모래찜질을 하셔야죠."

"그래도 여간 미안한 게 아니라……."

부인이 가냘픈 목소리로 말했다. 야스나미가 그녀에게도 생긋 웃어 보였다.

"모래 속에 들어가면 그런 마음은 싹 날아갈 거예요. 일부러 여기까지 오셨잖아요. 자, 어서요. 손을 잡아도 될까요?"

야스나미가 부인의 팔을 천천히 잡자 그녀도 그 손에 응하듯 탈의실 쪽으로 조심스레 걸음을 옮겼다.

사나에는 아키요시에게 그녀의 유카타와 수건을 받아 들고, 한 걸음 뒤에서 따라갔다. 그사이에도 부인은 "폐를 끼치는 건 아닌지" 하고 미안해했다.

"미안해요. 시각장애인은 모래찜질을 못 할 수도 있겠다 싶어 각오는 하고 왔어요. 그래도 물어나 보자는 심정으로 남편하고 여기까지 왔거든요. 안 된다고 하면 단념할 생각으로 말이에요."

"여기에는 다양한 손님이 오신답니다. 지금은 비교적 여유로운 시간대라 도와드릴 수 있으니 괘념치 마세요."

부인의 심약한 목소리에 야스나미가 거듭 격려하며 말했다. "턱이 있으니 조심하세요", "자, 여기가 손님용 탈의실이에요" 하고 장소 설명도 잊지 않았다.

"탈의실 옆은 목욕탕으로 이어져 있어요. 모래찜질이 끝나면 거기서 모래를 씻어 내면 돼요."

야스나미는 설명하면서 부인이 옷 갈아입는 것을 척척 도왔다. 자세를 낮추고 유카타 끈을 묶는다. 이야기하는 것으로 부인의 긴장을 조금이나마 풀어 주려는 듯 보였다.

평소의 모래덮기는 손님 몸에 이렇게까지 접촉할 일이 없다. 손님에게 필요한 서비스가 무엇인지 알아보고 그것을 실천하는 것은 선택받은 사람만이 할 수 있는 재능인 듯하다. 사나에는 마이스터가 얼마나 대단한지 다시금 깨닫게 되었다. 야스나미의 세심한 배려에 감탄하면서 사나에도 부인의 옷을 개고 짐을 로커에 넣으며 거들었다.

"자, 갈까요?"

부인이 창피해하거나 미안해할 틈도 없이 재빨리 옷 갈아입는 시중을 마친 야스나미가 밖으로 이어지는 문을 열었다. 양손으로 부인의 손을 단단히 잡고 야스나미 자신은 뒷걸음으로 걸으며 모래밭 쪽으로 천천히 이끌어 나갔다.

먼저 옷을 갈아입고 기다리고 있던 남편이 부인과 야스나미의 그 모습을 보고 안심한 듯 표정을 누그러뜨렸다.

모래 속에 누운 두 사람 중 부인에게 모래를 덮는 것은 물론 야스나미였다. 그녀는 여느 때와 다름없이 5분 만에 모래를 다 덮은 뒤 "지금부터 15분간 모래찜질을 하실 거예요" 하고 부인의 얼굴 곁에서 말했다.

"만약 너무 뜨거우면 언제든지 말씀해 주세요. 저는 계속 여기 있으니까요."

"네.……저."

"네, 말씀하세요."

"이런 말해서 미안하지만, 혹시 라디오라든가 음악을 들을 수 있을까요?"

"네?"

그 전까지 줄곧 막힘없이 응대하던 야스나미가 처음으로 어리둥절해했다. 똑바로 누워 눈을 감은 부인이 덧붙여 말했다.

"없어도 괜찮아요. 다만 내가 시계를 못 봐서 그래요."

그 말을 듣고 자리에 있던 동료들이 죄다 기둥에 걸린 벽시계를 쳐다봤다. 그러고 보니 모래 속에 들어간 손님들 대부분은 벽시계를 보고 있을 때가 많았다.

"앞으로 얼마나 남았는지 눈으로 볼 수 없어서 라디오나 노래가 흘러나오면 그걸로 가늠하거든요. 그런데 여기서는 음악을 틀지 않나 보네요."

야스나미가 미안해하며 고개를 저었다.

"아, 그렇군요. 죄송합니다. 해변의 파도 소리를 들으시는 게 가장 좋을 것 같아서 평소에도 음악은 틀지 않고 있어요."

"네, 안 그래도 아까부터 파도 소리가 들려오는데 참 좋네요."

부인이 모래에 묻힌 채 빙그레 웃는다. 옆에서 남편이 "여보, 15분은 금방이오" 하고 얼굴만 부인 쪽으로 돌려 말했다.

"얼마나 남았는지 궁금하면 중간에 나한테 물으면 되오."

"아, 하긴. 이렇게 이야기하는 동안에도 시간은 흐르니 15분 정도는 금방이겠어."

부인이 말한다. 그러고는 모래덮기꾼들에게 미안한 마음을 전했다.

"여러분, 괜한 소리를 해서 미안해요."

"저기……!"

사나에가 대뜸 입을 열었다.

야스나미를 포함해 그 자리에 있던 모래덮기꾼들이 일제히 이쪽을 본다. 입을 연 김에 말해 버렸다.

"제가 노래를 부르는 건 어떨까요?"

"어맛?!"

놀라서 소리를 낸 사람은 손님이 아닌 모래덮기꾼들이었다. 그도 그럴 것이 당사자인 사나에조차 용기를 낸 자신이 놀라웠다.

그러나 상상해 버렸다.

사나에도 모래찜질을 해 본 경험이 있어 안다. 모래 속에서는 시간이 몇 배는 더 길게 느껴진다. 그것이 기분 좋게 느껴지면 좋겠지만, 끝나는 시간을 모르는 상태에서 마음이 불안해질 수도 있는 데다 만약 너무 뜨거우면 그 시간이 고통스러울 수도 있다. 사나에는 별러서 모래찜질을 하러 온 손님이 그런 경험을 하지 않기를 바랐다.

"실례가 되지 않는다면, 말이에요."

사나에가 쓴웃음을 지으며 말했다.

"이래 봬도 제가 젊었을 때는 극단에 있었답니다. 무대에서 노래한 적도 많고요. 혹시 괜찮으시면 좋아하는 노래를 신청하셔도 돼요. 제가 가사를 다 외우고 있으면 더 좋겠지만요."

"그럼 그건 어떨까요?"

부인이 첫 소절을 불렀다.

"봄-을 사랑하는 사-람-은, 하는 춘하추동을 노래한 노래요."

"아, <사계의 노래>!"

옆에서 작업하던 히메노가 말했다. 그녀가 "잠깐만 기다리세요" 하고 조렌을 자리에 기대어 놓고 냅다 뛰어갔다.

　제목은 몰랐지만 그 노래라면 사나에도 멜로디와 대강의 내용은 알고 있었다. "알겠습니다" 하고 대답한 뒤 심호흡을 했다. 그사이 히메노가 잽싸게 돌아오더니 "가사예요" 하고 스마트폰을 사나에 손에 넘겨줬다. 노래를 검색해 준 것이다.

　사나에는 그것을 받아 들고 작게 끄덕인 뒤 노래를 부르기 시작했다.

　봄을 사랑하는 사람은 마음이 깨끗한 사람
　제비꽃 같은 내 친구

　첫 음인 '봄'을 노래한 순간 동료들이 숨을 삼키는 기척이 느껴졌다. 굉장해, 잘하는데? 하고 속삭이는 소리가 들렸지만 사나에는 애써 모르는 척했다. 동료들 앞이라 쑥스럽기도 했지만 무대에 섰을 무렵의 마음가짐으로 잠시 돌아가 봤다.

　여름을 사랑하는 사람은 마음이 강한 사람
　바위를 부수는 파도 같은 내 아버지
　가을을 사랑하는 사람은 마음이 깊은 사람
　사랑을 이야기하는 하이네 같은 내 연인

　노래하는 도중 모래 속에 있는 부인과 남편의 표정이 눈에 띄게 부드러워졌다. 남편도 지금은 눈을 감고 있다.

어쩌면 두 사람에게 추억이 있는 노래일지도 모른다. 부인이 작은 목소리로 사나에의 노랫소리에 맞춰 "……하이네 같은" 하고 읊조려 주었다. 그 목소리가 들렸는지 남편도 조금 늦게 같이 노래를 불렀다.

겨울을 사랑하는 사람은 마음이 넓은 사람
잔설을 녹이는 대지 같은 내 어머니

겹치는 노랫소리를 듣다 보니 문득 가사가 사나에의 가슴을 울렸다.

이 노래에서 어머니는 겨울에 등장한다.

흔히 어머니를 무조건적으로 따뜻한 존재라고 믿기 때문에 매서운 추위를 노래하는 겨울에 어머니가 나오는 것이다.

신기했다. 옛날에 이 노래를 들었을 때 사나에는 '친구'나 '연인'이라는 단어에 감정이 이입되었다. '아버지'와 '어머니'는 당연히 자신의 부모님을 생각했다.

그런데 지금 노래해 보니 지카라가 떠오른다. 노래에 등장하는 '아버지'와 '어머니'는 자신과 남편을 상상하고 만다.

눈앞에 펼쳐진, 앞으로 겨울로 넘어갈 터인 넓디넓은 바다를 바라본다. 노랫소리가 그 너머로 보이는 흰 태양 속으로 빨려 들어가는 것 같다.

가을 하늘이 드높다.

노래를 마치자 히메노를 비롯한 동료들이 깜짝 놀란 얼굴로 사나에를 보고 있었다. 히메노가 가슴 앞에 손을 모아 소리 없는 박수를 쳐 주었다. 다른 동료들도 그것을 따라하려던 참에 야스나미가 "이제 시간이 다 되었습니다" 하고 모래 속에 있던 두 사람에게 말했다.

손님 앞에서 동료끼리 칭찬하는 장면은 사나에도 보이고 싶지 않았다. 무엇보다 쑥스러웠다.

허둥지둥 몸을 굽혀 야스나미를 도왔다. 모래를 털어 낸 부인이 모래에서 일어나려 할 때 "실례합니다" 하고 팔을 잡아 일으키자 목소리로 알았는지 그녀가 고맙다고 말해 주었다.

"노래를 정말 잘 부르는군요. 가수 해도 되겠어요. 정말 깜짝 놀랐다니까요."

"아니에요……. 당치도 않아요."

쓸쓸히 웃으며 말하자 그녀가 "아니" 하고 고개를 저었다. 뺨에 눈물이 한 줄기 흘러내린 흔적이 보여 사나에는 화들짝 놀랐다. 그녀가 덧붙여 말했다.

"내가 이 노래를 정말 좋아하거든요."

고마워요, 정말 고마워, 하고 사나에의 손을 붙잡고 거듭 말한다.

모래밭에서 건물 안 목욕탕으로 들어가 모래를 깨끗이 털 수 있게끔 도왔다. 야스나미는 아까 준비했을 때보다 사나에에게 더 의지했다. 몸을 씻기고 옷을 갈아입히는 것도 사나에가 나서서 하도록 해 주었다. 같이 노래했을 뿐인데 손님도 모래 속에 들어가기 전의 미안해하던 모습은 온데간데없이 사나에의 손에 선뜻 몸을 내맡겼다.

모래찜질로 몸이 따뜻해지기도 했을 것이다. 부인의 하얗던 뺨이 붉게 물들고 몸에서 포근한 열이 느껴진다.

남편과 함께 연신 고맙다고 인사하며 돌아가는 두 사람의 모습이 차로 사라질 때까지 야스나미와 함께 손을 흔들어 배웅했다.

"좋아해 주셔서 다행이에요."

사나에의 말에 야스나미가 고개를 끄덕였다.

"가끔 도움이 필요한 손님이 올 때면 오늘처럼 옷 갈아입는 것과 입욕까지 거들곤 하지. 모처럼 왔는데 모래찜질도 안 하고 가면 서운하잖아."

야스나미가 사나에를 보더니 빙그레 웃는다.

"사나에 쨩, 자네 확실한 특기가 있었네."

"네?"

"모래덮기꾼이라면 하나씩은 갖고 있는 재주 말이야."

아, 생각났다.

오래전에 마이스터 시험 이야기를 하던 중 야스나미가 했던 말이다. 이곳의 모래덮기꾼은 모두 재주 하나씩은 갖고 있으니, 모래덮기꾼으로서 자신의 특기가 무엇인지를 생각해 두라는 말이었다.

"노래를 그렇게 잘하는 줄은 몰랐네."

그 말에 얼굴도 들지 못할 만큼 새삼 창피해졌다. 야스나미가 덧붙여 말했다.

"단순히 목청만 좋은 것하고는 다르던데. 그쯤은 나도 알지. 복식호흡이라고 하나? 소리가 배에서 나와서 가사가 하나하나 잘 전달되는 거 말이야."

"……가르쳐 준 연출가가 엄격한 사람이었거든요."

말하면서 야스나미가 전에 했던 말이 떠올랐다.

─자기가 생각했을 때는 쓸모없어 보이는 것도 다른 사람이 보면

굉장한 재주인 경우가 있어.

그 말을 듣고 사나에는 자신에게는 재주라고 할 만한 것이 아무것도 없다고, 정말 그렇게 믿어 왔다. 그런데 이제야 생각났다. 쓰루기카이 극단에서 쓰루기가 누구에게 어떤 역할을 맡길지 구상하며 연기자에 맞춰 각본을 썼을 때, 사나에가 맡는 역에는 반드시 노래하는 장면을 넣었다. 엄격하기로 유명한 쓰루기가 '노래를 시킨다면 당연히 사나에지' 하고 생각하는 것이 느껴져 얼마나 기쁘고 자랑스러웠는지 모른다.

이런 내게도 재주가 있었구나, 하고 생각했다.

13

12월이 되었다.

벳푸에 온 8월 말부터 계절의 변화를 뚜렷이 알 수 있었다. 도쿄를 떠나 맞이하는 겨울이 왔다.

그날 지카라는 자전거를 타고 엄마의 직장으로 향했는데 여느 때와 달라 보였다. 주차장에는 대형 승합차가 세워져 있고 사람들이 바글거렸다. 손님이 아니라 동네 주민이 모여든 분위기다. 모래 온천에는 들어가지 못하는지 다들 건물 앞에 모여 모래 온천 쪽을 궁금해했다.

무슨 일 있나 싶어 자전거에서 내리자 주차장에 준코의 크림색 차가 보였다. 준코가 광장 테이블석에 앉아 고코를 품에 안고 있었다.

"지카라 군."

"무슨 일이야?"

낮에 학교에 가지 않는 지카라에게 모래 온천은 몇 안 되는 귀중한 안식처 중 하나였다. 이곳 사람들은 대체로 사정을 알고 있는지 학교에 대해 이러쿵저러쿵 말하지 않는다.

준코가 대답했다.

"연초에 방송될 여행 프로그램을 녹화 중이래. 지금 방송국에서 와 있어."

"와아!"

"굉장하지? 게다가 전국 방송."

"연예인도 왔어?"

"당연하지. 아까 안에 들어가는 거 봤어."

엄마에게 들은 바에 의하면 취재하거나 TV 프로그램을 녹화하러 방송국에서 이곳 모래 온천을 자주 찾는다고 한다.

지카라가 예전에 좋아하던 아이돌 그룹의 멤버가 남긴 사인도 봤다. 지금은 별로 좋아하지 않지만 그 당시 무심코 내뱉은 말 때문에 엄마가 동료들 앞에서 "이것 봐, 네가 좋아하는 아이 사인이야" 하고 말하는 바람에 몹시 창피했다. 그래도 매직으로 휘갈기듯 쓴 글씨체를 보고 아, 그녀가 정말 여기서 사인을 했구나, 하고 생각되는 점은 확실히 살짝 기뻤다.

"연예인은 누가 왔는데?"

"얼마 전에 드라마에서 엄마 역을 맡은 중견 여배우 모리이 유코랑, 예능인 마카베 정도. 모리이 유코, 엄청나게 예쁘더라."

"와."

"아, 그리고 꽃미남 배우, 이름이 뭐더라?"

준코가 열심히 생각해 내려 허공을 보고는 답답한지 턱을 손가락으로 톡톡 두드린다. 그러자 근처에 있던 할머니가 "그 사람이잖아, 그 저께 대하드라마에 나왔던" 하고 가르쳐 주었다. 아는 사이는 아니고 어쩌다 같이 있게 된 사람 같았다. 이 부근에서 마주치는 사람들은 하나같이 친근감 있게 말해 준다.

그 할머니가 말했다.

"마쓰우라 고마 군."

"아, 맞다. 마쓰우라 고마."

서로 고개를 끄덕이는 그녀들 앞에서 지카라는 눈을 동그랗게 떴다.

마쓰우라 고마라면 알고 있다. TV에서가 아니라 실제로 본 적이 있다.

교통사고 때문에 아빠가 출연하지 못하게 된 시어터 미티어의 연극에 그 사람도 나오기 때문이다. 연습실에 놀러 갔을 때 믿기지 않을 만큼 가는 허리에 긴 팔다리를 지닌 남자 배우를 봤다. 가냘픈 몸으로 춤을 어찌나 박력 있게 잘 추던지 옆에 있던 엄마도 "저 사람, 멋있다" 하고 말했다.

그 사람이 와 있다니.

신기한 우연이구나 싶어 모래 온천 쪽을 쳐다봤다.

녹화 중에 제삼자는 여기서 기다릴 수밖에 없나 보다. 안의 상황은 전혀 보이지 않는다.

"끝나고 또 여기로 지나갔으면 좋겠다. 사인도 받고 같이 사진도 찍고 싶은데. 엄마들만 만나고 치사해."

준코가 천진난만하게 하는 말에 지카라는 "응" 하고만 대답했다.

마음이 희미하게 술렁거린다. 갑자기 엄마가 보고 싶다. 스스로도 왜인지 알 수 없다. 까닭 없이 엄마 곁으로 가고 싶었다.

14

그날 아침 사나에는 일찍 근무할 차례였다.

탈의실에서 작업복으로 갈아입고 있는데, 마찬가지로 일찍 근무할 차례인 야스나미가 "아, 사나에 짱, 잠깐" 하고 불렀다.

"네, 무슨 일이세요?"

"이거, 전에 말했던 부동산에서 받아 왔어. 한번 훑어봐."

야스나미가 서류가 담긴 클리어파일을 주었다. 속으로 앗, 하고 생각했다. 집 구조와 물건명, 월세 등이 적힌 임대 물건 정보인 모양이었다. 꽤 여러 장 되는 중간 중간 포스트잇이 붙어 있는 것을 보고 펼쳐 보니 '북초', '제이초'라고 적혀 있다.

"물건에 따라 통학구역이 달라지잖아. 어디 학교가 좋은지 요즘 한창 생각 중이지? 북초는 작긴 해도 기요스미 씨 딸도 다녔고, 제이초는 규모도 크고 활기 있는 학교야. 출퇴근하기 편하게 이쪽 동네하고, 지금 사나에 짱이 사는 역 쪽을 중심으로 추려 봤는데, 더 궁금한 곳이 있으면 부동산에서 얼마든지 알려 줄 거야."

"고맙습니다."

야스나미의 마음 씀씀이가 진심으로 고마웠다. 지카라의 학교는 학기가 바뀌는 12월에 어떻게든 할 생각이었다. 겨울방학이 끝나면 이쪽 학교에 다니게 할 것이라는 말을 기억했다가 거기에 맞춰 물건을 찾아 준 것이다.

집 구조가 그려진 종이를 보니 새 집에서의 삶이 기대가 된다.

"보고 싶은 집이 있으면 부동산에 연락해서 지카라와 함께 돌아볼게요."

"그래. 나중에 부동산 위치도 알려 줄게. 내가 소개했다고 하면 금방 알아들을 거야."

파일을 감사히 가방에 넣었다.

일찍 근무할 차례인 모래덮기꾼들을 모아 놓고 시작된 조례에 오늘은 관광협회 직원이 와 있었다. 평소 없던 일이라 무슨 일이 있나 궁금해하고 있자니 그가 아키요시와 나란히 서서 "오늘 오후에 TV 프로그램 촬영이 있습니다" 하고 갑작스러운 소식을 전했다.

사나에는 눈을 동그랗게 떴다. 아, 듣던 대로 정말 갑자기 오는구나, 촬영 직전에야 알려 주는구나, 하고 놀랐다.

사나에를 제외한 동료들은 촬영이 처음은 아닐 텐데 그런데도 흥분한 기색으로 "아, 그렇구나" 하고 서로 고개를 끄덕여 보이며 기쁜 표정을 지었다.

"유명한 사람이 오나?"

사나에와 히메노처럼 젊은 사람은 묻지 못하는 것을 야스나미가 대신 물어 주었다. 다들 기대에 찬 얼굴로 관광협회 직원을 바라봤다. 하지만 그는 얼버무리듯 고개를 저었다

"미리 알면 재미없지요. 누가 오든 평정심을 유지하십시오."

지카라가 좋아하는 아이돌 그룹 중에는 규슈 출신 멤버도 있을 것이다. 그 멤버가 오면 좋겠다고, 같이 사진을 찍으면 참 좋아할 텐데, 하고 사나에는 생각했다.

그렇게 순진한 생각이나 했던 것을 오후가 되어 후회했다.

점심시간에 촬영진을 태운 승합차가 도착했을 때부터 왠지 기대감이 사그라졌다. 마음이 나쁜 기억에 이끌려 간다.

차 안이 보이지 않도록 차창마다 커튼이 드리워진 승합차는 방송국 촬영진이 자주 이용하는 것이다. 이런 차를 수없이 봤다. 도쿄에서 매스컴에 쫓기던 나날 속에서.

스태프에 이어 출연자들이 차에서 내린다.

메인 출연자는 여행 프로그램 등에서 자주 보던 중견 여배우와 예능인인 듯했다. 그들을 맞이하는 사람은 역시 마이스터인 고테가와 야스나미였다. 사나에가 나설 자리는 없다. 그런데 그때 훤칠한 남자 한 명이 차에서 마지막으로 내렸다.

멋스러운 모자를 쓰고 어깨에 숄을 두른 그의 모습을 본 순간 사나에는 고개를 푹 숙였다.

마쓰우라 고마.

하루야마 마사키와 겐이 출연할 예정이었던 무대에 나온 젊은 배우. 그토록 떠들썩한 스캔들에도 그 무대는 중지되지 않았다. 흥행의 세계는 냉정하다. 급히 주연 두 사람의 대역을 세워 본래 예정대로 여름에 시어터 미티어에서 상연되었다. 따라서 그도 여름 내내 매일 무대에 섰을 터였다.

그리고 마쓰우라 고마는 LC 프로덕션 소속 배우다. 하루야마 마사키의 후배라는 인연으로 그 무대의 배역을 맡았다고 겐에게 들은 적이 있다.

작업복 속에서 심장이 이상하리만치 불규칙하게 뛰었다. 그가 차에서 내리고 뒤쪽에서 "고마 씨" 하고 부르는 소리가 났다. 시선을 돌리고 싶은데도 그럴 수 없었다. 그에게 생수를 건네고 있는, 안경 쓴 남자를 본 기억이 있다. 마쓰우라 고마의 매니저다. 겐과 함께 연습실에 갔을 때 본 적이 있다.

괜찮아, 하고 생각했다.

괜찮다. 그들은 사나에가 누군지 알아보지 못할 것이다. 벌써 잊었을 것이다. 무엇보다 여기서 일하고 있을 줄은 꿈에도 모를 것이다.

몸속이 뒤집어지도록 쿵쾅대는 심장을 가라앉히듯 사나에는 스스로를 타일렀다. 저 사람들과 접촉하는 것은 마이스터뿐이다. 이렇게 걱정하다니 자의식과잉도 유분수다. 사나에는 그저 구석에서 존재감을 지우고 있으면 된다.

그렇게 생각했다. 거듭 그렇게 생각하려 애썼다.

그러나 걷잡을 수 없는 충동으로 이런 생각도 들었다. 지금부터라도 몸 상태가 안 좋다며 조퇴하는 편이 낫지 않을까. 아니, 이 시점에 그런 말을 꺼내면 되레 수상쩍게 여길까.

솔직히 도망치고 싶은 마음이 간절했다.

"어서 오십시오. 모쪼록 잘 부탁드립니다."

유명인 앞에서도 차분하던 야스나미가 그들에게 인사했다. 모래찜질을 하기 전에 촬영에 대한 간단한 협의를 하는 듯했다. 그 자리에는 관광협회 직원과 실제로 모래를 덮을 마이스터만 참석했다.

　마이스터라는 호칭을 소개했는지 제작진과 출연진 사이에서 "와! 근사한 이름이군요" 하는 환성이 들렸다. TV 드라마 등에서 자주 보이는 베테랑 여배우인 모리이 유코. 중견이라 딱딱할 줄 알았는데, 말씨와 태도가 부드럽고 야스나미에게도 친근하고 밝게 다가가 주었다.

　여배우에도 다양한 유형이 있구나 싶었다.

　만약 하루야마 마사키였다면 협의 단계에서는 이쪽 사람들을 친근하게 대하지 않았을 것이다.

　다른 뜻은 없고 객관적으로 봤을 때 하루야마 마사키는 그런 스타일이라고 생각한다.

　카메라가 돌아야 비로소 남들 눈을 의식해 미소를 머금는 그런 긴장감이 감돌았다. 연습실에 갔을 때 그녀가 와 있는 현장에서는 나가 달라는 부탁을 받았다. 모든 스태프가 조심스럽게 구는 것으로 보아 까다로운 사람이구나, 하고 생각했다. 그래서 그녀가 사나에의 남편처럼 평범한 사람에게 마음을 열었다는 것을 믿을 수 없었다.

　사나에는 고개를 숙인 채 조렌을 움직이며 스태프와 협의하는 모습을 온몸으로 의식하고 있었다. 다른 동료들도 신경 쓰는 것을 알 수 있었다.

　"저희 모래덮기꾼은 모두 하나씩 재주를 갖고 있답니다. 수화를 하거나 영어도 할 수 있지요. 마이스터 시험을 위해 중국어를 공부하는 사람도 있고요."

　"세상에! 정말 대단하군요."

　"노래를 잘하는 사람도 있지요."

야스나미의 입에서 그 말이 나온 순간, 사나에는 등골이 얼어붙었다. 이내 마음을 다잡고 조렌을 쥔 손에 집중해 모래밭을 열심히 골랐다.

그러나 협의가 끝나고 스태프가 일단 밖으로 나간 뒤, PD로 보이는 남자가 돌아와 야스나미에게 물었다.

"실례지만, 아까 말씀하신 노래를 잘하는 모래덮기꾼은 어느 분입니까?"

순간 사나에는 반사적으로 고개를 들고 말았다. 뒤늦게 아차, 싶었다. 야스나미가 명랑하게 "아, 저 사람이에요" 하고 대답한다.

야스나미가 "혼조 씨" 하고 사나에를 부른다.

이름이 아닌 성으로 부른 것은 촬영이기도 하고 손님 앞에서 스스럼없이 '짱'을 붙여 부르기가 조심스러워서일 것이다. 그래도 이름을 부르면 좋았을 것을. 남편의 이름인 '혼조 겐'을 떠올릴까 봐 괜히 뜨끔해 일단 잦아들었던 사나에의 심장이 다시 쿵쾅거렸다.

"……네."

"잠깐 이리로 와요."

"아뇨, 저는—."

그러는 사이 다른 스태프와 출연자가 돌아왔다. 그중에 마쓰우라 고마와 그의 매니저를 발견하고 사나에는 고개를 홱 돌렸다.

사나에는 구부정한 자세로 야스나미와 PD가 있는 곳으로 향했다.

놀랍게도 그 PD는 사나에에게 노래를 해 달라고 부탁했다. 사나에는 당치도 않다며 고개를 내저었다.

"말도 안 돼요. 제가 가수도 아니고, 도저히 TV에 내보낼 만한 실력이 못 돼요."

"아니, 오히려 그래서 더 좋거든요. 노래하면서 모래를 덮는 모습도
운치 있고 근사할 것 같습니다."

"그래도 좀……."

"나는 잘한다고 생각하는데, 혼조 씨의 노래—."

그 말에 울고 싶은 심정으로 그녀를 봤다. 그러자 야스나미가 이렇
게 덧붙였다.

"그래도 창피하겠지. 프로 가수의 노래만 들어온 제작진과 시청자
앞에서 부르려면. 암, 그렇고말고, 충분히 이해해."

일부러 장난기 어린 말투로 그렇게 말해 사나에를 도와주었다는 것
을 알 수 있었다. PD가 "으음" 하고 팔짱을 끼고 고민하더니 "그럼"
하고 사나에를 봤다.

"모래덮기꾼은 모두 하나씩 재주가 있고, 노래를 잘하는 사람도 있
다고 화면으로 소개하는 정도라면 괜찮습니까?"

"그것도 좀……. 죄송해요, 주목받는 데 익숙하지 못하거든요. 노래
를 잘하는 사람도 있다는 식으로, 누군가가 언급해 주는 정도라면 괜
찮아요. 제가 화면에 안 나왔으면 좋겠어요."

"하긴, 그럼 그렇게 하지!"

이야기를 마무리 지으려는 듯 야스나미가 억지스러울 만큼 밝게 말
했다. 사나에가 머뭇머뭇 고개를 들자 눈을 맞추고 고개를 끄덕여 주
었다.

지난번에는 남편에게서 도망쳤다는 식으로 말했지만, 어쨌든 사나
에가 '도망치고 있는' 사정이 기억났을 것이다. 야스나미가 PD에게 말

했다.

"그러면 되겠죠?"

"아쉽지만 알겠습니다."

그제야 안심이 되어 숨을 토했다.

그런데 그때.

문득 시선이 느껴져 흘끗 뒤를 돌아봤다. 그리고 그대로 굳었다.

LC 프로덕션 마쓰우라 고마의 매니저가 이쪽을 보고 있었다. 정확히 사나에를 쳐다봤다.

협의하는 모습이 우연히 신경 쓰였을지도 모른다. 그러나 눈이 마주치고 말았다.

노골적으로 시선을 피할 수도 없어 사나에는 천천히, 최대한 자연스럽게 그 옆에 선 다른 스태프 쪽으로 시선을 옮겼다. 처음부터 그쪽을 보려고 했던 것처럼. 단 몇 초간의 그 동작이 매우 길게 느껴졌다.

근육을 다친 것처럼 목덜미가 뻣뻣해졌다.

매니저가 당장에라도 말을 걸어 올 것 같아 어깨가 꽉 움츠러들었다. 온몸이 긴장해 뻣뻣해진다. 겁이 나서 고개가 들어지지 않는다.

결국 녹화가 끝날 때까지 사나에에게 말을 건 사람은 아무도 없었다.

실은 녹화 중에는 모래밭에서 벗어나 목욕탕 청소라도 하고 싶었지만, 늘 다섯 명이 일하는 이 분위기를 찍고 싶다고 해 어쩔 수 없었다. 이미 노래하는 것을 거부한 만큼 또다시 거부하기가 망설여졌다. 고개를 숙이고 가급적 두 명의 마이스터와 떨어져 작업에 집중했다.

"아아, 피로가 풀리는 것 같아요. 파도 소리도 정말 좋은데요?"

"저는 이대로 한숨 푹 자고 싶군요."

모리이 유코와 마쓰우라 고마가 기분 좋게 말하는 소리가 들려 온다.

촬영진이 떠난 후 주차장 쪽에서 지카라가 오는 모습을 본 순간 그 작은 몸에 매달리고 싶은 충동에 휩싸였다.

"엄마!" 하고 지카라가 사나에를 부른다. 오늘은 일찍 근무를 시작했기 때문에 이제 퇴근할 시간이다.

남들 앞에서 부둥켜안을 생각은 없지만 사나에 역시 "지카라!" 하고 아들의 이름을 부르며 무심코 손을 잡았다. 지카라도 싫지 않은 기색이다.

지카라 바로 뒤에 고코를 품에 안은 준코가 있었다. 주차장에서 녹화를 마친 연예인이 나오기를 기다렸다고 한다.

"……잘 봤어?"

"봤지, 그럼! 손을 흔들었더니 모리이 유코가 돌아봐 줬다니까. 예쁜데 착하기까지 하다니!"

신이 나서 대답하는 그녀에게 순순히 반응해 줄 수 없었다. "엄마" 하고 지카라가 다시 사나에를 부르며 작업복 소매를 잡아당겼다. 얼굴에 웃음기가 없다.

"……마쓰우라 군도 있더라."

'마쓰우라 군'은 겐이 부르던 호칭이다. 마쓰우라 군은 춤을 잘 춰, 젊은데도 견실하고 야무지다니까, 하고 식탁에서 자주 언급했다.

그가 하루야마 마사키와 같은 LC 프로덕션 소속이라는 사정까지는 지카라는 아마 모를 것이다. 따라서 지카라의 얼굴이 어두워 보이는 것은 사나에가 느끼는 심각한 불안과는 상관없을 터이다.

그러나 아빠를 생각나게 하는 존재를 우연히 맞닥뜨려 아들이 얼마나 큰 충격을 받았을지 짐작이 갔다.

"그러게."

사나에는 고개를 끄덕였다.

"여전히 정말 멋있더라!"

사나에는 자신의 목소리가 가급적 태평하게 들리기를 바라면서 지카라에게 웃어 보였다.

실은 내심 불안했다. 오늘 일로 인해 뭔가 나쁜 일이 생기는 건 아닐까.

그렇게 생각하자 오금이 저렸다. 평소에는 시원하게만 느껴지던 쇼닌가하마 해변의 파도 소리가 처음으로 발밑의 모래를 파내 가져가는, 그런 불온한 소리로 들린다.

괜찮다. 지나친 생각이다.

아무런 근거도 없다. 하지만 의심하고 걱정해야만 지금의 지카라와의 생활을 지킬 수 있다.

15

그 사람은 크리스마스가 끝난 쇼닌가하마 해변에 돌연 나타났다.

모래찜질 건물에 장식된 크리스마스 트리가 철거되자 바다와 소나무 숲에 연말의 기운이 성큼 다가왔다. 건물 입구에는 트리 대신 설날 용 소나무 장식이 꾸며졌다.

크리스마스가 되기 조금 전에 엄마가 내년부터 다닐지도 모를 초등 학교에 지카라를 데려갔다. 도쿄에서 다녔던 학교에 비하면 작았지만 새 학교 건물은 깨끗하고 운동장도 잘 정비되어 있었다. 물론 불안하 긴 했어도 자신이 그 학교에 다니는 모습을 조금은 상상할 수 있게 되 었다.

연말의 그날, 지카라는 엄마의 직장 앞에 있는 벤치에 앉아 도서관 에서 빌린 책을 읽고 있었다.

마침 엄마가 만들어 준 도시락을 다 먹고 난 후였다. 도시락 통은 시 만토에서 나왔을 때 료의 가족이 빌려준 찬합이다. 함께 잡은 새우를 튀겨서 가져다주었을 때의 찬합. 언젠가 돌려주겠다고 약속한 그 찬 합을 엄마와 지카라는 지금 도시락 통으로 사용한다. 그 안에 2인분의 도시락을 담아 엄마 직장에서 낮에 함께 먹는 일이 늘었다. 엄마와는 "언젠가 료 군에게 돌려주러 가자꾸나" 하고 이야기한다.

시만토에서 지낸 여름이 제법 멀어졌다. 언젠가 다시 그들을 만날 수 있을까.

펼쳐 놓은 보자기 위에 찬합을 정리하고 책을 읽고 있는데 주차장 에서 문득 인기척이 느껴졌다. 고개를 들자 택시가 서 있었다. 시동을 끄지 않았는지 차 뒤에서 흰 연기가 피어오른다.

관광객이 택시를 타고 왔을까. 그리 드문 일도 아니기에 시선을 책 으로 되돌리던 그때 "야" 하고 부르는 소리가 났다.

다시 고개를 들었더니 바로 옆에 사람이 서 있었다.

야, 하고 함부로 부르는 소리에 거부감이 들었다. 그런데 이어서 나온 말은 더 거침없었다.

"너 혹시 혼조 지카라냐?"

고등학생쯤 되어 보이는 남학생이었다. 부스스한 머리에 광택이 나는 패딩 점퍼와 헐렁한 청바지를 입고 있었다. 여드름이 울긋불긋 돋아 있는 얼굴에는 안경알이 큼직한 안경을 쓰고 있다.

그가 안경 속 눈을 가늘게 뜨고 얼굴을 찡그리며 다시 확인했다.

"아니야?"

"누군데?"

지카라가 되물었다.

처음 보는 얼굴이다. 그가 다시 얼굴을 일그러뜨렸다.

"대답해. 혼조 지카라냐?"

"맞는데."

다짜고짜 이름부터 묻는 태도와 달리 그의 인상은 성실하고 촌스러운 느낌이었다. 한 번도 염색한 적이 없어 보이는 텁수룩한 검은 머리와 멋없는 안경으로 보아 불량한 사람 같지는 않았다. 그러나 만에 하나 돈을 빼앗으려 협박하기라도 하면 어쩌나 걱정이 되었다. 엄마가 있는 건물 안으로 재빨리 도망갈 수 있을까. 그런 생각을 하는데 그가 덧붙여 말했다.

"나 다쓰미 유토야."

처음 듣는 이름이다. 지카라가 이상해하며 고개를 갸웃거리자 그가 말했다. 지카라를 쳐다보는 안경 속 눈이 다시 서서히 가늘어졌다.

"네 아빠가 문제 일으킨 여배우의 아들이라고 하면 알겠어?"

시간이 멈췄다.

지카라는 말없이 그를 쳐다봤다. 방금 이름을 밝힌 다쓰미 유토 역시 이쪽을 빤히 보고 있었다.

다쓰미 유토를 한자로 쓰면 '達海 佑都'라고 한다.

택시 뒷좌석에서 한자 설명을 들으면서도 지카라는 그를 어떻게 대해야 할지 몰랐다.

그의 어머니는 하루야마 마사키다. 성이 다른 것으로 보아 '하루야마'는 예명일 것이다. 본명과 다른 이름으로 활동하는 연예인이 많다는 것은 지카라도 알고 있었다. '다쓰미'는 그녀가 결혼한 남자이자 유토의 아버지 성인 것이다.

경악하는 지카라 앞에서 유토가 모래 온천으로 이어지는 건물을 보며 "네 어머니는 저기?" 하고 물었다.

"응."

너무 놀라 엉겁결에 고개를 끄덕이고 말았다. 뒤늦게 초조함이 밀려 왔다. 이 사람은 엄마를 만나러 온 걸까.

"그런데 엄마는 지금 일하고 계셔."

서둘러 덧붙였다. 쉰 목소리가 나왔다.

"일은 저녁쯤에 끝나. 그 전에는 만나지도 못하고 이야기도 못해."

"흐음."

초조해하는 지카라를 아랑곳 않고 유토는 차분해 보였다.

다쓰미 유토가 모래 온천 건물과 지카라를 차례로 보더니 대뜸 이렇게 말했다.

"너, 지금 시간 있냐?"

"뭐?"

"한가하면 나랑 어디 가서 이야기 좀 하자."

지카라가 더욱 놀라서 대답하지 못하고 있는데 유토가 택시를 향해 성큼성큼 걸어갔다. 택시 문을 열더니 이쪽을 돌아본다.

"빨리 와."

순간 망설였다. 아주 잠깐이었다.

유토와 엄마를 바로 만나게 하고 싶지 않았다. 그가 뭘 하러 왔는지는 몰라도 호의적인 목적일 리가 없다. 그가 모래찜질을 하도록 내버려 둘 수는 없었다.

유토의 재촉에 지카라는 택시에 올라탔다.

유토가 운전기사에게 "다카사키산 동물원에 가 주세요" 하고 말했다.

지카라는 눈을 끔뻑이며 유토를 봤다. 다카사키산 동물원은 알고 있다. 준코가 말한, 원숭이에게 먹이를 주고 있는 산이다.

"뭐냐?"

지카라의 시선을 알아차린 유토가 바로 옆에서 지카라를 노려본다.

유토는 혼자다. 혼자서 여기까지 온 듯했다.

"왜?"

"뭐?"

"왜 다카사키산에……."

지카라의 물음에 유토가 언짢은 듯 고개를 돌렸다. 이유도 말하지 않고 그저 "뭐 어때? 그냥 같이 가" 하고 말했다.

유토 나이 또래면 택시 타는 것이 예삿일일까. 택시는 어른이 타는 것인 줄로만 알아 어리둥절한 지카라와 달리 아까 운전기사에게 자연스럽게 행선지를 알리는 유토는 택시에 익숙해 보였다. 배우의 아들이라 부자인 걸까.

그런데 유토는 하루야마 마사키와 전혀 닮지 않았다. 어머니처럼 눈이 초롱초롱하지도, 코가 오똑하지도 않다. 눈두덩이에 살이 많고 코도 납작하다. 검은 머리에 안경을 낀 유토는 생김새도 별로인 데다 차림새도 딱히 세련되지 않았다. TV에 나오는 연예인과는, 예를 들어 얼마 전에 촬영하러 온 마쓰우라 고마 같은 사람과는 분위기가 완전히 달랐다.

유명 연예인의 자식은 부모를 닮아 반듯한 외모를 지니고 태어나는 줄로만 알았다. 지카라는 유토가 의외로 칙칙하게 생겨 놀랐다.

유토가 정말 하루야마 마사키의 아들이라면 나이는 고등학생일 터이다.

신문에는 집에 돌아온 고등학생 아들이 자살한 어머니를 발견했다고 쓰여 있었다. 거기까지 생각한 지카라는 움찔했다.

신문 보도가 사실이라면 유토는, 지카라 옆에 지금 앉아 있는 이 사람은 자기 어머니의 시신을 발견한 것이다.

"아버지 닮았네."

유토가 중얼거리듯 말하기에 지카라는 "어?" 하고 그를 본다. 유토가 다시 말했다.

"너 말이야, 네 아버지랑 비슷하게 생겼다고. 벤치에 앉아 있는 걸 보니까 금방 알겠더라."

지카라는 대답할 수 없었다.

따라나서면 안 되는 것이었을지도 모른다. 창밖에 흐르는 경치를 보면서 의자 깊숙이 밀어 넣은 엉덩이가 근질거리고 점점 불안해지기 시작했다.

이 사람은 도대체 뭘 하러 온 걸까.

유토에게 지카라의 아버지는 자기 어머니를 죽인 것이나 다름없는 사람이다. 얼마든지 그렇게 생각할 수 있다.

그도 LC 프로덕션 직원들과 똑같다. 아빠를 찾느라 엄마와 지카라를 쫓아온 것이다.

다카사키산 동물원은 시내에서 그리 멀지 않은 곳에 있었다.

유토와 둘이서 택시를 오래 탈 줄 알고 각오했건만, 창밖에 흐르던 건물과 번화가의 모습이 순식간에 사라지더니 널찍하고 차선이 많은 도로 옆으로 오직 산만 보이게 되었다.

동물원 안내판이 보이고 택시가 입구 앞까지 오자 유토가 "여기서 내릴게요" 하고 운전기사에게 말했다. 그가 택시비를 내고 먼저 내렸다. 지카라도 서둘러 뒤따랐다.

유토는 말이 없었다. 매표소로 걸어가 줄을 선 뒤 유토가 "저기" 하고 지카라를 돌아봤다.

"너, 시내 학교에 다니냐?"

"어?"

"거기 학생은 할인된다는데?"

매표소 직원에게 지카라의 입장권까지 사려던 듯했다. 지카라는 고개를 내저으며 안 다닌다고 대답했다. 유토가 슬며시 눈을 가늘게 떴다.

학교에 다니지 않는다는 찜찜함이 다시 가슴을 압박하는 듯해 지카라가 고개를 숙이자, 유토가 매표소 직원에게 "할인 없이 초등학생 한 명, 고등학생 한 명이요" 하고 전했다.

"받아."

유토가 입장권을 건네주었다. 지카라는 돈을 낸다고 했지만 유토는 됐다면서 받지 않았다.

"원숭이가 있는 저 위 광장까지 어떻게 갈래?"

갑작스러운 질문에 지카라가 어리둥절해하자 "모노레일 타고 갈래? 아니면 그냥 걸어갈까?" 하고 계속했다. 유토가 가리킨 쪽에 '원숭이 레일'이라고 쓰인 안내 표시가 있다. 벌써 몇몇이 대기실 같은 곳에 앉아 모노레일이 오기를 기다리고 있었다.

"곧 모노레일이 올 거란다."

유토의 말소리를 들었는지 매표소 직원이 가르쳐 주었다. 유토가 "그럼 탈게요" 하고 대답한 뒤 대기실에 있는 벤치에 털썩 앉았다.

지카라도 어쩔 수 없이 따라갔다. 옆에 앉기가 내키지 않아 근처에 서서 원숭이 레일을 기다렸다.

곧 온다던 모노레일은 좀처럼 오지 않았다.

학교가 겨울방학 기간이라 동물원은 아이와 함께 온 부모나 또래끼리 놀러 온 아이들로 북적였다. 다카사키산에 설마 이런 식으로 올 줄은 몰랐다. 벳푸에 사는 동안 올 수도 있겠다고 생각했지만, 엄마나 기요스에 가족과 함께 올 줄로만 알았다.

심심해서 대기실 벽을 보니 다카사키산의 소개글과 '두목 원숭이'라고 불리는 원숭이들의 사진이 걸려 있었다. 한창 보고 있는데 "여기 말이야" 하고 유토가 말을 걸어 왔다.

"원숭이를 기르는 게 아니라는 거 아냐? 야생 원숭이 무리를 불러서 사람들한테 보여 주는 거거든."

"알아."

준코가 가르쳐 주었다. 지카라의 대답 하나로 유토가 갑자기 불쾌해하면 어쩌나 싶어 안절부절못하고 있었지만, 유토는 "아, 그래?" 하고 고개를 끄덕이더니 다시 지카라를 무시하듯 눈을 돌렸다. 그러고는 스마트폰을 꺼내 만지작거렸다.

누군가에게 연락하는 걸까 싶어 지카라는 신경이 쓰였다. 아랫배가 묵직한 느낌이 든다.

묻고 싶은 것이 산더미처럼 많다.

뭘 하러 왔는지. 지카라와 엄마를 만나러 왔는지. 그렇다면 두 사람이 여기 있는 것을 어떻게 알아냈는지. 다른 사람들도 두 사람이 여기서 지내는 것을 알고 있는지. 자신들은 앞으로 어떻게 되는지.

궁금해서 견딜 수가 없지만 우선 지금 질문할 수 있는 것은 하나밖에 없었다. 이제 곧 모노레일이 올 테고 주변에 사람들이 많아서 대화 내용이 들릴까 봐 걱정되었다.

"……다카사키산에 왜 온 거야?"

유토가 스마트폰에서 고개를 들었다.

"옛날에 한 번 왔었거든. 아주 옛날에."

내친 김에 계속 말하는 듯했다.

"어머니가 촬영하러 벳푸에 온 적이 있는데 그때 들렀어. 내가 초등학교 1학년이라 그 사람이 지방 촬영에 자식을 데려갔을 무렵."

그제야 모노레일이 왔다. 유토를 따라 지카라도 모노레일을 탔다.

차내에는 동물원에서 지켜야 할 사항이 붙어 있었다. '음식을 반입하지 말 것', '원숭이를 만지지 말 것' 등등. '원숭이 눈을 빤히 쳐다보지 마십시오'라고 쓰여 있기도 했다. '원숭이가 시비를 거는 줄 착각하고 화를 냅니다'라고 쓰여 있어 조금 긴장되었다. 우연히 눈이 마주칠 수도 있을 것 같은데 왠지 무서웠다.

광장으로 올라갈수록 창밖에서 이상한 소리가 들렸다. "우끼이, 끼이끼끼끼끼끼", "끼이끼끼끼끼" 하는 요란한 소리가 들려 순간 원숭이의 울음소리인가 싶었지만 사람 소리에 가까웠다.

지카라가 고개를 갸우뚱하자 같이 탄 손님 중 한 아버지가 자식에게 "원숭이 무리를 부르는 거란다" 하고 가르쳐 주었다.

"원숭이 집합소에 원숭이 무리를 시간 차로 부른다고 하더구나. 지금 있는 무리의 다음에 올 무리에게 담당자가 저렇게 신호를 주는 거란다."

그 설명에 지카라가 내심 감탄하고 있는데, 다음 순간 "와! 원숭이다!" 하는 소리가 들렸다. 지카라보다 작은 아이가 창문에 얼굴을 바싹 붙이고 밖을 보고 있었다.

정말 원숭이가 있었다. 원숭이가 모노레일 바로 앞을 민첩하게 건너갔다.

그 바로 옆에 어미와 새끼 원숭이가 보였다. 다른 누군가가 "아기 원숭이야! 귀여워!" 하고 소리쳤다.

새끼 원숭이는 어미 원숭이 배에 매달리듯 붙어 있었는데, 어미 원숭이가 모노레일 근처 바위로 점프하는 바람에 새끼 원숭이가 균형을 잃고 떨어질 뻔했다.

지카라를 포함해 차내에 있는 몇몇이 "앗!" 하고 외쳤지만, 다음 순간 어미 원숭이가 능숙하게 새끼 원숭이를 꽉 붙잡아 다시 두 마리가 찰싹 붙은 상태로 이동했다. 여기저기에서 "후유!" 하는 안도의 한숨이 새어 나왔다.

"역시 엄마는 위대하다니까" 하고 누군가 감탄하는 것이 들렸다.

그런 광경을 보며 지카라는 홀로 감동하고 있었다. 준코의 말대로 여기서는 원숭이가 정말 손을 뻗으면 닿을 것처럼 가까이 있다.

모노레일이 광장에 도착해 내리자, 원숭이를 부르는 "우끼이끼끼끼" 하는 소리가 한층 커졌다. 광장 여기저기에 설치된 스피커로 산을 향해 소리를 내보내는 듯했다.

원숭이가 무수히 많았다.

아까 차내의 창문에서 한 마리씩 발견할 때마다 흥분했던 것이 우스워질 정도로 보이는 곳마다 원숭이가 있었다. 원숭이 집합소라 불리는 이 광장은 절의 경내인 듯했다. 바닥과 건물, 계단 위 할 것 없이 원숭이가 자리 잡고 있어 조금만 방심하고 걸으면 새끼 원숭이를 밟을 것만 같았다. 그만큼 온 사방에 원숭이 무리가 퍼져 있었다. 사진을 찍는 관광객 옆을 유유히 지나가거나 마치 사람이 없는 것처럼 아무 데나 드러눕기도 했다.

사람을 무서워하지 않는 걸까, 하는 의문이 들었다가 이내 정말 그럴 수도 있겠다는 생각이 들었다. 지카라에게는 원숭이가 낯설지만 이곳 원숭이들에게는 사람이 자신들 세계에 들어왔다는 정도로 인식할지도 모른다.

"이제 곧 원숭이에게 먹이를 줄 시간입니다."

광장 한가운데 모자를 쓴 여자 담당자가 마이크를 쥐고 설명한다. 자유롭게 움직이던 원숭이들도 그 사람만은 의식하는지 주변을 에워싸듯 모여들기 시작했다. 먹이를 준다는 것을 알고 있는 듯했다.

"원숭이들이 여기서 먹는 먹이는 간식 정도입니다. 평소에는 산속에서 찾아 먹지요. 가혹한 자연 속에서 원숭이 무리가 서로의 구역을 지키며 살아갑니다."

담당자가 설명하는 모습을 흘끗 쳐다본 유토가 광장 중앙에서 쏙 벗어난다. 지카라도 말없이 그를 뒤따랐다.

마이크 소리가 커서 광장 중앙에서 멀찌감치 떨어졌는데도 잘 들렸다.

"원숭이 무리는 완전한 위계질서를 따릅니다. 두목 원숭이인 일인자나 이인자, 삼인자, 사인자는 전부 무리에 언제 들어왔는지로 정해집니다."

누나, 이 원숭이는 몇 인자예요? 하는 질문이 들려 지카라가 뒤돌았다. 바로 가까이에 있는 원숭이를 보고 담당자 누나가 "사인자 원숭이인 란타야" 하고 대답한다.

지카라가 보기에 원숭이들은 얼굴이 죄다 똑같아 보인다. 그런데 담당자 누나는 구별이 가는 걸까. 놀라자 누나가 계속했다.

"원숭이 무리는 엄마와 할머니, 그리고 새끼 원숭이들이 중심인 암컷 사회입니다. 암컷인 새끼 원숭이는 계속 무리에 남아 있을 수 있습니다. 그럼 수컷은 어떻게 될지 궁금하시죠? 네, 수컷 새끼 원숭이들은 성장하면 무리에서 나가야 합니다."

누나가 이어서 설명했다.

"무리에서 나간 수컷들에게는 산속의 가혹한 생활이 기다리고 있습니다. 혹독한 자연 속에 살면서 소속될 무리를 스스로 찾는 거죠."

누나가 자기 발밑에 앉아 있는 원숭이를 힐끔 쳐다봤다.

"음, 이 수컷 원숭이는 마롱 군이라고 하는데요, 무리를 떠나야 할 나이가 되었는데도 아직 어미에게 자립하지 못해서 함께 무리 속에 산답니다. 다른 수컷 어른 원숭이들에게 인정받지도 못하고, 계속 이러면 마마보이라고 할 수밖에 없겠죠."

마마보이라는 말에 설명을 듣고 있던 관광객들이 와하고 웃음보를 터뜨렸다. 누나가 이어서 말한다.

"자, 어떠세요? 새끼 원숭이라고 할 만한 크기가 아니죠? 다음에 자립할 때가 오면 제대로 떠날 수 있을지 저희 직원들도 주목하고 있답니다."

새삼 사방을 둘러보니 큰 원숭이와 작은 원숭이가 함께 있는 원숭이들이 많았다. 배에 새끼를 딱 붙이고 있거나 등 털을 골라 주기도 한다. 그렇게 붙어 있는 두 원숭이를 보면 지카라는 얼핏 어미 원숭이와 새끼 원숭이라는 생각이 들었다. 아빠 원숭이로는 보이지 않았다. 원숭이 무리가 그토록 철저하게 아빠가 없는 사회인 줄은 몰랐다.

어쩌다 보니 설명을 듣게 된 지카라의 바로 앞에서 유토는 말없이 절의 경내와 건물을 보고 있었다.

이윽고 유토가 불쑥 내뱉었다.

"별로 안 바뀌었네."

원숭이가 있는 경내에서 아래로 내려가는 계단이 있었다.

유토와 지카라, 누가 먼저랄 것도 없이 두 사람은 계단을 내려갔다. 키가 큰 나무에 둘러싸인 완만한 내리막길은 숲이 우거져 있었다.

경내에서 멀어져 기슭에 가까워질수록 원숭이가 줄어들었다. 다른 관광객의 모습도 보이지 않았다.

그제야 지카라는 질문할 용기가 생겼다.

"왜 우리를 만나러 왔어?"

유토가 걸음을 멈추고 말없이 뒤돌았다.

무서웠다. 지카라는 용기를 쥐어짜 다시 물었다. 사방에는 사람도 원숭이도 아무도 없었다.

"우리 아빠를 찾는 거야?"

"야, 네 어머니가 일하는 곳에 방송국에서 촬영하러 왔던 거 아냐?"

"응."

처음 만났는데 '야'라고 부르는 것에 아직 거부감이 들었다. 잘난 척하는 말투도 귀에 거슬렸다. 유토가 말했다.

"고마 형한테 들었어. 아닐지도 모르는데 촬영하러 간 곳에서 혼조 겐의 부인이랑 닮은 사람을 봤다고."

"고마 형이라면 마쓰우라 고마?"

"그래."

유토가 고개를 끄덕이고 퉁명스럽게 말했다.

"나한테 전화해 줬더라. 고마 형 매니저가 보기에도 닮았다고 했나 봐. 고마 형은 우리 어머니하고 같은 기획사 소속이거든."

유토의 얼굴이 약간 일그러졌다. 일그러진 채 웃는다.

"집에서는 그런 어머니였어도 후배들은 또 잘 챙겼나 보더라. 고마형이 우리 집에 자주 놀러 오기도 했고, 이번에는 나한테 연락도 해줬어."

"그럼 유토……형은 LC 프로덕션 직원이랑 같이 왔어?"

가슴이 쿵쾅거렸다. 처음 유토의 이름을 부른 지카라를 그가 빤히 쳐다본다.

유토가 입을 열기까지 시간이 몹시 길게 느껴졌다. 유토가 고개를 절레절레 흔들었다.

"나 혼자 왔어. 같이 온 사람 없어. 고마 형도 회사에는 말 안 했다고 하는데, 매니저가 눈치챘으면 솔직히 시간문제일지도. 아직 찾아온 사람이 없다는 게 기적 같지 않냐?"

머릿속을 꽝 하고 얻어맞은 것 같았다. 지카라와 엄마가 두려워하던 상황이 결국 일어나고 말았다. 발각되고 말았다.

"엄마 직장에 또 LC 프로덕션 직원들이 찾아온다고?"

목소리가 목구멍에 막혀 잘 나오지 않았다. 시만토에서 엄마가 파랗게 질린 얼굴로 달려왔던 것이 떠오른다. 바들바들 떨면서 허둥지둥 도망갈 준비를 하던 것이 떠오른다.

그러자 그때였다. 유토가 웃음을 터뜨렸다. 그러고는 콧방귀를 뀌었다.

"야, 너 마마보이냐?"

지카라는 눈을 동그랗게 떴다.

"아까부터 엄마, 엄마. 너 초등학생 같은데, 이제 고학년 아니냐? 난

너만 했을 때는 벌써 부모를 안 따라다녔던 것 같은데. 아까 내가 네 어머니가 있는 건물에 들어가려고 했더니 초조해하면서 말렸지? 어머니가 그렇게 좋냐?"

무슨 소리인지 몰랐다. 그저 귀 뒤가 화끈거렸다.

"너희 말이야, 설마 자신들을 피해자라고 생각하는 건 아니지?"

유토의 목소리가 쌀쌀맞았다. 눈빛도 싸늘하다. 입가에 미소를 머금고 있는데도 표정과 눈빛이 어둡다.

피해자라는 말이 지카라를 그 자리에 못 박히게 했다.

16

사나에는 점심시간이 되어 건물 밖으로 나왔다. 벤치에서 점심을 먹고 있어야 할 지카라가 보이지 않는다.

쌀쌀하니 안에서 먹자고 하려 했는데 아들이 온데간데없다.

"지카라?"

아들의 이름을 부르며 작업복 차림으로 벤치 쪽으로 걸어갔다.

공기가 건조한 겨울의 해변가 주차장에는 차가 드문드문 서 있을 뿐이다. 어디 갔나 싶어 깊이 생각하지 않고 "지카라, 어디 있니?" 하고 혼잣말처럼 불렀다. 계속 벤치와 테이블 주변을 살폈다.

테이블 위에 눈에 익은 꾸러미가 놓여 있었다. 시만토에서 나올 때 료의 아버지에게 빌린 찬합 꾸러미다. 뚜껑을 열어 보니 지카라 몫의 밥이 비어 있었다.

그 순간 불안해서 가슴이 두근거렸다.

"지카라."

이름을 부르며 다시 주차장 쪽을 봤으나 아무도 없다.

주차장 구석 자판기 옆에 여느 때처럼 지카라의 자전거가 세워져 있었다. 자전거가 여기 있으니 멀리 가지는 않았을 것이다.

겨울 해변은 이토록 호젓한데 어디로 갔을까. 아들이 시간을 때우는 장소가 이 근처에 있는 걸까.

하늘이 차가운 색을 띠고 있다. 겨울의, 색 없는 하얀 하늘이 바다 위를 뒤덮고 있다.

17

우뚝 멈춰 선 지카라에게 유토가 말했다.

"뭐 하러 왔냐고 물었지? 면상 좀 보러 왔어."

그의 눈이 지카라를 빤히 쳐다본다.

"아버지는 도망가고 매스컴과 기획사 직원들한테 쫓겨 다니고. 너희가 불쌍한 피해자인 줄 아는 거지? 아무 잘못도 없는데 도쿄에서 살지 못하게 되었다면서. 아무 책임도 없는데 왜 이런 일을 겪어야 하나, 그냥 휘말린 정도로만 생각하는 거지. 결국 이런 데까지 도망 와서 그래도 태평하게 살고 있다고 상상하니 화가 치밀더라."

그의 목소리를 들을 때마다 마음과 몸 깊은 곳에서 보이지 않는 차디찬 물이 점점 스며 오르는 것 같았다. 지카라는 눈을 피하지도 못한 채 우뚝 서서 그 목소리를 들었다. 유토가 다시 그 괴상한 표정을 띠고 코웃음을 친다.

"도대체 어떤 얼굴로 자기 편한 대로만 생각하고 도망 다니는지 늘 면상이 궁금했거든. 교통사고가 나고 사건에 휘말린 것도 따지고 보면 다 네 어머니가 아버지를 제대로 간수하지 않아서잖아."

그 말을 듣는 순간 유토를 무서워하던 기분이 사라졌다.

"시끄러워!"

또래 남자아이들과 싸울 때처럼 날카로운 목소리가 나왔다. 유토가 다시 비웃었다.

"마마보이."

아까 뒤에서 들리던 담당자의 설명을 유토도 들었던 것이다. 그래서 곧바로 이 말이 튀어나왔을지도 모른다. 자립하지 못했다는 담당자의 설명과 관광객의 웃음소리가 한데 섞여 지금 지카라를 조롱하는 것 같았다.

"마마보이 아니야!"

여름부터 내내 엄마와 단둘이 살았다. 어쩔 수 없는 상황이었기 때문이다. 원해서 그렇게 한 것이 아니다.

하루야마 마사키. 지금 지카라를 마마보이라고 조롱한 이 녀석의 어머니가 교통사고를 일으켰기 때문이다. 아빠를 말려들게 했기 때문이다.

그동안 발산하지 못하고 꾹꾹 참아 왔던 분노가 몸속 깊은 곳에서 훅 터져 나왔다. 멈출 수 없었다.

지카라는 유토가 고등학생임을 잊고 그에게 달려들었다.

자신이 나가떨어질 줄 알았는데 뜻밖에도 유토가 맥없이 쓰러졌다. 그의 몸에 올라타 주먹을 번쩍 들어 얼굴을 때렸다. 유토의 얼굴이 옆으로 기울어 안경이 튕겨 나갔다. 쉬지 않고 다시 주먹을 날리려던 순간 유토가 몸부림을 쳤다. 그가 휘두른 손이 이번에는 지카라의 얼굴을 때려 충격이 가해졌다. 눈앞에 불꽃이 튀었다.

하지 않으려던 말이 튀어 나왔다.

"전부 네 엄마 탓이잖아!"

하루야마 마사키에게도 가족이 있다는 것에 대해 지카라는 별 생각이 없었다. 교통사고를 내 크게 다치고 자살했다는 소식을 들어도 그저 화려한 여배우가 어딘가 모르는 곳에서 멋대로 한 일이라는 생각이 들었다. 그런데 유토 앞에서 그 감정이 처음으로 폭발했다.

탓하고 싶지 않았건만.

"교통사고도 네 엄마가 운전해서 낸 거잖아. 그 일만 없었어도 다들 그대로 있을 수 있었는데! 자살한 것도—."

아빠는—.

눈을 감자 캄캄한 시야에 눈물이 번질 것 같았다. 가까스로 참고 눈을 떴다.

"아빠는 잘못한 거 없어!"

지카라는 내뱉고 나서 이를 악물었다.

유토의 손이 다시 지카라의 얼굴을 후려쳤다. 손톱을 세운 다른 손으로 얼굴살을 되는대로 움켜쥐는 바람에, 악 소리가 나도록 아팠다.

"내 알 바 아니야!"

유토가 소리를 질렀다. 숨을 몰아쉬는 얼굴이 몹시 괴로워 보였다.

"어쩔 수 없잖아! 형편없는 어머니라도 좋은 점도 조금은 있단 말이야! 있었다고!"

아픈 와중에 지카라는 어? 하고 숨을 멈추었다.

유토와 뒤엉켜 싸우면서 깨달았다.

처음 만났을 때부터 유토가 자기 어머니를 '그 사람'이나 '그런 어머니'라고 불렀다는 것을. 지카라가 아무것도 탓하지 않았을 때부터 이미 그렇게 부르고 있었다.

하루야마 마사키에게 좋은 점이 없다는 말을 하지 않았는데도.

유토가 허공에 주먹을 날리더니 이내 맥없이 내려놓았다. 떼쓰듯 다리를 버둥버둥하며 땅바닥을 찼다.

"왜……."

그러고는 쥐어짜듯 말했다. 지카라는 반격할 기력도 잃고 그저 망연히 그의 목소리를 들었다.

"왜 하필 너희가 벳푸에 있느냐고."

울 때처럼 목소리가 떨린다. 유토가 손바닥으로 얼굴을 감싼 탓에 표정이 보이지 않는다.

벳푸 중에서도 다카사키산이 유토에게 특별한 추억이 깃든 장소라는 것이 떨리는 목소리와 목소리 사이로 전해져 왔다.

유토와 어머니는 이곳에 온 적이 있다. 유토는 아주 옛날에 왔었다고 말했다.

엄마와 자신이 벳푸 하면 제일 먼저 모래찜질과 목욕탕 건물 2층을 떠올리는 것처럼, 유토는 벳푸 하면 다카사키산을 떠올릴지도 모른다. 그래서 이리로 온 것일지도 모른다.

"아."

유토의 몸 위에 올라탄 채 지카라가 중얼거렸다. 그 소리에 유토가 조용히 반응했다. 얼굴에서 손을 떼고 지카라의 시선 끝을 쳐다본다.

"원숭이……."

새끼 원숭이 한 마리가 무리에서 벗어났는지 여기까지 내려와 있었다. 가늘고 짧은 꼬리와 연갈색의 가지런한 털이 나무 사이로 비쳐 드는 햇살에 반짝인다.

새끼 원숭이 역시 이쪽을 보고 있었다. 시간이 멈춘 것처럼 지카라 일행과 새끼 원숭이는 서로에게 눈을 떼지 못했다.

원숭이와 눈을 마주쳐서는 안 된다는 경고가 떠올랐지만 새끼 원숭이는 화낼 기미가 없어 보였다.

새끼 원숭이의 동그랗고 투명한 빛을 띤 눈이 이쪽을 물끄러미 보고 있다.

극히 짧은 시간에 일어난 일이었다.

새끼 원숭이 곁으로 어미 원숭이가 끽끽 소리를 내며 다가왔다. 그 순간 멈췄던 시간이 갑자기 움직이기 시작한 것처럼 새끼 원숭이가 몸을 획 돌렸다.

어미 원숭이와 함께 산길을 오르고 또 올라 순식간에 사라졌다.

원숭이를 보내고 잠시 후 지카라와 유토는 느릿느릿 일어났다. 유토가 땅바닥에 떨어진 안경을 주워 끼었다.

그대로 숲속 포장길 구석에 앉았다. 여전히 주변에는 아무도 없다. 서로 어색하게 침묵한 채 얼굴을 마주 대하지 못했다.

마침내 유토가 입을 열었다.

"……미안하다."

지카라가 고개를 들었다. 부루퉁한 얼굴의 유토가 그곳에 있었다.

"초등학생을 상대로 이성을 잃고 때리다니, 어른스럽지 못했어."

"나야말로 미안해. 먼저 시작한 건 나잖아. 그렇게 쉽게 쓰러질 줄은 몰랐어."

그 말에 유토가 언짢은 듯 얼굴을 찌푸렸다.

"뭐야, 약해 빠졌다는 거냐?"

"아니, 그게 아니라 쓰러질 줄 몰라서 놀랐을 뿐이야."

"나도 놀랐어. 무작정 달려들 줄은 몰랐거든."

유토가 힘없이 웃는다. 처음으로 구김살 없이 웃는 것 같아 지카라도 조금 안심했다.

산 위쪽에서 또 "우끼이끼끼끼" 하고 원숭이 무리를 부르는 소리가 들렸다. 관광객의 웃음소리와 원숭이들의 끼끼 하는 높은 울음소리도 들린다. 조금 떨어졌을 뿐인데 광장의 떠들썩한 소리가 들리자 숲속의 고요함을 더 의식하게 되었다.

지카라는 눈 딱 감고 말했다.

"엄마에 대해 심하게 말해서 미안해."

유토는 잠자코 있었다. 지카라는 덧붙여 말했다.

"열 받아서 한 말이었어. 나랑 우리 엄마는 하루야마 마사키를 그렇게까지는……."

하루야마 마사키는 이 세상에 없는 사람이다. 그 사실을 새삼 떠올렸다.

살아 있었다면 또 모를까 최소한 엄마는 지카라 앞에서 그녀를 나쁘게 말한 적이 없다. 솔직히 누군가를 탓하거나 나쁘게 말할 여유도 없을 정도로 많은 일이 잇달아 발생해 상대를 탓하는 마음까지는 도달하지 못했다.

하루야마 마사키는 이제 없다. 유토가 보기에 지카라와 엄마는 어머니를 죽인 것이나 다름없는 사람의 가족이다. 지카라 일행을 탓하고 싶은 쪽은 오히려 유토일 것이다.

마음에 걸리는 건 유토의 말투였다. 그런 어머니. 유토는 마치 누군가 자기 어머니를 비난해 주기를 바라는 것 같았다.

유토는 오랫동안 침묵을 지켰다. 잠시 후 불쑥 내뱉듯이 지카라에게 물었다.

"세상 사람들이 우리 어머니를 두고 뭐라고 하는지 모르냐?"

이번에는 지카라가 입을 다물고 그를 볼 차례였다. 유토가 후유 하고 어깨로 숨을 토했다.

"어미 자격 없는 방자하고 고압적인 사람이라더라. 다들 알던데? 기사도 잔뜩 나왔고, 인터넷 같은 걸 보면 더 지독해. 내가 너만 했을 때 우연히 어머니에 대해 있는 소리 없는 소리 다 쓰여 있는 사이트를 보고 몸살이 나서 앓아누웠어."

"우와, 그건……."

상상하는 것밖에 할 수 없지만 몹시 우울했을 것 같았다. 지카라도 아빠의 교통사고 이후 반 친구들이 아빠에 대해 검색해 봤다는 말을 들었을 때 창피하고 화가 나서 정신이 아찔했다.

유토가 "그렇지?" 하고 고개를 끄덕인다. 표정이 약간 누그러졌다.

"뭐, 거기 쓰인 말들이 전부 엉터리는 아니라, 고약하게도 사실도 있고 맞는 말도 있긴 한데."

유토가 말한다. 피곤한지 경직된 뺨으로 일그러진 미소를 짓는다.

"그 사람의 매니저나 주변 사람들은 '읽어 보면 여기에 글 쓴 사람들이 하루야마 씨를 정말 좋아한다는 생각이 드는군요'라고 말하기나 하고."

"앗, 그런 거야?"

"……정말 싫어하면 아예 관심을 두지 않을 텐데, 일일이 시간을 내서 글을 올릴 만큼 실은 하루야마 마사키를 좋아하는 거라고 하더라. 위로하는 것처럼."

유토가 힘없이 웃었다. 그러고는 다시 진지한 표정을 지었다.

"실제로 그 사람은 어머니를 하기에는 적성에 맞지 않았던 것 같아. 남자가 끊이지 않는 여자 소리를 들은 데다 나도 자기 어머니한테 맡겨 놓고 나 몰라라 했거든."

자기 어머니라는 건 유토의 외할머니를 뜻하는 걸까. 외할머니를 그렇게 표현하는 것도 지카라는 잘 이해되지 않았다. 유토가 말했다.

"걸핏하면 혼났어. 자식 좀 그만 내팽개치고 자주 만나러 오라고 말이야. 하긴 내 앞에서 대놓고 딸한테 전화를 걸어서 그런 소리를 늘어놓는 할머니도 바람직한 것 같지는 않지만."

"그랬……구나."

자기 어머니와 할머니를 남처럼 이야기하는 유토의 말투는 어른스럽기도 하고 어린아이처럼 들리기도 했다.

지카라의 눈에 고등학생은 제법 어른 같았다. 유토와 만났을 때 처음에는 분명히 그렇게 보였지만 이상하게도 지금은 어린이인 자신과 가까운 것처럼 느껴진다.

"그래서 나한테 어머니가 있는지 없는지 잘 모르겠더라. 워낙 남한테는 친절한 사람이라 가끔 학교 행사에는 참석하기도 했어. 그런데 결국 그 사람은 자기 자신이 제일 소중한 사람이야. 이번에도 마찬가지였잖아."

지카라가 대답하지 못하고 있자 유토가 이쪽을 흘끗 보고 덧붙였다.

"아, 이번이라는 건 불륜 말고 자살한 거."

더더욱 아무 말도 할 수 없게 된 지카라 앞에서 유토가 일단 입술을 꼭 다물었다. 잠시 후 말한다.

"어떻게 반응해야 할지 모르겠지? 미안하다."

그 모습에 문득 싸운 채 헤어진 히카루가 떠올랐다. 교통사고 보도 직후 반 아이들은 지카라를 대할 때마다 어색해했다. 지카라는 아이들의 그런 태도가 견딜 수 없었다. 같이 있으면 조심하는 것이 느껴져 답답했다.

이 사람도 똑같은 경험을 했을지도 모른다.

지카라와 마찬가지로 이 사람도 주변 사람들이 어색해하거나 조심스러워했을지도 모른다.

그렇다면 지카라는 그 마음이 어떤지 안다. 솔직하게 묻는 편이 조심스러워하는 것보다 훨씬 편할 때도 있다.

그리고 깨달았다.

그때는 화를 내고 말았지만 히카루는 얼굴을 맞대고 지카라와 대화하려고 한 몇 안 되는 사람이었다는 것을.

지카라는 주저앉은 유토를 봤다. 일상이 무너진 것은 지카라의 집 뿐만이 아니다. 그 교통사고로 유토의 집도 일상을 잃은 것이다.

"……엄마랑 자주 안 만났어?"

그 질문에 유토가 고개를 들었다. 말없이 고개를 끄덕이더니 덧붙였다.

"만날 때도 있고 안 만날 때고 있고. 그래도 아마 세상 사람들이 말하는 것처럼 아주 방치되지는 않았을걸. 그 사람은 변함없이 자기가 영순위였고 툭하면 제멋대로 굴었지만."

"저기."

"응?"

"유토 형, 세상 사람들이 어떻고 하는 말은 안 해도 돼."

지카라가 말하자 유토가 의아한 눈빛으로 이쪽을 봤다. 지카라는 계속 말했다.

"세상 사람들이나 인터넷 평판 같은 거, 나는 모르거든."

유토가 지카라를 보더니 다시 입술을 다문 뒤 "그래? 알겠어" 하고 말했다.

"그런데, 제멋대로였던 건 사실이야. 성격도 나빴다고 생각해."

유토가 뚝뚝 끊어지는 목소리로 띄엄띄엄 말했다.

"또래 여배우 누구보다 캐스팅이 잘되니 안되니, 자기가 젊다느니 인기가 많다느니 하면서 집에 있을 때도 계속 신경 썼거든. 젊었을 때보다 인기가 떨어졌다는 것도 알았을 거야. 별일 아닌데도 이성을 잃곤 했으니까."

유토가 조용히 지카라를 보더니 콧김을 내뿜으며 웃었다.

"세상 사람들이 말하는 것보다는, 이라고 말하면 너 또 듣기 불편하 겠지만."

"응."

"성격이 그런데도 아빠하고는 사이가 그리 나쁘지 않았어. 자주 상 담도 하고, 아빠도 엄마를 위로하고 격려했거든."

유토의 입에서 처음으로 '엄마'라는 말이 나왔다. 아버지에 관한 이 야기도 처음 듣는다. 유토가 계속했다.

"나도 그 사람이 그렇게까지 싫지는 않았어. 그런 어머니인데 이상 하게도 말이야."

유토가 원숭이가 있는 경내 쪽을 본다. 어스레한 숲속에서 눈이 부 시듯 눈을 가늘게 뜬다.

"다카사키산에도 셋이서 왔었어. 아빠랑 엄마랑. 엄마가 그랬으면 좋겠다고 해서 나하고 아빠는 걸핏하면 학교랑 회사를 쉬어야 했지. 자기 일보다 가치 있는 건 없다고 생각했겠지. 내가 다니는 학교 행사 랑 겹쳐도 아랑곳하지 않았어. 제멋대로였지."

"원래는 다쓰미 마사키야?"

"어?"

"엄마 이름 말이야. 결혼하고 나서는 성이 하루야마가 아니라 다쓰 미 아닌가 싶어서……."

빗나간 질문을 해 버린 걸까. 지카라가 조심스럽게 말하자 유토가 "아아!" 하고 끄덕였다.

"아니야, 에미코야" 하고 대답한다.

"다쓰미 에미코. 마사키도 예명이야."

"아, 그렇구나. 완전히 다르네."

지카라가 말한다. 그러자 유토가 "그렇지?" 하고 끄덕였다.

"완전히 다르다니까."

유토의 얼굴이 울면서 웃는 듯한 표정으로 일그러진다. 봐서는 안 될 것을 본 기분이 들어 지카라는 자연스럽게 눈을 내리떴다.

잠시 후 유토가 말했다.

"실은 알려 주러 왔어."

"어?"

"여기 온 이유. 너랑 네 어머니를 비난하기 위해서만 쫓아온 건 아니야."

유토가 숲 위로 보이는 옅은 색 하늘을 본다. "슬슬 돌아갈까" 하고 일어섰다.

18

오후 일이 끝나는 시간이 되어도 지카라는 돌아오지 않고 있다. 사나에는 오늘 일찍 근무하는 차례였다. 다른 동료들보다 한발 먼저 일을 마치고 휴게실이 있는 접수처 쪽으로 돌아오자 아키요시가 "지카라 군, 아직도 안 왔어?" 하고 물었다.

"네……."

도대체 어디에 갔을까. 아키요시의 도움을 받아 근처를 찾아봤지만 어디에도 없었다.

우선 옷부터 갈아입으려 휴게실로 들어가 작업복 끈을 풀었다.

벽에 기대어 세워 둔 사나에의 가방에서 부동산 자료가 엿보인다. 얼마 전에 야스나미에게 받은 것이다. 오늘은 일찍 끝나는 날이라 퇴근 후에 지카라와 함께 집을 몇 군데 돌아볼 생각이었다.

그때였다. 접수처 쪽에서 "아, 지카라 군!" 하는 소리가 들렸다.

사나에는 허둥지둥 휴게실을 나왔다. 벗으려던 작업복 끈을 원래대로 묶었다. 아키요시가 밖을 가리키며 "저기, 저기" 하고 가르쳐 주었다.

"택시 타고 온 것 같은데?"

웬 택시람? 사나에는 위화감을 느끼며 밖으로 나갔다.

건물 바로 앞에 택시가 멈춰 있었다. 지카라가 서 있다.

"지카라!"

달려가 아들의 얼굴을 보고 안심한 것도 잠시 이상해서 아들의 옆을 봤다. 지카라는 혼자가 아니었다. 모르는 남자 고등학생과 함께였다.

사나에가 입을 열기도 전에 그 아이가 앞으로 한 발 나왔다. 사나에를 향해 묻는다.

"혼조 씨의 부인되시죠?"

"그런, 데……."

엉겁결에 대답을 하고 나서 아차 싶었다.

혼조 씨의 부인이라니, 오랫동안 불리지 않은 호칭이다. 남편을 아는 사람인가 싶어 그를 봤다. 그가 말했다.

"저는 하루야마 마사키의 아들인 다쓰미 유토라고 합니다."

사나에는 숨을 삼켰다. 목소리가 선뜻 나오지 않는다.

사나에는 입술을 다물고 옆에 서 있는 지카라를 봤다. 지카라는 아무 말 없이 엄마가 아닌, 다쓰미 유토를 보고 있다.

다쓰미 유토가 머리를 숙였다.

"처음 뵙겠습니다."

"……어, 그래."

예의 바른 태도에 사나에는 더더욱 당황했다. 하루야마 마사키의 아들이라는 말이 아직 머릿속에 자리 잡지 못했다. 뭘 하러 왔을까. LC 프로덕션 직원과 함께 왔을까. 어째서 이토록 공손하게 말하는 걸까. 사나에는 영문을 몰라 혼란스러웠다.

무엇보다 어째서 그와 지카라가 함께 있는 걸까.

"여기서 일하시는군요."

유토가 고개를 들었다. 사나에의 작업복을 보고 그렇게 말한 것이리라. 흠칫 놀라 목 언저리에 손을 얹었다. 유토가 별 뜻 없다는 듯 사나에를 쳐다본다.

"모래찜질 일을 하신다고 들었는데 사실이었네요."

떳떳치 못한 생각이 들었다. 도쿄에서 도망치고 또 도망쳐 이곳에서 생활의 터전을 잡으려 한 것을 하루야마 마사키의 아들에게 비난받는 기분이었다.

그리고 퍼뜩 생각났다.

하루야마 마사키가 죽었을 때 시신을 발견한 사람은 그녀의 아들이었다. 눈앞의 이 아이다.

유토의 얼굴을 똑바로 쳐다볼 수가 없다. 눈을 내리뜬 사나에를 향해 그가 말했다.

"엄마의 기획사에서는 아직 안 왔나요?"

"안 왔는데."

"그럼 앞으로 오겠네요."

사나에는 눈을 휘둥그렇게 떴다.

"방송국에서 촬영하러 온 마쓰우라 형과 매니저가 부인이 여기 계시다는 걸 알아차렸어요. 닮은 사람을 봤다고 저한테 알려 줬거든요. 그러니 기획사에도 아마 연락이 갔을 겁니다."

유토가 담담한 목소리로 말했다.

"내일인지 모레인지 몰라도 어쨌든 확인하러 오겠죠. 고치현에서 놓쳤다며 찾아다니는 것 같았어요."

"네가 왜……."

왜 그것을 하루야마 마사키의 아들이 알려 주는 걸까.

유토가 돌연 웃었다. 그리고 놀라운 사실을 가르쳐 주었다.

"남편분은 아마 지금 미야기현에 계실 거예요. 센다이시 부근이요."

사나에는 놀라서 말문이 막혔다. 그러자 유토가 덧붙여 말했다.

"남편분이 지금 어디에 계시는지 모르시는 것 같아서요."

"그렇긴 한데."

인정하고 나서 방금 그 말을 정말 인정해도 되는 거였을까 싶어 식은땀이 흘렀다. 이 사람들 앞에서는 뭘 어떻게 대답해야 좋을지 몰랐다. 하루야마 마사키의 관계자는 전부 적이지 않은가.

그러자 여태껏 잠자코 있던 지카라가 비로소 입을 열었다.

"……유토 형은 그걸 엄마한테 알려 주러 온 거래."

사나에는 더욱 놀라서 지카라를 쳐다봤다. 지카라가 유토를 염려하 듯 보더니 이내 엄마를 본다.

"당장 LC 프로덕션에서 와도 이상할 것이 없는 상황이라 그 전에 알려야겠다고……."

"기획사 사람들은 남편분이 센다이에 있다는 건 아직 모를 거예요. 알았으면 부인과 아이를 이렇게 찾아다니진 않겠죠."

"왜 그런 걸 네가……."

사나에는 유토에게 뭐라 말해야 할지 모르는 심정으로 물었다.

남편은 이 아이도 만난 적이 있을까. 하루야마 마사키와 남편의 관 계가 어떤 것이었는지 사나에는 모른다. 상대편 가족과 만날 만큼 친 했던 걸까.

질투 비슷한 울적한 기분이 가슴을 바싹 죄었다. 그러나 그런 사나 에의 기분과 달리 유토의 태도와 심지어 지카라의 표정도 평온했다.

"속죄하고 싶어서요."

유토가 나직하게 말했다.

"우리 엄마한테도 잘못이 있다는 것쯤은 알아요."

독백처럼 읊조리던 유토의 눈빛에 그늘이 졌다.

"저는 이제 갈게요."

"잠깐만."

엉겁결에 붙잡았지만 머릿속은 새하얬다. 더 이상 뭘 어떻게 계속 해야 할지, 뭣부터 물어야 할지 몰랐다.

유토가 희미하게 웃었다.

"폐를 끼쳤습니다."

그렇게 말하고 머리를 꾸벅 숙인다. 사나에와 지카라, 두 사람을 번갈아 보더니 곧장 택시에 올라탔다.

머릿속이 새하얘진 사나에는 꼼짝 않고 서서 그를 태운 택시가 주차장을 나가는 것을 지켜봤다. 그렇게 할 수밖에 없었다.

"엄마" 하고 지카라가 곁으로 왔다.

유토가 한 말이 가슴 밑바닥에서부터 복받쳐 올랐다. 온몸에 오싹한기가 덮쳐 왔다.

LC 프로덕션 직원들이 당장에라도 이곳에 올 것이다.

그리고 또 하나.

곱씹듯이 말을 되새긴다.

남편이 센다이에 있다.

쇼닌가하마 해변의 찰싸닥 하는 파도 소리가 조용히 가슴속을 때린다.

어떻게 해야 할지 몰랐다. 희로애락의 모든 감정이 한꺼번에 마음을 휘젓는 것 같았다.

지카라가 자신을 보고 있다. 사나에는 아들의 손을 잡고 바닥에 주저앉았다.

처음에 유토가 자신을 쳐다봤을 때 떳떳치 못한 생각이 들었다. 여기서 일하는 것을 비난받는 기분도 들었다. 그러나 한편으로 답답한 분노와도 같은 감정이 끓어오르는 것을 억누를 수 없었다.

어째서 가만히 놔두지 않는 걸까. 조용히 살아서는 안 되는 걸까.

사나에 짱, 하는 소리가 들린 것은 그때였다.

야스나미의 목소리다. 그녀가 모래 온천 건물 쪽에서 이쪽으로 뛰어온다.

"지카라 군은 무사하고? 괜찮은 거야? 아이고, 다행이네."

야스나미가 걱정이 어둡게 서린 얼굴로 다가왔다. 주저앉은 사나에를 알아차리고 얼굴을 들이밀어 살펴본다.

"사나에 짱, 무슨 일인가? 지카라 군을 찾아서 다행이야."

지카라의 손을 움켜쥔 채 사나에는 움직이지 못했다. 야스나미의 부드러운 목소리에 마음이 떨린다. 시야가 흔들린다. 눈물이 맺힌다. 지카라가 엄마와 야스나미 양쪽을 보며 난처해하는 것이 느껴진다.

한 가지 확실한 것이 있다.

오늘 야스나미가 소개해 준 부동산에 찾아갈 일은 없다.

"사나에 짱, 무슨 일인가? 속이 안 좋은가?"

연신 말을 거는 야스나미의 다정한 손이 사나에의 이마에 감싸듯이 닿은 순간 사나에는 떨면서 그녀에게 매달렸다.

죄송해요, 하고 목구멍을 찢는 듯한 큰 소리가 나왔다. 지카라의 손을 잡은 채 야스나미의 작업복 자락을 붙잡았다. 셋이서 부둥켜안는 모양새가 되었다.

"야스나미 씨, 죄송합니다. 저―."

무슨 말을 이어야 할지 몰랐다. 이곳에 그 사람들이 찾아온다. 시만토에서 그랬듯이, 도쿄에서 그랬듯이.

"여기에"하고 이어 말하는 목소리가 도중에 쉬었다. 가슴이 아팠다.

"저는 이제 여기에 있으면 안 될지도 몰라요."

더 이상 도망가기는 싫었다.

하지만 두렵다. 이곳에서 다시 그 사람들에게 쫓길까 봐 두렵다. 쫓기고 비난받는 모습을 이곳 사람들에게 보일까 봐 괴롭다.

억장이 무너지는 것 같았다. 지금 당장 여기서 사라지고 싶었다.

야스나미가 놀란 듯이 숨을 멈추고 사나에를 봤다. 지카라도 당황하고 있다. 사정을 모르는 야스나미 입장에서는 지카라가 당황하는 것도, 사나에가 혼란스러워하는 이유도 모를 것이 틀림없다.

그런데 그때.

야스나미가 조용히 끄덕였다. "응" 하고 소리 내 말해 주었다. 지카라의 손을 잡은 사나에의 손 위로 자기 손을 포개고 사나에의 등을 천천히 쓰다듬어 주었다.

"괜찮아" 하고 야스나미가 말했다.

"괜찮아, 괜찮아. 사나에 짱, 마음 쓸 것 없어."

야스나미가 말한다.

"다시 돌아오면 되잖아."

눈을 꼭 감자 눈물이 눈꺼풀 밑으로 녹아 내렸다.

사나에의 손 안에 아까까지 쥐었던 조렌의 묵직함이 남아 있다. 온천과 모래의 감촉이 또렷이 남아 있다.

사나에를 안은 야스나미의 작업복에서 따뜻한 모래찜질 냄새가 났다.

제4장

내일의 사진관

1

서둘러 달렸다.

숨이 차오르도록 내달려 집으로 되돌아갔다. 집이라고 생각하며 살았던 목욕탕 건물 2층 방으로 올라가 짐을 꾸렸다. 다 가지고 갈 수도 없는 짐, 그렇다고 어딘가로 보낼 수도 없는 짐.

월세는 월말에 후불로 내고 있다. 월세를 내고 가려 했지만 안타깝게도 담배 가게는 쉬는 날이었다. 쉬는 날에도 웬만하면 집에 있었건만 식구끼리 어디 나갔는지 가게 뒤에 있는 집의 초인종을 누르고 아무리 불러도 대답이 없다.

연말이라 어디 외출했을지도 모른다.

최소한의 짐만 꾸려 나가는 것은 야반도주나 마찬가지다.

울고 싶은 심정으로 아직 근무 중인 야스나미에게 전화를 걸었다. 오늘 안으로 벳푸를 뜰 것이라고 그녀와 아키요시에게만 전달했다.

월세를 제대로 내지도 못하고 사람들 앞에서 도망치듯 사라지기는 싫다고 야스나미에게 울부짖듯 말했다. 애가 타서 이마에 땀방울이 맺힌다.

"정신 똑바로 차려야지!"

야스나미가 따끔하게 말했다.

"뒷일은 어떻게든 될 거야. 월세는 방 안에 놔두면 돼. 내가 나중에 히데코 짱한테 사정을 이야기할게."

생활을 통째로 버리고 떠나기가 속상했다.

다시 돌아오면 된다는 야스나미의 말이 버팀목이 되었다. 다시 이 마을에서 살고 싶고 모래찜질 일을 하고 싶었다. 그런데 이런 식으로 모든 것을 내팽개치면 다시는 돌아오지 못하는 것이 아닐까. 겁이 덜 컥 나 가슴이 짓눌리는 듯했다.

유토가 택시를 타고 떠난 뒤 사나에는 야스나미에게 그간의 사정을 솔직히 털어놓았다. 짧은 시간 안에 두서없이 설명하는데도 야스나미 는 꼼짝 않고 들어 주었다. 평소 어떤 손님이 와도 한결같이 응대하는 것처럼 그저 사나에의 손을 잡고 "그래, 정말 힘들었겠구나" 하고 말 해 주었다.

신세를 많이 진 기요스에가 근무 일정이 다른 탓에 오늘은 모래밭 에 없었다. 작별 인사를 하지 못하고 가는 것이 속상해 눈물이 나올 지 경이었다.

"엽서 보내 줘. 엽서만이라도 좋아."

헤어질 때 야스나미가 말했다.

"주소와 이름, 아무것도 안 써도 돼. 짧게 인사말 같은 것만 써도 나 는 자네가 썼다는 걸 알아볼 거야."

"알겠어요."

친절한 이 사람의 일터에 LC 프로덕션 직원들이 온다고 상상하니 숨이 막힌다. 그러나 야스나미와 아키요시는 "뒷일은 걱정할 것 없어" 하고 말했다.

휴게실에 놓인 짐을 닥치는 대로 챙길 때 아키요시가 여기서 사용하는 수건을 한 장 주었다. '또 오이소'라고 쓰인 수건. 비닐에 싸인 그 수건을 꽉 움켜쥐고 가방에 넣었다.

오늘 안으로 벳푸를 뜬다는 결정에 지카라는 반대하지 않았다.

말을 잘 듣는 아이처럼 고분고분하게 "알겠어" 하고 대답한 뒤 자기 짐을 꾸리기 시작했다.

하루야마 마사키의 아들과 뭔가 대화를 나눴을지도 모른다. 단둘이 어디서 뭘 했는지 자세히 듣고 싶었지만 지금은 그럴 때가 아니었다.

아침까지만 해도 오늘 이곳을 떠나게 될 줄은 꿈에도 몰랐다.

전기밥솥과 토스터를 비롯한 가전제품도 그대로 놔두었다. 벳푸에서 생활하며 늘어난 짐은 가방 속에 다 들어가지 않았다. 방구석에 모아 놓긴 했어도 미련이 남았다. 실은 놔두고 가고 싶지 않았다.

지카라가 멘 배낭도 시만토와 이에시마 때보다 빵빵하게 부풀었다. 여기서 그만큼의 시간을 보낸 것이다.

짐을 챙겨 정류소까지 달려 버스를 타고 오이타 공항으로 향했다.

뛰어들다시피 해 공항에 도착했을 무렵 사방은 어두컴컴했다.

항공권을 구입해야 한다. 공항 창구에서 직접 비행기 빈 좌석을 확인하고 예약하는 것은 처음이었다.

저녁 7시가 넘은 시각이라 비행 편이 있을지 없을지도 몰랐다. 금방 탈 수 있는 비행 편을 찾다 보니 20시 10분에 출발하는 하네다 공항행이 눈에 들어온다. 그러나 하네다라는 글자를 본 순간 까닭 없이 위를 쥐어짜는 듯한 통증과 머리에서 핏기가 가시는 느낌이 있었다. 도쿄. 도쿄로 돌아갈 생각을 하니 걷잡을 수 없는 거부감이 몸속 깊은 곳에서 치밀어 오른다.

하네다 공항행 바로 뒤에 '나고야'라는 글자가 보였다. 나고야 주부 국제공항으로 가는 편이 5분 후인 20시 15분에 있다.

도쿄에서 온 LC 프로덕션 직원들이 지금 이 공항에 있어도 이상할 것 없다. 그 가능성을 처음 깨달았다.

어서 서둘러야 한다.

초조한 마음으로 항공권을 구입했다.

주부 국제공항행 비행기에 미끄러지듯 올라탔다.

연말이라 만석이지 않을까 걱정되었지만 다행히 사나에와 지카라, 두 사람의 좌석은 아직 있었다.

오이타 공항에서 비행기가 이륙한 순간 온몸에서 힘이 쫙 빠져 나갔다. 아직 안심할 수는 없다. 이마와 겨드랑이에서 땀이 배어난다. 기내가 따뜻한 대신 차가워진 땀이 몸에 들러붙는 찜찜함이 남았다.

기내에서 갑자기 누군가 말을 걸어 올까 봐 걱정되었다. 자신들을 발견한 LC 프로덕션 직원이 여기까지 쫓아 탔을까 봐 두려웠다. 그럴 리 없다고 생각하면서도 등골을 오싹하게 하는 불길한 상상은 멈출 줄을 몰랐다.

나고야에 도착해서도 마음이 놓이지 않았다.

오이타에서 직항편이 있는 지역이 나고야라는 걸 그 사람들은 당연히 알아낼 것이다. 결국 가까운 이 나고야행 비행기에 올라탔다는 것을 금방 알아낼 것이다.

공항에서 최대한 가까운 비즈니스호텔에 묵으며 밤사이에 내일 아침 비행 편을 조사했다.

한숨도 자지 못했다.

앞으로 어디로 가야 할지도 알지 못했다.

도쿄의 집으로 돌아가는 것은 당연히 안 된다. 위가 경련하는 듯한 통증이 점점 심해졌다.

"지카라."

호텔 방에서 얇은 이불을 뒤집어쓰고 누운 아들에게 물었다. 잠들었나 싶었더니 지카라는 깨어 있었다.

"왜?" 하는 짧은 대답과 함께 지카라가 몸을 일으켰다.

겐이 센다이에 있다는 말은 거짓일지도 모른다. 사나에 모자를 그곳으로 보내기 위한 덫일지도 모른다고 수없이 의심했다. 그러나 유토가 그런 거짓말을 할 이유가 없다. 자신들을 잡기 위해서라면 다른 말없이 그냥 벳푸에서 잡았으면 되었을 것이다.

"하루야마 마사키 씨의 아들을 믿어도 될까?"

둘이서 다카사키산에 갔다는 이야기를 비행기 안에서 지카라에게 들었다. 벳푸가 그들 모자에게 특별한 추억이 깃든 장소였다는 것도.

사나에의 질문에 지카라가 조그맣고 짧게 대답했다. 순간 알아듣지 못해 "어?" 하고 되묻자 지카라가 사나에를 똑바로 쳐다봤다. 그러고는 "유토 형이야"라고 말한다.

"하루야마 마사키 씨의 아들이 아니라, 이름이 유토라고."

"……알겠어. 유토를 믿어도 될까?"

마치 자기 친구를 부르는 듯했다. 지카라의 모습을 보고 대답은 듣지 않아도 알 수 있었다.

아들끼리 무슨 이야기를 어떻게 했는지 자세한 사정은 모른다. 그러나 지카라와 유토 사이에는 뭔가 통하는 것이 있었던 듯하다. 오늘 처음 만나 오후를 함께 보냈을 뿐이건만.

게다가 상대는 자신들을 궁지에 몰아넣은 하루야마 마사키의 아들이다.

기묘한 일이긴 해도 유토를 실제로 만난 사나에도 지카라의 마음을 조금은 알 것 같았다. 안경에 둥근 코, 땅딸막한 체형의 유토는 어머니와 닮은 곳이라고는 없어 보였다. 사나에 앞에서도 예의가 발랐다.

택시에 올라탔을 때 보인 표정 중 눈에서 풍기는 느낌을 보고 그제야 어머니를 조금 닮았다고 생각했다. 안경을 쓴 탓에 바로 알아보지 못했지만 유토의 눈을 자세히 살펴보니 기름하고 아름다웠다. 그것을 보고 아아, 이 아이는 어머니를 여읜 아이구나, 하고 새삼 깨달았다. 지카라에게 들은 다카사키산의 이야기에 가슴이 찢어질 것 같았다.

지카라가 잠시 뜸을 들인 후 대답했다.

"유토 형이 거짓말은 안 했을 거야."

"……그렇겠구나."

사나에는 자신이 남편을 보고 싶어 하는지 알지 못한다.

그러나 겐에게 묻고 싶은 것은 많았다.

센다이로 가야겠다고 결심했다. 어차피 달리 갈 곳도 없다.

미야기현에는 지금껏 한 번도 간 적이 없다. 전혀 알지 못하는 곳이다.

벳푸에서 여기로 오는 내내 어깨와 목이 긴장해 뻣뻣해지고 눈이 묵직하니 아프다. 그런데 신경이 날카로워져서 잠이 오지 않았다.

"일찍 일어날 수 있겠니?"

사나에의 말에 지카라가 "응" 하고 대답했다.

조급한 마음에 아침 첫 비행기를 타고 센다이로 향했다.

센다이 공항에 도착해 비행기에서 내린 순간 아직 건물 안에 있는데도 오이타와 나고야와도 확연히 달라 동북 지역에 왔다는 실감이 났다. 코끝에 닿는 공기에서 뚜렷한 차이가 느껴졌다. 계절이 몇 단계를 훌쩍 뛰어넘어 한겨울로 접어든 것 같았다.

공항 창밖으로 보이는 오전의 활주로는 서리를 연상케 할 만큼 하얘서 썰렁해 보였다. 날씨도 별로 좋지 않다. 구름이 잔뜩 낀 하늘을 보니 왠지 이 땅에 환영받지 못한다는 생각이 들었다.

센다이역으로 향했다.

갈 만한 곳이 일단 센다이역밖에 없었다. 비행기에서 내려 짐을 찾아 전철을 탔다.

남편이 있다는 소식을 듣고 무작정 왔지만 역에 도착한 다음 행선지를 정하지 않았다. 센다이라고 말은 쉽게 해도 넓은 지역이다. 무턱대고 찾아 나선다 해도 남편을 만날 수 있을 리가 없다.

공항과 역은 연말의 귀성객으로 보이는 가족과 여행을 떠나는 중노년 부부로 들끓었다. 그것을 보자 원래 계획대로라면 지금쯤 벳푸에서 보내고 있었을 텐데, 하고 비참한 기분이 들었다. 기요스에 가족과 설음식을 만들고 함께 설을 쇨 예정이었다. 낯선 땅에서 사나에와 지카라 둘이서만 떡국 한 그릇도 없이 설을 보낼 줄은 몰랐다. 아들에게 이런 설을 쇠게 하다니 자신이 한심해서 견딜 수가 없었다.

역에 도착하면 오늘 묵을 곳부터 찾아야 한다. 벳푸에서 받은 급여가 있기는 하나 며칠씩 호텔에 머무를 만큼 여유롭지는 않다.

이곳에서 언제까지 지내면 될까.

생각하면 할수록 머릿속에서 생각이 어지럽게 엉킨다. 앞이 보이지 않는 상황에 조급하고 불안한 마음이 커져만 간다.

"……센다이는 지진 때문에 힘들었을 텐데."

"어?"

전철 안에서 지카라가 불쑥 중얼거렸다. 사나에가 고개를 들자 지카라는 창밖에 흐르는 경치를 보고 있었다.

"건물이 다 무너진 건 아니었네."

"……아아."

동일본 대지진에 대해 말하는 것이다. 7년 전쯤 대지진 당시 지카라는 겨우 네 살이었지만 동북 지역이 입은 피해의 규모를 막연하게나마 알고 있는 것이다.

"뉴스에서 보니 센다이는 예전 모습을 많이 되찾았다고 하더구나."

"아, 그래."

지카라가 다시 창밖을 본다. 아들의 말에 사나에는 새삼 동북 지역이 피해지였다는 사실을 기억해 냈다. 유토의 말만 믿고 무작정 오긴 했지만 남편은 여기서 뭘 하고 있을까. 전철 안은 난방이 잘 가동되고 있었다. 그런데도 바깥 공기가 얼마나 찬지 한눈에 보였다. 창문에 얼굴을 바싹 대자 겨울 특유의 고요하고 편안한 공기 냄새가 느껴진다.

목이 살짝 따끔거린다. 아침부터 숨 쉴 때마다 목에서 이물감이 느껴졌다.

어젯밤 푹 자지 못한 탓에 머리도 멍하다. 주의력과 기억력이 떨어진 듯해 개운하지가 않다. 등이며 온몸의 뼈 마디마디가 욱신거린다. 기분 탓으로 돌리고 싶었지만 등골에 오싹한 한기가 스치는 횟수가 비행기에서 내려서부터 많아졌다.

센다이역에 도착한 뒤에는 주변을 살피기보다 숙소를 확보하는 것에 집중했다. 휴대폰으로 검색한 숙소는 연말이기도 해 만실이었고 전화를 걸어도 예약으로 꽉 차 있었다. 조금 비싼 호텔이나 센다이역에서 떨어진 다른 역 근처의 호텔로 전화를 걸어도 마찬가지라 도중에 "휴대폰 번호를 남길 테니 혹시라도 예약 취소가 나오면 연락해 주세요" 하고 상대에게 부탁해 두었다.

그러는 사이 그중 한 곳에서 전화가 걸려 왔다. "오늘부터 2박 예정이었던 손님이 갑자기 취소를 했습니다" 하는 상대의 목소리가 그야말로 하늘에서 내려온 동아줄 같았다.

얼른 2박을 예약했다.

역에서 멀찌감치 떨어져 있는 그 호텔에는 택시를 타고 가는 편이 나을 것 같았다. 역 벤치에 고개를 숙이고 앉았던 몸을 일으켜 "지카라, 가자" 하고 아들의 손을 잡았다. 그러자 지카라가 화들짝 놀라며 사나에를 쳐다봤다.

"엄마, 손이 뜨거워."

정말 놀란 듯한 모습에 사나에는 아, 그렇구나, 하고 뒤늦게 깨달았다. 아들이 알아차릴 만큼 몸에 열이 난 것이다.

그러나 그것을 인정하기 두려웠다. 인정하면 일어서지 못할 것 같아 "지카라, 가자" 하고 다시 말했다.

호텔에 도착해 체크인을 위해 필요한 서류에 서명을 했다. 주소는 벳푸에서 살던 목욕탕 주소를 적었다. 볼펜을 쥔 손에 힘이 들어가지 않는다. 다 적은 후 열쇠를 받아 들고 지카라와 함께 7층 방으로 향했다.

볕이 잘 들지 않는 방이었다.

빈방에 안내되었을 뿐이라 금연실인지 흡연실인지도 모른 채 들어왔지만 엷게 담배 냄새가 난다. 침대 두 대와 TV가 놓인 작은 책상이 하나 있을 뿐인 좁은 방이다.

2박.

이곳에서 오늘부터 모레까지 지낼 수 있다. 2박 묵을 수 있다는 것은 연장도 가능하다는 걸까. 12월의 마지막 날과 새해 첫날에도 이곳에서 지낼 수 있을까.

오늘이 며칠이고 모레가 며칠인지 생각하려 해도 머리가 무거워서 답이 나오지 않는다. 좁은 방에 감도는 차가운 그늘 같은 냄새에 코를 막았다.

짐이 담긴 보스턴백을 바닥에 털썩 내려놓았다.

눈앞에 있는 커다란 침대에 쓰러져 눕고 싶은 충동을 더는 억누를 수 없었다.

"엄마!"

지카라의 놀란 목소리가 들린다.

미안하다는 생각은 하지만 일단 감긴 눈꺼풀은 들러붙은 듯이 다시 올릴 수가 없었다. 미안해, 미안해, 미안하다, 지카라. 지금 일어날 테니. 생각과 달리 몸이 움직여 주지 않는다.

머리가 너무 아프다.

침대에 몸을 던진 채 입을 열 수도 없었다. 몸을 일으킬 수 없었다.

2

엄마의 열은 꽤 높은 것 같았다.

이동하느라 피로가 쌓여 감기에 걸렸을지도 모른다. 이마를 짚지 않아도 붉게 달아오른 얼굴과 거친 숨결로 좁은 호텔 방 안에 엄마의 열이 한가득 퍼졌음을 느꼈다.

열을 재고 싶어도 체온계조차 없었다.

괜찮으냐고 물어도 엄마는 "괜찮아" 하고 대답할 뿐이다.

"병원에 가야 할 것 같은데."

지카라가 말해도 "응" 하고 건성으로 대답하고 고개를 젓는다.

"괜찮아. 좀 자면 나아질 거야."

오늘 처음 도착한 곳이라 병원이 어디 있는지 지카라와 엄마는 모른다.

침대에 누운 엄마는 옷을 갈아입을 기력도 없어 보였다. 힘없이 눈을 감은 채 입술을 움직인다. 뭔가 말했다는 것을 알아차리고 "뭐라고?" 하고 입가를 만지자 가냘픈 목소리로 "자도 될까?" 하고 묻는다.

뜨거운 입김이 지카라의 뺨에 닿는다.

지카라는 주먹을 꽉 쥐었다.

"응, 자."

사실은 불안했다. 낯선 땅에 와서 엄마와 하고 싶은 이야기는 물론 해야 할 이야기도 많다고 생각했다. 그래서 깨어 있으면 했다.

그러나 엄마의 얼굴이 평소와 다르다. 눈에 생기가 없고 목소리도 가냘프다.

"지카라."

잠꼬대하듯 엄마가 불렀다. 돌아보니 침대에서 몸을 일으키려 하고 있다. 가방을 열려고 하는 것을 보고 황급히 말했다.

"괜찮아, 자고 있어."

"돈을 줄 테니 편의점에서 도시락이나 저녁거리를 사 오렴. 만약 약국이 있으면 감기약도."

엄마가 염려하는 눈길로 지카라를 본다.

"직원한테 열 날 때 먹는 약이 있는지 물어봐 줄래?"

"그럴게."

"그럼 부탁하마. 그리고 마스크도."

그러고는 만 엔짜리 지폐를 내밀었다.

방을 나서려는데 "추워" 하는 목소리가 들렸다. 돌아보니 엄마가 침대 속에서 몸을 새우처럼 웅크리고 있었다.

"엄마?"

불러도 대답이 없다. 지카라에게 한 말이 아닌 듯했다.

이불을 머리끝까지 덮어 엄마의 얼굴이 보이지 않았다. 살짝 보인 엄마의 머리가 괴로운 듯 천천히 움직인다.

그 모습을 보고 입술을 깨물었다. 주머니 속의 만 엔을 움켜쥔다. 평소였다면 지카라에게 절대로 이렇게 큰돈을 주지 않았을 것이다. 춤 다니니 하는 약한 소리도 하지 않았다.

엄마 곁에 있어야 할 것 같기도, 엄마의 약한 모습을 더 이상 보면 안 될 것 같기도 했다. 고민을 떨쳐내듯이 호텔 방을 뒤로했다.

호텔 근처에 약국은 없었다.

편의점이 있으니 우선 주먹밥과 도시락, 인스턴트 된장국을 사서 돌아갔다. 지카라도 배가 고팠다.

방문을 열자 엄마 목소리가 들렸다.

아직 안 자나 싶어 무거운 봉지를 바닥에 내려놓으며 침대 쪽을 쳐다봤다. 몸을 반쯤 일으킨 엄마가 창가를 보며 전화를 하고 있었다.

"모레부터인데요, 네, 두 명이요. 싱글룸도 상관없어요. 한 명은 어린이라 같이 잘 수 있거든요."

엄마는 쉰 목소리로 모레부터 묵을 곳에 예약 전화를 하는 모양이었다. 지카라가 돌아왔다는 것도 알아차리지 못한 듯하다.

기다리던 대답이 아니었는지 "그럼—" 하고 전화기 너머로 말하는 엄마의 목소리가 울 것처럼 일그러졌다.

"그럼 저는 괜찮으니 어린이 한 명만이라도 어떻게 안 될까요?"

창문 앞에서 등을 구부린 엄마가 매달리듯 휴대폰을 두 손으로 꼭 잡는다.

그 모습에 지카라는 온몸이 마비되는 듯한 충격을 받았다.

지카라와 아빠, 할머니. 가족이 아닌 다른 사람에게 엄마가 이런 목소리를 내는 것은 처음 봤다. 무엇보다 어린이 혼자서는 숙박이 가능할 리 없다.

말도 안 되는 부탁임을 당사자인 엄마도 깨달았나 보다. "네. 그렇죠, 죄송합니다. 네—"하고 전화 상대를 향해 보일 리 없는데도 힘없이 고개를 떨군다.

지카라는 자신이 지금 통화 내용을 듣고 있다는 것을 엄마에게 알리고 싶지 않았다. 편의점 봉지를 바닥에 놔둔 채 방을 뛰쳐나왔다.

콧속이 시큰하다. 눈언저리가 땅기듯이 아프다. 고개를 푹 숙이고 엘리베이터로 갔다.

—어린이라.

—어린이 한 명만이라도.

엄마의 말소리가 되살아난다. 자신이 어린이라 엄마가 지켜 주지 않으면 잘 곳조차 확보하지 못한다는 것과 엄마의 몸에 열이 나는데도 아무것도 할 수 없다는 것을 뼈저리게 느꼈다. 약국을 찾지 못해 엄마에게 약조차 사다 주지 못한 것도.

엘리베이터를 타고 로비로 가는 내내 아빠를 생각했다. 아빠, 아빠, 아빠—. 도와줘, 아빠—.

그리고 깨달았다.

이런 상황에서도 누군가에게 도움을 청하는 것밖에 할 수 없다니.

생각해 보면 시만토에서도, 벳푸에서도 그랬다.

초등학생인 자신은 당연히 돈을 벌 수 없다. 그것이 당연하다고 생각했지만, 도쿄에서 지냈을 무렵 동급생 중에는 가업을 돕거나 극단에 들어가 아역을 맡는 아이들도 있었다.

지금 엄마가 쓰러진 것과 지카라가 아무것도 하지 않은 것은 아무런 관계가 없다. 관계없는데도, 왜, 지금, 이런 것이 떠오르는 걸까.

엘리베이터가 1층에 도착했다. 프런트에 젊은 남자가 있었다. 지카라와 엄마가 도착했을 때 체크인 수속을 해 준 사람이다.

힘겹게 용기를 내 "저기요" 하고 말을 걸었다.

"네?"

"이 근처에 약국 없어요? 그리고 병원도요."

"병원?"

"네."

누가 아프냐고 물어봐 주지 않을까. 한순간 기대했다. 그러나 물어봐 주지 않았다. 그는 그저 "있기는 한데" 하고 계속했다.

"병원은 큰 구급병원 같은 곳 아니면 죄다 문을 닫았을걸. 벌써 연말이라."

"연말⋯⋯."

그렇구나, 하고 절망적인 기분으로 깨닫는다. 젊은 직원이 "그래" 하고 끄덕인다.

"약국도 걸어갈 만한 거리에는 없는데. 근처에 개인 약국이 있긴 한데, 거기도 연말 휴가에 들어갔고. 설날 연휴가 끝날 때까지는 거의 다 문을 닫았을걸."

3

머리가 깨질 듯이 아팠다.

의식이 몽롱한 가운데 사나에의 머릿속에는 그동안 지나온 날들이 어지럽게 핑핑 돌았다.

이렇게 높은 열이 나는 것은 오랜만이었다. 벳푸에서 일이 아무리 고됐어도 몸은 멀쩡했건만.

자고 있는 동안 시댁과 친정에서 전화가 왔었다.

"얘야, 아범한테서 연락 없었느냐? 일이 이리 되어 미안하다" 하고 사과하는 시어머니의 전화.

"올해는 집에 안 오니?", "무리하지는 말고 당분간 여기서 지내면……" 하고 마음 쓰는 친정어머니의 전화.

두 사람 다 지카라가 잘 있는지 염려했다.

그 전화를 사나에는 침대에서 "괜찮아요", "괜찮아" 하고 받아넘기듯이 대답하고 끊었다. "새해 복 많이 받으세요"라는 인사말과 함께.

연말연시는 그런 시기인 것이다. 떨어진 가족이 연락을 주고받고 서로 안부를 확인하는 시기.

그러나 지금 침대에 누워 있는 사나에는 그 전화를 얄궂게 생각했다. 지카라의 여름방학에 도쿄를 떠나 반년 넘게 도쿄의 집에 돌아가지 않았다. 그런데 친정어머니조차 이 사실을 알지 못한다. 사나에가 태연한 목소리로 전화를 받으면, 자신의 몸에 열이 나는 것도 지카라와 단둘이 낯선 지역의 호텔에 있는 것조차 전해지지 않는다고 생각하니 갑자기 엉엉 울고 싶은 마음이 들었다. 지카라의 학교에서도 2학기 초에 사나에가 당분간 쉰다고 전화한 뒤에는 연락 한 통 없다.

사나에가 먼저 연락하지 않으면 아무도 자신들 모자를 신경 써서 돌아봐 주지 않는다.

이 호텔에는 모레까지 묵을 수 있다. 그 후에 지낼 곳을 확보해야 한다는 조급한 마음에 사나에는 여기저기 전화를 돌렸다.

그러나 지카라를 심부름 보낸 뒤 호텔 방에서 휴대폰을 쥐고 닥치는 대로 전화했던 일이 어디까지가 현실이고 어디부터가 꿈인지 혼란스러웠다. 친정어머니와 나눈 이야기도 열 때문에 본 환상일지도 모른다.

어느덧 기절하듯 잠들어 있었다. 눈을 떠 보니 방이 어두웠다.

방 안에 아들의 모습이 안 보여 "지카라?" 하고 불러 보지만 대답이 없다. 그러자 아랫배에서 묵직한 통증이 엄습해 화장실로 뛰어갔다.

목에 손을 얹고 상체를 굽혀 토하면서 아들은 어디 갔을까 생각한다. 낯선 곳에서 혼자 괜찮을까. 문득 벳푸에서 아들을 매일 방치한 것이 후회되었다. 더 신경 써 줘야 하지 않았을까. 벳푸와 달리 역에서 택시로 오는 도중에 대형 쇼핑센터와 오락실 같은 것이 있을 것 같았다. 그런 데서 놀고 있다면 그나마 괜찮지만 누군가 유괴하기라도 했다면. 뜬금없이 불길한 상상이 밀려든다.

화장실에서 나와 어두운 바닥 위를 보자 지카라가 사 온 비닐봉지가 놓여 있었다. 안에 도시락과 주먹밥, 페트병 차가 들어 있다.

비닐봉지를 책상 위에 놓고 페트병 차만 꺼냈다. 목이 말라 꿀꺽꿀꺽 마셨더니 다시 속이 메스꺼워졌다. 생수나 스포츠음료를 마시고 싶었다.

침대로 돌아가 다시 자고 있는데 잠시 후 지카라가 돌아왔다.

"엄마" 하고 부르며 어깨를 살살 흔든다. "응" 하고 건성으로 대답하자 지카라가 책상 위에 있는 도시락 봉지를 살펴보는 기척이 느껴졌다.

"밥은 안 먹었네?"

"……지금은 좀. 지카라, 너라도 먹어야지."

대답이 없다.

마침내 띄엄띄엄 "근처에 약국이 없어서" 하고 말하는 아들의 목소리가 멀게 들렸다. 응, 그럼 어쩔 수 없지, 하고 대답하는 자신의 목소리도 멀다. 온몸의 뼈마디가 쑤신다.

다음에 눈을 떴을 때는 방 안이 밝았다. 어느새 날이 밝아 커튼 너머로 노란 햇살이 비쳐 든다.

사나에는 퍼뜩 정신이 들어 침대에서 몸을 일으켰다. "지카라?" 하고 불렀다.

어제보다 몸이 다소 가벼워진 기분이다. 그러나 또다시 머릿속과 아랫배에 묵직한 통증이 되살아났다.

방 안은 조용했다. 밖에서 다른 방을 청소하는 청소기 소리가 들린다. 벽시계를 보니 10시가 지났다. 손도 대지 않은 도시락이 책상 위에 그대로 있었다.

아직 식욕이 없었다.

숨을 크게 들이마시고 다시 침대에 몸을 뉘였을 때 자기혐오가 엄습해 왔다. 초등학생 아들을 낯선 땅에서 혼자 내버려 두고 계속 잠이나 자다니, 무책임한 것도 정도가 있다.

샤워를 하고 싶었다. 어제 센다이에 도착했을 때 입고 있던 옷을 갈아입지도 않았다. 지카라에게 아침밥도 주지 않았다.

울고 싶은 심정으로 아들을 찾아가려 생각한 그때였다.

방 밖에서 "여기예요" 하는 지카라의 목소리가 들렸다. 방문이 열린다.

"실례합니다" 하는 낯선 여자의 목소리가 났다.

낯선 목소리에 사나에는 눈을 동그랗게 떴다. 돌아온 지카라는 어제와 다른 옷을 입고 있었다. 그리고 아들은 혼자가 아니었다. 처음 보는 젊은 여자와 함께였다.

놀라는 사나에를 향해 "아, 그대로 가만히 계세요" 하고 그녀가 말했다.

패딩 점퍼에 청바지 차림, 머리가 짧은 활발해 보이는 여자다. 사나에보다 젊어 보이지만 20대 같지는 않다. 30대 초반쯤 되었을까. 그녀가 말했다.

"갑자기 찾아와서 죄송해요. 지카라 군이 엄마가 여행지에서 몸살이 났다고 해서요. 저는 커뮤니티 디자이너로 일하는 다니카와 요시노라고 합니다."

그녀가 몸을 굽혀 지카라 쪽을 돌아본다.

"따뜻하게 드실 만한 죽을 좀 가져왔는데, 드실 수 있으세요?"

그녀 옆에 선 지카라가 스티로폼 그릇을 들고 있다. 가다랑어포 냄새와 은은한 간장 냄새. 그릇에서 하얀 김이 피어오른다.

그 냄새에 감싸인다고 생각한 순간 텅 빈 사나에의 위 속에서 꾸르륵 소리가 작게 울렸다.

4

도움을 청하는 거다.

머릿속에 그 목소리가 맴돌았다.

어린이라 아무것도 못 할지도 모른다.

그러나 어린이이기 때문에 도움을 청해도 된다. 세상 어른들 모두
가 도와주지는 않을 것이다. 어떤 한 사람이 도와주지 않더라도 다른
사람에게 다시 도움을 청하면 그 사람은 도와줄지도 모른다.

—적어도 네 아빠나 엄마라면 모르는 사람을 도와줄 거다. 그렇지?

몸속에서 들리는 듯한 그 목소리를 버팀목 삼아 달렸다. 약국이 근
처에 없다고 해 어디로 가면 되는지 길을 물었다. 약국에서 약을 사면
호텔 프런트로 돌아가 도움을 청해야겠다고 다짐했다.

어젯밤 엄마는 지카라가 사 온 도시락을 손도 대지 않았다. 자면서
고열에 시달려 헛소리를 연신 늘어놓기에 반드시 약이 필요하다고 생
각했다. 차게 식은 주먹밥은 지카라에게도 별로 맛있지 않았다. 엄마
에게 따뜻한 밥을 먹이고 싶었다.

오전 시간대의 거리를 조깅하는 속도로 달려 약국으로 향했다. 하
얀 입김이 나왔다. 얼마 전까지 지내던 벳푸의 거리와는 아침 온도가
완전히 다르다.

낯선 거리를 달리는 것은 불안의 연속이었다. 프런트에서 그려 준
약도에 따르면 큰길로 나간 뒤에는 거리는 좀 있어도 직진해서 쭉 가
면 되는 듯하다. 그러나 자칫 헤매다가 엄마 곁으로 돌아가지 못할까
봐 조바심이 났다.

다행히 이제 막 문을 연 약국에 뛰어들어 열이 났을 때 먹는 감기약을 샀다. 지카라가 감기에 걸렸을 때 엄마가 준 스포츠음료 두 병과 마스크까지 구입하자 짐이 무거워져 음료는 근처 편의점에서 살걸, 하고 후회했다.

호텔 방으로 갔을 때 엄마가 혹시 움직이지 못하면 어떡하지? 좀 멀리 나왔을 뿐인데 그런 생각이 들어 섬뜩했다. 지카라는 발걸음을 재촉했다.

그런데 왔을 때는 조용했던 구민 회관 같은 곳 앞에 사람들이 하나둘 모여들었다. 커다란 승합차 여러 대가 서 있고 아무도 없었던 곳에 활기가 돌고 있었다.

발걸음을 멈춘 것은 그곳에서 좋은 냄새가 났기 때문이다. 따뜻한 간장 냄새와 국물을 우려낼 때 나는 냄새. 고개를 향하자 아까는 모르고 지나쳤던 포스터가 붙어 있었다.

'설날, 어린이 재롱 잔치'

설날에 둥근 떡 두 개를 쌓아 장식하는 설떡 그림과, 나무 라켓으로 깃털 공을 치며 전통 놀이를 하고 있는 아이들 그림. 밑에 작은 글씨로 '인형극, 떡국과 단팥죽 서비스'라고 쓰여 있었다.

그것을 보고 냄새의 정체를 알았다. 이건 떡국 냄새다. 아직 연말이지만 설날에 있을 재롱 잔치 준비를 하는 것일지도 모른다. 설치된 천막 아래 학교에서 급식 때 사용하는 큼직한 은색 냄비가 보였다.

도움을 청하라는 목소리가 다시 가슴속에 울려 퍼졌다.

가만히 서 있으면 어른들이 분주하게 움직이느라 아무도 지카라를 알아차리지 못할 것이다.

천막을 향해 한 걸음 내디뎠다. 이 부근에 사는 아이들을 위한 행사다. 웬 뻔뻔스러운 아이냐고 생각할 테지만 지금은 그런 것을 따질 때가 아니다.

"실례합니다."

처음에는 작고 위축된 목소리가 나왔다. 그래서 이번에는 배에 힘을 주고 외쳤다.

"실례합니다!"

작업을 하던 어른이 알아차렸다. 지카라의 엄마보다 조금 젊어 보이는 남자다. 지카라를 보더니 "미안하구나" 하고 말한다.

"오늘은 준비만 하는 거란다. 내일 아침부터 새해 3일까지 여기서 매일 다른 행사를 한단다."

"떡국을 나눠 주실 수 있나요?"

목 한가운데가 화끈거렸다. 남자가 어리둥절한 표정을 지었다.

"저는 여기 안 살고 여행……하러 왔는데요. 호텔에서 지금 엄마가 감기 몸살로 누워 계세요. 엄마한테 밥을 드리고 싶어서."

지카라가 이야기하는 사이 다른 어른들이 알아차리고 모여들었다. 뭐야, 무슨 일이야? 하는 그 표정을 보고 창피해서 뺨이 화끈거렸다.

"죄송합니다. 부탁드립니다."

머리를 숙인 채 그렇게 말했을 때였다.

"사과할 것 없어."

한 여자가 천연덕스럽게 말했다.

고개를 들자 패딩 점퍼에 청바지를 입은 여자가 바로 앞에 서 있었다. 입술을 깨무는 지카라에게 "큰일이구나" 하고 말을 건넨다.

"엄마랑 둘이 왔니? 호텔은 가깝고?"

"멀어요."

엉겁결에 대답하고 나서야 차로 가면 멀지 않을 거라고 고쳐 생각했다. 달려온 탓에 콧속이 아팠다.

지카라가 더듬거리며 말했는데도 그 사람은 뭔가 알아주는 듯했다. "혼자 걸어 왔니?" 하고 묻는 목소리가 상냥해서 몸에 잔뜩 들어갔던 힘이 그제야 조금 풀어지는 듯했다.

"내가 같이 갈게. 안내해 줘."

그 사람이 차 열쇠 같은 것을 손에 들고 말했다.

5

"떡은 소화가 잘 안 돼서 떡국 국물에 밥을 넣어 죽으로 끓였어요. 조금 식었지만 드셔 보세요."

다니카와 요시노라는 여자가 힘차게 말했다.

"저도 여행자 같은 처지예요. 집을 떠나 객지에서 몸이 아프면 힘들죠. 그 기분 잘 압니다."

약국에서 돌아오는 길에 지카라가 처음 만난 여자에게 도움을 청했다는 이야기를 듣고 사나에는 몹시 놀랐다. 모르는 사람에게는 말을 걸지 못하는 아이라고 생각했다. 하물며 자신들은 남들에게 선뜻 말 못할 사정을 안고 있다.

"지카라가 그런 일을……."

무심코 내뱉자 지카라가 대뜸 강한 눈빛으로 노려본다.

"나 혼자서는 어떻게 할 수가 없었어. 도움 받자, 엄마!"

아들의 기세에 눌려 곧바로 "그게 아니라" 하고 고개를 저었다.

"놀랐을 뿐이란다. 고맙다, 지카라."

지카라는 고개를 돌리고 아무런 대답이 없었다. 요시노가 이어서 말했다.

"벳푸에서 오셨다고 들었어요. 지금은 몸 상태를 회복하는 것만 생각해 주세요. 오늘은 섣달 그믐날이잖아요."

그제야 아, 그렇구나, 하고 생각했다. 내일이면 해가 바뀐다. 새해가 온다.

"지내실 곳도 짚이는 곳이 있으니 잠깐만 기다려 주세요. 이 호텔은 오늘까지고 다른 호텔은 예약이 꽉 찼다고 지카라 군에게 들었거든요. 내일 밤부터 묵을 수 있는지 지금 확인 중이에요. 만약 그사이에 시판 약으로 몸 상태가 회복되지 않으면 저희와 같이 활동하는 멤버 중에 의사도 있으니 그 사람에게 진찰받을 수도 있답니다."

사나에가 미안해할 틈도 주지 않고 요시노가 말했다.

요시노의 직업인 커뮤니티 디자이너는 자치단체 등에서 의뢰를 받아 그 지역의 과제와 문제 해결을 돕는 일을 한다고 한다. 행정과 주민, 민간 기업 사이에서 그 지역을 어떻게 개선할지 상호 작용을 하며 함께 생각해 나간다. 그런 직업이 세상에 있다는 것을 사나에는 처음 알았다.

안이한 생각이지만 행정이라는 말을 듣고 낯선 그녀에 대한 긴장이 조금 풀렸다.

"이번에는 전에 함께 활동했던 비영리단체, 즉 NPO에서 연말연시에 행사를 한다길래 도우러 온 거예요. 저희 회사 이름은 '프로세스넷'인데요, 인터넷에 검색하면 회사 홈페이지가 뜨니까 괜찮으시면 한번보세요."

수상한 사람이 아니라는 듯 명함을 내밀며 가르쳐 주었다.

"그렇게까지 신세를 질 수는―."

폐를 끼쳐서는 안 된다. 왜 이렇게 친절히 대해 주는 걸까. 고개를 드는 사나에에게 그녀가 즉시 고개를 내저었다.

"괘념치 말 것. 밤에 또 올게요."

요시노가 존댓말이 아닌 단호한 말투로 딱 잘라 말했다. 그 말에 그녀가 왜 이렇게까지 해 주는지 조금은 알 것 같았다. 지카라다. 지카라가 도움을 청했기 때문에 모른 척할 수가 없었던 것이다. 이번에는 지카라가 말했다.

"엄마. 나, 돕고 와도 돼?"

사나에는 말없이 지카라를 쳐다봤다.

"죽도 받았으니 답례로."

"그래도……."

지카라와 요시노를 번갈아 봤다. 지카라가 할 수 있는 일이 있을까. 그러자 사나에의 마음을 읽기라도 한 듯 요시노가 빙그레 웃었다.

"그럼 엄마가 허락하시면 도움 좀 받아야겠다. 고마워. 큰 도움이 될 것 같아."

"괜히 폐를 끼치는 건 아닌지."

사나에가 서둘러 말하자 "전혀" 하고 고개를 내저었다.

"저녁에는 돌아올게요. 물론 제가 바래다줄 거고요. 무슨 일 생기면 전화 주세요."

가볍게 말한 뒤 두 사람이 함께 나갔다. 닫힌 문 너머로 지카라가 요시노에게 "요시노 누나, 이거요" 하고 말을 건네더니 그녀도 "아, 정말 이네" 하고 웃음으로 답하는 기척이 났다.

다시 조용해진 방에서 사나에는 천천히 식사를 했다. 죽은 조금 식었지만 한 입 먹자 몸속에 깊이 스며드는 것 같았다.

방금 알게 된 사람에게 아들을 맡겨도 괜찮을까. 생각하면 끝없이 불안했지만 지금은 혼자 느긋하게 잘 수 있는 것이 무엇보다 고마웠다. 게다가 볕도 잘 들지 않는 좁은 방에 함께 있다가 괜히 지카라에게 감기를 옮길까 봐 걱정되었다.

죽을 반쯤 먹고 약을 먹은 뒤 마스크를 착용하고 한숨 잤다. 약 두 시간 뒤에 눈을 뜨자 통증과 함께 머리에 안개 서린 듯 흐리멍덩하던 것이 조금 가신 듯했다. 지카라가 사 온 스포츠음료를 마신 뒤 휴대폰으로 요시노의 회사를 검색했다.

여러 자치단체를 돕고 있다더니 사실인 듯했다. 홈페이지에는 일본 전국의 다양한 지역에서의 활동이 소개되어 있었다. 쇠퇴한 잡거빌딩의 재생, 지역 주부를 모집해 NPO 설립, 어린이 방범 체제 만들기, 독거노인을 고립시키지 않기 위한 시도 등 큰일을 많이 맡고 있다.

사나에 모자가 갔던 효고현 이에시마에서도 활동했는지 낯익은 항구 근처의 사진이 올라와 있었다. 그 사진을 보고 먼 여름날이 그리워졌다. 그와 별개로 싱글맘의 섬이라 불리는 곳에서 육아하는 엄마들의 활동을 돕는 모습도 소개되어 있어 아아, 이런 사람들을 여기저기서 많이 봐 온 사람이구나, 하고 납득이 갔다. 그래서 사나에와 지카라를 도와주었는지도 모른다.

요시노의 말대로 지카라는 저녁에 돌아왔다. 편의점이 아닌, 어딘가 개인 상점에서 만든 듯한 도시락 두 개를 가지고 돌아왔다.

"요시노 누나가 내일 아침에 데리러 온대."

"지낼 곳을 찾아냈다는 거니?"

"응."

비싼 호텔이나 전통 여관 같은 곳이라면 비용을 감당하기 힘들다. 이 호텔과 사나에 모자의 행색을 봤으니 분명히 괜찮겠지만, 벳푸에서 모은 돈이 그저 잠만 자는데도 순식간에 없어지는 것이 아까웠다. 어쩔 수 없는데도 속상했다.

도시락은 2단으로 되어 있는데 아랫단에는 메밀국수가 들어 있었다. 손수 만든 것처럼 보이는 조림에는 간이 잘 배어 있고, 한 조각 들어 있는 달걀말이도 달콤하고 맛있다. 봉지에 든 메밀국수 소스를 용기에 붓자 멀리서 제야의 종소리가 들렸다.

"도우러 가서 뭘 했니?"

"인형극 준비."

"인형극도 하는구나."

"응."

"작품은?"

"<장화 신은 고양이>"

"넌 뭘 도왔어?"

"그냥 이것저것."

드문드문 이야기를 주고받는 가운데 뎅 하고 다시 종소리가 울렸다.

이튿날 지카라의 말대로 요시노가 데리러 왔다. 그녀의 동료인 젊은 남자도 함께였다. 그가 체크아웃을 마친 사나에 일행의 짐을 승합차로 실어 주었다.

"시내에서 좀 떨어진 곳이라 차로 갈게요."

열은 제법 내렸지만 두통은 여전했다. 이틀 만에 밖에 나오자 찬 공기에 뺨이 얼얼하다. 사나에는 "죄송해요, 이래저래 신세가 많습니다" 하고 사과하면서 뒷좌석에 앉았다. 지카라는 어제 하루 만에 요시노 일행과 친해졌는지 조수석에 앉아 있다. 바깥 경치를 흥미로운 눈길로 바라보며 그들에게 질문을 던지곤 했다.

사나에는 낯선 지역의 거리가 창밖을 흘러가는 모습을 멍하니 바라봤다. 시내의 큰길을 빠져 나가자 사방에 숲과 밭이 펼쳐졌다.

한가로운 풍경이었다. 새해라서인지 지나가는 신사와 공원마다 사람들이 모여 모닥불을 피우는 모습도 눈에 띄었다.

"여기예요."

요시노가 말하자 차가 멈췄다. 뒷좌석에서 몸을 일으킨 사나에는 눈을 동그랗게 떴다.

"여기, 라고요?"

아직 좁은 시골길 중간이었다. 여관이나 호텔이 있어 보이지는 않는다.

차에서 내려 고개를 들자 바로 옆에 새로 지은 건물이 있었다. 노출

콘크리트 벽에 큼직한 창문. 도시에서 '디자이너스*'라 불리는 주택이 이런 외관이었던 것 같다.

입구 근처의 창가에 절로 눈길이 갔다. 수많은 사진이 밖을 향해 걸려 있었다. 젊은 커플의 결혼식 사진과 모두 진지한 표정을 한 가족사진. 갓난아기와 어린아이가 옷을 귀엽게 차려 입고 찍은 사진도 많다.

대문 근처의 우편함 위에 간판이 나와 있는 것을 뒤늦게 알아차렸다.

'가시자키 사진관'

거기에는 그렇게 쓰여 있었다.

6

"아아, 왔구나. 이쪽이야."

가시자키 사진관에서 젊은 남자가 얼굴을 내밀었다. 목이 둥근 니트에 청바지를 걸쳤고 나이는 대학생이나 그보다 조금 많아 보인다. 안경알이 큰 멋스러운 안경을 썼고 키가 훤칠하다. 그 사람을 향해 요시노가 "잘 부탁해. 고타로 군" 하고 말했다.

지카라와 엄마가 간 곳은 사진관 건물이 아니라 그 옆에 있는 집이었다. 세련되고 새로 지은 듯한 사진관과는 달리 이 집은 낡은 일본 가옥이었다. 안내를 받아 들어간 다다미방에는 커다란 장롱과 불단이

---

* 획일적이지 않고 독특하고 개성 있는 디자인의 건축물.

있었다.

"저—."

엄마가 당혹스러워하며 요시노와 그녀가 '고타로 군'이라고 부른 남자 쪽을 본다.

"여기는 호텔이나 여관 영업을 하는 곳인가요? 아니면 민박이라든가요."

"아, 아니에요. 숙박업소가 아니라 그냥 아는 사람을 재워 주는 곳이에요."

지카라도 요시노에게서 머물 곳을 발견했다는 정도만 들었다. 설마 친척도 아닌 사람의 집, 그것도 불단이 있는 방에서 지내게 될 줄은 몰랐다.

고타로가 설명했다.

"요시노 씨와 프로세스넷 스태프도 자주 묵고, 대지진 후에는 자원봉사자들도 많이 재워 줍니다. 얼마 전에는 제가 도쿄에서 전문학교 다녔을 때 동창들이 여기서 지내며 일을 도와줬는데 지금은 다들 집으로 돌아가서 마침 아무도 없는 상태입니다. 평소에는 집에 할아버지와 저, 둘밖에 없고 방도 남아돌아요."

"고타로 군은 사진도 찍지만, 사진 보정과 편집도 해서 우리도 업무상 가끔 신세 지고 있거든. 이번처럼 행사 때 도움도 받고."

요시노가 설명을 거들었다.

"오늘부터 당분간 나도 함께 묵기로 했으니 안심하고 지내도 돼요."

"고맙긴 한데…… 정말 괜찮을까요?"

머뭇거리는 엄마의 말에 요시노가 빙그레 웃었다.

"걱정도 많으셔. 대신 오늘도 하루 종일 지카라 군을 빌릴게. 행사 준비를 도와줬으면 하거든."

"좋아요."

엄마 대신 지카라가 대답했다. 안경을 쓴 고타로가 엄마에게 "몸은 좀 어떠세요? 금방 이부자리를 봐 드릴게요" 하고 말하고는 척척 준비했다. 지카라가 봐도 엄마는 아직 속이 안 좋아 보였다.

행사를 도우러 가기 위해 요시노 일행과 차로 돌아오자 옆 사진관에서 할아버지가 나왔다. 체격이 크고 등이 약간 굽었다. 따뜻해 보이는 니트 모자를 쓰고 있었다. 요시노가 "할아버지" 하고 부른다. 고타로의 할아버지인 모양이다.

"이 아이냐?"

"네. 아이 엄마는 방금 안채에서 고타로 군에게 부탁하고 왔어요. 아직 몸 상태가 안 좋은 것 같아요."

요시노가 지카라를 흘끗 본 뒤 할아버지에게 "잘 부탁드립니다" 하고 인사했다. 지카라도 뒤늦게 "잘 부탁드립니다" 하고 머리를 숙였다. 가시자키 할아버지가 그래그래, 하고 고개를 두 번 끄덕였다. 표정 변화가 거의 없어서 지카라와 엄마가 온 것이 불편한가 싶어 걱정되었다. 그런데 다음 순간 할아버지가 그 얼굴 그대로 "떡 좋아하느냐?" 하고 물었다.

"……네."

"돌아올 때까지 잘 쳐 두마."

할아버지가 그렇게 말해 주었다. 몸태가 드러나는 얇은 니트를 걸치고 있어 나이든 사람의 복장 같지가 않았다. 사진 찍는 일을 하고 있어서일지도 모르지만 몸이 날렵해 보여 멋있고, 모자도 왠지 예술가 느낌이 물씬 풍겼다.

센다이 시내의 행사장으로 향하는 차 안에서 요시노가 사진관에 대해 가르쳐 주었다.

"원래 가시자키 할아버지가 할머니랑 둘이서 운영했는데 할머니가 돌아가셨거든. 고타로 군 아버지는 사진과 상관없이 도쿄에서 직장에 다니고. 손자인 고타로 군이 사진 공부를 해서 지금은 이쪽에 와서 할아버지랑 사진관을 운영하고 있어. 건물도 새로 짓고."

"그랬구나."

"지카라 군은 사진관에서 사진 찍은 적 있어?"

"입학식 때 간 곳이 사진관인가."

아빠와 엄마와 지카라, 셋이서 할머니 집 근처의 쇼핑센터 안에 있는 가게에서 사진을 찍었다. 그런데 그곳은 스튜디오 뭐라든가 하는 영어 이름으로, 가시자키 사진관과는 분위기가 사뭇 달랐다.

정월 초하루의 행사는 성황이었다.

인근에 있는 신사에서 참배를 하고 나온 사람들이 많이 들렀다. 지카라도 떡국을 쟁반에 담아 사람들에게 나눠 주거나 쓰레기 분리수거를 했다. 요시노가 인형극에서 아역이 필요하다며 "인형 조작까지는 안 해도 되니까 목소리만 맞춰 줘" 하고 부탁했다.

행사장 근처에 마이크로버스가 정차할 때마다 많은 사람이 내렸다.

버스에서 내린 사람은 모두 이 동네 주민일까. 내려온 사람들이 "오랜만이야", "아이고, 새해 복 많이 받아요" 하고 서로 인사를 나누었다.

떡국을 먹거나 어른들끼리 떠들썩하게 근황을 전하는 행사장에서 인형극을 보는 사람은 별로 없을 줄 알았다. 그런데 오후에 극이 시작되자 비닐시트를 깔아 만든 간이 무대 앞에는 꽤 많은 사람이 모여 있었다. 아이를 동반한 가족이나 어린이들뿐만 아니라 노인끼리 모인 그룹도 많았다.

지카라가 무대 귀퉁이에 쭈그려 어린이 인형에 맞춰 목소리를 내자 노인들 사이에서 "방금 아이 목소리가 아닌가", "아이가 소리를 내고 있구먼" 하는 소리가 들려 창피해서 얼굴이 화끈 달아올랐다. 곧바로 "잘하는데!" 하는 소리가 이어져 뛸 듯이 기뻤다.

인형극 마지막에는 손님들이 모두 박수를 쳐 주었다.

"오늘 버스를 타고 온 사람들은 이 부근 가설 주택에서 왔어. 원래 같은 지역에 살던 사람들인데 지금은 따로따로 살고 있거든."

뒷정리를 마치고 엄마가 기다리는 사진관으로 돌아가는 차 안에서 요시노가 가르쳐 주었다.

가설 주택이라는 말은 TV와 신문에서 수없이 듣고 봤다. 7년쯤 전에 동북 지역을 덮친 재해는 초등학교에 들어가기 전이었던 지카라도 어느 정도 기억하고 있다.

버스에서 내린 사람, 이미 와 있던 사람이 서로 반갑게 맞이하며 "새해 복 많이 받아요", "잘 지냈소?" 하고 팔과 어깨를 두드리며 이야기하던 광경이 떠올랐다.

요시노에게 뭔가 말하고 싶었지만 뭘 말하면 좋을지 몰랐다. 재해를 입어 지금도 가설 주택에 사는 사람이 있다는 것을 머리로는 알고 있어도 실감한 것은 처음이었다. 무슨 이야기를 해도 경솔한 말이 될 것 같아 아무 말도 나오지 않았다. 아무 반응도 못하는 것도 왠지 속상하고 누구에게랄 것도 없이 미안한 마음이 들었다.

집으로 돌아가자 엄마의 얼굴빛이 아침보다 한결 좋아졌다. 낮에 고타로가 달걀이 들어간 죽을 끓여 줬다고 한다.

사진관에는 새해를 맞아 기모노 차림으로 가족사진을 찍으러 오는 손님이 끊이지 않았다고 한다. 내일부터도 예약이 많이 잡혀 있다고 한다.

"내일은 일어날 수 있을 것 같아요. 저도 뭔가 돕게 해 주세요."

엄마가 말하자 고타로와 요시노가 "괜찮아, 우선 몸부터 추슬러야지" 하고 웃었다.

"감기가 도지면 더 심한 병에 걸릴지도 몰라요. 건강을 회복한 뒤 만약 부탁드릴 일이 생기면 말씀드릴게요."

저녁상 한가운데 아침에 할아버지가 약속한 떡이 놓여 있었다. 팥소 떡과 연두색 떡이 한 접시씩 있었는데, 연두색 떡은 풋콩을 갈아 만든 '즌다모치'라고 엄마가 가르쳐 주었다. 할아버지는 말수가 적어 지카라와 엄마에게 말을 붙이지 않았지만 지카라는 큰마음 먹고 "할아버지, 고맙습니다" 하고 말해 봤다. 할아버지가 "그래" 하고 고개를 끄덕인다.

그날 밤 지카라와 엄마는 낯선 집 천장 아래 나란히 누워 잠들었다. 요시노는 안쪽 방에 묵는다던데 아직 안 자는지 거실 쪽에서 작게 말소리가 들렸다.

묵직한 손님용 이불에서는 볕에 널었다 금방 걷어 온 듯이 해님 냄새가 났다.

7

요시노 일행의 행사가 끝난 날 저녁에 지카라가 "엄마한테 부탁할 게 있어" 하고 입을 열었다.

가시자키 사진관에 신세를 진 지 사흘째. 이제 열도 내렸고 두통과 복통도 없었다. 앓고 난 직후라 나른한 감이 다소 남아 있긴 해도 드디어 몸이 회복되었다.

행사를 도운 뒤 머물고 있는 방으로 돌아온 아들의 진지한 눈빛에 순간 무슨 일인가 싶어 긴장했지만 부탁은 사소한 것이었다.

"요시노 누나네 인형극에 사용한 인형 말이야, 보니까 너덜너덜하더라고. 인형 옷이 찢어지고 솜이 삐져나온 것도 있었어."

"그랬구나."

"엄마가 고쳐 주면 안 돼?"

인형극에서 지카라가 아역 목소리를 냈다는 이야기를 들었다. 지카라가 머뭇거리며 사나에의 얼굴을 보지 않고 덧붙였다.

"내가 말해 버렸거든. 요시노 누나한테. 우리 엄마라면 아마 고칠 수 있다고."

"그거였니? 그래, 해 줄게."

그 말에 지카라의 얼굴이 환해졌다. "정말?" 하고 들뜬 목소리로 묻는다.

"그래. 일단 봐야 알겠지만."

"요시노 누나한테 말하러 갈게."

지카라가 방을 뛰쳐나간다. 잠시 후 요시노가 혼자 종이박스를 안고 찾아왔다.

"미안, 이건데."

종이박스 자체도 꽤 낡아 모서리가 닳아 있다. 안을 살펴보니 인형 개수는 얼마 없어도 먼지가 껴 있고 지카라의 말대로 옷이 터진 인형이 많았다.

"아아. 이거 세탁하는 편이 나을 것 같아요."

"인형을 세탁한다고? 몰랐는걸."

"물론 세탁기로 한꺼번에 빠는 게 아니라 중성세제로 손빨래하면 괜찮을 것 같은데. 그리고 세제를 묻힌 헝겊으로 닦으면 될 거야."

요시노의 말투에 맞춰 사나에도 편하게 말했다.

"와, 고마워. 난 바느질이랑 빨래는 젬병이거든. 워낙 오래된 인형이라 언젠가는 무슨 방도를 마련해야겠다고 생각했는데."

"곧바로 사용할 예정이 있나요?"

"아마 다음 달쯤? 그런데 그때는 내가 직접 관여하는 곳이 아니라 다른 NPO에 빌려줄 예정이야."

요시노가 사나에의 손에 있는 인형을 본다.

"그래도 무리하지는 말고. 사나에 씨도 이제 곧 도쿄로 돌아갈 거지? 방법만 가르쳐 주면 나랑 동료들이 세탁할게."

"그건 괜찮은데요."

그것은 사나에의 사정이고 몸이 회복되면 여기서 나가야 할 것이다. 그렇게 생각하니 지난 며칠간 잊고 지냈던 불안이 되살아나 아랫배가 묵직해진다. 사나에의 그런 모습을 알아채지 못했는지 요시노가 가볍게 "큰 도움이 되었어" 하고 중얼거린다.

"이 인형, 우연히 알고 지내던 극단이 해산할 때 우리한테 넘겨준 거야. 이제 꽤 낡았지. 여기저기 빌려줘서 곳곳을 누비고 다닌 인형인데."

"극단 사람들과 일하기도 하는군요."

요시노의 일이라면 그럴 만도 하다. 극단이 공연을 하려면 장소가 필요하다. 지방 공연이나 자원봉사 공연 등으로 관여하는 일도 많을 것이다.

"혼조 겐이라는 사람을 알아요?"

분위기에 휩쓸려 묻게 되었다.

센다이라는 전혀 알지 못하는 지역에 남편이 있다면 극단 관련해서 뭔가를 하고 있어서가 아닐까. 지진 후에 많은 극단과 가수가 피해지에서 공연을 했듯이.

"혼조 겐 씨요?"

"제 남편이에요. 지카라의 아빠죠. 이쪽에 일로 와 있을 텐데 연락이 안 돼서."

"혼조 겐 씨라."

요시노가 중얼거리는 것을 듣고 이 사람이라면 남편을 알고 있지 않을까 하는 기대와, 작년의 스캔들 보도로 알려졌을지도 모른다는 불온한 마음이 한데 뒤섞였다.

그러나 요시노는 가볍게 고개를 저었다.

"미안, 모르겠어. 그런데 힘들겠다. 요컨대 남편이 일하는 곳에 찾아왔는데 행방을 모른다는 건가? 내가 주변에 물어볼까?"

"남편은 도쿄에서 극단원으로 활동하던 중—."

이야기하면서 걱정스레 이쪽을 살펴보는 요시노를 보고 있었더니 문득 마음이 떠밀렸다. 지카라의 말이 떠올랐다. 호텔에 쓰러져 요시노를 데리고 돌아온 지카라가 "도움 받자!" 하고 외친, 그 목소리가 아직 귓가에 남아 있다.

남편을 찾자. 다시 시작하든 끝을 내든 일단 찾는 것이 먼저다.

"요시노 씨에게 부탁할 게 있어요."

사나에와 지카라가 도망치고 있다는 것, 남편을 찾고 있다는 것을 털어놓기로 결심했다. 남편을 찾을 수 있게 도와 달라고, 찾을 때까지 여기서 지내게 해 달라는 것도.

"인형 관리든 뭐든 다 할게요. 그러니, 부탁합니다."

그렇게 말하고 머리를 깊이, 코가 땅에 닿도록 숙였다.

8

"뭐해?"

사진관 바닥에 청소기를 돌린 뒤 스튜디오 안쪽 책상에서 작업 중인 고타로의 손을 들여다본다.

이곳에 오고 나서 사진관의 아침 청소는 지카라의 몫이 되었다. 오늘로 어느덧 2주째다. 처음 일주일간은 가시자키 사진관에 설날 사진을 찍는 손님이 끊이지 않았지만, 겨울방학 기간과 성인의 날*이 지나고서야 다소 잠잠해졌다.

* 1월 둘째 주 월요일.

사진을 찍으러 오는 손님들이 "오, 새 조수가 들어왔나?" 하고 묻기도 하지만, 그럴 때 지카라가 가만히 있어도 고타로와 할아버지가 "그렇죠, 뭐" 하고 대답한다. 그동안 자원봉사자를 비롯해 많은 사람들이 오가서인지 두 사람이 그렇게 말하면 손님들도 더는 묻지 않았다.

자세한 경위는 듣지 못했지만 엄마에게 이곳에서 당분간 지내게 되었다는 말만 들었다.

―극단에 있었다고 하던데, 자네, 헤어 메이크업 할 줄 아는가?

지카라 모자를 남기고 요시노가 다음 일을 하러 이곳을 떠나기 전날 밤, 할아버지가 엄마에게 물었다.

이 나이대 어른이 '헤어 메이크업'이라는 단어를 사용하는 것이 지카라는 의외였지만, 엄마가 "할 줄 압니다" 하고 대답한 것에는 더욱 놀랐다. 늘 소극적으로 말하는 엄마는 분명히 "제가 할 수 있을지"라든가 더 겸손하게 말할 줄 알았다. 엄마가 의연하게 "극단을 그만둔 후에도 가끔 의상과 메이크업 스태프로 동원되었거든요" 하고 할아버지 얼굴을 똑바로 보고 당차게 설명했다.

할아버지는 "그렇군" 하고 중얼거리더니 엄마를 사진관 스튜디오 쪽으로 안내했다.

그 이튿날부터 엄마는 손님의 헤어 메이크업을 담당하게 되었다. 손님에게 "어떤 식으로 해 드릴까요?" 하고 당당히 묻고, 사전에 협의를 하러 온 손님에게 의상에 관해 조언을 하기도 했다. 기모노 입는 손님을 도울 수 있도록 다음주부터 동네 미용실로 기모노 입는 법을 배우러 간다고 한다.

어제도 가족사진을 찍으러 온 손님의 아기가 칭얼거리자, 카메라를 들고 있는 할아버지 뒤로 가서 "아가, 여기 보렴!" 하고 인형을 흔들어 아기를 까르르 웃게 하며 카메라 쪽을 보게 만들었다.

엄마가 일하는 모습을 보고 지카라는 엄마가 극단에서 어떤 시간을 보냈을까 상상했다. 집에서 연극이라 하면 아빠의 일이었지만, 엄마 또한 젊었을 때는 그 세계 사람이었다는 것이 실감 났다.

지카라도 사진관 청소를 하는 등 도울 수 있는 일을 최대한 돕고 있다.

"뭐해?"

지카라의 물음에 고타로가 "응?" 하고 고개를 들었다. 고타로 앞에는 신문지가 펼쳐져 있고 그 위에 봉투가 수북이 쌓여 있었다. 그중 하나에서 사진 같은 것이 나와 있었다. '같은 것'이라고 생각한 이유는 표면이 갈색으로 오염되거나 일부분이 쓸린 것처럼 사라져 있거나 색깔이 희미했기 때문이다. 진흙이 오른쪽 절반에 덕지덕지 달라붙은 것도 있다.

"이거 사진이야?"

고타로는 잠시 뜸을 들인 후 대답했다. 고타로가 "차라도 마실까?" 하고 작업하던 손을 멈추고 자리에서 일어났다. 호지차*를 따끈하게 끓여 지카라에게도 주었다.

"우리 사진관에서는 새로 사진을 찍는 것은 물론 사진을 복원하는 작업도 하거든. 나 혼자 감당할 수 없을 때는 도쿄 학교의 동창생과 다른 전문 기관의 도움을 받기도 하면서."

---

* 볶은 녹찻잎을 우려 마시는 차.

고타로가 홀짝이던 차를 후후 불었다. 그러고는 말했다.

"쓰나미로 추억이 깃든 사진을 잃어버린 사람이 많아."

그 말에 지카라는 아, 하고 생각했다. 책상 위에 놓인 수많은 사진을 다시 바라봤다.

"지진이 났을 때 나는 도쿄에 있었는데, 할아버지가 원래 이쪽에 사셔서 조금 안정된 후 사진 학교 친구들과 함께 자원봉사로 바닷가 마을에 가서 뒷정리를 도왔어. 그런데 쓰나미에 휩쓸린 건물 잔해와 파편 속에 어느 가정의 앨범과 사진이 잔뜩 있더라. 온통 진흙투성이에 일부가 사라지거나 찢어져 있었지. 우리는 다 사진을 좋아하는 사람이라 그걸 보니까 안타까워서 미치겠더라."

책상 위에 놓인 사진 한 장을 본다.

초등학교 운동회 풍경이 찍힌 사진 한가운데 번개 같은 노란색 균열이 져 있다. 그 탓에 가운데 있는 아이들의 얼굴이 죄다 사라졌다.

"오염된 사진을 성급히 물로 씻다가 찍혀 있는 것까지 손상하는 일이 꽤 많아. 진흙이 묻었든 어쨌든 우선 우리 사진관에 그대로 가져오도록 당부하고 있어."

고타로 일행은 뒷정리를 하면서 발견한 사진을 가져와 최대한 조심스럽게 깨끗이 씻었다고 한다. 그 사진을 근처 대피소에 가져갔다가 주인을 찾는 경우도 많았다. 설령 주인을 찾지는 못해도 '누구누구가 찍혀 있다'는 소식이 퍼지면 지인이 그 당시 사진을 누가 찍어 줬는지 기억해 내기도 했다.

그 모습을 보고 고타로는 센다이로 와서 할아버지와 함께 사진관을 운영하기로 결심했다고 한다. 도쿄의 동료들과 연계해 사람들이 가져

오는 사진을 지금도 세척하고 있다.

"사진 작업은 어제와 내일, 양쪽과 관련 있는 일이라고 생각했거든."

"어제와 내일?"

"그래. 잃어버린 '어제'를 되찾도록 돕는 일과 앞으로의 일, 즉 '내일'의 추억을 남기는 일. 여기서는 그 양쪽 일을 하고 있어."

그 말에 지카라는 지난 2주간 이곳에서 본 손님들을 떠올렸다.

사진관은 모두의 '내일'을 만드는 일을 한다. 지금은 아무도 없는, 의자가 놓여 있을 뿐인 스튜디오를 지카라는 말없이 물끄러미 쳐다봤다.

요시노의 말에 따르면 이 사진관은 예전부터 자원봉사자를 비롯해 많은 사람이 오간다고 했다. 실제로 지카라 모자가 오고 나서도 자원봉사자가 가끔 찾아왔다. 그중에는 사진 세척을 돕는 사람도 있어 지카라와 사나에도 그 사람들과 함께 사진을 씻었다.

흙탕물을 흡수한 사진은 따뜻한 물로 닦으면 흙냄새가 순식간에 강해진다. 그 냄새 속에서 낯선 어른과 함께 작업하는 것이 지카라는 점점 좋아졌다.

어느덧 2월이 되었다. 혼자 찾아온 여자 자원봉사자가 사진을 씻는 작업 중에 엄마와 말을 나누더니 갑자기 울음을 터뜨렸다.

먼발치에서 그 모습을 보던 지카라는 깜짝 놀랐다. 그 사람에게도 지카라와 엄마가 도망쳐 왔듯이 어떤 사연이 있었을지도 모른다.

"울지 말아요."

엄마가 그 사람의 머리를 어린아이 다루듯 부드럽게 쓰다듬어 주었다.

그동안 줄곧 울거나 위로받는 쪽이라고 생각했던 엄마가 그렇게 말해 지카라는 왠지 신선했다.

그 여자는 사진관에 짧게 머물다 다시 다른 곳으로 이동했다. 사진관에 오는 어른 중에는 그런 사람이 많았다. 자신들처럼 여기저기 옮겨 다니는 사람들이 의외로 많다고 생각하니 지카라도 위로받는 기분이 들었다.

9

가시자키 사진관에 그 가족이 찾아온 것은 2월의 끝 무렵이었다.

마침 전 주에 내린 눈이 사진관 정원에 수북이 쌓여 있어 지카라는 고타로와 함께 눈사람을 만들었다. 동북 지역은 겨울이면 어디를 가든 항상 눈을 볼 수 있는 줄 알았는데, 센다이는 눈이 별로 쌓이지 않는다. 사진관 부근은 1년에 몇 번 대설이 내리면 쌓이는 정도라고 해 의외였다.

그날 사나에는 우편함에 엽서 두 장을 넣으러 갔다. 수신인은 시만토의 세이코와 벳푸의 야스나미다. 모래 온천을 떠나던 날 야스나미가 엽서를 보내 달라고 하던 목소리가 전부터 가슴속에 메아리쳤다.

—주소와 이름, 아무것도 안 써도 돼. 짧게 인사말 같은 것만 써도 나는 자네가 썼다는 걸 알아볼 거야.

연하장을 보내는 시기는 벌써 진작 지났다. 설날 전후로는 도저히 여유가 없었지만 지금이라면 쓸 수 있다. 세이코와 야스나미에게 사나에는 이름 없이 그저 "신세 많이 졌습니다. 또 인사하러 가겠습니다"라고만 썼다. 그것만으로도 자신이 아직 그녀들과 연결되어 있는 기분이 들었다.

그러나 우편함을 앞에 두고 엽서를 집어넣던 손을 멈췄다.

보내는 사람의 주소와 이름을 적지는 않았지만 엽서에 이곳 소인이 찍힌다는 생각에 이르렀기 때문이다. 순간 망설였지만 두 사람에게 적어도 대략적인 거처라도 알리고 싶은 생각에 결국 그대로 엽서를 밀어 넣었다.

그때 문득 가슴에 의문이 생겼다.

남편이 센다이에 있다는 것을 하루야마 마사키의 아들은 어떻게 알았을까. LC 프로덕션 직원들도 모르는 정보를 말이다. 유토는 센다이라는 지명 하나만 가르쳐 주었다. 겐이 센다이의 어디서 뭘 하며 지내는지는 몰랐던 걸까.

사나에가 그렇게 생각하는 데는 이유가 있다.

유토의 정보가 엉터리가 아니었기 때문이다.

가시자키 사진관에 머무는 동안 사나에는 요시노에게 남편을 찾아 달라고 부탁해 두었다. 그녀에게 사정을 털어놓고 넓은 인맥에 의지해 비슷한 사람이 없는지 물어봐 달라고 한 것이다. 그러자 정말 남편을 아는 사람이 있었다고 한다.

"이 부근을 중심으로 활동하는 극단 사람한테 들었는데, 남편이 작년 가을쯤 무대 장치와 감독 일을 도왔다고 하던데. 도쿄에서 지낼 수 없게 된 사정도 들었대."

요시노의 말에 사나에는 가슴이 옥죄이는 것처럼 아팠다. 심장 박동이 빨라지는 것을 느끼며 지금은 어디 있느냐고 물었다. 그러나 요시노는 고개를 절레절레 흔들었다.

"그건 모른대. 또 다른 극단이나 연극 관련 일을 도우러 다른 지역에 가지 않았겠느냐고 하던데. 이제 센다이에는 없는 것 같다고."

"그렇군요."

"그런데 같이 일하는 동안 남편이 도쿄로 돌아갈 생각을 하는 분위기였다고 하던데. 필요한 곳에 직접 대화를 하러 가야 한다면서."

사나에는 작게 숨을 들이마셨다. 오랫동안 만나지 않은 남편의 육성을 오랜만에 들은 기분이었다.

온몸에서 힘이 쭉 빠졌다. 아아, 하늘을 우러러 탄식하고 싶었다.

남편은 살아 있다. 장롱에 숨겨진 피 묻은 수건과 식칼을 본 순간부터 최악의 상황을 자꾸만 상상하게 되었지만, 그 사람은 확실히 이곳에 있었던 것이다. 유토의 말도 거짓이 아니었다.

"그래도 다행이야. 남편을 찾는다는 이야기를 들었을 때는 대지진 때 행방불명이 되어서 찾아다니는 줄 알았거든."

요시노가 말했다. 작년 여름에 사나에의 가정을 덮친 일련의 사건에 대해 비밀을 밝히는 각오로 요시노에게 털어놓았을 때 그녀는 예상과 달리 별로 놀라지 않았다. 맥이 빠질 만큼 지극히 태연하게 들은 뒤 "알겠어, 힘들었겠구나" 하고 말하더니 남편을 함께 찾아 주었다.

"살아서 도망 다니고 있다니, 얼마나 다행이야."

그녀의 목소리 깊은 곳에 요시노가 지금껏 다양한 가정을 만나 왔다는 것이 느껴졌다. 고마움과 미안함이 뒤섞인 심정으로 사나에는 요시노에게 "고마워" 하고 머리를 숙였다.

엽서를 넣은 우편함 앞에서 잠시 서성였다.

남편이 이제 센다이에 없는 것 같다는 소식을 들었지만 어디로 가야 할지 몰라 사나에 모자는 이곳에서 아직 사진관 일을 돕고 있었다. 사진관에는 자원봉사자와 요시노의 동료, 다양한 사람이 드나들었지만 이렇게 길게 머무는 것은 자신들뿐이었다.

코트 주머니 속에서 휴대폰이 진동한다. 전화를 받으니 고타로였다. 이제 곧 손님이 올 텐데 금방 올 수 있느냐는 전화였다.

"문제없어요. 금방 갈게요."

휴대폰을 주머니에 넣고 눈이 남아 있는 길을 서둘러 걸었다.

그 손님은 어머니와 두 딸로 이루어진 가족 손님이었다.

자매 중 언니가 화려한 벚꽃 무늬가 새겨진 후리소데*를 입고 있었다. 동생은 고등학교 교복 차림이고, 50대 초반으로 보이는 어머니는 자녀의 입학식에 갈 때 입는 듯한 모직 정장을 차려 입었다. 목에는 진주 목걸이를, 가슴에는 큼직한 코르사주를 하고 있다.

한 달 늦은 성인식 사진을 찍으려는 것 같았다.

후리소데를 입은 언니는 미용실에서 머리와 화장을 하고 온 상태였다. 사나에는 고등학생인 여동생의 간단한 화장과 머리를 다듬으면 된다. 그런 다음 늘 그랬듯이 사진 촬영에 맞춰 피부가 번쩍이지 않도록 신경 쓰거나 머리가 흐트러지지 않았는지 카메라 뒤에서 확인한다.

사나에가 도착했을 때 가족은 벌써 와 있었다. 가시자키 할아버지

---

* 소매가 길고 화려한 여성용 기모노로 주로 성인식 때 입는다.

와 고타로와 함께 뭔가 이야기를 나누고 있었다. "갑자기 와서 죄송해요" 하고 어머니가 할아버지에게 머리를 숙였다.

"원래는 1월에 찍었어야 했는데, 성인식 당일은 식에 참석해야 하고 또 인사하러 다니느라 사진 찍을 생각도 못 했지 뭐예요. 뒤늦게 역시 사진은 있어야겠다는 생각이 들더군요."

"그래."

할아버지가 옆에 앉아 고개를 주억거린다. 후리소데 차림의 언니가 엄마를 보며 말했다.

"친구들은 다들 기모노 사진을 찍었다고 했단 말이야."

"급하게 사진 이야기를 하게 된 거죠. 그랬더니 둘째가 오늘이라면 갈 수 있다고 해서. 갑자기 찾아와 폐가 아닐는지요?"

어머니가 고등학생 딸을 보고 말했다.

"둘째가 방학이긴 해도 동아리 활동도 하고 학원에도 가야 해서 집에 있는 시간이 거의 없을 만큼 바쁘거든요. 그런데 대뜸 오늘은 괜찮다고 하는 거예요."

어머니의 말에 동생이 언니와 마주 보며 어깨를 으쓱했다. 자매 사이가 좋아 보였다.

"기모노가 참 곱네요."

사나에가 말하자 언니가 이쪽을 봤다. 어머니가 미소를 머금었다.

"실은 제가 옛날에 입었던 기모노예요. 친정에서 보관하고 있었거든요. 워낙 오래된 기모노라 대여점에서 최신 기모노를 빌리는 게 나을까 싶었는데, 첫째가 이걸 입고 싶다지 뭐예요."

"색깔이 너무 화려하지 않아서 좋아. 복고풍이 귀엽기도 하고."

언니가 장난스럽게 웃는다. 벚꽃 무늬 기모노는 옅은 물색이 서서히 분홍색으로 변하는 색조를 띠어 차분한 분위기가 감돌았다. 소매에 벚꽃이 흩날리는 모습도 요란하지 않고 우아하다.

고타로의 부탁에 사나에는 고등학생 동생을 화장대 앞에 앉혔다. 처음에는 긴장한 듯했지만 사나에가 "젊고 피부가 깨끗해서 이대로도 충분히 예쁜데, 어떻게 할래?" 하고 묻자 그녀의 입가가 누그러졌다. "살짝 해 보고 싶어요"라는 대답에 스킨로션과 크림, 파운데이션을 옅게 펴 발라 주었다. 그것을 보고 언니가 뒤에서 "와아, 예쁘다!" 하고 탄성을 질렀다.

준비가 다 되어 스튜디오에 세 식구가 나란히 나와 위치를 정했다. 가운데 놓인 의자에는 기모노 차림의 언니가 앉고, 그 뒤에 어머니와 동생이 섰다. 벚꽃 무늬의 화려함으로 스튜디오 전체가 한결 환해졌다.

위치가 결정된 후 고타로가 의자를 하나 더 가져오는 것을 보고 사나에는 왜 의자를 또? 하고 생각했다. 어머니 옆에, 기모노를 입은 언니 바로 뒤에 아무도 앉지 않는 의자를 놓았다. 누가 또 있나 싶어 사방을 둘러보는데 어머니가 입을 열었다.

"이걸 의자 위에 놔 주세요."

그러고는 고타로에게 뭔가를 건넸다. 그것은 남자의 안경이었다. 수수하고 큼직한 안경알이 끼워진 네모난 안경테는 젊은 사람의 것은 아닌 듯했다. 오른쪽 안경알 구석에 크고 하얗게 금이 가 있었다.

사나에는 흠칫 놀랐다. 고타로가 "알겠습니다" 하며 의자 위에 안경을 놓았다.

아무 설명도 없었지만 어떻게 된 일인지 사나에도 깨닫기 시작했다. 세 식구와 안경이 놓인 의자. 이 자리에 그들의 가족이 한 명 더 있다는 것을 분명히 알 수 있었다.

"찍겠네. 웃으시게나."

가시자키 할아버지가 입을 거의 움직이지 않고 무뚝뚝하게 말했다. 긴장한 동생은 표정이 아직 딱딱하다.

"자, 안 웃으면 기껏 사진관까지 왔는데 아까운 사진이 될 걸세."

할아버지의 말에 동생이 수줍어하더니 이내 표정이 풀렸다.

플래시 빛이 스튜디오를 감싼다. 몇 번씩이나. 과묵한 할아버지가 "자, 인생에서 가장 좋은 사진을 찍어야겠으니 협조들 하시게", "엄마는 그것밖에 못 웃나? 딸들이 더 잘하는군" 하고 말하는 바람에 분위기가 조금씩 따뜻해졌다.

"마지막일세. 가장 기분 좋은 얼굴로 환하게 웃으시게나."

할아버지가 말한다. 가족 모두 "더 이상은 무리야" 하고 지친 듯이 웃는다. 셔터 소리가 나고 마지막 촬영이 끝나자 세 사람은 마치 약속한 듯이 안경이 놓인 의자 쪽으로 시선을 향했다.

어머니가 말한다.

"여보, 히로미가 벌써 성인식을 치렀어. 믿기지 않아."

어머니의 입에서 나온 '여보'라는 말이 부드러웠다. 눈에 글썽하게 맺힌 눈물이 스튜디오의 눈부신 조명에 뚜렷이 비쳤다.

이윽고 첫째 딸이 "보여 주고 싶었는데" 하고 말했다. 중얼거리는 말투였지만 그것만으로 전해지는 것이 있었다. 어머니가 손끝으로 눈가를 훔치고 고개를 들었다. 다시 환하게 웃고 있었다.

"다음에 둘째가 성인식을 하면 또 올게요. 그때는 성인식 당일에 잊지 않고 예약할 거예요."

"알겠습니다."

세 식구가 할아버지에게 "고맙습니다" 하고 머리를 숙인다. 어깨를 나란히 하고 사진관을 나간다.

"게센누마시에서 지진이 나던 해에 이쪽으로 옮겨 왔다고 하더군요. 친척의 도움으로."

그녀들이 돌아간 뒤 고타로가 입구 쪽을 가만히 보며 가르쳐 주었다.

"그때 아버지를 여의었다고 들었어요."

"이런 식으로 사진을 찍는 사람이 많은가요?"

고타로가 마련한 아무도 앉지 않는 의자를 보며 사나에가 물었다. 고타로가 "글쎄요. 다양하죠" 하고 희미하게 웃었다.

"작년에는 아이가 살아 있었으면 시치고산*을 지내려고 했다면서 사진을 찍으러 온 부부가 있었어요. 죽은 첫째 딸의 빔을 준비해서 두 살배기 동생과 함께 말이에요."

"두 살……."

두 살이면 지진 후에 태어난 아이다. 첫째 딸이 살아 있었다면 일곱 살이라고 하니 지진 당시 갓 태어난 아기였을 것이다. 그 지진 이후로 시간이 벌써 그만큼 흘렀다.

* 아이의 성장을 축하하는 행사. 남자는 3세·5세, 여자는 3세·7세가 되는 11월 15일에 빔을 입고 신사나 절을 참배한다.

가슴이 마구 쿵쾅거렸다.

아이를 잃은 뒤 다시 둘째 아이를 품에 안기까지 부부는 어떤 시간을 보냈을까. 어떤 마음이 거기에 있었을지 상상하면 만난 적도 없는 그들이 이 스튜디오에 왔던 모습이 눈에 선해 가슴이 먹먹했다.

"우리 사진관이 마음에 들었는지 그 가족은 올해 설날에도 사진을 찍으러 왔어요. 그때 아이 아버지가 첫아이의 의자는 준비하지 않아도 된다고 하더군요."

고타로가 말을 멈추고 잠시 뜸을 들인 뒤 계속했다.

"제가 먼저 묻지도 않았는데 말이에요. 그런데 그 말을 내뱉기까지 수없이 고민하고 생각했겠지요."

"잊을 수 있는 일이 아닐세. 잊으려고 해도 절대로 잊히지 않는 일이지."

고타로와 사나에 사이에서 할아버지가 말했다. 기자재를 정리하면서 이쪽을 보지 않고 덧붙였다.

"떠난 가족의 사진을 찍으러 오는 사람이 있는가 하면, 그동안 해마다 왔는데 더는 오지 않게 된 사람도 있네. 올해 간신히 오게 된 사람도 있고, 각양각색이지."

조금 전까지 가족이 있던 스튜디오를 훑어본다. 어머니와 함께 온 두 딸. 소중한 사람을 잃은 뒤에도 딸들은 성장해 간다. 그 아이들을 위해 앞으로 나아가기로 결심한 순간이 그 어머니에게도 있었을 것이다. 둘째 딸의 성인식 때 다시 사진을 찍으러 오겠다고 약속하고 돌아갔다.

할아버지가 스튜디오 의자 쪽을 보고 문득 눈을 가늘게 떴다.

"사실 사진관을 진작 그만두려 했네."

사나에는 할아버지의 시선 끝을 본다. 아무도 없는 스튜디오를.

"나이도 그렇고 언제까지 계속할 수도 없다고 생각하던 차에 지진이 일어나 사진관 건물이 기울었지. 드디어 그만둘 때가 왔구나 생각했네. 그런데 이렇게 사진관을 필요로 하는 사람이 끊이질 않더군. 매년 온다는 약속을 받으면 그만두고 싶어도 그만둘 수가 없네. 고타로도 왔고."

할아버지가 고타로를 본다. 지진 전에는 도쿄에서 사진 공부를 했다던 고타로가 말없이 끄덕였다. 사나에의 시선을 알아차리고는 조용히 웃는다.

"저는 지진을 계기로 이쪽에 왔어요. 그 전까지는 계속 도쿄에서 살았는데, 어렸을 때부터 워낙 할아버지 사진관을 좋아해서 여기서 일하고 싶은 마음이 간절해졌거든요."

고타로의 눈길도 아무도 없는 스튜디오 쪽을 향한다.

"실을 할아버지가 처음에는 몹시 반대를 하셨어요. 설득하느라 애먹었을 정도였죠. 지금이야 인정해 주시지만, 처음에는 사진관을 그만두신다면서 저한테도 오지 말라고 어찌나 고집을 피우시던지."

"그랬던가?"

그렇다면 고타로가 온 시점에 건물도 새로 지었을 것이다. 고타로가 할아버지를 보는데도 그는 시치미를 뗀 얼굴로 이쪽을 보지 않았다. 가시자키 일가의 사진관이 자원봉사자들의 숙소처럼 이용되는 이유도 새삼 충분히 알 것 같았다.

고타로가 쓴웃음을 지었다.

"지금은 누구나 스마트폰으로 쉽게 사진을 찍는 세상이 되었지만, 여기 있으면 그래도 사진관이 꼭 필요한 곳이라는 걸 절실히 느껴요."

사진관에는 '어제'와 '내일'의 일이 있다는 고타로의 말을 사나에는 지카라에게 들어서 알고 있었다. 잃어버린 '어제'를 더듬어, '내일'의 추억을 새로이 만든다. 이 사진관에서 찍는 새 사진은 '내일'을 향해 각오를 다진 사람들을 응원하는 것일지도 모른다.

—보여 주고 싶었는데.

사나에는 아까 그 가족 중 첫째 딸이 한 말을 떠올렸다. 여보, 하고 부른 어머니의 목소리도.

그때 문득 그 목소리와 공명하듯 "다행이야" 하는 목소리가 귀에 되살아났다. 요시노가 한 말이었다.

—남편이 살아서 도망 다니고 있다니, 얼마나 다행이야.

그 목소리를 떠올린 순간 걷잡을 수 없는 생각이 가슴을 꿰뚫었다.

과연 이대로 있어도 되는 걸까, 하는 생각이었다.

사나에에게는 만나서 이야기할 수 있는 가족이 있다. 살아, 있다.

서로 연결될 수 있는 가족이 있건만, 이대로 가만히 있어도 되는 걸까. 마주해야 하는 것 아닐까. 그 생각이 온몸을 뒤흔들었다.

"엄마."

집에 있었을 터인 지카라가 손님이 돌아간 기척을 느꼈는지 어느새 사진관에 와 있었다. 무거운 유리문을 열고 햇빛을 등지고 서서 이쪽을 빤히 보고 있었다.

"지카라."

이름을 부르며 사나에는 아들 곁으로 갔다. 고타로와 할아버지에게

"잠깐 밖에 나가도 될까요?" 하고 양해를 구하고 함께 정원으로 갔다.

처음으로 물어볼 결심이 섰다.

"지카라."

"왜?"

지카라와 고타로가 만든 눈사람 옆에 눈을 치우며 쌓아 놓은 눈더미가 있었다. 지카라가 그 위를 운동화로 서벅서벅 밟으며 엄마를 보지 않고 대답한다.

사나에가 물었다.

"아빠하고 연락하고 있니?"

지카라의 발이 멈췄다. 천천히 사나에 쪽을 돌아본다. 표정을 보니 대답은 듣지 않아도 알 수 있었다.

서로 연결될 수 있는 가족이 있건만, 이대로 가만히 있어도 되는 걸까, 하고 생각했을 때 남편인 겐보다 먼저 머리에 떠오른 것이 지카라의 얼굴이었다.

7개월 가까이 함께 도망쳐 단둘이 살아 왔다. 자신의 아들. 그러나 두려워 묻지 못했던 것이 많다. 이토록 가까이 있건만 마주하지 않고 도망쳐 왔다.

사나에가 말한다.

"엄마가, 지카라, 네 방의 타월 이불 속을 봐 버렸어."

전부터 내내 이 생각을 해 왔다. 혹시 지카라가 아빠를 찌른 것은 아닐까. 혹시 겐이 그대로 죽어 버린 것은 아닐까 하는 생각까지.

그러나 남편이 무사히 도망치고 있다면 전혀 다른 생각이 머리에
떠올랐다.

타월 이불에 감싸인 끈적끈적한 피가 묻은 식칼. 무슨 일이 있었는
지는 모른다. 그러나 지카라가 그 떠들썩한 가운데 적어도 한 번은 아
빠를 만났을 것이다.

겐이라면, 자신의 남편이라면 그때 아들에게 새 연락처를 가르쳐 주
지 않았을까. 지카라와, 가족과의 연결 고리를 유지하기 위해.

"무슨 일이 있었는지 가르쳐 줄래?"

지카라의 눈을 보고 천천히 이야기했다. 그리고 물었다.

"아빠가 어디에 있는지 알고 있지?"

"응."

지카라가 고개를 끄덕이며 인정했다.

10

도움을 청하는 거다.

그때 머릿속에서 그 목소리만이 방법을 알려 주는 것처럼 울려 퍼
졌다.

센다이에 오자마자 엄마가 호텔 방에서 쓰러졌을 때 일이다. 어린
이이기 때문에 아무것도 할 수 없었다. 약국 위치조차 몰랐다.

고통스럽게 끙끙대는 엄마를 남기고 방을 뛰쳐나왔을 때 자신이 한
심해서 눈물이 쏟아질 뻔했다. 그래서 오랜만에 아빠에게 전화를 걸

었다.

마지막에 만났을 때 가르쳐 준 번호였다.

사람들에게 쫓기느라 그동안 사용한 휴대폰은 이제 쓸 수 없다면서. 그 대신 새 번호를 가르쳐 주었다.

무슨 일이 생기면 언제든지 연락하라고 말했다.

"도와줘."

연결된 전화기 너머로 지카라는 열심히 상황을 설명했다. 엄마가 쓰러졌는데 자신이 어린이라 아무것도 못 한다고, 아빠가 여기로 왔으면 좋겠다고.

아빠는 지카라와 엄마가 센다이에 있다는 것을 알고 매우 놀라워했다. 그러나 당장 여기로 올 수는 없다고 한다. 아빠는 이미 센다이에 없었다.

"도움을 청하는 거다" 하고 아빠가 말했다.

아빠는 당장 달려가지 못해 미안하다며 떨리는 목소리로 사과했다. "가 주지 못해, 정말 미안하다" 하고 힘겹게 말을 이어 마치 우는 것처럼 들렸다. 그 목소리로 열심히 지카라를 격려했다.

"어린이라 아무것도 못 할지도 모른다. 그러나 어린이이기 때문에 도움을 청해도 돼. 세상 어른들 모두가 도와주지는 않을 거다. 어떤 한 사람이 도와주지 않더라도 다른 사람에게 다시 도움을 청하면 그 사람은 분명히 도와줄 거다. 지카라, 도움을 청하는 거다."

"모르는 사람한테?"

불안해서 가슴이 터질 것 같았다. 지카라의 질문에 아빠가 대답했다. "그래" 하고.

"적어도 네 아빠나 엄마라면 어려움에 처한 어린이가 있으면 설령 모르는 어린이라 해도 도와줄 거다. 그렇지? 지카라, 부탁한다. 힘내. 엄마를 도와줘."

몸속 깊은 곳에서 들리는 듯한 그 목소리를 버팀목으로 지카라는 달렸다. 요시노 일행이 행사 준비를 하는 광장으로 나가 "실례합니다!" 하고 외쳤다.

엄마를 도와야 한다는 일념으로.

그 후 지카라가 남에게 도움을 청했다는 것을 엄마는 의외로 여겼다. "지카라가 그런 일을……" 하고 놀라는 엄마를 향해 답답해서 저도 모르게 말했다.

"도움 받자, 엄마!" 하고.

때로는 남에게 도움을 청하는 것도 필요하다고 아빠가 가르쳐 주었다.

"여름방학 첫날, 집에 왔더니 아빠가 세면실에 있었어. 욕실 근처에서 상처를 수건으로 누르고 있었어."

지카라가 천천히 이야기하기 시작했다. 엄마가 가만히 그 목소리를 듣고 있다. 그 눈을 보면서 지카라는 기억을 떠올렸다.

엄마가 숨을 크게 들이마셨다. "상처?" 하고 묻는다.

"아빠가 어디를 다쳤니?"

"……손. 오른 손바닥이랑 손가락 뿌리를 깊이 베였어."

시만토로 가기 전의 여름날.

망연자실해하는 엄마와 퇴원한 아빠가 집에 오지 않았다는 이야기를 한 직후였다.

집에 오자 세면실에서 물 흐르는 소리가 들렸다. 소리에 이끌리듯 세면실을 들여다보니 아빠가 있었다. 몸을 구부리고 수건으로 손을 누르고 있었다.

놀라서 말도 나오지 않았다. 엄마는 아직 아르바이트 중이라 집에 오지 않았다.

세면대에 피 묻은 식칼이 내던지듯 놓여 있다. 수돗물이 콸콸 쏟아지고 있었다.

이쪽을 돌아본 아빠가 지카라를 보고 보여서는 안 될 장면을 들켰다는 표정을 지었다. 이내 체념한 듯 숨을 토하더니 뜬금없이 "아아" 하고 가볍게 말했다.

"지카라……보고 싶었다."

지카라도 마찬가지였다.

오랜만에 보는 아빠가 반가웠다. 만나지도, 이야기하지도 못한 채 TV나 잡지 기사로만 접하던 아빠가 자신이 모르는 사람이 되어 버린 듯한 기분이 들었지만, 지금 이렇게 얼굴을 마주한 아빠는 지카라와 함께 있던 무렵 그대로, 아무것도 변하지 않은 것 같았다.

"아빠 때문에 많이 힘들지? 정말 미안하다."

바로 집에 돌아오고 싶었지만 매스컴이나 LC 프로덕션 직원들에게 발각될까 봐 오지 못했다고 한다.

사람들 눈을 피해 겨우 집에 왔다고 말했다.

"손은 어쩌다 다쳤어?"

"걱정 끼쳐 미안하다. 칼에 베였어."

"누구한테 찔린 거야?"

무서웠다. 아빠는 상처를 보이지 않으려 손을 수건으로 계속 누르고 있었다. 그러나 세면대에 놓인 식칼과 거기에 묻은 피를 보기만 해도 정신이 아찔해졌다. 오금이 저리고, 닿지도 않았는데 저 칼날에 몸이 베이는 듯한 두려움이 엄습했다.

지카라의 물음에 아빠는 고개를 저었다. "아니야" 하고 대답했다.

"아니야. 아빠가 스스로 칼을 쥐다가 베였어. 누구한테 찔린 게 아니라."

"하루야마 마사키의 회사 사람 아니야?"

이 집에 매일같이 찾아와서 험악한 소리를 늘어놓는 그 사람들을 떠올리면 무서워서 어깨가 뻣뻣해진다. 지카라의 입에서 나온 하루야마 마사키의 이름에 아빠가 숨을 삼키는 기척이 있었다. 자신이 없는 사이 집에서 무슨 일이 벌어졌는지, 아들과 아내가 무슨 생각을 했는지를 그 순간 깨달은 듯했다.

그러나 아빠는 또다시 부인했다. "아니야" 하고 대답한 뒤 말을 잇지 못했다.

"엄마는 어떻게 지내니?"

"……힘들어해."

"그래."

아빠는 진심으로 괴로워 보였다. 하지만 지카라는 묻고 말았다. 더는 참을 수 없었다. "정말 무슨 일이 있었던 거야?" 하고 화난 목소리가 나왔다.

"아빠, 하루야마 마사키랑 무슨 일이 있었느냐고."

"아무 일도 없었다."

아빠가 단호하게 부인했다. 지카라의 눈을 보고 "믿어 다오" 하고 말한다.

"같이 연습하게 되면서부터 매일같이 상담해 준 건 맞아. 연기와 일에 관해. 그 사람의 가족에 관해. 이번 무대에 모든 것을 걸었다는 말도 들었고, 그래서 연습에 어울려 주기도 했다. 그런데 그뿐이야. 기사에 실린 것 같은 일은 없었다."

아빠가 지카라를 가만히 본다. "뉴스, 봤지?" 하고 묻기에 지카라는 끄덕였다. 아빠 얼굴이 괴로움에 일그러진다.

"힘들게 해서 미안하다."

아빠는 하루야마 마사키의 가족과 기획사에도 제대로 이야기를 할 작정이라고 했다. 물론 엄마에게도. 그러나 엄마가 지금 당장은 차분하게 들어 주지 않을 것 같다면서 걱정했다. 통화 도중에 엄마가 전화를 끊어 버렸다고 한다.

지카라와 엄마에게 피해가 가지 않도록 전부 어떻게든 해결하겠다고 했다.

하지만 지카라는 두려웠다. 과장이 아니라, 아빠가 살해당하는 것이 아닐까 생각했다. LC 프로덕션 직원들이 말한 '책임'이 바로 그것을 뜻하는 게 아닐까.

그러나 아빠는 "괜찮다" 하는 말만 반복했다.

"다만 이 상처가 다 나을 때까지는 도쿄에서 떨어져 지낼 생각이야. 의사 친구가 있으니 그쪽에 갈 작정이다."

본심을 말하면 아빠가 자신들과 함께 있어 주길 바랐다.

하지만 그와 동시에 아빠가 여기 있어서는 안 된다고도 생각했다. 이 집에 찾아오는 매스컴이나 LC 프로덕션 직원들이 지금 아빠의 이야기를 순순히 믿어 줄 리가 없었다.

아빠가 어쩌다 다쳤는지는 모른다. 그러나 아빠에게도 예상치 못한 사건이었음에 틀림없다. 집에 오면 위험한데도 여기로 돌아올 수밖에 없었던 것이다. 도쿄를 벗어나다니, 어디 멀리 떠나는 걸까.

울 것 같은 심정으로 고개를 들자 아빠가 연락처를 가르쳐 주었다. 그동안 사용하던 휴대폰은 이제 쓰지 못하지만, 무슨 일이 생기면 연락하라며 새 휴대폰 번호를 적어 주었다. 비상시에는 엄마에게 이 번호를 알려 주라며 메모를 손에 쥐어 주었다.

아빠는 엄마를 만나고 갈 시간이 없었다. 집에 또 누가 찾아올지 모른다. 아빠는 "엄마한테는 아빠가 다쳤다는 말은 하지 말아 다오" 하고 말했다.

다친 부위에서 피가 아직 멈추지 않은 듯해 지카라는 마음에 걸렸다. 밖에서 숨기고 다니며 친구에게 가려는 걸까.

불안했지만 "알겠어" 하고 대답했다. 힘든 일을 겪은 엄마가 지금 아빠를 어떻게 생각하는지 모른다. 이혼하지 말라고 말해 놓고 지카라는 매일 그 말에 짓눌리는 심정이었다.

아빠를 도와 집의 구급상자를 가져와 상처에 붕대를 감았다. 아빠는 식칼도 가져가서 처분하겠다고 했지만, 지카라가 집 안에 숨겨야 한다며 강력히 주장했다. 이제부터 상처를 숨기고 밖에 나가는 아빠가 그런 위험한 물건을 지니고 있다가 엉뚱한 일에 휘말리기라도 할까 봐 불안해서 견딜 수가 없었다.

타월 이불로 식칼을 둘둘 말아 방 장롱에 숨겼다.

집에서 나갈 때 아빠가 지카라의 머리를 쓰다듬었다. 또 미안하다고 사과할까 봐 지카라는 고개를 푹 숙였다. 이제 한동안 못 볼 텐데 더는 사과받고 싶지 않았다.

그러나 아니었다. 아빠는 더 이상 사과하지 않았다.

"엄마를, 부탁한다."

지카라의 머리에 손을 얹고 숨죽인 소리로 그저 그렇게 말했다.

엄마는 지카라의 이야기를 잠자코 듣고 있었다.

그런데 지카라가 거기까지 말하자 그제야 입을 열었다.

"아빠가 실은 어쩌다 다쳤다고 생각하니?"

그 말투에서 엄마도 짚이는 바가 있을지도 모른다고 생각했다. 지카라는 잠시 생각하고 나서 대답했다.

"아마 유토 형이겠지."

어머니를 여읜 유토가 다카사키산에서 원숭이들을 바라볼 때 눈빛에 그늘이 져 있던 것이 떠오른다. 그런 그가 엄마와 지카라에게 속죄하고 싶었다고 말한 것도.

지카라의 대답에 엄마가 눈을 감았다. 아아, 하고 큰 숨을 토하고 지카라를 끌어당겨 안았다.

엄마에게 안기다니 도쿄에 있었을 때 이후 처음이었다. 그 품 안에서 지카라는 눈을 감았다. 평소 같았으면 창피해서 밀어냈을지도 모르지만, 떨리는 엄마의 팔에서 부드러운 섬유 유연제 향기가 나서 지금은 그냥 그대로 있고 싶었다.

처음에 마음에 걸렸던 것은 유토가 "아버지 닮았네" 하고 말해서 였다.

모래 온천을 찾아온 유토가 거기 있던 지카라를 보고 뒤늦게 한 말이다.

—네 아버지랑 비슷하게 생겼다고. 벤치에 앉아 있는 걸 보니까 금방 알겠더라.

아빠는 배우였기 때문에 포스터나 전단지에서 얼굴을 보고 그렇게 말한 줄 알았다. 그런데 슬며시 위화감이 들었다. 무대 홍보용으로 실린 아빠의 사진은 대부분 전문가가 찍어 준 것이라 멋있긴 해도 지카라가 봤을 때는 너무 멋을 부려 평소 아빠와는 느낌이 사뭇 달랐다. 하루야마 마사키와의 교통사고 후 뉴스나 영상으로 소개된 사진도 대부분 그런 무대용 사진이었다.

지카라가 아빠를 닮았다니, 그런 사진을 보고 금방 알 수 있는 걸까. 유토는 실제로 아빠를 만난 적이 있지 않을까.

다카사키산에 같이 가서 유토와 뒤엉켜 싸웠다. 마마보이 소리에, 피해자인 척하지 말라는 비난까지 받은 지카라는 아빠는 잘못한 게 없다며 유토에게 덤벼들었다. 그렇게 싸우는 와중에도 유토는 이렇게 말했다.

—휘말린 것도 따지고 보면 다 네 어머니가 아버지를 제대로 간수하지 않아서잖아.

—형편없는 어머니라도 좋은 점도 조금은 있단 말이야! 있었다고!

유토는 이때 '휘말린 것도'라고 말했다. 아빠를 탓하면서도 모든 것이 아빠 책임이라고는 하지 않았다.

옛날에 부모님과 함께 벳푸에 왔을 때의 추억을 이야기했다. 쥐어 짜는 목소리로 "왜 하필 너희가 벳푸에 있느냐고" 하고 중얼거리며 두 손으로 얼굴을 싸쥐었다.

그때 문득 생각했다.

이 사람이 아닐까, 하고.

아빠를 다치게 한 것은 이 사람이 아닐까.

유약하게 가정사를 띄엄띄엄 털어놓는 유토는 고등학생이지만 아직 아이구나, 하고 확신했다. 지카라와 마찬가지로 아이인 것이다.

"실은 알려 주러 왔어."

"어?"

"여기 온 이유. 너랑 네 어머니를 비난하기 위해서만 쫓아온 건 아니야."

유토가 숲 위로 보이는 옅은 색의 하늘을 본다. "슬슬 돌아갈까" 하고 일어서는 유토에게, 그래서 물었다.

"유토 형, 혹시 우리 아빠 만났어?"

유토의 얼굴에 균열이 이는 듯한 충격이 스쳤다. 그 얼굴을 보고 역시, 하고 생각했다.

"나, 도쿄에서 아빠 만났거든. 손을 다쳤더라."

유토는 어머니를 여의었다. 좋아하는지 싫어하는지 모를 복잡한 마음을 품으면서도 함께 다카사키산에 왔던 추억을 회상하며 그리워하던, 그런 어머니를 여의었다. 자살한 어머니를 발견한 사람은 그다.

지카라의 아빠를 원망한다 해서 그를 탓할 수는 없다.

유토가 아빠의 병원에 가지 않았을까. 가방 같은 것에 그 식칼을 숨기고.

　유토는 한참을 잠자코 있었다. 꼼짝 않고 고개를 숙이고 이윽고 이야기해 주었다.

　"만나러 갔어."

　그 숨 막힐 듯한 목소리 속에 모든 것이 드러나 있는 것 같았다.

　"막더라."

　유토가 말한다. 지카라에게 무거운 고백을 한다. 그리고 "미안" 하고 사과했다. 얼굴이 새파랗게 질려 있었다.

　유토가 만나러 갔을 때 아빠는 퇴원해서 사람들 눈을 피해 병원을 나서던 참이었다. 유토는 그것을 발견하고 뒤를 밟다 골목에서 아빠에게 말을 걸었다고 한다.

　그때 상황이 눈에 선했다. 유토가 흔들리는 목소리로 알려 주었다.

　바들바들 떨면서 식칼을 꺼내는 유토와 그 모습에 놀라며 칼날을 손으로 움켜쥐고 막는 아빠. 그 상처는 그렇게 생겼다.

　놀라서 겁먹은 유토에게 아빠가 말했다고 한다.

　교통사고를 막지 못해 미안하다. 어머니에게 힘이 되지 못한 것도 미안하다. 그러나 어머니와의 사이에 정말 아무 일도 없다고.

　그 말이 진실인지 아닌지, 유토가 그 말을 믿었는지 안 믿었는지는 모른다. 그러나 그때까지 유토의 가슴속에 끓어 넘쳤던 마음이 실제 피를 봄으로써 형태를 바꾸었다. 칼날을 움켜쥔 강인한 힘과 검붉은 핏빛에 유토는 두려워 떨고 혼란스러워했다.

　그런 유토의 마음을 헤아린 듯 아빠가 말했다.

　"도망가" 하고.

울고 싶을 만큼 혼란스러운 와중에 유토가 "그래도……" 하고 말을 잇지 못하자 아빠가 "괜찮아" 하고 말했다.

"이건 내가 멋대로 저질렀으니 어떻게든 하마. 너는 아무것도 하지 않았다."

아빠의 손은 유토가 쥔 식칼의 칼날을 단단히 움켜쥔 채 놓지 않았다. 피가 계속 흘렀다. 그 혼신의 힘을 기울인 태도에 위축되어 유토는 손을 놓았다. 어색하게 굳은 두 손의 떨림이 좀처럼 잦아들지 않았다. 한 번 기세가 꺾이자 유토도 더 이상 아빠에게 아무 짓도 하지 못했다.

그 이야기를 듣고 지카라는 숨을 크게 들이마시고 잠시 멈췄다. 견딜 수 없었다.

—이 상처가 다 나을 때까지는 도쿄에서 떨어져 지낼 생각이야.

아빠는 지카라에게까지 자기 잘못으로 다쳤다고 거듭 말했다. 엄마에게도 다쳤다는 말은 하지 말라고 단단히 일렀다. 상처를 치료해 없었던 일로 하려는 것이다.

그것은 유토를 위해서였다. 그 때문에 도쿄에서 떨어져 지내야 했던 것이다.

유토는 아빠에게 무사한지 소식을 전해 달라고 부탁했다.

유토는 아파서 얼굴을 일그러뜨리는 아빠를 보고 이 사람이 죽으면 어떡하지? 하고 피를 보고 나서야 생각했다고 한다. 다친 부위는 손이지만 진한 핏빛이 눈을 감아도 되살아났다. 이 사람이 자신 때문에 죽어 버리는 것이 아닐까, 하고 차분히 생각하자 자신이 저지르려 했던 일이 얼마나 큰일인지 서서히 깨닫기 시작했다.

그런 유토에게 아빠는 괜찮다고 반복할 뿐이었다. 죽을 리 없다면서.

그러나 그 후에도 유토는 늘 두려웠다. 자신이 한 짓은 살인미수다. 다친 몸으로 아빠가 경찰서로 달려간다면. 길바닥에 쓰러져 누군가 경찰에 신고를 한다면, 하고 노심초사했다.

어떻게 보면 몰염치하다고도 할 수 있다. 유토는 아빠를 걱정하기보다 자신이 벌인 짓에 대한 처벌이 두려워 몸을 사렸다. 그런데 지카라는 이상하게도 유토를 탓하고 싶은 마음이 그리 크지 않았다.

그 교통사고로 모두가 상처를 입고 일상을 잃었다. 그것을 잘 알고 있었다.

"엽서가 왔어."

유토가 지카라에게 가르쳐 주었다.

"보낸 사람 이름과 주소도 없었는데, 그림엽서에 '잘 지내고 있으니 걱정 마십시오'라고만 적혀 있더라."

그 소인이 센다이였다.

지카라와 엄마가 벳푸에 있고 LC 프로덕션 직원이 찾아가려 한다는 정보를 알게 된 것도 마침 그 무렵이었다고 한다.

가만히 있을 수 없었다고 한다. 유토는 충동적으로 도쿄를 뛰쳐나와 지카라 모자를 만나러 왔다.

"남편분은 아마 지금 미야기현에 계실 거예요. 센다이시 부근이요."

그 말을 듣고 놀란 엄마에게 덧붙였다.

"기획사 사람들은 남편분이 센다이에 있다는 건 아직 모를 거예요. 알았으면 부인과 아이를 이렇게 찾아다니진 않겠죠."

"왜 그런 걸 네가……."

"속죄하고 싶어서요."

유토가 나직하게 말했다.

"우리 엄마한테도 잘못이 있다는 것쯤은 알아요."

그렇게 말하고 떠났다.

택시를 타기 전에 유토와 지카라의 눈이 마주쳤다. 유토가 작게 말했다.

"미안해" 하고.

울음을 터뜨릴 것처럼 눈이 가늘게 일그러져 있었다.

지카라와 아빠는 연락을 유지하고 있었다.

시만토에 있었을 때도, 벳푸에서 새로운 생활을 시작했을 때도.

아빠가 전화를 걸 때 쓰라며 마지막에 만났을 때 2천 엔을 주었지만, 휴대폰에 전화를 걸었더니 돈은 금방 떨어졌다. 아빠와 이야기하고 싶어서 엄마가 용돈을 주기만을 목을 빼고 기다렸다. 벳푸에서 목욕탕 청소를 돕고 담배 가게 아주머니에게 받은 돈이 고마웠다.

시만토에서는 공중전화를 좀처럼 찾지 못해서 엄마가 일하는 식당 1층에서 엄마와 세이코의 눈을 피해 몰래 걸어야 했기에 길게 통화하는 일이 거의 없었다. 벳푸에서는 역에 공중전화가 있고 낮에 시간도 많아서 아빠와 편하게 자주 이야기하곤 했다.

아빠가 센다이에 있다는 것은 시만토에서 지냈을 무렵 이미 전화로 들어서 알고 있었지만, 연말인 그 무렵에도 여전히 있는지는 몰랐다. 그런데도 유토가 떠난 뒤 급하게 짐을 챙겨 엄마와 도망치듯 공항으로 갈 수밖에 없었다. 아빠에게 확인할 틈도 없었다.

센다이 호텔에서 엄마가 쓰러진 것은 그런 상황에서였다.

지카라는 엄마를 바라본다. 결심한 것이 있었다.
"엄마."
엄마가 이쪽을 봤다. 엄마가 입을 열기 전에 지카라가 먼저 말했다.
"이혼, 해도 돼."
엄마가 눈을 휘둥그렇게 떴다.
그 얼굴을 보고 지카라는 '아, 드디어 말했다' 하고 생각했다. 그와
동시에 '결국 말해 버렸구나' 하는 생각도 복받쳐 올랐다.
실은 엄마와 아빠가 늘 함께 있어 주길 바랐다.
실은 이혼하지 않길 바라지만, 엄마를 속박하는 것은 자신이 아닐까
하는 생각이 벌써 오래전부터 지카라의 가슴을 지배해 왔다. 그 답답
함에 짓눌릴 것 같았다.
도쿄를 떠난 이후의 엄마를 지카라는 늘 곁에서 지켜봤다. 시만토
를 뛰쳐나와 지카라를 다짜고짜 끌고 가는 엄마도, 이에시마 고속선
에서 의연히 학교에 가지 않아도 된다고 말해 준 것도, 모래 온천에서
익숙지 않은 육체노동을 즐겁게 하는 모습도, 이 사진관에서 오래 일
한 직원처럼 할아버지와 고타로를 대하는 모습도, 몽땅 봐 왔다.
솔직히 도쿄에 살았을 무렵에는 상상도 못한 모습이었다. 엄마가
이런 일을 할 수 있다니, 처음에는 놀랐지만 지금은 생각이 조금 바뀌
었다.
이것이 엄마의 진짜 모습이 아닐까 하고 생각했기 때문이다.
지카라의 엄마가 되기 전, 젊었을 때의 엄마는 어쩌면 이런 모습이

었을지도 모른다.

원래 지카라는 진작 엄마에게 아빠와 연락하고 지낸다는 것을 말할 생각이었다.

엄마는 아빠에게 화가 났을 뿐더러 만나고 싶지 않을지도 모른다. 이야기도 듣고 싶지 않을지도 모른다. 지카라도 엄마에게 아빠 이야기를 하기가 어려웠다. 하지만 어쩔 수 없는 상황이 되면 그런 것을 따지고 있을 새가 없다. 아빠에게 도움을 청하자고 말할 작정이었다.

그리고 실제로 힘든 일이 많았다.

시만토에서 LC 프로덕션 직원이 왔을 때 엄마는 겁에 질린 것처럼 보였고, 지카라도 물론 무서웠다. 벳푸에서도 낯선 땅에 와서 앞으로 생활해 나갈 수 있을지 불확실했다. 지카라도 불안했다.

그러나 엄마는 그럴 때마다 다음에는 어떻게 할지 스스로 결정했다.

작은 섬에서라면 눈에 띄지 않을 거라면서 이에시마로 갔다가, 지카라가 학교에 가기 싫다고 고백하자 "조금만 더 도망쳐 보자" 하고 말해 주었다. 벳푸에서는 일자리를 구해 그곳 사람들과 친해졌다. 지카라의 생일도 그 사람들과 함께 축하해 주었다.

철들었을 무렵부터 지카라는 집에서 가장 의지가 되는 사람은 아빠라고 생각해 왔다. 그런데 엄마는 스스로 결단하고 힘든 일이 있어도 극복했다. 아빠에게 의지할 필요도 없었다.

—어른들은 자기가 이혼하고 싶으면 하고, 아이가 하는 말은 들은 척도 안 해.

이에시마에서 만난 유메의 말을 떠올린다.

그럴지도 모른다. 어른은 결국 자신이 하고 싶은 대로 할지도 모른다. 그런데 유메의 말을 들었더니 오히려 그래서 더 마음을 전하고 싶어졌다.

엄마와의 사이에서 아빠 이야기가 나오면 말하기로 결심했다.

"아빠하고 엄마, 둘 중 어느 한쪽만 고를 순 없어. 그런데 정작 엄마가 어떻게 하고 싶은지 그동안 묻지 못했어. 엄마가 이혼하고 싶으면 그렇게 해도 된다고 생각해."

11

"이혼, 해도 돼"라고 지카라가 말했을 때, 눈이 크게 떨린 듯한 느낌이었다.

지카라의 목소리는 진지했다.

"아빠하고 엄마, 둘 중에 어느 한쪽만 고를 순 없어. 그런데 정작 엄마가 어떻게 하고 싶은지 그동안 묻지 못했어. 엄마가 이혼하고 싶으면 그렇게 해도 된다고 생각해."

사나에는 잠자코 있었다. 눈앞의 지카라가 지금 이 말을 내뱉기까지 얼마나 많은 고민을 했을까 생각하면 가슴과 목이 짓눌리는 것 같아서 곧바로 목소리가 나오지 않았다.

도쿄에 살았을 무렵, 겐을 찾아 집에 들이닥친 사람들의 그림자에 겁먹어 지카라와 방구석에 몸을 맞대고 숨었다. 그때 지카라의 입에서 눈물과 함께 흘러나온 "이혼하지 마" 하는 목소리를 사나에는 지금도 기억한다. 싫어, 싫어, 싫다고. 아빠랑 엄마 둘 중에 한 명만 골라야 하다니, 절대로 싫어—.

그런데 지금 엄마의 얼굴을 똑바로 보고 그렇게 말한 지카라의 목소리는 떨리지도, 울고 있지도 않았다.

지카라가 발밑에 남은 눈을 운동화로 서벅서벅 밟는다. 고개를 다시 숙였다.

아들에게 대답하는 대신 사나에는 물었다.

"아빠랑은 계속 연락해 왔던 거야? 이에시마와 벳푸에 있었을 때도?"

"시만토랑 벳푸에서는 전화했는데, 이에시마에서는 안 했어. 그래도 이에시마에서 있었던 일도 벳푸에 도착하고 나서 전화로 말했어."

지카라가 더듬더듬 설명했다.

"벳푸에서는 엄마가 해 준 거랑 똑같은 이야기를 아빠한테도 들었어. 결혼하기 전에 쓰루기 아저씨랑 극단 사람들이랑 다 같이 벳푸에 갔었다고. 상점가에서 전단지도 돌리고 무대 뒤에서 동네 주민들이랑 술도 마셨다면서 아빠가 그리워하던데."

사나에도 벳푸의 상점가를 걸으며 젊었을 때 왔던 추억이 겹쳐 보인 것이 떠올랐다. 겐의 가슴에도 그 무렵 일이 되살아났구나.

"그랬구나."

"엄마가 모래찜질 일을 한다고 했더니 놀라더라. 힘쓰는 일이라며 걱정된다고 했지만……."

지카라가 말을 머뭇거리는 기색에 사나에는 무심코 "왜?" 하고 재촉했다. 지카라가 주저하며 말했다.

"내가 엄마가 덮어 주는 모래 속에 들어갔다고 했더니 부러워했어.

아빠도 모래찜질 하고 싶은데, 엄마가 화낼 것 같다더라."

"어쩜!"

기가 막혀서 저도 모르게 소리쳤다. 팔자 좋구나, 하고 생각하자 지카라가 황급히 "이것 봐, 아빠도 엄마가 화낼까 봐 걱정했다니까" 하고 덧붙인다.

지카라와 그런 농담까지 주고받았구나 생각하면 새삼 놀라웠다.

솔직히 치사하다는 생각도 들었다. 그동안 자신이 열심히 아들을 보호하고 악착같이 일해 왔건만, 멀리서도 아들과 연락을 하며 연결되어 있었다니.

그러나 억울하긴 해도 한편으로 자신이 안심하고 있음을 인정할 수밖에 없었다. 겐은 아들을 통해 사나에와 마찬가지로 벳푸의 추억을 보고 있었다. 멀리 떠난 줄로만 알았는데 자신들이 뭘 하고 있는지 알고 있었다. 사나에와도 그런 식으로 조금은 연결되어 있었다.

지카라가 겸연쩍게 "그런데" 하고 계속했다.

"그런데 엄마가 모래찜질 일을 해서 놀란 건 나도 마찬가지야. 이 사진관에서도 그렇고, 엄마는 이런 식으로 일할 수 있구나, 하고."

"지카라, 네 덕분이란다."

사나에의 말에 지카라가 다시 이쪽을 향했다. 그 얼굴을 보고 사나에는 미소를 머금었다. 아들에게 한 번은 제대로 마음을 전해야겠다고 생각했다.

"엄마가 낯선 곳에서도 용기를 내서 그곳에 들어갈 수 있었던 건, 지카라, 네 덕분이야. 네가 없었다면 엄마는 절대로 못 했을 거야."

짊어진 것이 있는 사람은 강하다.

모래 온천에서 야스나미가 했던 말이다. 지난 반년 남짓한 기간 동안 사나에에게는 지카라의 존재가 버팀목이었다. 아들을 보호해야 한다고 생각해 왔지만, 아들에게 보호받은 것은 틀림없이 사나에였다.

먼 곳에 있는 겐 또한 마찬가지 아니었을까. 아들이 있었기에 혼자서 해낼 수 있었던 것이 아닐까.

"아빠한테 엄마가 지금 사진관에서 손님들 화장을 해 준다고 말했더니 기뻐하더라. 사나에는 상냥하니까, 라고 하던데."

"상냥하다고?"

"극단 배우 중에는 평소에 화장을 안 하는 사람도 있었는데 엄마가 화장을 해 주거나, 의상을 골라 주면 왠지 안심을 하더래. 엄마가 극단에 있었을 때는 그런 동료들이 많았다고 아빠가 그러더라. 연기를 포함해 동료끼리 충돌하는 일이 많아도 사나에 짱의 말이라면 듣는 사람이 많았대."

"아빠가 그런 이야기를 했다고?"

놀라서 묻자 지카라가 끄덕였다.

"엄마는 자기 의견을 말하는 편이 아닌 대신 상대의 이야기를 잘 듣고 마음속에 들어가는 걸 잘했다고 가르쳐 줬어. 그래서 손님과 이야기하면서 화장하는 일이 적성에 맞는 것 같다고도. 그렇군, 사나에가 지금 그런 일을 하는구나, 하면서 아빠가 좋아하는 것 같았어."

사나에는 작게 숨을 들이마셨다.

그동안 겐이 직접 그렇게 말해 준 적은 한 번도 없었다. 함께 극단에 있던 무렵에도 칭찬받은 기억이 거의 없건만.

남편이 말했다는 '사나에는 상냥하니까'라는 말에 가슴 한복판에 불이 켜졌다.

아직 석연치 않은 마음도 있다. 이런 식으로 마음이 기울다니 분했지만, 그래도 솔직히 기뻤다.

"아빠 다친 곳은 어떻다고 하니?"

사나에가 묻는다. 지카라가 고개를 들어 엄마를 봤다.

"거의 다 나았대."

"유토 군한테도 말해 줬어?"

"응."

지카라가 고개를 끄덕였다.

"다카사키산에서 말해 줬어. 유토 형이 울상을 지었어."

"……그랬구나."

사나에는 조용히 생각했다. 입을 다문 채 지카라와 서로를 바라봤다.

지카라는 겐에게 유토가 벳푸에 왔다는 이야기도 했다고 한다. 아빠가 있는 곳을 알려 주기 위해 왔다는 것도.

겐은 놀라면서도 "그랬구나"라고만 대답했다. "유토 군이 와 주었구나"라고 말할 뿐, 두 사람 사이에 있었던 일은 밝히지 않았다. 아빠의 목소리를 들으면서 지카라 또한 아무것도 물을 수 없었다고 한다.

지카라는 겐에게 유토가 건강해 보였다는 것과 둘이서 다카사키산에 올라갔던 이야기를 했다. 그곳이 유토와 부모님의 추억의 장소였던 것 같다고 전하자, 겐이 들은 적이 있다고 말했다.

"하루야마 씨에게 들은 적이 있단다. 옛날에는 영화나 TV 프로그램 촬영에 맞춰 가족과 여행을 떠나기도 했는데, 철창이 없는 원숭이 산에서 원숭이 무리를 보고 아이가 좋아했다가 무서워했다가 해서 애먹었다고 하더구나."

겐이 요즘에는 어떠냐고 물었더니 하루야마 마사키는 웃으며 말했었다.

—벌써 고등학생이라, 부모가 같이 가자고 졸라도 꿈쩍도 안 하겠지. 싫어할 게 뻔해.

그 말을 듣고 지카라는 겐에게 부탁했다고 한다.

그 이야기를 언젠가 유토에게 해 달라고.

유토의 추억의 장소는 어머니의 추억의 장소이기도 했다고. "왜 하필 너희가 벳푸에 있느냐고" 하고 신음하듯 말한 그 사람이 그 사실을 알기를 바랐다.

그 말을 듣고 사나에도 가슴이 먹먹했다. 지카라와 유토, 조화롭지 않은 조합인 이 아이들이 모래 온천 밖에 나란히 서서 사나에를 기다리던 그 모습을 기억한다.

"아빠가 이제 곧 하루야마 마사키 씨 일도 해결될 것 같다고 했어."

지카라가 불쑥 말했다.

"필요한 곳에 가서 이야기를 했는데 그제야 들어 주기 시작했다더라. 하루야마 씨에 대해 이야기할 수 있는 분위기가 되었나 봐. LC 프로덕션과도 중재에 나서 줄 사람을 찾았대."

"그래."

LC 프로덕션과의 대화가 과연 겐의 말대로 원만히 진행될지는 모른다. 교통사고의 여파로 무대도 물거품이 되었다. 남편과 하루야마 마사키의 관계가 설령 불륜이 아닐지라도 관계자들이 그것을 제대로 믿어 줄지 의문인 데다, 야심한 밤에 동승했다가 사고가 난 것도 사실이다. 대화 결과 LC 프로덕션과 무대 관계자가 납득한다 할지라도 겐의 배우로서의 앞날이 가시밭길인 것에는 변함이 없다.

거기까지 생각하고 처음으로 가슴에 손을 얹고 물었다.

나는 어떨까, 하고.

세상 사람들이 믿든 안 믿든 상관없이 나는 어떤가. 남편의 말을 믿을 수 있는가.

그렇게 생각한 뒤 그제야 물어볼 마음이 생겼다.

"아빠는 지금 어디에 있니?"

"홋카이도."

지카라가 대답했다.

"센다이에서 신세 진 의사 친구가 그리로 가서 아빠도 거기서 일을 돕고 있대."

지카라가 사나에를 올려다본다. 엄마의 마음을 들여다보려는 듯한 눈빛에 가슴을 꽉 쥐어짜는 것처럼 아프다. 사나에가 말했다.

"엄마는— 엄마는 아빠 보러 가고 싶구나."

지카라가 천천히 입을 열었다. 뭔가 말하려다 입술을 깨물고 날숨만으로 "응" 하고 말했다. 손으로 조그맣게 주먹을 쥐고 있었다. 주먹을 힘껏 쥐고 지카라가 말했다.

"나도 아빠 보고 싶어."

최종장

다시 시작하는 계절, 봄

~~~~~~

1

TV 전국 뉴스에서 도쿄의 벚꽃 개화 소식이 전해졌다.

우에노 공원과 메구로 강가에 성급한 꽃놀이꾼이 몰려들어 아직 추운데도 꽃봉오리 섞인 벚꽃을 즐기러 온 광경이 TV에 비쳤다. 그것을 보고 계절은 일본 전역에 한꺼번에 오는 것이 아니라는 당연한 사실을 지카라는 실감했다. 도쿄에 살았을 때는 머리로는 알아도 그것이 어떤 건지, 또 이런 식으로 생각한 적은 거의 없었다.

센다이의 벚꽃은 아직 개화할 기미가 보이지 않는다. 그런데도 3월이 끝나갈수록 무미건조한 흰 하늘에 빛깔이 돌아왔다.

맑고 옅은 파랑이 하늘에 펼쳐지는 날도 많아졌다.

"지카라."

가시자키 사진관의 정원에서 멍하니 하늘을 바라보던 지카라를 엄마가 부른다. 그 목소리에 돌아보자 "이제 그만 들어와" 하고 사진관 앞에서 고타로가 손짓을 하고 있었다.

아빠를 만나러 홋카이도에 가는 일정이 정해진 건 3월 초였다.

4월부터 어떻게 생활할지는 아직 아무것도 정하지 않았다. 우선 아빠를 만나서 앞으로의 일을 정할 것이다.

그 교통사고에 관한 LC 프로덕션과의 대화가 그쯤이면 끝난다고 했다.

며칠 전 전화로 이야기했을 때 아빠의 목소리는 조금 지친 듯했지만, 뭔가 쌓인 것이 풀린 듯 개운하게 들렸다.

"이야기하고 왔다."

"응."

지카라는 전화를 쥐고 끄덕였다. 뭐라 말해야 할지 몰라 "힘들었어?" 하고 묻자 아빠가 쓸쓸히 웃으며 "힘들었지, 그럼" 하고 대답했다.

아빠와 연락하고 지낸다는 것을 엄마에게 털어놓은 뒤 지카라와 엄마는 곧바로 아빠에게 전화를 걸었다. 우선 지카라가 이야기를 하고 엄마를 바꿔 주었다.

전화기에 대고 "여보세요" 하고 말하는 엄마는 아빠와 통화한다는 것에 긴장한 듯 보였다. 지카라는 밖에 나가 있으라고 하고 그날 아빠와 엄마는 긴 이야기를 나누었다.

아빠는 지카라와 엄마를 데리러 센다이로 오겠다고 했지만, 엄마가 홋카이도까지 가겠다고 했다고 한다. 지카라와 엄마는 홋카이도에 한 번도 간 적이 없다. 봄을 기다리는 북쪽 대지를 보고 싶다는 이야기를 둘이서 나누었다.

아빠가 있는 곳은 홋카이도 오조라정이라는 마을로, 아바시리시 근처라고 한다. 지카라에게도 전화로 그렇게 가르쳐 주었다.

"좋은 곳이란다."

"'오조라'는 큰 대大에 하늘 공空 자를 쓰는 거 맞아?"

지명을 듣고 지카라가 묻자 아빠가 전화기 너머로 "그래" 하고 대답했다.

"하늘이 깨끗해서 마을에 그런 이름이 붙었는지도 모르겠다. 여기 사람들은 맑은 날 하늘 색을 오호츠크 블루라고 부르더구나."

"오호츠크는 바다 이름 아니야? 바다 색이 아니라, 하늘 색을 그렇게 불러?"

아바시리라는 지명도 오호츠크해도 들어 보기는 했어도, 넓은 홋카이도의 어디쯤인지 지카라는 머릿속에 얼른 그림이 그려지지 않았다. 그래도 홋카이도라고 했을 때 떠오르는 풍경은 확실히 넓은 하늘의 이미지였다.

아빠가 대답했다.

"그래. 하늘 색을 그렇게 불러. 오호츠크 블루는 여름의 맑은 날이 가장 아름답다고 하는데 작년 겨울에 온 아빠는 아직 그 색을 보진 못했지만."

공항이 있다고 아빠가 알려 주었다.

"그래서 하늘에 비행기가 떠 있는 날도 많아."

지카라 일행을 마중하러 공항까지 온다고 약속했다.

고타로의 부름에 사진관 안으로 발을 내디뎠다. 엄마는 벌써 스튜디오 안쪽에 지카라를 기다리고 있었다.

"그럼 엄마 옆에 서거라."

카메라를 앞에 세워 둔 할아버지가 말했다. 그에 지카라는 "네"하고 끄덕였다. 엄마가 쑥스럽게 웃고 이쪽을 보고 있었다.

어젯밤 엄마가 사진을 찍자고 말했다.

"내일 여기를 출발하기 전에 사진을 찍어 달라고 하자. 지카라랑 엄마랑 둘이서."

2

가족사진을 찍자고 말한 것은 거의 충동적이었다.

지금껏 이곳에서 여러 가족이 사진 찍는 모습을 봤다. 그러고 보니 사나에 모자는 사진관에서 사진을 찍은 것이 벌써 몇 년 전이었다. 이왕이면 이곳에서 나가기 전에 한 장쯤 찍어 달라고 해도 되지 않을까 하고 가볍게 생각했다.

그런데 지카라와 둘이 나란히 카메라 앞에 서니 새삼 부탁하길 잘했다는 생각이 들었다.

"자, 웃으시게나."

가시자키 할아버지가 말한다.

지카라와 사나에 모두 딱딱한 분위기가 익숙지 않아 어색한 미소를 짓고 말았다. 옆에 있는 지카라가 멋쩍어하는 것이 전해진다.

아빠가 없는 가족사진이지만 지금은 그래서 좋다고 생각했다.

단둘이 찍는 가족사진은 사나에와 지카라가 오늘까지 둘이서 헤쳐 온 날들에 대한 증거다.

앞으로 무슨 일이 생기든 어떻게 되든 이 날들이 존재했다는 것을 돌아보면 웬만한 건 해결될 것이다. 우리는 앞으로도 헤쳐 나갈 것이다. 괜찮다, 하고 확신했다.

홋카이도에서 겐을 만나고 나면 자신들이 어떻게 될지는 사나에도 아직 모른다.

그러나 얼마든지 선택의 여지는 있다고 생각한다.

도쿄로 돌아가서 다시 아파트 생활을 해도 좋고, 벳푸로 돌아가서 이번에야말로 지카라를 전학시켜 모래 온천에서 일해도 좋다. 이에시마로 다시 갈 수도 있고, 시만토와 센다이에서 새 삶을 꾸릴 수도 있다. 지금이라면 할 수 있다는 자신감이 있다.

"지카라."

사진을 찍으며 플래시가 터지는 틈을 타 아들을 작은 소리로 불렀다. 지카라가 정면을 향한 채 "음" 하고 애매하게 대답한다.

"또 한 장 찍겠네. 자, 치즈."

가시자키 할아버지가 말하는 소리에 맞춰 웃으면서 사나에가 작게 물었다.

"어떻게 하고 싶니? 홋카이도에 간 다음, 어디 가고 싶어?"

사나에는 지카라가 원하는 대로 하고 싶었다. 도쿄에 있는 원래 학교로 돌아가기 싫다면 전혀 모르는 곳으로 이사해도 좋다고 생각했다. 이제 그런 것쯤은 두렵지 않다.

그러자 지카라가 뜻밖의 대답을 했다.

"히카루를 만나고 싶어."

망설임 없는 대답에 사나에는 살짝 놀랐다. 아들이 오랜만에 친구 이름을 입에 담는 것을 듣고 허를 찔린 듯 당황했다.

"알겠어" 하고 사나에는 대답했다. 이왕 질문한 김에 놀리고 싶은 마음에 이렇게 물었다.

"이에시마의 그 아이는 안 만나도 되니? 유메 쨩이었던가."

"그야 만나면 좋겠다는 생각은 하지."

지카라가 쑥스러워하지도 않고 말하기에 더욱 놀랐다. 엄마와 여자 아이에 대해 거침없이 이야기하게 되다니.

정면을 향해 카메라 플래시를 받으며 사나에는 바로 옆에 있는 지카라의 머리에서 따뜻한 열을 감지했다.

늠름해졌구나 싶었다.

"자, 마지막 한 장 찍겠네."

"네!"

할아버지의 말에 사나에와 지카라가 한목소리로 대답했다.

센다이에서 신치토세 공항으로, 다시 겐이 있는 오조라정의 메만베 쓰 공항으로 향했다.

갈아탄 비행기 안에서 돌연 강한 빛을 느꼈다.

오후 비행 편이었다. 기내지를 읽고 있던 사나에의 손에 햇살이 비쳐 자연스럽게 고개를 들었다. 지카라도 들고 있던 게임기를 내려놓고 창밖을 봤다.

하늘이 갑자기 맑게 개었다.

창밖에 놀랄 만큼 선명한 파랑과 구름의 흰색이 보인다. 비행기의 커다란 날개 저 멀리까지 파란 하늘이 시원하게 펼쳐져 있다.

비행기가 구름 위로 나왔다는 것을 알 수 있었다.

"예쁘다!"

지카라가 말했다. 그 올곧은 목소리를 들었더니 문득 눈물이 나올 것 같았다. "그러게" 하고 대답하며 사나에도 아름다운 하늘의 광경에 넋을 잃었다.

"오호츠크 블루라고 부른대."

지카라가 흥분해서 여전히 창밖을 보고 있다.

"이 하늘의 색을 여기 사람들은 그렇게 부른대. 여름에는 더 아름다워진다고 하더라. 굉장해."

겐에게 들었으리라. 기뻐하며 말하는 아들 옆에서 사나에는 "응" 하고 끄덕였다.

"정말 예쁘다."

구름 위로 이런 하늘이 펼쳐져 있음을 잊고 있었다.

남편은 이 하늘 아래에서 살았구나. 같은 하늘이 시만토와 벳푸까지 쭉 이어져 있다고 생각하니 왠지 믿기지가 않았다.

비행기가 메만베쓰 공항에 도착했다.

짐을 찾아 도착 게이트 밖으로 나갔다. 승객을 마중 나온 사람들 쪽으로 절로 눈길이 갔다.

겐이 서 있었다.

청바지에 낡아 빠진 체크무늬 셔츠를 걸쳤다. 셔츠는 사나에도 아는 옷으로, 아아, 남편이 저 옷을 입고 나갔구나, 하고 뜬금없는 생각을 했다.

생각보다 초췌해 보이지는 않았다. 꼿꼿이 선 자세는 오히려 당당하고 오랜만에 보는 팔뚝은 마지막에 봤을 때보다 우람해진 것처럼 보이기까지 했다. 수염이 조금 나 있다.

사나에가 겐 쪽으로 한 걸음 걸어갔다. 그때였다.

"아빠!"

우렁찬 목소리가 바로 옆에서 들렸다.

흠칫 놀라서 보니 지카라가 달려가고 있었다. 더는 참을 수 없었는지 얼굴을 구깃구깃하며 아빠 품속으로 뛰어들었다.

겐의 큰 팔이 지카라를 받아 냈다. 몸을 굽혀 아들을 끌어안고 눈물을 삼키듯 얼굴을 일그러뜨렸다. 지카라가 아빠의 목에 매달린다. 절대로 놓지 않겠다는 듯 얼굴을 힘껏 비비댄다.

아들의 머리에 손을 얹은 겐이 사나에를 봤다. 그 눈이 조금 전과 달리 붉게 충혈되었다.

사나에는 천천히 아들과 남편 곁으로 걸어갔다. 낡은 보스턴백을 안은 사나에를 향해 남편이 손을 어색하게 뻗었다. 그 손가락 뿌리에 본 적 없는 흉터가 있었다.

이 사람에게 이야기해 보자고 사나에는 생각했다.

조금 전 비행기 안에서 아들과 함께 파란 하늘을 봤다는 것.

구름 위에서 본 믿기지 않을 만큼 아름다운, 봄을 기다리는 저 하늘에 대해.

남편이 내민 손에 짐을 맡긴다. 지카라가 그제야 고개를 들어 이쪽을 봤다. 그 새카만 눈동자 속에 아빠와 엄마, 두 사람의 얼굴이 비쳐 있었다.

부디 앞으로의 여정에도 파란 하늘을 볼 수 있기를.
사나에는 기도한다. 천장에서 환한 빛이 쏟아진다.
갈까, 하고 남편에게 말했다. 남편이 그 목소리에 말없이 끄덕였다.
셋이 손을 잡고 일어섰다. 세 식구가 함께 태양 아래로 걸어갔다.

다시 일상을 향해

그릉그릉 우는 고양이 배에 귀를 갖다 대면 딱히 힘든 일이 없는데도 괜히 위안받는 기분이 든다. 지그시 눈인사를 보내오는 조그만 털북숭이의 존재에 문득 가슴이 벅차오르며 행복이란 이런 거구나 하는 생각이 든다.

누구에게나 소중하고 행복한 일상이 있다. 가족과 함께 더 나은 삶을 꿈꾸며 일에 대한 욕심을 부리고 노력하는가 하면 때로는 게으름을 피우고 잠시 쉬어 가기도 한다. 그런 소소하고도 행복한 일상이 하루아침에 깨진다면, 내가 보호해야 할 대상이 위험에 노출된다면 과연 얼마나 싸울 수 있을까. 또 언제까지 버틸 수 있을까.

혼조 사나에는 결혼과 출산을 계기로 젊은 시절의 꿈을 접고 가정에 충실한 주부로 살고 있다. 연극배우인 남편 겐과 초등학교 5학년인 아들 지카라와 함께 도쿄의 아파트에서 단란한 나날을 보내던 중 남편의 교통사고와 스캔들로 삶이 송두리째 뒤흔들린다. 가족이 똘똘

뭉쳐도 모자를 판에 남편은 행방불명이 되고, 사나에는 시도 때도 없이 날아드는 악의적인 시선에서 아들을 지키고자 여름방학 내내 아들과 함께 도피생활을 하기로 결심한다.

츠지무라 미즈키는 전작 『거울 속 외딴 성』을 통해 도망가는 것도 살기 위한 하나의 방법임을 제시했다. 이번 작품 『파란 하늘과 도망치다』에서는 30대 후반의 성인 여성인 사나에가 주변 사람들의 도움을 받아 아들과 함께 도피생활을 이어 나가는 이야기를 들려준다.

처음에 사나에는 친구의 도움으로 고치현 시만토에서 음식점 서빙 아르바이트를 한다. 친구의 남편과 시어머니는 물론 음식점 직원들과 고기잡이 어부 부자가 내민 따뜻한 손길에 힘입어 사나에는 낯선 땅에서 아들과 함께 씩씩한 나날을 일구어 간다. 다음으로 효고현의 이에시마 섬과 오이타현의 벳푸를 거쳐 미야기현 센다이에 도달하게 된다. 낯선 곳에서 생활 전선에 뛰어들게 된 사나에는 그동안 접어 두었던 날개를 조금씩 펼치듯 잊고 있었던 재능을 하나둘 꺼내어 다른 사람을 돕기에 이른다.

한편 그곳 사람들은 비일상을 살아가는 사나에 모자를 자신들의 일상으로 기꺼이 받아들인다. 어떤 대가를 바라지도, 이해타산을 따지지도 않고 그저 순수하게 친절을 베푼다. 하루하루 성실히 일하며 일상을 살아가는 그들은 본의 아니게 비일상으로 내몰린 사나에 모자를 모른 척하지 않고 두 모자가 다시 일상으로 복귀하도록 응원해 준다.

츠지무라 미즈키는 만약 자신이 20대였을 때 이 소설을 썼다면 사람들이 사나에 모자에게 친절을 베푸는 데에 이유를 붙였을 거라 말한다. 그러나 사람이란 음식이 풍성하면 나눠 먹기도 하고 갈 곳 없는 이에게 방을 내어 주는 등 이유가 없어도 자연스레 손을 내미는 법이다. 작가는 30대에 접어들어 좋은 의미에서 아줌마가 된 지금, 사람의 선의를 조건 없이 믿게 된 바로 지금 이 소설을 쓰게 되어 다행이라고 한다.

엄마가 일하는 동안 지카라는 대견하게도 혼자 시간을 보내는 법을 터득한다. 난생 처음 강에서 새우잡이를 하는가 하면 낯선 소녀를 만나 알쏭달쏭한 감정을 키우며 속내를 털어놓기도 한다. 또 자전거를 타고 온천 마을을 구석구석 돌아다니며 엄마와 아빠의 추억이 깃든 장소를 발견하기도 한다. 그러다 아픈 엄마를 위해 용기를 내기에 이른다. 늘 보살핌을 받던 지카라가 엄마에게 따뜻한 밥 한 그릇을 먹이기 위해 모르는 사람에게 도움을 청한 것이다. 어린이가 할 수 있는 일은 어른에게 도움을 청하는 것임을 되뇌며 한 번 거절당했음에도 불구하고 다시 용기를 쥐어짜 마침내 엄마에게 도움을 줄 어른을 찾아낸다.

엄마가 생계를 위해 일하는 동안 지카라 또한 어린이의 본분대로 몸도 마음도 무럭무럭 자라난다. 갓 잡은 징거미새우처럼 팔딱팔딱 약동하며 어른의 눈이 닿지 않는 곳에서도 착실히 성장을 계속한 것이다. 지카라는 비로소 현실을 마주할 용기가 나고 다음 행선지를 스스로 선택하게 된다.

비일상으로 내몰렸던 사나에 모자는 그동안 새로운 일상을 일구어 왔다. 이제 도쿄의 아파트 생활로 돌아갈 수도 있고 벳푸로 돌아가 다시 모래 삽을 손에 들 수도 있다. 도쿄로 돌아간다 해도 경제적인 문제와 가족 간의 관계성 때문에 선택의 자유가 없었던 예전과는 분명히 다른 일상을 일구어 낼 것이다. 그리고 일상이 무너진 또 다른 사람을 마주하게 되면 분명히 도움의 손길을 내밀어 줄 것이다. 기꺼이 자신의 일상으로 받아들여 그 사람이 다시 일어서 싸우도록, 버티도록, 도망가도록 도와줄 것이다. 고개를 한껏 젖혀 파란 하늘을 보는 여유를 가질 수 있도록 도울 것이 틀림없다.

2019년 겨울

이정민

파란 하늘과 도망치다

1판 1쇄 **인쇄** 2019년 12월 2일
1판 1쇄 **발행** 2019년 12월 9일

지은이 츠지무라 미즈키 **옮긴이** 이정민
책임편집 민현주 **디자인** 강수정 **제작** 송승욱 **발행인** 송호준

발행처 블루홀식스 **출판등록** 2016년 4월 5일 제 2016-000100호
주소 경기도 파주시 회동길 483-1 **전화** 031-955-9777 **팩스** 031-955-9779
이메일 blueholesix@naver.com

ISBN 979-11-89571-10-8 03830